D0889067

Contemporánea

Javier Marías nació en Madrid en 1951. Es autor de las novelas *Los dominios del lobo, Travesía del horizonte, El monarca del tiempo, El siglo, El hombre sentimental* (Premio Internazionale Ennio Flaiano), *Todas las almas* (Premio Ciudad de Barcelona), *Corazón tan blanco* (Premio de la Crítica, Prix l'Oeil et la Lettre, IMPAC International Dublin Literary Award), *Mañana en la batalla piensa en mí* (Premio Fastenrath, Premio Internacional Rómulo Gallegos, Premio Arzobispo Juan de San Clemente, Prix Femina Étranger, Premio Mondello Città di Palermo), *Negra espalda del tiempo, Tu rostro mañana: Fiebre y lanza* (Premio Salambó) y *Tu rostro mañana: Baile y sueño*; de los relatos *Mientras ellas duermen, Cuando fui mortal* y *Mala índole*; de las colecciones de artículos *Pasiones pasadas, Literatura y fantasma, Vida del fantasma, Mano de sombra, Seré amado cuando falte, Salvajes y sentimentales, A veces un caballero, Harán de mí un criminal* y *El oficio de oír llover*; de las semblanzas *Vidas escritas* y *Miramientos*; de las antologías *Cuentos únicos* y *El hombre que parecía no querer nada*, y de *Si yo amaneciera otra vez* y *Desde que te vi morir*, homenajes a Faulkner y Nabokov, respectivamente. En 1997 recibió el Premio Nelly Sachs, en Dortmund; el Premio Comunidad de Madrid en 1998, y en 2000, el Premio Grinzane Cavour, en Turín, y el Premio Alberto Moravia, en Roma, todos ellos por el conjunto de su obra.

Entre sus traducciones destaca *Tristam Shandy* (Premio Nacional de Traducción 1979). Fue profesor en la Universidad de Oxford, y en la Complutense de Madrid. Sus obras se han traducido a treinta y cuatro lenguas y se han publicado en cuarenta y cuatro países, con más de cinco millones de ejemplares vendidos en todo el mundo.

BIBLIOTECA

Javier Marías

Mañana en la batalla piensa en mí

Prólogo de
Elide Pittarello

DEBOLS!LLO

Marías, Javier
    Mañana en la batalla piensa en mí. - 2ª ed. - Buenos Aires :
Debolsillo, 2012
    368 p. ; 19x13 cm. (Contemporánea)

    ISBN 978-987-566-255-1

    1. Narrativa Española. I. Título
    CDD E863

Primera edición en la Argentina bajo este sello: abril de 2007
Segunda edición en la Argentina bajo este sello: abril de 2012

Edición al cuidado de Carme López

Impreso en la Argentina
ISBN: 978-987-566-255-1
Queda hecho el depósito que previene la ley 11.723

Fotocomposición: Fotocomp/4, S.A.

Esta edición de 3.000 ejemplares se terminó de imprimir en Gráfica MPS S.R.L.,
Santiago del Estero 338, Gerli, Bs. As., en el mes de abril de 2012.

Prólogo

De todas las novelas de Javier Marías, quizá sea ésta la que tiene el comienzo más sobrecogedor. La historia, que empieza con la muerte de una joven casada, se desarrolla en la frontera con la «negra espalda del tiempo», una cita de *La tempestad* de Shakespeare que años después se convertiría en el título de un nuevo libro del autor. Es una imagen fronteriza que expresa el revés de todo lo que existe, algo tan amplio como por ejemplo lo incógnito, pero también lo descartado o lo incumplido.

Este planteamiento paradójico es una constante en la narrativa de Javier Marías, que aquí se enfrenta con la precariedad del hacer, relacionada con el saber y el decir. Sin la menor fe en la objetividad de las cosas, el narrador de esta novela dice en varias ocasiones que «el mundo depende de sus relatores», porque el acto de contar supone tomar decisiones, mientras que la voluntad de callar es siempre lo que pudo ser o lo que aún podría darse. Los factores que condicionan lo que pasa o deja de pasar son sumamente variables e incontrolables, por lo que nadie es dueño de su circunstancia, nadie puede tener seguridad de que se van a cumplir sus expectativas. Ese tipo de ignorancia o ceguera que por inercia llamamos azar está siempre al acecho.

El libro comienza con un adulterio. Marta Téllez, aprovechando la ausencia del marido, invita a su casa a cenar a Víctor

Francés, un hombre al que apenas conoce; tras la cena con el futuro amante, en presencia del hijo de dos años de ella que, vigilante y alerta, tarda en dormirse, Marta y Víctor se trasladan finalmente al dormitorio, donde, al poco de empezar los preliminares del amor, la mujer se siente mal y muere.

En dos capítulos memorables, el hombre cuenta ese paso de eros a tánatos, tan intercambiables. Durante esa noche inaugural que fue a la vez la última noche, Víctor Francés, que poco antes ha tenido entre sus brazos a la sensual Marta Téllez, se encuentra de repente con una muerta, en una casa desconocida y con un niño dormido. Una vez se materializa el misterio de la muerte, ya nada significa lo mismo. Las normas éticas, olvidadas bajo la urgencia de las pulsiones eróticas, irrumpen en la conciencia del testigo con un angustioso sentimiento de culpabilidad. La intimidad de que han gozado no ha sido precisamente la que el hombre había imaginado con aquella joven casada. La mujer, tumbada en la cama de espaldas a él, en su agonía le ha pedido que la abrace. Y mientras él así lo hace, mientras la protege y espera, se da cuenta de que lo que antes lo excitaba ahora lo avergüenza: la cama medio abierta, los desnudos parciales, el rastro de los besos. No habrá más.

Romper el contacto físico con la mujer que no fue una conquista y sin embargo constituye una pérdida, es el primer paso. Esos restos ahora inhumanos conjuran las tres dimensiones del tiempo: el pasado de la que fue Marta Téllez, el presente de su cadáver y el futuro de cuantos tendrán que vivir sin ella.

Sin embargo, excepto el narrador convertido en involuntario guardián clandestino, nadie está enterado todavía de esa muerte; ni siquiera el niño, que había aparecido sigilosamente en el umbral del dormitorio mientras su madre agonizaba inmóvil y con los ojos cerrados, y a quien el para él desconocido, acompaña de nuevo a su cama.

Es allí, en el cuarto del niño que ignora hasta qué punto ha cambiado ya su vida, donde la cabeza del narrador topa en la oscuridad con unos viejos aviones de juguete que cuelgan del techo. Son modelos de guerra, la reproducción de instrumentos de muerte que le traen a la memoria —por esa tendencia a la asociación de todos los narradores de Javier Marías— la cita del *Ricardo III* de Shakespeare que constituye el título de la novela: «Mañana en la batalla piensa en mí». Es un fragmento de la maldición que le lanzan al rey, sumido en un sueño agitado, los fantasmas de todas sus víctimas. Destaca en particular la voz dolida de Ana, su mujer, el infeliz personaje al que el narrador elige entre los demás asesinados (el príncipe Eduardo, su padre Enrique VI, el duque de Clarence, Lord Hastings, sus sobrinos, tan sólo unos niños…) como símbolo.

La imagen no procede del texto escrito de *Ricardo III*, sino de una escena de la película rodada por Lawrence Olivier, que el narrador había visto en la televisión durante una turbulenta noche de insomnio.

Al final de la historia se verá cómo esa maldición recurrente —«Mañana en la batalla piensa en mí, caiga tu espada sin filo, desespera y muere»— funciona, a la manera de la tragedia clásica, como el aviso desatendido del hado que anticipa las consecuencias funestas de una conducta humana equivocada. Sólo que aquí, a diferencia de en el texto de Shakespeare, la caída de los personajes no se debe a empresas heroicas o razones políticas, sino a transgresiones eróticas que parecen sin importancia. Pero, como subraya el narrador, «todo puede ser ridículo o trágico según quién lo cuente y cómo lo cuente».

Con la figura de la reina Ana —«tu desdichada esposa, que no durmió a tu lado ni una sola noche sin miedo»—, el narrador evoca a todas las mujeres que en la novela sufren por culpa de un hombre, desde una prostituta de la calle a la que él mismo trata con displicencia, hasta su propia ex mujer, abandonada tras un breve matrimonio.

Víctor Francés, un «negro» de la escritura, es decir alguien que por trabajo redacta guiones y discursos para otros, está acostumbrado a difuminarse, a «dejar de ser alguien». Tras la muerte de Marta Téllez, no sería difícil para él no dar cuenta a nadie de su aventura y hacer como si nada hubiera pasado. Pero la novela cuenta justamente el fracaso de ese propósito.

Para empezar, Víctor Francés se siente «como un criminal» al seguir vivo mientras la persona que estaba con él está muerta. Por otra parte, un cadáver necesita que se le atribuya el lugar que le corresponde, para eso sirven los ritos fúnebres. Pero no hay un ceremonial adecuado para una situación tan paradójica y el hombre no sabe qué hacer. ¿Borrar las huellas de su paso furtivo por el hogar ajeno? ¿Avisar al marido que está en Londres, aun sin saber cómo se llama ni dónde se aloja? ¿Cuidar del niño que se queda con el cadáver de su madre?

Nadie lo ha visto y opta por marcharse; por seguir siendo nadie. Sin embargo, espía de incógnito el entierro de la muerta y busca, con pretextos, establecer contacto con la familia Téllez. Usando el nombre de un amigo cómplice, trabaja para el padre de Marta, que le encarga un discurso para un poderoso, tal vez un rey; logra tener trato con la hermana; conoce al viudo. Bajo los efectos del pensamiento *encantado* (*haunted*, como se dice en el texto utilizando el término inglés), Víctor Francés penetra como un usurpador en la familia de «su» muerta, hasta que un día un hecho mínimo saca a Víctor Francés de la sombra, y le plantea la obligación de hablar cara a cara con el viudo, con aquel a quien torció el destino con su silencio. El encuentro entre esos dos hombres que no llegaron a ser rivales, reserva grandes sorpresas. En lugar de una escena de celos, hay un relato. El más duro escarmiento para el narrador que no dijo lo que sabía cuando, de haberlo hecho, podría haber cambiado la vida de muchos.

En esta historia dura y apasionada y a ratos tremendamente cómica, no caben ni el olvido ni el perdón ni la inocencia. Porque las mujeres muertas no acaban de morir. Perduran en los hombres vivos y culpables que, a su pesar, las siguen eligiendo.

ELIDE PITTARELLO

Mañana en la batalla piensa en mí

Para Mercedes López-Ballesteros,
que me oyó la frase de Bakio
y me guardó las líneas

Nadie piensa nunca que pueda ir a encontrarse con una muerta entre los brazos y que ya no verá más su rostro cuyo nombre recuerda. Nadie piensa nunca que nadie vaya a morir en el momento más inadecuado a pesar de que eso sucede todo el tiempo, y creemos que nadie que no esté previsto habrá de morir junto a nosotros. Muchas veces se ocultan los hechos o las circunstancias: a los vivos y al que se muere —si tiene tiempo de darse cuenta— les avergüenza a menudo la forma de la muerte posible y sus apariencias, también la causa. Una indigestión de marisco, un cigarrillo encendido al entrar en el sueño que prende las sábanas, o aún peor, la lana de una manta; un resbalón en la ducha —la nuca— y el pestillo echado del cuarto de baño, un rayo que parte un árbol en una gran avenida y ese árbol que al caer aplasta o siega la cabeza de un transeúnte, quizá un extranjero; morir en calcetines, o en la peluquería con un gran babero, en un prostíbulo o en el dentista; o comiendo pescado y atravesado por una espina, morir atragantado como los niños cuya madre no está para meterles un dedo y salvarlos; morir a medio afeitar, con una mejilla llena de espuma y la barba ya desigual hasta el fin de los tiempos si nadie repara en ello y por piedad estética termina el trabajo; por no mencionar los momentos más innobles de la existencia, los más recónditos, de los que nunca se habla fuera de la adolescencia porque fuera de ella no hay pretexto, aunque también hay quienes los airean por hacer una gracia que jamás tiene gracia. Pero *esa* es una muerte horrible, se dice de algunas muertes; pero *esa* es una muerte ridícula, se dice también, entre carcajadas. Las carcajadas vienen porque se habla de un enemigo por fin extinto o de alguien remoto, alguien que nos hizo afrenta o que habita en el pasado desde hace mucho, un emperador romano, un tatarabuelo, o bien alguien poderoso en cuya muerte grotesca se ve sólo la justicia aún vital, aún humana, que en el fondo desearíamos para todo el mundo, incluidos nosotros. Cómo me alegro de esa muerte, cómo la lamento, cómo la celebro. A veces basta para la hilaridad que el muerto sea alguien desconocido, de cuya desgracia inevitablemente risible leemos en los periódicos, pobrecillo, se dice entre risas, la muerte como representación o como espectáculo del que se da noticia, las historias todas que se cuentan o leen o escuchan percibidas como teatro, hay siempre un grado de irrealidad en aquello de lo que nos enteran, como si nada pasara nunca del todo, ni siquiera lo que nos pasa y no olvidamos. Ni siquiera lo que no olvidamos.

Hay un grado de irrealidad en lo que a mí me ha pasado, y además todavía no ha concluido, o quizá debería emplear otro tiempo verbal, el clásico en nuestra lengua cuando contamos, y decir *lo que me pasó,* aunque no esté concluido. Tal vez ahora, al contarlo, me dé la risa. Pero no lo creo, porque aún no es remoto y mi muerta no habita en el pasado desde hace mucho ni fue poderosa ni una enemiga, y sin duda tampoco puedo decir que fuera una desconocida, aunque supiera poco acerca de ella cuando murió en mis brazos —ahora sé más, en cambio—. Fue una suerte que aún no estuviera desnuda, o no del todo, estábamos justamente en el proceso de desvestirnos, el uno al otro como suele suceder la primera vez que eso sucede, esto es, en las noches inaugurales que cobran la apariencia de lo imprevisto, o que se fingen impremeditadas para dejar el pudor a salvo y poder tener luego una sensación de inevitabilidad, y así desechar la culpa posible, la gente cree en la predestinación y en la intervención del hado, cuando le conviene. Como si todo el mundo tuviera interés en decir, llegado el caso: 'Yo no lo busqué, yo no lo quise', cuando las cosas salen mal o deprimen, o se arrepiente uno, o resulta que se hizo daño. Yo no lo busqué ni lo quise, debería decir yo ahora que sé que ella ha muerto, y que murió inoportunamente en mis brazos sin conocerme apenas —inmerecidamente, no me tocaba estar a su lado—. Nadie me creería si lo dijera, lo cual sin embargo no importa mucho, ya que soy yo quien está contando, y se me escucha o no se me escucha, eso es todo. Yo no lo busqué, yo no lo quise, digo ahora por tanto, y ella ya no puede decir lo mismo ni ninguna otra cosa ni desmentirme, lo último que dijo fue: 'Ay Dios, y el niño'. Lo primero que había dicho fue: 'No me siento bien, no sé qué me pasa'. Quiero decir lo primero tras la interrupción del proceso, ya habíamos llegado a su alcoba y estábamos medio echados, medio vestidos y medio desvestidos. De pronto se retiró y me tapó los labios como si no quisiera dejar de besármelos sin la transición de otro afecto y otro tacto, y me apartó suavemente con el envés de la mano y se colocó de costado, dándome la espalda, y cuando yo le pregunté '¿Qué ocurre?', me contestó eso: 'No me siento bien, no sé qué me pasa'. Vi entonces su nuca que no había visto nunca, con el pelo algo levantado y algo enredado y algo sudado, y calor no hacía, una nuca decimonónica por la que corrían estrías o hilos de cabello negro y pegado, como sangre a medio secar, o barro, como la nuca de alguien que resbaló en la ducha y aún tuvo tiempo de cerrar el grifo. Todo fue muy rápido y no dio tiempo a nada. No a llamar a un médico (pero a qué médico a las tres de la madrugada, los médicos ni siquiera a la hora de comer van ya a las casas), ni a avisar a un vecino (pero a qué vecino, yo no los conocía, no estaba en mi casa ni había estado nunca en aquella casa en la que era un invitado y ahora un intruso, ni siquiera en aquella calle, pocas veces en el barrio, mucho antes), ni a llamar al marido (pero cómo podía llamar yo al marido, y además estaba de viaje, y ni siquiera sabía su nombre completo), ni a despertar al niño (y para qué iba a despertar al niño, con lo que había costado que se durmiera), ni tampoco a intentar auxiliarla yo mismo, se sintió mal de repente, al principio pensé o pensamos que le habría sentado mal la cena con tantas interrupciones, o pensé yo solo que quizá se estaba ya deprimiendo o arrepintiendo o que le había entrado miedo, las tres cosas toman a menudo la forma del malestar y la enfermedad, el miedo y la depresión y el arrepentimiento, sobre todo si este último aparece simultáneamente con los actos que lo provocan, todo a la vez, un sí y un no y un quizá y mientras tanto todo ha continuado o se ha ido, la desdicha de no saber y tener que obrar porque hay que darle un contenido al tiempo que apremia y sigue pasando sin esperarnos, vamos más lentos: decidir sin saber, actuar sin saber y por tanto previendo, la mayor y más común desgracia, previendo lo que viene luego, percibida normalmente como desgracia menor, pero percibida por todos a diario. Algo a lo que se habitúa uno, no le hacemos mucho caso. Se sintió mal y no me atrevo a nombrarla, Marta, ese era su nombre, Téllez su apellido, dijo que sentía un mareo, y yo le pregunté: 'Pero ¿qué tipo de mareo, de estómago o de cabeza?'. 'No lo sé, un mareo horrible, de todo, todo el cuerpo, me siento morir.' Todo aquel cuerpo que empezaba a estar en mis manos, las manos que van a todas partes, las manos que aprietan o acarician o indagan y también golpean (oh, fue sin querer, involuntariamente, no se me debe tener en cuenta), gestos maquinales a veces de las manos que van tanteando todo un cuerpo que aún no saben si les complace, y de pronto ese cuerpo sufre un mareo, el más difuso de los malestares, el cuerpo entero, como ella dijo, y lo último que había dicho, 'me siento morir', lo había dicho no literalmente, sino como frase hecha. Ella no lo creía, ni yo tampoco, es más, ella había dicho 'No sé qué me pasa'. Yo insistí, porque preguntar es una manera de evitar hacer, no sólo preguntar sino hablar y contar evita los besos y evita los golpes y tomar medidas, abandonar la espera, y qué podía hacer yo, sobre todo al principio, cuando todo debía ser pasajero según las reglas de lo que ocurre y no ocurre, que a veces se quiebran. 'Pero ¿tienes ganas de vomitar?' Ella no contestó con palabras, hizo un gesto negativo con la nuca de sangre semiseca o barro, como si le costara articular. Me levanté de la cama y di la vuelta y me arrodillé a su lado para verle la cara, le puse una mano en el antebrazo (tocar consuela, la mano del médico). Tenía los ojos cerrados y apretados en aquel momento, pestañas largas, como si le dañara la luz de la mesilla de noche que aún no habíamos apagado (pero yo pensaba hacerlo ya en breve, antes de su indisposición había dudado si apagarla ya o bien todavía no: quería ver, aún estaba por ver aquel cuerpo nuevo que seguramente me complacería, no la había apagado). La dejé encendida, ahora podía sernos útil en vista de su repentino estado, de enfermedad o depresión o miedo o arrepentimiento. '¿Quieres que llame a un médico?', y pensé en las improbables urgencias, fantasmagorías del listín telefónico. Volvió a negar con la cabeza. '¿Dónde te duele?', pregunté, y ella se señaló con desgana una zona imprecisa que abarcaba el pecho y el estómago y más abajo, en realidad todo el cuerpo menos la cabeza y las extremidades. Su estómago estaba ya al descubierto y el pecho no tanto, aún tenía puesto (aunque soltado el broche) su sostén sin tirantes, un vestigio del verano, como la parte superior de un bikini, le estaba un poco pequeño y quizá se lo había puesto, ya un poco antiguo, porque me esperaba esa noche y todo era premeditado en contra de las apariencias y las casualidades trabajosamente forjadas que nos habían llevado hasta aquella cama de su matrimonio (sé que algunas mujeres usan a propósito tallas menores, para realzarse). Yo le había soltado el broche, pero la prenda no había caído, Marta se la sujetaba aún con los brazos, o con las axilas, tal vez sin querer ahora. '¿Se te va pasando?' 'No, no lo sé, creo que no', dijo ella, Marta Téllez, con la voz no ya adelgazada, sino deformada por el dolor o la angustia, pues en realidad dolor no sé si tenía. 'Espera un poco, no puedo casi hablar', añadió —estar mal da pereza—, y sin embargo dijo algo más, no estaba lo bastante mal para olvidarse de mí, o era considerada en cualquier circunstancia y aunque se estuviera muriendo, en mi escaso trato con ella me había parecido una persona considerada (pero entonces no sabíamos que se estaba muriendo): 'Pobre', dijo, 'no contabas con esto, qué noche horrible'. No contaba con nada, o tal vez sí, con lo que contaba ella. La noche no había sido horrible hasta entonces, si acaso un poco aburrida, y no he sabido si adivinaba ya lo que iba a ocurrirle o si se estaba refiriendo a la espera excesiva por culpa del niño sin sueño. Me levanté, de nuevo di la vuelta a la cama y me recosté en el lado que había ocupado antes, el izquierdo, pensando (volví a ver su nuca inmóvil surcada, encogida como por el frío): 'Quizá es mejor que espere y no le pregunte durante un rato, que la deje tranquila a ver si se le pasa, no obligarla a contestar preguntas ni a calibrar cada pocos segundos si está un poco mejor o un poco peor, pensar en la enfermedad la agudiza, como vigilarla demasiado estrechamente'. Miré hacia las paredes de aquella alcoba en la que al entrar no me había fijado porque tenía la vista en la mujer antes vivaz o tímida y ahora maltrecha, que me conducía de la mano. Había un espejo de cuerpo entero frente a la cama, como si fuera la habitación de un hotel (un matrimonio al que gustaba mirarse, antes de salir a la calle, antes de acostarse). El resto, en cambio, era un dormitorio doméstico, de dos personas, había rastros de un marido en la mesilla que había a mi lado (ella se había deslizado desde el principio hacia el que ocuparía cada noche, algo indiscutible y mecánico, y cada mañana): una calculadora, un abrecartas, un antifaz de avión para ahuyentar la luz del océano, monedas, cenicero sucio y despertador con radio, en el hueco inferior un cartón de tabaco en el que sólo quedaba un paquete, un frasco de colonia muy viril de Loewe que le habrían regalado, acaso la propia Marta por un cumpleaños reciente, dos novelas también regaladas (o no, pero yo no me veía comprándolas), un tubo de Redoxon efervescente, un vaso vacío que no le habría dado tiempo a retirar antes de salir de viaje, el suplemento de una revista con la programación de televisión, no la vería, estaba hoy de viaje. La televisión estaba a los pies de la cama, al lado del espejo, gente cómoda, durante un instante se me ocurrió ponerla con el mando a distancia, pero el mando estaba en la otra mesilla, en la de Marta, y tenía que dar otra vez la vuelta o bien molestarla con mi brazo estirado por encima de su cabeza, en qué estaría pensando, si era depresión o miedo lo que la había atacado. Lo estiré y cogí el mando, ella no se dio cuenta aunque le rocé el pelo con la manga subida de mi camisa. En la pared de la izquierda había una reproducción de un cuadro algo cursi que conozco bien, Bartolomeo da Venezia el pintor, está en Francfort, representa a una mujer con laurel, toca y bucles escuálidos en la cabeza, diadema en la frente, un manojo de florecillas distintas en la mano alzada y un pecho al descubierto (más bien plano); en la de la derecha había armarios empotrados pintados de blanco, como los muros. Allí dentro estarían las ropas que el marido no se llevó de viaje, la mayoría, era una ausencia breve según me había dicho su mujer Marta durante la cena, a Londres. Había también dos sillas con ropa sin recoger, tal vez sucia o tal vez recién limpia y aún sin planchar, la luz de la mesilla de Marta no alcanzaba a iluminarlas bien. En una de las sillas vi ropa de hombre, una chaqueta colgada sobre el respaldo como si éste fuera una percha, un pantalón con el cinturón aún puesto, la hebilla gruesa (la cremallera abierta, como todos los pantalones tirados), un par de camisas claras desabrochadas, el marido acababa de estar en aquel lugar, aquella mañana se habría levantado allí mismo, desde la almohada en la que yo apoyaba ahora la espalda, y habría decidido cambiarse de pantalones, las prisas, puede que Marta se hubiera negado a planchárselos. Aquellas prendas aún respiraban. En la otra silla había ropa de mujer en cambio, vi unas medias oscuras y dos faldas de Marta Téllez, no eran del estilo de la que aún tenía puesta sino más de vestir, tal vez se las había estado probando indecisa hasta un minuto antes de que yo llamara a la puerta, para las citas galantes uno no sabe nunca elegir atuendo (yo no había tenido problemas, para mí no era seguro que fuera galante, y es monótono mi vestuario). La falda escogida se le estaba arrugando enormemente en la postura que había adoptado, Marta estaba doblada, vi que se apretaba los pulgares con los demás dedos, las piernas encogidas como si hicieran un esfuerzo por calmar con su presión el estómago y el pecho, como si quisieran frenarlos, la postura dejaba las bragas al descubierto y esas bragas a su vez las nalgas en parte, eran bragas menores. Pensé estirarle y bajarle la falda por un repentino recato y para que no se le arrugara tanto, pero no podía evitar que me gustara lo que veía y era dudoso que fuera a seguir viendo —en aumento— si ella no mejoraba, y Marta tal vez habría contado con esas arrugas, habían empezado a aparecer en la falda ya antes, como suele suceder en las noches inaugurales, no hay en ellas respeto por las prendas que se van quitando, ni por las que van quedando, sí lo hay por el nuevo desconocido cuerpo: quizá por eso no había planchado aún nada de lo que estaba pendiente, porque sabía que de todas formas tendría que planchar también al día siguiente la falda que esta noche iba a ponerse, cuál de ellas, cuál favorece, la noche en que me recibiría, todo se arruga o se mancha o maltrata y queda momentáneamente inservible en estos casos.

Bajé el sonido de la televisión con el mando antes de ponerla en funcionamiento, y, como yo quería, apareció la imagen sin voz y ella no se dio cuenta, aunque aumentó la luz de la habitación al instante. En la pantalla estaba Fred Mac-Murray con subtítulos, una película antigua por la noche tarde. Di un repaso a los canales y volví a MacMurray en blanco y negro, a su cara poco inteligente. Y fue entonces cuando ya no pude evitar pararme a pensar, aunque nadie piense nunca demasiado ni en el orden en que los pensamientos luego se cuentan o quedan escritos: 'Qué hago yo aquí', pensé. 'Estoy en una casa que no conozco, en el dormitorio de un individuo al que nunca he visto y del cual sé sólo el nombre de pila, que su mujer ha mencionado natural e intolerablemente varias veces a lo largo de la velada. También es el dormitorio de ella y por eso estoy aquí, velando su enfermedad tras haberle quitado alguna ropa y haberla tocado, a ella sí la conozco, aunque poco y desde hace sólo dos semanas, esta es la tercera vez que la veo en mi vida. Ese marido llamó hace un par de horas, cuando yo ya estaba en su casa cenando, llamó para decir que había llegado bien a Londres, que había cenado en la Bombay Brasserie estupendamente y que se disponía a meterse en la cama de su habitación de hotel, a la mañana siguiente le esperaba trabajo, está en viaje breve de trabajo.' Y su mujer, Marta, no le dijo que yo estaba allí, aquí, cenando. Eso me hizo tener la casi seguridad de que aquella era una cena galante, aunque por entonces el niño aún estaba despierto. El marido había preguntado por ese niño sin duda, ella había contestado que estaba a punto de acostarlo; el marido probablemente había dicho: 'Pásamelo que le dé las buenas noches', porque Marta había dicho: 'Es mejor que no, anda muy desvelado y si habla contigo se pondrá aún más nervioso y no va a haber quien lo duerma'. Todo aquello era absurdo desde mi punto de vista, porque el niño, de casi dos años según su madre, hablaba de manera rudimentaria y apenas inteligible y Marta tenía que tantearlo y traducirlo, las madres como primeras tanteadoras y traductoras del mundo, que interpretan y luego formulan lo que ni siquiera es lengua, también los gestos y los aspavientos y los diferentes significados del llanto, cuando el llanto es inarticulado y no equivale a palabras, o las excluye, o las traba. Tal vez el padre también le entendía y por eso pedía que se pusiera al teléfono aquel niño que, para mayor dificultad, hablaba todo el rato con un chupete en la boca. Yo le había dicho una vez, mientras Marta se ausentaba unos minutos en la cocina y él y yo nos habíamos quedado solos en el salón que también era comedor, yo sentado a la mesa con la servilleta sobre mi regazo, él en el sofá con un conejo enano en la mano, los dos mirando la televisión encendida, él de frente, yo de reojo: 'Con el chupete no te entiendo'. Y el niño se lo había quitado obedientemente y, sosteniéndolo un momento en la mano con gesto casi elocuente (en la otra el conejo enano), había repetido lo que quiera que hubiera dicho, también sin éxito con la boca libre. El hecho de que Marta Téllez no permitiera que el niño se pusiera al teléfono me hizo tener aún más certeza, ya que ese niño, con su semihabla obstaculizada, podría pese a todo haberle indicado al padre que allí había un hombre cenando. Comprendí al poco que el niño pronunciaba sólo las últimas sílabas de las palabras que tenían más de dos, y aun así incompletas ('Ote' por bigote, 'Ata' por corbata, 'Ete' por chupete y 'Ete' también por filete: salió en la pantalla un alcalde con bigote, yo no llevo; Marta me dio de cenar solomillo, irlandés, dijo); era difícil de descifrar aun sabiendo esto, pero puede que su padre estuviera acostumbrado, agudizado también su sentido de la interpretación de la primitiva lengua de un único hablante que además la abandonaría pronto. El niño aún empleaba pocos verbos y por tanto apenas hacía frases, manejaba sobre todo sustantivos, algunos adjetivos, todo en él tenía un tono exclamatorio. Se había empeñado en no acostarse mientras cenábamos o no cenábamos y yo esperaba el regreso de Marta a la mesa tras sus idas a la cocina y su paciente solicitud hacia el niño. La madre le había puesto un vídeo de dibujos animados en la televisión del salón —la única para mí hasta entonces— por ver si se adormilaba con las luces de la pantalla. Pero el niño estaba alerta, había rehusado irse a la cama, con su desconocimiento o conocimiento precario del mundo sabía más de lo que yo sabía, y vigilaba a su madre y vigilaba a aquel invitado nunca antes visto en aquella casa, guardaba el lugar del padre. Hubo varios momentos en los que habría querido marcharme, me sentía ya un intruso más que un invitado, cada vez más intruso a medida que adquiría la certidumbre de que aquella cita era galante y de que el niño lo sabía de forma intuitiva —como los gatos— e intentaba impedirla con su presencia, muerto de sueño y luchando contra ese sueño, sentado dócilmente en el sofá ante sus dibujos animados que no comprendía, aunque sí reconocía a los personajes, porque de vez en cuando señalaba con el índice hacia la pantalla y a pesar del chupete yo lograba entenderle, pues veía lo que él veía: '¡Tittín!', decía, o bien: '¡Itán!', y la madre dejaba de hacerme caso un segundo para hacérselo a él y traducir o reafirmarlo, para que ninguna de sus incipientes y meritorias palabras se quedara sin celebración, o sin resonancia: 'Sí, esos son Tintín y el capitán, mi vida'. Yo leía Tintín de pequeño en grandes cuadernos, los niños de ahora lo veían en movimiento y le oían hablar con una voz ridícula, por eso yo no podía evitar distraerme de la conversación fragmentaria y de aquella cena con tanto intervalo, no sólo reconocía también a los personajes, sino sus aventuras, la isla negra, y las seguía sin querer un poco desde mi sitio en la mesa, sesgadamente.

Fue la obstinación del niño en no acostarse lo que acabó de darme el convencimiento de lo que me esperaba (si él por fin se dormía, y si yo quería). Fue su propia vigilancia y su propio recelo instintivo lo que delató a la madre, más aún que el silencio de ella en su charla con Londres (el silencio respecto a mi presencia) o el hecho de que me esperara demasiado arreglada, demasiado pintada y demasiado ruborizada para estar en casa al final del día (o tal vez era iluminada). La revelación del temor da ideas a quien atemoriza o a quien puede hacerlo, la prevención ante lo que no ha pasado atrae el suceso, las sospechas deciden lo que aún estaba irresuelto y lo ponen en marcha, la aprensión y la expectativa obligan a llenar las concavidades que crean y van ahondando, algo tiene que ocurrir si queremos que se disipe el miedo, y lo mejor es darle su cumplimiento. El niño acusaba a la madre con su desvelo irritante y la madre se acusaba a sí misma con su tolerancia (más vale que tengamos la fiesta en paz, estaría pensando, habría pensado desde el principio; si coge una rabieta el niño estamos perdidos), y ambas cosas dejaban sin ningún efecto el disimulo que es siempre forzoso en las noches inaugurales, lo que permite decir o creer más tarde que nadie buscaba ni quiso nada: yo no lo busqué, yo no lo quise. Yo también me veía acusado, no sólo por el esfuerzo del niño por no rendirse, sino por su actitud y su manera de contemplarme: en ningún momento se me había acercado mucho, me miraba con una mezcla de incredulidad y necesidad o deseo de confianza, esto último perceptible sobre todo cuando me hablaba con sus vocablos interjectivos y aislados y casi siempre enigmáticos, con su voz potente tan inverosímil en alguien de su tamaño. Me había enseñado pocas cosas y no me había dejado su conejo enano. 'El niño tiene razón y hace bien', había pensado yo, 'porque en cuanto se duerma yo ocuparé el lugar habitual de su padre durante un rato, no más que un rato. Él lo presiente y quiere proteger ese sitio que es también garantía del suyo, pero como desconoce el mundo y no sabe que sabe, me ha allanado el camino con su temor transparente, me ha dado los indicios que podían faltarme: él, pese a todo y a no saber nada, conoce a su madre mejor que yo, ella es el mundo que mejor conoce y para él no es un misterio. Gracias a él yo ya no vacilaré, si así lo quiero.' Poco a poco, empujado por el sueño, se había ido recostando y había acabado por tumbarse en el sofá, una figura minúscula para aquel mueble —como se ve a una hormiga en una caja de cerillas vacía, pero la hormiga se mueve—, y había seguido mirando su vídeo con la cara apoyada en los almohadones, el chupete en la boca como un recordatorio o emblema superfluo de su edad tan breve, las piernas encogidas en posición de sueño o de conciliación del sueño, muy abiertos sin embargo los ojos, no se permitía cerrarlos ni siquiera un instante, la madre se inclinaba un poco de vez en cuando desde su asiento para ver si su hijo se había dormido como deseaba, la pobre quería perderlo de vista aunque fuese su vida, la pobre quería estar a solas conmigo un rato, nada grave, no más que un rato (pero 'la pobre' lo digo ahora y no lo pensaba entonces, y quizá debía). Yo no le preguntaba ni hacía ningún comentario al respecto porque no me gustaba parecer impaciente ni falto de escrúpulos, y además ella me informaba con naturalidad cada vez, tras inclinarse: 'Huy, aún está con los ojos como platos'. La presencia de aquel niño había dominado todo, pese a su sosiego. Era un niño tranquilo, parecía tener buen humor y apenas si daba la lata, pero en modo alguno quería dejarnos solos, en modo alguno quería desaparecer de allí e irse solo a su habitación, en modo alguno quería perder él de vista a su madre, que ahora adoptaba la misma postura que su hijo en el sofá desmedido mientras forcejeaba con el cansancio, sólo que ella forcejeaba con la enfermedad o el miedo y la depresión o el arrepentimiento y no se veía minúscula en su propia cama de matrimonio ni estaba sola, sino que yo estaba a su lado con un mando de televisión en la mano y sin saber bien qué hacer. '¿Quieres que me vaya?', le dije. 'No, espera un poco, tiene que pasárseme, no me dejes', contestó Marta Téllez, y al hacerlo volvió la cara hacia mí más como intención que como hecho: no pudo llegar a verme porque no la volvió lo bastante, sí entró en su campo visual en cambio la televisión encendida, la cara estulta de Fred MacMurray que yo empezaba a asociar con la del marido ausente mientras pensaba en él y en lo sucedido, o no sucedido y planeado hasta entonces. Por qué no llamaría ahora, en Londres insomne, sería un alivio si sonara el teléfono ahora y ella lo cogiera y le explicara al marido con su voz escasa que se encontraba muy mal y que no sabía lo que le estaba pasando. Él se haría cargo aunque estuviera lejos y yo quedaría exento de responsabilidad y dejaría de ser testigo (la responsabilidad tan sólo del que acierta a pasar, no otra), él podría llamar a un médico o a un vecino (él sí los conocía, eran los suyos y no los míos), o a una hermana o a una cuñada para que se levantaran sobresaltadas del sueño y en mitad de la noche se llegaran hasta su casa para ayudar a su mujer enferma. Y yo me iría mientras tanto, ya volvería otra noche si se daba el caso, en la que no harían falta trámites ni más prolegómenos, podría visitarla mañana mismo a estas horas, tarde, cuando ya fuera seguro que se hubiera dormido el niño. Yo no, pero el marido podía ser intempestivo.

'¿Quieres llamar a tu marido?', le pregunté a Marta. 'A lo mejor te tranquiliza hablar con él, y que sepa que no estás bien.' No soportamos que nuestros allegados no estén al corriente de nuestras penas, no soportamos que nos sigan creyendo más o menos felices si de pronto ya no lo somos, hay cuatro o cinco personas en la vida de cada uno que deben estar enteradas de cuanto nos ocurre al instante, no soportamos que sigan creyendo lo que ya no es, ni un minuto más, que nos crean casados si nos quedamos viudos o con padres si nos quedamos huérfanos, en compañía si nos abandonan o con salud si nos ponemos enfermos. Que nos crean vivos si nos hemos muerto. Pero aquella era una noche rara, sobre todo lo fue para Marta Téllez, sin duda la más rara de su existencia. Marta volvió ahora más el rostro, se lo vi un momento de frente como ella debió ver el mío, hacía ya rato que me mostraba tan sólo la nuca cada vez más sudada y más rígida, los hilachos de pelo que la recorrían cada vez más apelmazados, como si el barro los fuera impregnando; y la espalda desnuda, sin accidentes. Al volverse del todo le vi tan guiñados los ojos que parecía improbable que vieran nada, las largas pestañas casi los suplantaban, no sé si la extrañeza de la mirada que adiviné se debía a que se había olvidado de mí transitoriamente y no me reconocía o a mi pregunta y a mi comentario, o quizá a que nunca se había sentido como se sentía ahora. Supongo que estaba agonizando y que yo no me daba cuenta, agonizar es nuevo para todo el mundo. 'Estás loco', me dijo, 'cómo voy a llamarle, me mataría.' Al volverse se le resbaló el sostén que sujetaba involuntaria o voluntariamente con los brazos o con las axilas, cayó en la colcha; el pecho le quedó al descubierto y no hizo nada para tapárselo: supongo que estaba agonizando y que yo no me di cuenta. Y añadió, demostrando que lograba acordarse de mí y que no se había desentendido: 'Has puesto la televisión, ay pobre, te estarás aburriendo, ponle el sonido si quieres,

¿qué estás viendo?'. Al tiempo que me decía esto (pero como si hablara para sus adentros) me puso una mano en la pierna, un aviso de caricia que no pudo cumplirse; luego la retiró para retornar a su posición, de espaldas, encogida como una niña, o como su niño que por fin dormía desentendido de mí y de ella en su cuarto, seguramente en una cuna, no sé si los niños de casi dos años todavía corren el riesgo de rodar durante la noche hasta el suelo si duermen en cama como los mayores; si se acuestan por tanto en cunas, donde están seguros. 'Una película antigua de Fred MacMurray', contesté (ella era más joven que yo: me pregunté si sabría quién era MacMurray), 'pero no la estoy viendo.' También dormiría el marido desentendido en Londres, desentendido de ella e ignorante de mi existencia, por qué no se despertaría angustiado, por qué no intuía, por qué no llamaba buscando consuelo a Madrid, a su casa, para encontrarse allí con la voz de otra angustia mayor que le haría desechar la propia, por qué no nos salvaba. Pero en mitad de la noche todo estaba en orden para todas las personas o figuras posibles, atrasadas de noticias: para el hijo muy cerca, desconocedor del mundo bajo el mismo techo, y para el padre lejos, en la isla en que suele dormirse tan mansamente; para las cuñadas o hermanas que soñarían ahora con el futuro abstracto en esta ciudad nunca inmóvil y en la que dormir es difícil —más un vencimiento, nunca una costumbre—; para algún médico atribulado y exhausto que quizá podría haber salvado una vida si se lo hubiera arrancado de sus pesadillas aquella noche; para los vecinos de aquel inmueble que se desesperarían pensando dormidos en la mañana siguiente cada vez más próxima, cada vez menos tiempo para despertarse y mirarse al espejo y lavarse los dientes y poner la radio, un día más, qué desventura, un día más, qué suerte. Sólo para mí y para Marta las cosas no estaban en orden, yo no estaba desentendido ni sumergido en el sueño y ya era muy tarde, antes dije que fue todo muy rápido y sé que así fue, pero recordarlo resulta tan lento como resultó asistir a ello, yo tenía la sensación de que pasaba el tiempo y sin embargo pasaba muy poco según los relojes (el de la mesilla de Marta, el de mi muñeca), yo quería dejarlo pasar sin prisa antes de cada nueva frase o movimiento mío y no lo lograba, apenas si transcurría un minuto entre mis frases y mis movimientos o entre movimiento y frase, cuando yo creía que pasaban diez, o al menos cinco. En otros puntos de la ciudad estarían ocurriendo cosas, no muchas, en desorden y en orden: los coches se oían a cierta distancia, aquella calle quedaba un poco apartada de las necesidades del tráfico, Conde de la Cimera su nombre, y lo que sí sabía es que había un hospital muy cerca, de La Luz su nombre, en el que enfermeras de guardia dormitarían con la cabeza apoyada en el puño, sueño mínimo nacido para ser quebrado, sentadas en incómodas sillas con las piernas cruzadas a través de sus blanquecinas medias con grumos en las costuras, mientras más allá algún estudiante con gafas leería renglones de derecho o física o de farmacéutica para el examen inútil de la mañana, olvidado todo al salir del aula; y más allá, más lejos, en otra zona, al final de la cuesta de los Hermanos Bécquer una puta aislada daría tres o cuatro pasos expectantes e incrédulos hacia la calzada cada vez que un coche aminorara la marcha o respetara el semáforo: vestida con sus mejores galas en noche de martes frío, para ser vista desde demasiado cerca o tan sólo a distancia y tal vez fuera un hombre, un joven que arrastraría sus tacones altos por la costumbre aún no arraigada o por la enfermedad y el cansancio, sus pasos y sus espaciadas visitas al interior de los coches destinados a no dejar huella en nadie, o a superponerse en su memoria confusa y fatalista y frágil. Algunos amantes se estarían tal vez despidiendo, no ven la hora de volver a solas cada uno a su lecho, el uno abusado y el otro intacto, pero todavía se entretienen dándose besos con la puerta abierta —es él quien se va, o ella— mientras él o ella esperan el ascensor que llevaba ya quieto una hora sin que lo llamara nadie, desde que volvieron de una discoteca los inquilinos más noctámbulos: los besos del que se va a la puerta del que se queda, confundidos con los de anteayer y los de pasado mañana, la noche inaugural memorable fue sólo una y se perdió en seguida, engullida por las semanas y los repetitivos meses que la sustituyen; y en algún lugar habrá una riña, vuela una botella o alguien la estampa —agarrada del cuello como si fuera el mango de una daga— contra la mesa de quien mal le hace, y no se rompe la botella sino el cristal de la mesa, aunque salta la espuma de la cerveza como si fuera orina; también se comete un asesinato, o es un homicidio porque no está planeado, tan sólo sucede, una discusión y un golpe, un grito y algo se rasga, una revelación o la repentina conciencia del desengaño, enterarse, oír, conocer o ver, la muerte es traída a veces por lo afirmativo y activo, ahuyentada o quizá aplazada por la ignorancia y el tedio y por la que es siempre la mejor respuesta: 'No sé, no me consta, ya veremos'. Hay que esperar y ver y a nadie le consta nada, ni siquiera lo que hace o decide o ve o padece, cada momento queda disuelto más pronto o más tarde, con su grado de irrealidad siempre en aumento, viajando todo hacia su difuminación a medida que pasan los días y aun los segundos que parecen sostener las cosas y en realidad las suprimen: desvanecido el sueño de la enfermera y el baldío desvelo del estudiante, desdeñados o inadvertidos los pasos de ofrecimiento de la puta que quizá es un muchacho disfrazado y enfermo, renegados los besos de los amantes al cabo de unos meses o semanas más que traerán consigo, sin que se anuncie, la noche de la clausura —el adiós aliviado y agrio—; renovado el cristal de la mesa, disipada la riña como el humo que la albergó en su noche, aunque quien hiciera mal continúe haciéndolo; y el asesinato o el homicidio simplemente sumado como si fuera un vínculo insignificante y superfluo —hay tantos otros— con los crímenes que ya se olvidaron y de los que no hay constancia, y con los que se preparan, de los que sí la habrá, pero sólo para dejar de haberla. Y ocurrirán cosas en Londres y en el mundo entero de las que jamás tendremos constancia ni yo ni Marta, y en eso nos asemejaremos, es allí una hora antes, tal vez el marido no duerme tampoco en la isla sino que entretiene el insomnio mirando por la ventana invernal de su hotel —ventana de guillotina, Wilbraham Hotel su nombre— hacia los edificios de enfrente, o hacia otras habitaciones del mismo hotel cuyo cuerpo hace ángulo recto con sus dos alas traseras que no se ven desde la calle, Wilbraham Place su nombre, la mayoría a oscuras, hacia aquella habitación en la que vio por la tarde a una criada negra haciendo las camas de los que ya partieron para los que aún no llegaron, o quizá la ve ahora en su propio cuarto abuhardillado —los más altos del hotel, los más angostos y de techo más bajo para los empleados que no tienen casa— desvistiéndose tras la jornada, quitándose cofia y zapatos y medias y delantal y uniforme, lavándose la cara y las axilas en un lavabo, también él ve a una mujer medio vestida y medio desnuda, pero a diferencia de mí él no la ha tocado ni la ha abrazado ni tiene nada que ver con ella, que antes de acostarse se lava un poco por partes británicamente en el mísero lavabo de los cuartos ingleses cuyos inquilinos deben salir al pasillo para compartir la bañera con los demás del piso. No sé, no me consta, ya veremos o más bien nunca sabremos, Marta muerta no sabrá nunca qué fue de su marido en Londres aquella noche mientras ella agonizaba a mi lado, cuando él regrese no estará ella para escucharlo, para escuchar el relato que él haya decidido contarle, tal vez ficticio. Todo viaja hacia su difuminación y se pierde y pocas cosas dejan huella, sobre todo si no se repiten, si acontecen una sola vez y ya no vuelven, lo mismo que las que se instalan demasiado cómodamente y vuelven a diario y se yuxtaponen, tampoco esas dejan huella.

Pero entonces yo aún no sabía a qué clase de acontecer pertenecía mi primera visita a Conde de la Cimera aquella noche, una calle extraña, pensaba en irme y en no volver, mala suerte la mía, pero también era posible que regresara al día siguiente, hoy ya según los relojes, y tanto si volvía como si no volvía empezaría a no haber rastro de esta noche de inauguración o bien única en cuanto yo saliera de allí y avanzara el día. 'Mi presencia aquí será borrada mañana mismo', pensé, 'cuando Marta esté bien y repuesta: fregará los platos resecos de nuestra cena y planchará sus faldas y aireará las sábanas hasta las que no habré llegado, y no querrá acordarse de su capricho ni de su fracaso. Pensará en su marido en Londres reconfortada y deseará su vuelta, mirará por la ventana un momento mientras recoge y restablece el orden del mundo —en la mano de ayer un cenicero aún no vaciado—, aunque quizá haya un resto de divagación en sus ojos, ese resto a cada instante más débil que me pertenecerá a mí y a mis pocos besos, anulados ya su recuerdo y su tentación y su efecto por el malestar o el miedo o el arrepentimiento. Mi presencia aquí, tan conspicua ahora, será negada mañana mismo con un gesto de la cabeza y un grifo abierto y para ella será como si no hubiera venido y no habré venido, porque hasta el tiempo que se resiste a pasar acaba pasando y se lo lleva el desagüe, y basta con que imagine la llegada del día para que me vea ya fuera de esta casa, tal vez muy pronto estaré ya fuera, aún de noche, cruzando Reina Victoria y caminando un poco por General Rodrigo para desentenderme, antes de coger un taxi. Quizá sólo falta que Marta se duerma y entonces yo tendré motivo y excusa para marcharme.' De pronto se abrió la puerta de la habitación, que había quedado entornada para que Marta pudiera oír al niño si se despertaba y lloraba. 'Nunca se despierta pase lo que pase', había dicho, 'pero así estoy más tranquila.' Y apoyado en el quicio vi al niño con su inseparable conejo enano y con su chupete y con su pijama, que se había despertado sin llorar por ello, quizá intuyendo la condenación de su mundo. Miraba a su madre y me miraba a mí desde la simplicidad de sus sueños no del todo abandonados, sin decir ninguna de sus contadas e incompletas palabras. Marta no se dio cuenta —sus ojos apretados, las largas pestañas—, aunque yo hice rápidamente el movimiento alarmado de cerrarme la camisa que no me había llegado a quitar pero que ella me había abierto (demasiados botones entonces y ahora, para abrochármelos). Marta Téllez debía de estar muy mal para no reparar en la presencia de su hijo en su alcoba en mitad de la noche, o para no adivinarla, puesto que no miraba en su dirección, ni hacia ningún lado. Durante unos segundos no supe si el niño iba a entrar gritando y a subirse a la cama junto a su madre enferma o si iba a romper a llorar para llamar su atención —su atención concentrada tan sólo en sí misma y en su cuerpo desobediente— en cualquier instante. Miró hacia la televisión encendida y vio a MacMurray, a quien en esta escena, como en otras desde hacía un rato, acompañaba ahora Barbara Stanwyck, una mujer de cara aviesa y poco agradable. Debió decepcionarlo el blanco y negro o la ausencia de voces, o que se tratara de MacMurray y Stanwyck en vez de Tintín y Haddock u otras eminencias del dibujo animado, porque su vista no se quedó fija como la de todos los niños en cuanto la posan en una pantalla, sino que la apartó en seguida, volviéndola de nuevo hacia Marta. Me ruboricé al pensar que por culpa mía estaba viendo a su madre semidesnuda —bastante desnuda, el sostén caído y ella no había hecho nada para taparse—, aunque quizá estuviera acostumbrado, era lo bastante pequeño para que eso no importara aún a sus padres, y además hay padres que consideran un rasgo de desenfado y salud compartir con la suya la inevitable desnudez de sus vástagos, tan frecuente cuando son muy niños. Pero me ruboricé lo mismo a pesar de este pensamiento moderno, y con gran torpeza recogí el sostén de donde había quedado, sobre la colcha como un despojo, para intentar cubrirle el pecho a su dueña, mínima y chapuceramente. No llegué a hacerlo porque me di cuenta antes de que ese movimiento y el roce de la tela sobre su piel despertarían a Marta si se había dormido, o en todo caso la harían mirar, y pensé que era mejor que no supiera que el niño nos había visto si éste lo permitía, es decir, si seguía sin llorar ni subirse a la cama ni decir nada. No debía de dormir en cuna, o bien sí, pero con los barrotes muy bajos, alzados lo justo para que no rodara durante el sueño pero no lo bastante para impedirle levantarse si tenía necesidad de ello. Así que me quedé durante unos segundos con aquel sostén de insuficiente talla en la mano como si fuera un trofeo mortecino y exiguo, como si quisiera subrayar mi conquista que no había podido llevarse a cabo, y era todo lo contrario: en aquellos momentos lo vi como la prueba de mi capricho y de mi fracaso, y de los de ella. El niño estaba despierto porque estaba allí, de pie en la puerta y con los ojos abiertos, pero en realidad seguía casi dormido, o eso me dije. Miró hacia el sostén atraído por mi gesto, y yo lo escondí en seguida, estrujándolo en mi mano que bajé hasta la colcha y llevé a mi espalda. No debía de reconocerme del todo, seguramente le sonaba mi cara de manera no muy distinta de como le sonarían las de los personajes infantiles de sus vídeos o los perros de sus sueños, sólo que a mí aún no me había puesto un nombre, o tal vez sí, mi nombre había sido pronunciado varias veces por Marta durante la cena, quizá lo sabía y no le venía a la lengua en la pugna de su duermevela. Nada le venía a la lengua y no había expresión en sus ojos, quiero decir ninguna reconocible, de las que suelen tener un nombre dado por los adultos —de perplejidad, de ilusión, de miedo, de indiferencia, de confusión, de enfado—; su leve ceño se debía a su despertar indeciso, no a más, o eso me dije. Me levanté con cuidado y me acerqué a él lentamente, sonriéndole un poco y diciéndole en voz muy baja, un susurro: 'Tienes que irte a dormir otra vez, Eugenio, es muy tarde. Vamos, hay que volver a la cama'. Desde mi altura le puse una mano en el hombro —en la otra todavía el sostén, como si fuera una servilleta usada—. Él se dejó tocar, y entonces me puso la suya en el antebrazo. Luego se dio media vuelta, obediente, y vi cómo desaparecía por el pasillo con sus pasos apresurados y cortos camino de su cuarto. Antes de entrar se paró y se volvió hacia mí, como esperando que lo acompañara, quizá necesitaba un testigo que lo viera acostarse, tener la certeza de que alguien sabía dónde quedaba durante su sueño. Sin hacer ruido —de puntillas, aún tenía los zapatos puestos, creí que ya no me los quitaría— lo seguí hasta allí y me detuve a la puerta de la habitación en la que dormía y que permanecía a oscuras, el niño no había encendido la luz, tal vez no sabía, aunque la persiana estaba subida y entraba la claridad de la noche amarillenta y rojiza por la ventana —ventana de hojas, no de guillotina—. Al comprobar que iba a acompañarlo se había vuelto a meter en su cuna, siempre con el conejo —cuna de madera, no de metal, los barrotes bajados como yo suponía—. Creo que me quedé allí unos minutos, aunque no miré el reloj al salir de la alcoba de Marta ni luego al regresar a ella. Me quedé hasta que tuve la certeza de que el niño estaba de nuevo completamente dormido, y eso lo supe por su respiración y porque me aproximé un momento para verle la cara. Al avanzar mi cabeza chocó con algo que no me hizo daño, y sólo entonces, en la penumbra, vi que colgaban del techo, a una altura a la que él no alcanzaría, unos aviones de juguete sujetados con hilos. Retrocedí y volví al umbral y me situé en un ángulo —apoyado en el quicio como antes él sin atreverse a pisar la habitación de su madre— que me permitiera discernirlos a la contraluz difusa. Vi que eran de cartón o metálicos o quizá maquetas pintadas, muy numerosos y antiguos en todo caso, vetustos aviones de hélice que seguramente provenían de la remota infancia del padre que estaba en Londres, quien habría esperado hasta tener un hijo para volver a exponerlos y restituirlos al lugar que les correspondía, el cuarto de un niño. Me pareció ver un Spitfire, y un Messerschmitt 109, un biplano Nieuport y un Camel y también un Mig Rata, como se llamó a este avión ruso durante la Guerra Civil de esta tierra; y también un Zero japonés y un Lancaster, y tal vez un P-51H Mustang con sus sonrientes fauces de tiburón pintadas en la parte inferior del morro; y había un triplano, podía ser un Fokker y quizá era rojo, y en ese caso sería el del Barón Von Richthofen: cazas y bombarderos de la Primera y Segunda Guerra Mundial mezclados, alguno de la nuestra y de la de Corea, yo los tuve también de niño, no tantos, qué envidia, y por eso los reconocía recortándose contra el cielo moteado y amarillento de la ventana, igual que podría haberlos reconocido en vuelo durante mi infancia, de haberlos visto. Con la mano había parado el avión que mi cabeza había hecho balancearse: pensé en abrir la ventana, estaba cerrada y por tanto no podía haber brisa, no se movían, no se mecían, pero aun así todos sufrían el vaivén levísimo —una oscilación inerte, o quizá es hierática— que no pueden evitar tener las cosas ligeras que penden de un hilo: como si por encima de la cabeza y el cuerpo del niño se prepararan todos perezosamente para un cansino combate nocturno, diminuto, fantasmal e imposible que sin embargo ya habría tenido lugar varias veces en el pasado, o puede que lo tuviera aún cada noche anacrónicamente cuando el niño y el marido y Marta estuvieran por fin dormidos, soñando cada uno el peso de los otros dos. 'Mañana en la batalla piensa en mí', pensé; o más bien me acordé de ello.

Pero esta noche no dormían, es posible que ninguno de ellos o no del todo, no continuadamente y como es debido, la madre semidesnuda y fuera de la cama indispuesta con un hombre velándola al que conocía superficialmente, el niño ahora no muy bien arropado (se había metido solo, y yo no me atreví a tirar de sus mantas y sábanas de miniatura y cubrirle), el padre quién sabe, habría cenado quién sabe con quiénes, Marta sólo me había dicho, tras colgar el teléfono y con gesto pensativo y ligeramente envidioso —rascándose un poco la sien con el índice: ella, aunque acompañada, seguía en Conde de la Cimera como todas las noches—: 'Me ha dicho que ha cenado estupendamente en un restaurante indio, la Bombay Brasserie, ¿lo conoces?'. Sí, yo lo conocía, me gustaba mucho, había estado un par de veces en sus salas gigantes decoradas colonialmente, una pianista con vestido de noche a la entrada y camareros y maîtres reverenciosos, en el techo descomunales ventiladores de aspas en verano como en invierno, un lugar teatral, más bien caro para Inglaterra pero no prohibitivo, cenas de amistad y celebración o negocios más que íntimas o galantes, a no ser que se quiera impresionar a una joven inexperta o de clase baja, alguien susceptible de aturdirse un poco con el escenario y emborracharse ridículamente con cerveza india, alguien a quien no hace falta llevar a ningún otro sitio intermedio antes de coger un taxi con transpontines y llegarse al hotel, o al apartamento, alguien con quien ya no hay que hablar más después de la cena de picantes especias, sólo coger su cabeza entre las manos y besar, desvestir, tocar, encuadrar con las manos esa cabeza comprada y frágil en un gesto tan parecido al de la coronación y el estrangulamiento. La enfermedad de Marta me estaba haciendo pensar cosas siniestras, y aunque respiraba y me sentía mejor en el umbral de la habitación del niño, mirando los aviones en sombra y recordando vagamente mi pasado remoto, pensé que debía volver ya a la alcoba, ver cómo seguía ella o tratar de ayudarla, quizá desvestirla del todo pero ya solamente para meterla en la cama y arroparla y atraerle el sueño que con un poco de suerte podía haberla vencido durante mi breve ausencia, y yo me iría.

Pero no fue así. Al entrar yo de nuevo alzó la vista y con los ojos guiñados y turbios me miró desde su posición encogida e inmóvil, el único cambio era que ahora sí se cubría la desnudez con los brazos como si tuviera vergüenza o frío. '¿Quieres meterte en la cama? Así vas a coger frío', le dije. 'No, no me muevas, por favor, no me muevas ni un milímetro', dijo, y añadió en seguida: '¿Dónde estabas?'. 'He ido al cuarto de baño. Esto no se te pasa, hay que hacer algo, voy a llamar a urgencias.' Pero ella seguía sin querer ser movida ni importunada ni distraída ('No, no hagas nada todavía, no hagas nada, espera'), ni quería seguramente voces ni movimiento a su lado, como si tuviera tanto recelo que prefiriera la paralización absoluta de todas las cosas y permanecer al menos en la situación y postura que le permitían seguir viviendo antes que arriesgarse a una variación, aunque fuera mínima, que podría arruinar su momentánea estabilidad tan precaria —su quietud ya espantosa— y que le daba pánico. Eso es lo que el pánico hace y lo que suele llevar a la perdición a quienes lo padecen: les hace creer que, dentro del mal o el peligro, en él están sin embargo a salvo. El soldado que se queda en su trinchera sin apenas respirar y muy quieto aunque sepa que en breve será asaltada; el transeúnte que no quiere correr cuando nota que unos pasos le siguen a altas horas de la noche por una calle oscura y abandonada; la puta que no pide auxilio tras meterse en un coche cuyos seguros se cierran automáticamente y darse cuenta de que nunca debió entrar allí con aquel individuo de manos tan grandes (quizá no pide auxilio porque no se considera del todo con derecho a ello); el extranjero que ve abatirse sobre su cabeza el árbol que partió el rayo y no se aparta, sino que lo mira caer lentamente en la gran avenida; el hombre que ve avanzar a otro en dirección a su mesa con una navaja y no se mueve ni se defiende, porque cree que en el fondo eso no puede estarle sucediendo de veras y que esa navaja no se clavará en su vientre, la navaja no puede tener su piel y sus vísceras como destino; o el piloto que vio cómo el caza enemigo lograba ponerse a su espalda y ya no hizo la tentativa última de escapar a su punto de mira con una acrobacia, en la certidumbre de que aunque lo tuviera todo a favor el otro erraría el blanco porque esta vez *él* era el blanco. 'Mañana en la batalla piensa en mí, y caiga tu espada sin filo.' Marta debía de estar pendiente de cada segundo, contándolos mentalmente todos, pendiente de la continuidad que es la que nos da no solamente la vida, sino la sensación de vida, la que nos hace pensar y decirnos: 'Sigo pensando, o sigo diciendo, sigo leyendo o sigo viendo una película y por lo tanto estoy vivo; paso la página del periódico o vuelvo a beber un trago de mi cerveza o completo otra palabra de mi crucigrama, sigo mirando y discerniendo cosas —un japonés, una azafata— y eso quiere decir que el avión en que viajo no se ha caído, fumo un cigarrillo y es el mismo de hace unos segundos y yo creo que lograré terminarlo y encender el siguiente, así que todo continúa y ni siquiera puedo hacer nada en contra de ello, ya que no estoy en disposición de matarme ni quiero hacerlo ni voy a hacerlo; este hombre de manos tan grandes me acaricia el cuello y no aprieta aún: aunque me acaricie con aspereza y haciéndome un poco de daño sigo notando sus dedos torpes y duros sobre mis pómulos y sobre mis sienes, mis pobres sienes —sus dedos son como teclas—; y oigo aún los pasos de esa persona que quiere robarme en la sombra, o quizá me equivoco y son los de alguien inofensivo que no puede ir más de prisa y adelantarme, tal vez debiera darle la oportunidad sacando las gafas y parándome a mirar un escaparate, pero puede que entonces dejara de oírlos, y lo que me salva es seguir oyéndolos; y aún estoy aquí en mi trinchera con la bayoneta calada de la que pronto tendré que hacer uso si no quiero verme traspasado por la de mi enemigo: pero aún no, aún no, y mientras sea aún no la trinchera me oculta y me guarda, aunque estemos en campo abierto y note el frío en las orejas que no llega a cubrirme el casco; y esa navaja que se aproxima empuñada todavía no llegó a su destino y yo sigo sentado a mi mesa y nada se rasga, y en contra de lo que parece aún beberé otro trago, y otro y otro, de mi cerveza; como aún no ha caído ese árbol, y no va a caer aunque esté tronchado y se precipite, no sobre mí ni sus ramas segarán mi cabeza, no es posible porque yo estoy en esta ciudad y en esta avenida tan sólo de paso, y sería tan fácil que no estuviera; y aún sigo viendo el mundo desde lo alto, desde mi Spitfire supermarino, y aún no tengo la sensación de descenso y de carga y vértigo, de caída y gravedad y peso que tendré cuando el Messerschmitt que se ha puesto a mi espalda y me tiene a tiro abra fuego y me alcance: pero aún no, aún no, y mientras sea aún no puedo seguir pensando en la batalla y mirando el paisaje, y haciendo planes para el futuro; y yo, pobre Marta, noto todavía la luz de la televisión que sigue emitiendo y el calor de este hombre que vuelve a estar a mi lado y me da compañía. Y mientras siga a mi lado no podré morirme: que siga aquí y que no haga nada, que no me hable ni llame a nadie y que nada cambie, que me dé un poco de calor y me abrace, necesito estar quieta para no morirme, si cada segundo es idéntico al anterior no tendría sentido que fuera yo quien cambiase, que las luces siguieran encendidas aquí y en la calle, y la televisión emitiendo mientras yo me moría, una película antigua de Fred MacMurray. No puedo dejar de existir mientras todas las otras cosas y las personas se quedan aquí y se quedan vivas y en la pantalla otra historia prosigue su curso. No tiene sentido que mis faldas permanezcan vivas en esa silla si yo ya no voy a ponérmelas, o mis libros respirando en las estanterías si yo ya no voy a mirarlos, mis pendientes y collares y anillos esperando en su caja el turno que nunca les llegaría; mi cepillo de dientes recién comprado esta misma tarde tendría que ir ya a la basura, porque lo he estrenado, y todos los pequeños objetos que uno va acumulando a lo largo de toda una vida irán a la basura uno a uno o quizá se repartan, y son infinitos, es inconcebible lo que cada uno tiene para sí y lo que cabe dentro de una casa, por eso nadie hace inventario de lo que posee a menos que vaya a testar, es decir, a menos que esté ya pensando en su abandono e inutilidad inminentes. Yo no he testado, no tengo mucho que dejar ni he pensado nunca mucho en la muerte, que al parecer sí llega y llega en un solo momento que lo tergiversa todo y que a todo afecta, lo que era útil y formaba parte de la historia de alguien pasa en ese momento único a ser inútil y a carecer de historia, ya nadie sabe por qué, o cómo, o cuándo fue comprado aquel cuadro o aquel vestido o quién me regaló ese broche, de dónde o de quién procede ese bolso o ese pañuelo, qué viaje o qué ausencia lo trajo, si fue la compensación por la espera o la embajada de una conquista o el apaciguamiento de una mala conciencia; cuanto tenía significado y rastro lo pierde en un solo instante y mis pertenencias todas se quedan yertas, incapacitadas de golpe para revelar su pasado y su origen; y alguien las apilará y antes de envolverlas o quizá meterlas en bolsas de plástico puede que mis hermanas o mis amigas decidan quedarse con algo como recuerdo y aprovechamiento, o conservar el broche para que mi niño se lo pueda regalar cuando crezca a alguna mujer que aún no ha nacido seguramente. Y habrá otras cosas que no querrá nadie porque sólo a mí me sirven —mis pinzas, o mi colonia abierta, mi ropa interior y mi albornoz y mi esponja, mis zapatos y mis sillas de mimbre que Eduardo detesta, mis lociones y medicamentos, mis gafas de sol, mis cuadernos y fichas y mis recortes y tantos libros que sólo yo leo, mis conchas coleccionadas y mis discos antiguos, el muñeco que guardo desde la niñez, mi león pequeño—, y habrá tal vez que pagar por que se las lleven, ya no hay traperos ávidos o complacientes como en mi infancia, que no hacían ascos a nada y recorrían las calles obstaculizando el tráfico entonces paciente con carretas tiradas por mulas, parece increíble que yo haya llegado a ver eso, no hace tanto tiempo, aún soy joven y no hace tanto, las carretas que crecían inverosímilmente con lo que recogían e iban cargando hasta alcanzar la altura de los autobuses de dos pisos y abiertos como los de Londres, sólo que eran azules y circulaban por la derecha; y a medida que la pila de objetos se hacía más elevada, el vaivén del carro tirado por una sola y fatigada mula se hacía más pronunciado —un bamboleo— y parecía que todo el botín de desechos —neveras reventadas y cartones y cajas, una alfombra de pie enrollada y una silla vencida y rota— fuera a desplomarse a cada paso arrojando a la niña gitana que invariablemente coronaba la pila dándole equilibrio, como si fuera el emblema o Virgen de los traperos, una niña sucia y a menudo rubia sentada de espaldas con las piernas fuera de la carreta, que desde su altura adquirida o su cima contemplaba hacia atrás el mundo y nos miraba a las niñas de uniforme mientras la adelantábamos, que a nuestra vez la mirábamos abrazadas a nuestras carpetas y masticando chicle desde el segundo piso de los autobuses camino del colegio y también al atardecer, de vuelta. Nos mirábamos con mutua envidia, la vida aventurera y la vida de horarios, la vida a la intemperie y la vida fácil, y yo siempre me preguntaba cómo esquivaría ella las ramas de los árboles que sobresalían desde las aceras y restallaban contra las ventanillas altas como si quisieran protestar por nuestra velocidad y penetrar y rasgarnos: ella no tenía protección e iba sola, encaramada y suspendida en el aire, pero supongo que al ir su carro tan lento le daría tiempo a verlas y a agachar la cabeza vuelta, o a ir frenándolas y apartándolas con su mano llena de churretes que asomaba desde la larga manga de un jersey de lana con cremallera estampado de sietes. No es sólo que en un momento desaparezca la minúscula historia de los objetos, sino también cuanto yo conozco y he aprendido y también mis recuerdos y lo que he visto —el autobús de dos pisos y las carretas de los traperos y la niña gitana y las mil y una cosas que pasaron ante mis ojos y a nadie importan—, mis recuerdos que al igual que tantas de mis pertenencias me sirven tan sólo a mí y se hacen inútiles si yo me muero, no sólo desaparece quien soy sino quien he sido, no sólo yo, pobre Marta, sino mi memoria entera, un tejido discontinuo y siempre inacabado y cambiante y estampado de sietes, y a la vez fabricado con tanta paciencia y tan extremo cuidado, oscilante y variable como mis faldas tornasoladas y frágil como mis blusas de seda que en seguida se rasgan, hace tiempo que no me pongo esas faldas, me he cansado de ellas, y es raro que todo esto sea un momento, por qué ese momento y no otro, por qué no el anterior ni el siguiente, por qué este día, este mes, esta semana, un martes de enero o un domingo de septiembre, antipáticos meses y días que uno no elige, qué es lo que decide que se pare lo que estuvo en marcha sin que la voluntad intervenga, o acaso sí, sí interviene al hacerse a un lado, acaso es la voluntad lo que de pronto se cansa y al retirarse nos trae la muerte, no querer ya querer ni querer nada, ni siquiera curarse, ni siquiera salir de la enfermedad y el dolor en los que se encuentra cobijo a falta de todo lo demás que ellos mismos van expulsando o quizá usurpando, porque mientras están ahí es aún no, aún no, y se puede seguir pensando y uno se puede seguir despidiendo. Adiós risas y adiós agravios. No os veré más, ni me veréis vosotros. Y adiós ardor, adiós recuerdos'.

Obedecí, esperé, no hice nada ni llamé a nadie, tan sólo volví a mi sitio en la cama, al que no era mío pero esa noche iba siéndolo, me puse de nuevo a su lado y entonces ella me dijo sin volverse y sin verme: 'Cógeme, cógeme, por favor, cógeme', y quería decir que la abrazara y así lo hice, la abracé por la espalda, mi camisa aún abierta y mi pecho entraron en contacto con la piel tan lisa que estaba caliente, mis brazos pasaron por encima de los suyos, con los que se cubría, sobre ella cuatro manos y cuatro brazos ahora y un doble abrazo, y seguramente no bastaba, mientras la película de la televisión avanzaba sin su sonido en silencio y sin hacernos caso, pensé que algún día tendría que verla enterándome, blanco y negro. Me lo había pedido por favor, tan arraigado está nuestro vocabulario, uno nunca olvida cómo ha sido educado ni renuncia a su dicción y a su habla en ningún momento, ni siquiera en la desesperación o en la cólera, pase lo que pase y aunque se esté uno muriendo. Me quedé un rato así, echado en su cama y abrazado a ella como no había planeado y a la vez estaba previsto, como era de esperar desde que entré en la casa y aun antes, desde que concertamos la cita y ella pidió o propuso que no fuera en la calle. Pero esto era otra cosa, otro tipo de abrazo no presentido, y ahora tuve la seguridad de lo que hasta entonces no me había permitido pensar, o saber que pensaba: supe que aquello no era pasajero y pensé que podía ser terminante, supe que no se debía al arrepentimiento ni a la depresión ni al miedo y que era inminente: pensé que se me estaba muriendo entre los brazos; lo pensé y de pronto no tuve esperanza de ir a salir de allí nunca, como si ella me hubiera contagiado su afán de inmovilidad y quietud, o tal vez ya era su afán de muerte, aún no, aún no, pero también no puedo más, no puedo más. Y es posible que ya no pudiera más, que ya no aguantara, porque a los pocos minutos —uno, dos y tres; o cuatro— le oí decir algo más y dijo: 'Ay Dios, y el niño' e hizo un movimiento débil y brusco, seguramente imperceptible para quien nos hubiera visto pero que yo noté porque estaba pegado a ella, como un impulso de su cabeza que el cuerpo no llegó a registrar más que como amago y pálidamente, un reflejo fugitivo y frío, como si fuera la sacudida no del todo física que se tiene en sueños al creer que uno cae y se despeña o desploma, un golpe de la pierna que pierde el suelo e intenta frenar la sensación de descenso y de carga y vértigo —un ascensor que se precipita—, de caída y gravedad y peso —un avión que se estrella o el cuerpo que salta desde el puente al río—, como si justo entonces Marta hubiera tenido el impulso de levantarse e ir a buscar al niño pero no hubiera podido hacerlo más que con su pensamiento y su estremecimiento. Y al cabo de un minuto más —y cinco; o seis— noté que se quedaba quieta aunque ya lo estaba, esto es, se quedó más quieta y noté el cambio de su temperatura y dejé de sentir la tensión de su cuerpo que se apretaba contra mí de espaldas como si empujara, como si quisiera meterse dentro del mío para refugiarse y huir de lo que el suyo estaba sufriendo, una transformación inhumana y un estado de ánimo desconocido (el misterio): empujaba su espalda contra mi pecho, y su culo contra mi abdomen, y la parte posterior de sus muslos contra la parte anterior de los míos, su nuca de sangre o barro contra mi cuello y su mejilla izquierda contra mi mejilla derecha, mandíbula contra mandíbula, y mis sienes, sus sienes, mis pobres y sus pobres sienes, sus brazos contra los míos como si no le bastara el abrazo, y hasta las plantas de sus pies descalzos contra mis empeines calzados, pisándolos, y allí se rasgaron sus medias contra los cordones de mis zapatos —sus medias oscuras que le llegaban a la mitad de los muslos y que yo no le había quitado porque me gustaba la imagen antigua—, toda su fuerza echada hacia atrás y contra mí invadiéndome, adheridos como si fuéramos dos siameses que hubiéramos nacido unidos a lo largo de nuestros cuerpos enteros para no vernos nunca o sólo con el rabillo del ojo, ella dándome la espalda y empujando, empujando hacia atrás y casi aplastando, hasta que cesó todo eso y se quedó quieta o más quieta, ya no hubo presión de ninguna clase ni tan siquiera la acción de apoyarse, y en cambio sentí sudor en mi espalda, como si unas manos sobrenaturales me hubieran abrazado de frente mientras yo la abrazaba a ella y se hubieran posado sobre mi camisa dejando allí sus huellas amarillentas y acuosas y pegada a mi piel la tela. Supe al instante que había muerto, pero le hablé y le dije: 'Marta', y volví a decir su nombre y añadí: '¿Me oyes?'. Y a continuación me lo dije a mí mismo: 'Se ha muerto', me dije, 'esta mujer se ha muerto y yo estoy aquí y lo he visto y no he podido hacer nada para impedirlo, y ahora ya es tarde para llamar a nadie, para que nadie comparta lo que yo he visto'. Y aunque me lo dije y lo supe no tuve prisa por apartarme o retirarle el abrazo que me había pedido, porque me resultaba agradable —o es más— el contacto de su cuerpo tendido y vuelto y medio desnudo y eso no cambió en un instante por el hecho de que hubiera muerto: seguía allí, el cuerpo muerto aún idéntico al vivo sólo que más pacífico y menos ansioso y quizá más suave, ya no atormentado sino en reposo, y vi una vez más de reojo sus largas pestañas y su boca entreabierta, que seguían siendo también las mismas, idénticas, enrevesadas pestañas y la boca infinita que había charlado y comido y bebido, y sonreído y reído y fumado, y había estado besándome y era aún besable. Por cuánto tiempo. 'Seguimos los dos aquí, en la misma postura y en el mismo espacio, aún la noto; nada ha cambiado y sin embargo ha cambiado todo, lo sé y no lo entiendo. No sé por qué yo estoy vivo y ella está muerta, no sé en qué consiste lo uno y lo otro. Ahora no entiendo bien esos términos.' Y sólo al cabo de bastantes segundos —o fueron quizá minutos: uno y dos; o tres— me fui separando con mucho cuidado, como si no quisiera despertarla o le pudiera hacer daño al interrumpir mi roce, y de haber hablado con alguien —alguien que hubiera sido testigo conmigo— lo habría hecho en voz baja o en un cuchicheo conspiratorio, por el respeto que impone siempre la aparición del misterio si es que no hay dolor y llanto, pues si los hay no hay silencio, o viene luego. 'Mañana en la batalla piensa en mí, y caiga tu espada sin filo: desespera y muere.'

Aún no me atreví a poner el sonido de la televisión, por ese silencio y también por una reacción absurda: de pronto pensé que no debía tocar el mando ni ninguna otra cosa para no dejar mis huellas dactilares en ningún sitio, cuando ya las había dejado por todas partes y además nadie iba a buscarlas. El hecho de que alguien muera mientras sigue uno vivo le hace a uno sentirse como un criminal durante un instante, pero no era sólo eso: era que de pronto, con Marta muerta, mi presencia en aquel lugar ya no era explicable o muy poco, ni siquiera desde el embuste, yo era casi un desconocido y ahora sí que no tenía sentido que estuviera de madrugada en el dormitorio que quizá ya no era de ella, puesto que no existía, sino sólo de su marido, en una casa a la que se me había invitado a entrar necesariamente en su ausencia; pero quién aseguraría ahora que se me había invitado, ya no había nadie para atestiguarlo. Me levanté de la cama de un salto y entonces me entraron las prisas, una prisa mental más que física, no era tanto que debiera hacer cosas cuanto que debía pensarlas, poner en marcha lo que había estado amortiguado toda la noche por el vino, la expectativa y los besos, el rubor y la ensoñación y el estupor y la alarma, no sé si en este orden; y también por el duelo ahora. 'Nadie sabe que estoy aquí, que he estado aquí', pensé, y rectifiqué en seguida el tiempo verbal porque me vi ya fuera, de la habitación y de la casa y del edificio y aun de la calle, me vi cogiendo ya un taxi tras cruzar Reina Victoria o en ella misma, por allí pasan taxis aunque sea tarde, un antiguo bulevar en su tramo final, ya lindante con chalets y con los árboles universitarios. 'Nadie sabe que he estado aquí ni tiene por qué saberlo', me dije, 'y por tanto no debo ser yo quien avise a nadie ni me acerque espantado y corriendo hasta el hospital de La Luz para zarandear a la enfermera que duerme sentada con las piernas cruzadas que ahora ya le entreabrió el descuido, no seré yo quien la saque de su efímero y avaricioso sueño, ni quien haga olvidar de golpe y antes de tiempo cuanto lleva memorizado esta noche el apesadumbrado estudiante con gafas, ni quien interrumpa la despedida de los amantes saciados que se demoran a la puerta del que se queda a la vez que ansían ya separarse, quizá en este mismo piso; porque nadie debe saber ni sabrá todavía que Marta Téllez ha muerto, tampoco llamaré anónimamente a la policía ni a los timbres de los vecinos dando la cara, ni saldré a comprar un certificado de defunción en la farmacia de guardia, para todos los que la conocen seguirá viva esta noche mientras ellos sueñan o padecen insomnio aquí o en Londres o en cualquier otro sitio, nadie sabrá del cambio o transformación inhumana, no haré nada ni hablaré con nadie, no debo ser quien dé la noticia. Si siguiera viva nadie sabría hoy ni mañana ni tal vez nunca que he estado aquí, ella lo habría ocultado y así debe ser, lo mismo o más con ella muerta. Y el niño, ay Dios, el niño.' Pero eso decidí que lo pensaría luego, al cabo de unos momentos, porque se interpuso otro pensamiento, o fueron dos, uno tras otro: 'Quizá ella mañana se lo habría contado a alguien, a una amiga, a una hermana, quizá ruborizada y risueñamente. Quizá hay ya alguien a quien se lo contó, lo ha contado, a quien anunció mi visita —el teléfono vuela— y confesó su indeciso deseo o su segura esperanza, tal vez hablaba de mí y colgó solamente al oír que yo llamaba a la puerta, que ya llegaba, uno nunca sabe qué estaba ocurriendo en una casa un segundo antes de llamar al timbre e interrumpirlo'. Me abroché la camisa que los dedos agarrotados de Marta habían abierto cuando aún eran ágiles y festivos, me desabroché el pantalón y me la metí por dentro, mi chaqueta se había quedado en el comedor o salón colgada del respaldo de una silla como de una percha, y mi abrigo dónde, mi bufanda dónde y mis guantes, ella me los había cogido al entrar y yo no me había fijado en dónde los había puesto. Todo eso podía esperar también, aún no quería ir al salón porque mis zapatos harían ruido y no hacía mucho que había vuelto a dormirse el niño, en todo caso me daba apuro la idea de pasar ahora por delante de su cuarto haciendo temblar los aviones con mis pisadas, para él había cambiado la vida, el mundo entero había cambiado y aún no lo sabía, o es más: su mundo de ahora se había acabado, porque ni siquiera lo recordaría al cabo de poco tiempo, sería como si no hubiera existido, tiempo deleznable y borrado, la memoria de los dos años no se conserva, o yo no conservo nada de la mía de entonces. Miré a Marta ahora desde mi altura, desde la de un hombre que está de pie y mira hacia alguien tumbado, vi sus nalgas redondeadas y duras que sobresalían de sus bragas pequeñas, la falda subida y la postura encogida dejando ver todo eso, no sus pechos que seguían cubriendo sus brazos, un desecho, ahora sí un despojo, algo que ya no se guarda sino que se tira —se incinera, se entierra— como tantos objetos convertidos en inservibles de pronto que le pertenecieron, como lo que va a la basura porque se sigue transformando y no se puede detener y se pudre —la piel de una pera o el pescado pasado, las hojas primeras de una alcachofa o la asadura apartada de un pollo, la grasa del solomillo irlandés que ella misma habría vaciado en el cubo desde nuestros platos hacía poco, antes de que fuéramos al dormitorio—, una mujer inerte y ni siquiera tapada, ni siquiera bajo las sábanas. Era un residuo y para mí sin embargo la misma de antes: no había cambiado y la reconocía. Debía vestirla para que no la encontraran de ese modo, lo descarté en seguida, qué difícil y qué peligroso, pensé que podría romperle un hueso al meterle un brazo en la manga de lo que le pusiera, dónde estaba su blusa, quizá era más fácil abrir la cama y meterla dentro, ahora se podía hacer cualquier cosa con ella, pobre Marta, manipularla, moverla, arroparla al menos.

Llevaba unos segundos parado, inmovilizado por mi prisa mental, sin hacer nada, y la prisa nos hace pensar cosas contrarias, se me ocurrió que a ella le habría angustiado la ignorancia de sus allegados de haberla previsto o sabido, que la creyeran viva si ya no lo estaba, por cuánto tiempo, que no se enteraran inmediatamente, que no se revolucionara todo al instante por su muerte precipitada, que no sonaran los imprudentes teléfonos hablando de ella y cuantos la conocían le dedicaran sus exclamaciones, o sus pensamientos; y para quienes la conocían también sería insoportable más adelante la ignorancia de que iban a ser o eran ya víctimas esta noche, para el marido recordar más tarde que él dormía en una isla tranquilamente —por cuánto tiempo, y se levantaba y desayunaba, y hacía gestiones en Sloane Square o en Long Acre, y quizá paseaba— mientras su mujer se moría y estaba muerta sin que nadie la asistiera ni le hiciera caso, primero lo uno y después lo otro, porque no tendría la certeza nunca de que hubiera habido nadie con ella, aunque sí la sospecha, sería difícil que yo suprimiera todas las huellas de mi paso de horas, si me decidía a intentarlo. Seguramente había dejado su número y sus señas de Londres en algún sitio, junto al teléfono, vi que no había ningún papel junto al de la mesilla de noche de Marta con su contestador ya incorporado, tal vez en el del salón, desde donde ella había hablado con su marido antes, conmigo delante. Era mejor que tuviera esa dirección y ese número en todo caso por si pasaban los días, pero no pasarían, eso era imposible, demasiado silencio, de repente me aterró la idea: alguien habría de venir, y pronto, Marta trabajaba y tendría que dejar al niño con alguien, no era posible que se lo llevara consigo a la facultad, tendría organizado el cuidado del niño con una niñera o con una amiga o hermana o con una madre, a menos, volví a pensar aterrado, que lo dejara en una guardería siempre y fuera ella quien lo llevara antes de irse a sus clases. Y entonces qué, mañana no lo llevaría nadie, o puede que mañana Marta ni siquiera tuviera clases o solamente por la tarde y nadie fuera a aparecer por la casa hasta entonces, no se había mostrado preocupada por la idea de madrugar, y había comentado que tenía las clases unos días por la mañana y otros por la tarde, y no todos los días de la semana, cuáles, o eran horas de consulta lo que tenía por la mañana o la tarde, no me acordaba, cuando alguien ha muerto y ya no puede repetir nada uno desearía haber prestado atención a cada una de sus palabras, horarios ajenos, quién los escucha, preámbulos. Me decidí a ir al salón, me quité los zapatos y fui de puntillas, dudé si cerrar la puerta de la habitación del niño al pasar por delante, pero quizá el chirrido lo despertaría, así que seguí descalzo y muy de puntillas, con los zapatos colgando del índice y el corazón de una mano como un calavera de chiste o de película muda, haciendo crujir la madera del piso a pesar de todo. Una vez en el salón cerré allí y me calcé de nuevo —no me até los cordones pensando en la vuelta, porque volvería—, allí estaban aún la botella y las copas de vino, lo único que Marta no había recogido, una mujer ordenada en eso, y el vino se quedó no por descuido, sino porque aún bebimos un poco de él sentados en el sofá que había ocupado y por fin desocupado el niño, después del helado Häagen-Dazs de vainilla y antes de besarnos, y de trasladarnos. No hacía mucho rato de aquello, ahora que todo había acabado: todo nos parece poco, todo se comprime y nos parece poco una vez que termina, entonces siempre resulta que nos faltó tiempo. Junto al teléfono del salón había unos papelitos amarillos pegados a la mesa por su franja adhesiva, tres o cuatro con anotaciones, y el cuadernito rectangular del que procedían, y en uno de ellos estaba lo que buscaba, decía: 'Eduardo', y debajo: 'Wilbraham Hotel', y debajo: 'Wilbraham Place', y debajo: '4471/7308296'. Arranqué otra hoja del cuadernillo y me dispuse a copiarlo todo con la pluma que saqué de mi chaqueta al tiempo que me la ponía (ya estaba más cerca de irme), allí seguía donde la había dejado, sobre el respaldo de la silla que me hizo de percha. No llegué a copiarlo, conseguir un teléfono siempre tienta a hacer uso de él al instante, tenía el número de Londres de aquel Eduardo cuyo apellido aún no sabía, pero nada más fácil que encontrarlo en su propia casa, miré alrededor, sobre la mesita baja vi unas cartas en las que antes no había tenido motivo para fijarme y no me había fijado, posiblemente el correo del día que habría llegado después de su marcha y que se habría ido acumulando allí hasta su vuelta, sólo que ahora iba a tener que volver muy pronto y nada se acumularía. 'Eduardo Deán', decían dos de los tres sobres, y el otro aún decía más, un sobre bancario con los dos apellidos, y si llamaba a Londres no habría problemas con el que contaba, con el primero no muy frecuente, no habría ni que deletrearlo porque preguntaría por Mr Dean, es decir, Mr Din, así lo conocerían o reconocerían en el hotel pese al acento en la *a*, del que harían caso omiso los ingleses. Llamar, decir qué, no darle mi nombre pero sí la noticia, hacer que se responsabilizara de la situación ahora puesto que no nos había salvado antes y así yo podría desentenderme e irme de una vez y ponerme a olvidar, mala suerte, a labrar el recuerdo, reducir el recuerdo de aquella noche a un caso de mala suerte y quizá a una anécdota —o más noble: una historia— contable a mis amigos íntimos, no ahora pero al cabo del tiempo, cuando el grado de irrealidad hubiera crecido y la hubiera hecho más benévola y soportable, aquel hombre de viaje llevaba demasiadas horas sin ocuparse de su familia (de los más próximos hay que ocuparse sin pausa), no era cierto, había llamado después de su cena en el restaurante indio, pero Marta Téllez no era mi mujer sino que era la suya, ni aquel niño mi hijo, Eugenio Deán su obligado nombre, el padre y marido Deán tendría que hacerse cargo antes o después, por qué no ya, por qué no desde Londres. Miré el reloj por primera vez en mucho rato, eran casi las tres pero en la isla era una hora más pronto, casi las dos, no muy tarde para un madrileño aunque tuviera quehaceres a la mañana siguiente, y en Inglaterra la gente tampoco madruga mucho. Y mientras marcaba pensé (los dedos ante el teléfono son más rápidos que la voluntad, más que la decisión, actuar sin saber, decidir sin saber): 'Da lo mismo la hora que sea, si voy a darle anónimamente semejante noticia no importa la hora que sea ni que lo despierte, se despertará de golpe tras escucharla, pensará que se trata de una broma de espantoso gusto o de la incomprensible inquina de un enemigo, llamará aquí de inmediato y nadie le cogerá el teléfono; entonces llamará a alguien más, una cuñada, una hermana, una amiga, y le pedirá que se acerque hasta aquí para ver qué pasa, pero para cuando ellas lleguen yo ya me habré ido'.

La voz inglesa tardó un poco en salir, cinco timbrazos, sin duda el conserje se había quedado dormido, era noche de martes e invierno, habría creído soñar con un timbre antes de volver a la vida, su cabeza tal vez apoyada sobre el mostrador como un futuro decapitado, los tobillos enlazados a las patas de la silla y un brazo caído.

—Wilbraham Hotel, buenos días —dijo esa voz en inglés, muy turbia aunque consecuente con el reloj.

—¿Puedo hablar con el señor Dean, por favor? —contesté yo. El señor Din. Mr Diin más bien.

—¿Qué habitación es, señor? —respondió la voz ya recuperada de la aspereza, neutra y profesional, la voz de un factótum.

—No sé el número de la habitación. Eduardo Dean.

—No cuelgue, por favor. —Esperé unos segundos durante los cuales oí al conserje silbotear levemente, cosa extraña en un inglés que acababa de despertarse en lo que para él sería la mitad de la noche, el conticinio. Lo siguiente que habría de oír, cuando el silboteo cesara, sería ya la voz ronca del marido de Marta sobresaltado. Me preparé, más el ánimo que las palabras exactas y raudas que debería decirle antes de colgar, sin despedirme. Pero no fue así, sino que volvió la voz británica y dijo—: ¿Oiga, señor? No hay ningún señor Dean en el hotel, señor. ¿Es *d, e, a, n*, señor?

—*D, e, a, n*, eso es —repetí. Al final había tenido que deletrearlo—. ¿Está usted seguro?

—Sí, señor, ningún Dean en el hotel esta noche, señor. ¿Cuándo es de suponer que habría llegado?

—Hoy. Debe haber llegado hoy.

—Quiere usted decir ayer, martes, ¿no es así, señor? No cuelgue, por favor —repitió el conserje para quien ya andaban lejos el día y la noche que para mí no acababan, y de nuevo oí el silboteo, un hombre ufano y espiritoso, tal vez un joven a pesar de la voz profesionalizada o dignificada; o puede que hubiera dormido bien hasta poco antes y estuviera fresco, turno de noche. Silboteaba *Strangers in the Night,* una melodía sarcásticamente adecuada, ahora me dio tiempo a reconocerla, pero entonces no sería muy joven, los jóvenes no silban Sinatra. Al cabo de unos segundos más dijo—: No había ninguna reserva a ese nombre para ayer, señor. Podría haberse cancelado, pero no, señor, ninguna reserva ayer a ese nombre.

Estuve a punto de insistir y preguntarle si acaso la había para hoy, miércoles. No lo hice, le di las gracias, él me dijo 'Adiós, señor' y colgué, y sólo tras colgar se me ocurrió la explicación posible: en Inglaterra como en Portugal y en América lo que cuenta es la última parte en los nombres de las personas, si hay tres, por ejemplo, Arthur Conan Doyle es Doyle, por ejemplo, en los diccionarios. Era probable que a la vista de su carnet o pasaporte lo hubieran inscrito por su segundo apellido, que apenas cuenta para nosotros en cambio, Ballesteros. Podría probar a preguntar por Mr Ballesteros, y entonces me di cuenta de que no debía hacerlo ni haber preguntado por Mr Dean y de que me había salvado por poco: si hubiera llegado a dejarle mi mensaje aciago, Deán podría haber llamado no sólo a una cuñada, una hermana, una amiga, sino a una vecina o incluso al portero, quienes no habrían tardado nada en subir a la casa y me habrían encontrado, bajando en el ascensor o por la escalera o allí mismo: para cuando ellos llegaran lo más probable es que yo aún no me hubiera ido. Tenía que irme pronto por tanto, no debía entretenerme aunque todavía nadie supiera nada y nadie fuera a venir a esas horas. Pero aún debía dejar algunas cosas en orden: volví a quitarme los zapatos y regresé al dormitorio, al pasar de nuevo ante la habitación del niño pensé claramente lo que estaba todo el tiempo en mi cabeza, palpitando, aplazado, las últimas palabras de Marta, 'Ay Dios, y el niño'. Seguí, y ahora, tras haber mantenido contacto con el exterior, aunque hubiera sido con un conserje extranjero del que nada sabía ni sabría nunca, vi la situación de manera distinta, esto es, cuando entré en la alcoba sentí vergüenza por primera vez ante el cuerpo semidesnudo de Marta, lo que tenía de desnudo obra mía. Me acerqué y abrí la colcha y las sábanas por el lado que su cuerpo no pisaba, por el mío de aquella noche y del marido las otras noches, abrí de arriba abajo, desde la almohada hasta los pies de la cama, a continuación di la vuelta y desde el otro lado me atreví a empujarla con miramiento hacia el nuestro, con más decisión al notar la resistencia del montículo que habían formado las sábanas recogidas en el medio, y ahora ya sí sentí el rechazo hacia la carne muerta (mi mano sobre su hombro y la otra sobre su muslo, empujando), ahora ya el tacto no me resultó agradable, creo que la moví apartando lo más posible la vista. La hice rodar, no hubo otro remedio para vencer la cordillera de paño y lienzo, y cuando estuvo en el lado de la cama que ella jamás usaba (dio dos vueltas y quedó como estaba antes, mirando hacia su derecha, de costado), tiré de las sábanas y de la colcha que había alzado y logré cubrirla. La tapé, la arropé, le subí el embozo hasta el cuello y la nuca que ya no parecía venir de la ducha, y aún pensé si no debería ocultarle también la cara, como he visto centenares de veces en las películas y en las noticias. Pero eso sería la prueba de que alguien había estado con ella, y se trataba de que hubiera sólo una sospecha, por fuerte que fuera (y era inevitable), no la certeza. Le miré la cara, cuán parecida aún a la que había sido, cuán reconocible habría resultado para ella misma de habérsela visto, tanto como lo habría sido de día en día al mirarse al espejo todas las mañanas contables ya de su vida —cuando las cosas acaban ya tienen su número, y nada lo anuncia ni nada cambia de día en día—, cuán reconocible para mí mismo respecto a la cara que había en la foto sobre la cómoda, la foto de su boda que seguiría allí por inamovible y forzosa inercia desde que fue colocada y que los habitantes del dormitorio tal vez haría mucho que no mirarían: cinco años antes según había dicho, un poco más joven y con el pelo recogido, la nuca decimonónica habría sido visible durante toda la ceremonia, y en la cara una mezcla de regocijo y susto —riéndose con alarma—, vestida de corto pero también de blanco (o podía ser crudo, pues no era en color la foto), agarrada convencionalmente del brazo de su marido serio y poco expresivo como son los maridos en las fotos de bodas, los dos aislados en ese encuadre cuando estarían rodeados de gente, con flores en la mano Marta y no mirando hacia él ni al frente sino hacia las personas que habría a su izquierda —las hermanas, las cuñadas y amigas, divertidas y emocionadas amigas que la recuerdan desde que era niña y eran todas niñas, son esas las que no dan crédito a que ella se esté casando, las que lo ven todavía todo como un juego en cuanto se juntan y por eso dan alivio, son esas las confidentes, las mejores amigas porque son como hermanas, y las hermanas son como amigas, envidiosas y solidarias todas—. Y el marido Deán, me fijo en él y no sólo está serio sino también algo incómodo con su cara alargada y extraña, como si hubiera ido a parar a una fiesta de vecinos de conocidos, o a una celebración que a él no puede pertenecerle porque es femenina (las bodas son de las mujeres, no de la novia sino de todas las mujeres presentes), un intruso necesario pero en el fondo decorativo, del que en realidad puede prescindirse en todo momento excepto ante el altar —una nuca—, a lo largo de todo el festejo que tal vez dure la noche entera para su desesperación y sus celos y su soledad y remordimiento, sabedor de que sólo volverá a ser necesario —figura obligada— cuando todos se vayan o sean él y la novia quienes se vayan y ella lo haga mirando atrás y a regañadientes, en sus ojos pintada la noche oscura. Eduardo Deán lleva bigote, mira a la cámara y se muerde el labio, parece muy alto y delgado, y aunque su rostro me pareció memorable, ya no lo recordé una vez fuera de aquella casa y de Conde de la Cimera y del barrio. Ya no lo veía.

Pero aún no estaba fuera y me estaba entreteniendo una vez más, como si mi presencia pudiera remediar algo cuando ya era todo irremediable; como si me diera reparo abandonar a Marta y dejarla a solas la noche prevista de sus bodas conmigo —durante cuánto tiempo; pero yo no lo busqué, yo no lo quise—; como si al estar yo allí las cosas tuvieran aún un sentido, el hilo de la continuidad, el hilo de seda, ella ha muerto pero prosigue la escena que se había iniciado cuando estaba viva, yo sigo en su alcoba y eso hace que su muerte parezca menos definitiva porque yo estaba allí también cuando estaba viva, yo sé cómo ha sido todo y me he convertido en el hilo: sus zapatos para siempre vacíos y sus arrugadas faldas que no serán planchadas tienen aún explicación e historia y sentido, porque yo fui testigo de que los usaba, de que los tuvo puestos —sus zapatos de tacón quizá demasiado alto para estar en casa, aun con un invitado casi desconocido—, y vi cómo se los quitaba con los propios pies al llegar a la alcoba y su estatura disminuía de pronto haciéndola más carnal y apacible, puedo contarlo y puedo por tanto explicar la transición de su vida a su muerte, lo cual es una manera de prolongar esa vida y aceptar esa muerte: si las dos se han visto, si se ha asistido a ambas cosas o quizá son estados, si quien muere no muere solo y quien lo acompañó puede dar testimonio de que la muerta no fue siempre una muerta sino que estuvo viva. Fred MacMurray y Barbara Stanwyck aún seguían allí hablando en subtítulos como si nada hubiera pasado, y entonces sonó el teléfono y tuve pánico. Ese pánico al menos no llegó de golpe, sino en dos momentos, porque durante un segundo quise pensar que el primer timbrazo venía de la película, pero los teléfonos no sonaban así en su época ni había ninguno en aquella escena ni por lo tanto se volvían MacMurray ni Stanwyck para mirarlo ni lo cogían, como me volví yo de inmediato hacia la mesilla de noche de Marta, sonaba el teléfono de la habitación de Marta a las tres de la madrugada. 'No puede ser', pensé, 'no he hablado con el marido, lo llamé pero no hablé con él y nadie sabe lo que ha pasado, al conserje no le conté nada, verdad que no le conté nada.' Y aún pensé más en tropel, como se piensa en estas ocasiones de apremio: 'Tal vez lo ha soñado en su cama de Londres, lo ha intuido o adivinado, se ha despertado con desesperación y celos y soledad y remordimiento y ha preferido llamar para secar su sudor nocturno y tranquilizarse, aun a riesgo de despertarla a ella y quién sabe si también al niño'. No se me ocurrió cerrar la puerta del dormitorio rápidamente para que no sucediera esto último, y al tercer timbrazo cogí el teléfono, por el pánico y para interrumpir la estridencia, pero no dije 'Diga' ni nada, y sólo entonces, con el auricular en la mano pero no al oído —como si pudiera delatarme ese contacto—, me di cuenta de que el contestador automático estaba puesto —vi vibrar y moverse una raya de luz roja un instante— y de que habría respondido por mí y por ella. Y al darme cuenta colgué en el acto, por el pánico que fue en aumento al haber llegado a oír una voz de hombre que decía: '¿Marta?', y repetía: '¿Marta?'. Fue entonces cuando colgué y me quedé quieto con la respiración cortada como si alguien me hubiera visto, di tres pasos hasta la puerta y ahora sí la cerré con cuidado por el pánico y por el niño, y me dispuse a esperar los nuevos timbrazos, que no tardarían y no tardaron, uno, dos, tres y cuatro y entonces saltó el contestador cuya voz grabada yo no escuchaba, no sabía si tendría la de ella cuando aún vivía o la de Deán el marido que estaba muy lejos. Luego sonó el pitido, comprobé con el dedo que el volumen estaba alto y oí la voz masculina de nuevo, oí cuanto decía: '¿Marta?', empezó otra vez. 'Marta, ¿estás ahí?', y esta pregunta ya era impaciente o más, destemplada. 'Antes se ha cortado, ¿no? ¿Oye?' Hubo una pausa y un chasquido de contrariedad de la lengua. '¿Oye? ¿A qué juegas? ¿No estás? Pero si acabo de llamar y has descolgado, ¿no? Cógelo, mierda.' Hubo otro segundo de espera, pensé que Deán era malhablado, hizo aspavientos bucales. 'Ya, no sé, bueno, debes de tener bajo el volumen o habrás salido, no entiendo, habrás pillado a tu hermana para el niño. Bueno, nada, es que acabo de llegar a casa y no he oído tu mensaje hasta ahora, mira que no acordarte de que Eduardo se iba hoy de viaje, desde luego no dice mucho de tus ganas de estar conmigo, para una noche que podíamos habernos visto sin prisas, y no haber estado en el hotel ni en el coche. Mierda, de haberlo sabido podrías haber venido o haber pasado yo un rato en vez de la nochecita que me he chupado. ¿Marta? ¿Marta? ¿Eres imbécil o qué, no lo coges?' Hubo una pausa más, se oyó un pequeño rugido de exasperación, pensé: 'No es Deán, pero es despótico; y es un grosero'. La voz siguió, hablaba velozmente y con irritabilidad, también con firmeza, era como el sonido de una máquina de afeitar, estable y apresurada y monótona: 'Ya, no sé, no creo que hayas salido, y el niño, pero bueno, si así fuera y volvieras pronto, digamos antes de las tres y media o cuatro menos cuarto, llámame si quieres, yo no estoy para dormirme ahora y si quieres todavía podría pasar un rato, he tenido una noche absurda, siniestra, ya te contaré en la que me he visto metido, y ya me da lo mismo acostarme más tarde, mañana estaré deshecho de todas formas. ¿Marta? ¿No estás ahí?'. Hubo una última pausa infinitesimal, el tiempo de que chasqueara de nuevo con desagrado la lengua aguda. 'Ya, bueno, no sé, estarás dormida, si no ya hablamos mañana. Pero mañana Inés no tiene guardia, así que de verse nada. Qué leches, podías haberte acordado antes, desde luego no tienes arreglo.'

No se despidió. La voz era imperativa y aturdidora y condescendiente, se tomaba confianzas o estaba acostumbrada a que se las dieran, le hablaba a una muerta y no lo sabía. Le hablaba en mal tono a una muerta, también con reproche y urgencia, la voz acostumbrada a martirizar. Marta no se enteraría, tampoco él podría contarle nunca lo que le hubiera sucedido esa noche, no era el único a quien le había ocurrido algo absurdo y siniestro, a mí también, y sobre todo a ella. Y de verse nada, en efecto, no sabía hasta qué punto nada, ellos no se verían ya más ni con prisas ni con calma, ni en el hotel ni en el coche ni en ninguna otra parte, y eso me alegró momentánea y extrañamente, sentí un destello de celos retrospectivos o imaginarios, tan breve y discreto como la raya de luz roja del contestador automático, que volvió a moverse ahora, al colgar aquel hombre, para acabar convirtiéndose en un *1* y quedarse quieta en esa figura. 'Así que era plato de segunda mesa', pensé, y así lo pensé, con este modismo, con estas palabras. Y sentí también un fogonazo de decepción al pensar, acto seguido: 'Y entonces era verdad que se le había olvidado que su marido viajaba, no era un pretexto para invitarme en su ausencia, y en ese caso quizá ella tampoco lo buscó ni lo quiso; tal vez nada fue previsto, o todo se fue previendo sobre la marcha tan sólo'. Habíamos quedado para cenar juntos aquella noche en un restaurante, por la tarde ella me llamó para preguntarme si me importaría que la cena fuera en su casa: estaba tan despistada últimamente por los problemas y el mucho trabajo, dijo, que no se había acordado de que su marido se iba hoy a Londres, contaba con él para que se hubiera quedado cuidando al niño; luego no había encontrado canguro, así que había que cancelar la cita a menos que yo fuera a cenar allí, aquí, donde de hecho cenamos, en el salón aún estaban nuestras copas de vino. La invitación me dio un poco de apuro, propuse dejarlo para otro día, no quería complicarle la vida; ella insistió, no le complicaba nada, en el congelador tenía solomillo irlandés recién comprado, dijo, me preguntó si me gustaba la carne. En mi presunción yo había tomado aquello por el primer indicio de sus intereses galantes. Ahora descubría que antes de todo eso había intentado localizar a aquel individuo de voz eléctrica que hasta las tres de la noche no había escuchado el mensaje de Marta, dejado cuándo, tendría que haber sido después de que Inés, quienquiera que fuese pero presumiblemente la mujer de aquel hombre, hubiera salido para hacer su guardia —qué guardia—, mañana ya no tenía, hoy sí tenía, habría salido no muy temprano, una enfermera, una farmacéutica, una policía, una magistrada. 'De haber dado Marta con él seguramente me habría vuelto a llamar para anular nuestra cena y mi visita a Conde de la Cimera, y no me habría recibido a mí sino al hombre, podría ser él quien estuviera aquí ahora con más fundamento, no se le habría hecho tan tarde, tal vez mi sitio en la cama había sido también el suyo en otra ocasión, no todas las noches el de Deán sino alguna el suyo y esta noche el mío, no hay por qué lamentarse de la mala suerte, todo es así aunque lo olvidemos y no pensemos en ello para seguir activos y actuar sin saber, decidir sin saber y dar los pasos envenenados; todo es así, caminar por la calle elegida o entrar en un coche al que el conductor nos invita desde su asiento con la puerta abierta, volar en avión o coger el teléfono, salir a cenar o quedarse en el hotel mirando distraídamente por la ventana de guillotina, cumplir años y crecer y seguir cumpliéndolos para ser reclutado, hacer el gesto de dar un beso que desencadena otros besos que nos harán demorarnos y de los que rendiremos cuentas, pedir o aceptar un empleo y ver cómo la tormenta se va condensando sin ponerse a cubierto, tomarse una cerveza y mirar hacia las mujeres en sus taburetes ante la barra, todo es así y todas esas cosas pueden traer navajas y cristales rotos, la enfermedad y el malestar y el miedo, las bayonetas y la depresión y el arrepentimiento, el árbol quebrado y en la garganta una espina; y el caza a la espalda, el traspié del barbero; los tacones partidos y las manos grandes que aprietan las sienes, mis pobres sienes, el cigarrillo encendido y la nuca mojada y vuelta, las faldas arrugadas y el sostén pequeño y el pecho desnudo luego, una mujer arropada que parece dormida ahora y un niño que sueña ignorante bajo su heredado combate aéreo. Mañana en la batalla piensa en mí, cuando fui mortal; y caiga tu lanza.' Me quedé mirándola de nuevo y pensé, dirigiéndome a ella con mi pensamiento: '¿Cuántas otras llamadas habrás hecho hoy que es ayer, al darte cuenta de que tu marido se iba y te dejaba libre? ¿Cuántos hombres habrás preferido, a cuántos habrás llamado para que vinieran a acompañarte y a celebrar tu noche de soltería o de viuda? A todos demasiado tarde. Quizá sólo quedó aquel a quien casi no conocías, el que estaba ya atado por una cita hecha días atrás irreflexivamente, sin darte cuenta de que no podías malgastar con él esa noche precisa en la que serías libre y no te acordaste de que lo serías; tal vez tuviste que conformarte conmigo tras haber repasado tu agenda y haber marcado una y otra vez desde este teléfono que todavía suena en tu busca junto a esta cama, los que ignoran que has muerto en ella y que has muerto en mis brazos llaman y continuarán llamando hasta que no se les diga que pueden tachar tu número, a Marta Téllez ya no hay que llamarla porque no contesta, el número inútil que deben olvidar quienes se esforzaron un día por retenerlo o memorizarlo, y yo mismo, los que lo marcan sin tan siquiera pensárselo como ese hombre cuya voz que afeita ha quedado grabada para que la escuche cualquiera que esté en este cuarto, excepto la destinataria; o tal vez soy injusto y he sido tan sólo el segundo en la lista, pobre Marta, el que podría haber desplazado al primero tan imperativo si la noche hubiera sido en verdad inaugural, la primera de tantas otras que nos habrían llevado a entretenernos ante mi puerta con los saturadores besos de los amantes al despedirse, la primera de tantas otras que ya no aguardan en el futuro sino que sestearán para siempre en mi conciencia incansable, mi conciencia que atiende a lo que ocurre y a lo que no ocurre, a los hechos y a lo malogrado, a lo irreversible y a lo incumplido, a lo elegido y a lo descartado, a lo que retorna y a lo que se pierde, como si todo fuera lo mismo: el error, el esfuerzo, el escrúpulo, la negra espalda del tiempo. ¿Cuántas otras llamadas así habrás hecho a lo largo de tu vida ya entera, de la que me diste a conocer el término pero no su historia? No la sabré nunca. Aunque haré memoria, en el revés del tiempo por el que ya transitas'.

Aparté aquellos pensamientos. Había evitado mirarme en el espejo de cuerpo entero hasta aquel instante, me vi ahora, en mis ojos había sueño y desgana, me picaron y me los froté con la mano, por fin había en ellos desentendimiento. Pude reconocerme, mi aspecto no había cambiado como el de Marta; tenía hasta la chaqueta puesta, no era difícil acordarme del hombre que había llegado a la casa invitado a cenar unas horas antes, pocas y demasiadas horas. Había que salir de allí sin ya más tardanza, tuve de pronto la sensación de que me había quedado paralizado como en tela de araña, en un estado de estupefacción, y de duda no reconocida por la conciencia incansable. Estaba descalzo y de ese modo no se puede actuar ni decidir nada, me puse y me até los zapatos apoyando las suelas en el borde de la cama, dejé de tener cuidado. Eché un vistazo a mi alrededor sin detener la mirada, ya sólo hice dos movimientos antes de abandonar el cuarto: abrí la tapa del contestador automático y saqué de allí la minúscula cinta, me la eché al bolsillo de la chaqueta, creo que al hacerlo pensé dos cosas (o puede que las pensara más tarde y entonces la cogiera maquinalmente): Deán no debía saber con certeza porque no hay nada más irremediable que eso y a eso no se debe obligar a nadie, siempre ha de haber lugar o hueco para la duda; y si Deán ya sabía, entonces era mejor que quedara abierta la posibilidad de que quien hubiera cenado con Marta esa noche fuera aquel hombre y no yo; y de encontrarse y oírse la cinta él sería descartado. (El primer pensamiento fue considerado o quizá piadoso y un poco falso; el segundo fue precavido, aunque de mí nadie sabría nada, pensé de nuevo.) Mi otro movimiento fue aún más maquinal, enteramente desprovisto de solemnidad, de intención, de significación, en realidad no tuvo el menor sentido: le di un beso muy rápido en la frente a Marta, apenas la rocé con mis labios y me retiré. Salí de la alcoba sin apagar la televisión, dejando a MacMurray y a Stanwyck todavía un rato —hasta que durasen— como momentáneos testigos únicos, mudos pero rotulados, de los dos estados de Marta Téllez, su vida y su muerte, y de la mudanza. Tampoco apagué la luz, ya no podía pensar en lo que sería mejor o más conveniente para mí o para ella o para Deán o el niño, estaba agotado, dejé todo como estaba. Ahora caminé por el pasillo con mis zapatos puestos y sin preocuparme del ruido, seguro de que aquel niño no se despertaría por nada. Entré en el salón y recogí la botella y las copas de vino, las llevé a la cocina, vi el delantal que Marta se había puesto para freír la carne, lavé las copas con mis propias manos, las coloqué boca abajo en el escurridor para que chorrearan y se secaran luego, vacié lo que quedaba de la botella en el fregadero —muy poco: bebimos para bus-

car y querer; Château Malartic, no entiendo de vinos— y la
tiré a la basura, donde vi el envase del helado, mondas de pa-
tatas, papeles rotos, un algodón con un poco de sangre, la grasa de esa carne irlandesa que me había gustado, los restos que
habían sido vertidos por la mano ya muerta cuando estaba
viva, hacía tan poco rato, la grasa y las manos igualadas ahora,
carne desechada y muerta y en transformación todo ello. 'Mi
abrigo, mi bufanda y mis guantes', pensé, dónde los había dejado Marta tras abrirme la puerta. Junto a la entrada había un
armario, un closet, fui allí, lo abrí y al abrirlo se encendió una
bombilla, el mismo método que en las neveras. Allí los vi, pul-
cramente colgados, la bufanda azul bien doblada sobre el hombro izquierdo del abrigo azul más oscuro, su cuello subido
como lo llevo yo siempre, los guantes negros asomando un
poco por el bolsillo izquierdo, lo justo para ver que estaban
allí y no olvidarlos, no lo bastante para que pudieran caerse al
suelo inadvertidamente. Una mujer cuidadosa, sabía cómo
guardar unas prendas ajenas. Las cogí, me las puse, la bufanda
primero, el abrigo luego, aún no los guantes de cuero, todavía
podía necesitar las manos sin impedimentos. Miré un segundo
las otras ropas de tres tamaños, Deán tenía una buena gabardina de color zinc, qué raro que no se la hubiera llevado a Londres, era por fuerza muy alto; Marta tenía varios abrigos, vi
uno de pieles metido en una funda de plástico con cremallera,
no sé de qué era o si era falso; un anorak diminuto y un diminuto abrigo azul marino con botones dorados quedaban a gran
distancia del suelo del closet y así quedarían hasta que fueran
creciendo; en la repisa superior había sombreros, casi nadie los
usa hoy en día, entre ellos vi un salacot auténtico y no pude
evitar cogerlo, parecía antiguo, con su barboquejo de cuero
para fijarlo al mentón y su forro verde gastado, en el cual se
veía una vieja etiqueta muy cuarteada en la que aún era legi-
ble: 'Teobaldo Disegni', y debajo: '4 Avenue de France', y debajo: 'Tunis'. De dónde habría salido, sería del padre de Deán
o de Marta, lo habrían heredado como el niño heredaba los

aviones colgantes de la infancia paterna. Me puse el salacot y busqué un espejo en el que mirarme, fui al cuarto de baño y tuve que sonreírme al verme, colonial en invierno con abrigo y bufanda, la sonrisa no duró nada, el niño, no había querido pensar en él —es decir, concentrarme— en todo aquel tiempo, pero ya sabía, me temo que sabía desde el principio intuitivamente, sabía de las tres posibilidades que se me ofrecían y también cuál sería la elegida. Me quité el salacot, lo dejé en su lugar y cerré el armario (se apagó su bombilla). Podía quedarme allí cuidando del niño hasta que apareciera alguien, eso no tenía sentido, era lo mismo que llamar a Deán hasta dar con él o al portero o a un vecino cualquiera y delatarme y también a Marta. Podía llevármelo, tenerlo conmigo hasta que el cuerpo de su madre fuera encontrado y devolverlo entonces, siempre podía hacerlo anónimamente, dejarlo a unos metros del portal al día siguiente y marcharme, o al otro, incluso en la portería y salir corriendo, y mientras tanto qué, veinticuatro o cuarenta y ocho horas con una pequeña fiera, era muy posible que no quisiera venirse conmigo ni salir de la casa, tendría que despertarlo y vestirlo en mitad de la noche e impedir que fuera a ver a su madre, probablemente lloraría y pataleería y se tiraría al suelo cruzado en el pasillo, me sentiría como un secuestrador, era absurdo. Finalmente podía dejarlo: debía dejarlo, no había alternativa en realidad. El niño debía seguir durmiendo hasta que se despertara, llamaría a su madre entonces o tal vez se levantaría solo e iría a buscarla; se subiría a la cama y empezaría a zarandear el cuerpo arropado e inmóvil, seguramente no muy distinto del de cualquier mañana; protestaría por la indiferencia, daría voces, cogería una perra, no comprendería, un niño de esa edad no sabe lo que es la muerte, ni siquiera podría pensar: 'Está muerta, mamá se ha muerto', ni el concepto ni la palabra entran en su cabeza, tampoco la vida, no hay una ni otra, debe ser una suerte. Al cabo de un rato se cansaría y miraría la televisión (quizá debía dejar también encendida la del salón, para que no tuviera que estar en la alcoba junto al cadáver, si quería verla) o se iría a sus cosas —juguetes, comida, tendría hambre—, o bien lloraría sin cesar muy fuerte, los niños tienen pulmones sobrenaturales e inagotable el llanto, tanto que algún vecino lo oiría y llamaría a la puerta, aunque a los vecinos no les importa nada, sólo si se los molesta. Alguien aparecería en todo caso por la mañana, una niñera, una asistenta, la hermana, o llamaría Deán de nuevo entre negocio y negocio y no le respondería nadie, ni siquiera la cinta del contestador automático, había ido a parar al bolsillo de mi chaqueta; y entonces se preocuparía e indagaría, se pondría en marcha. Me quedó un pensamiento tras pensar todo esto: el niño tendría hambre. Fui a la nevera y decidí prepararle un plato como si fuera a dejarle sustento a un animal doméstico al que se abandona durante uno o dos días de viaje: había jamón de York, chocolate, fruta, pelé dos mandarinas para facilitar que se las comiera, salami, le quité los hilos de tripa, no fuera a ahogarse, no estaría su madre para meterle un dedo y salvarlo; corté y partí queso, lo dejé sin corteza, lavé el cuchillo; en un armarito encontré galletas y una bolsa de piñones, la abrí, lo puse todo junto al plato (si abría un yogurt se estropearía). Era un plato absurdo, una mezcla disparatada, pero lo importante era que tuviera algo que llevarse a la boca si tardaba en aparecer quien se hiciera cargo de aquella casa. Y beber, saqué de la nevera un cartón de zumo, llené un vaso y lo coloqué al lado, todo en la mesa de la cocina, a la que acerqué un banquito, el niño alcanzaría así sin problemas, trepan mucho los niños a los dos años. Todo eso delataría mi presencia, es decir, la de alguien, pero ya no importaba.

No había más que hacer, no podía hacer más. Miré hacia el dormitorio, ahora me angustió la idea de volver allí, por suerte no tenía que hacerlo, nada me reclamaba. Entré en el salón y puse la televisión para el niño con el volumen bajo, así al menos oiría algo; la dejé en un canal en el que había aún imagen, otra película en aquel momento, la reconocí en seguida, *Campanadas a medianoche*, el mundo entero en blanco y negro de madrugada. Me pareció que dejaba aquella casa arrasada: luces y aparatos de televisión encendidos, comida fuera de la nevera en un plato, un contestador sin cinta, ropas sin planchar y los ceniceros sucios, el cuerpo semidesnudo y cubierto. Sólo la habitación del niño mantenía su orden, como si hubiera quedado a salvo del desastre. Me asomé de nuevo, su respiración era audible, tranquila, y me quedé en el umbral, pensando durante unos instantes: 'Este niño no me reconocerá si alguna vez vuelve a verme en el futuro lejano; nunca sabrá lo que ha sucedido, por qué se ha acabado su mundo ni en qué circunstancias ha muerto su madre; se lo ocultarán su padre y su tía y sus abuelos si los tiene, como hacen todas esas figuras siempre con las cosas que juzgan denigrantes o desagradables; no sólo se lo ocultarán a él, sino a todo el mundo, la muerte horrible o ignominiosa, la muerte ridícula y que nos ofende. Pero en realidad también a ellos les será ocultada, por mí —no han asistido—, el único que sabe algo: nadie sabrá jamás lo que ha ocurrido esta noche, y el niño, que ha estado aquí y me ha visto y ha sido testigo de los preámbulos, será quien menos lo sepa; no lo recordará, como tampoco recordará el ayer ni anteayer ni el pasado mañana, y dentro de poco ni siquiera recordará este mundo ni esta madre perdidos hoy ya para siempre o perdidos ya antes, nada de lo que ha ocurrido en su vida desde que ha nacido, tiempo para él inútil puesto que su memoria aún no retiene para el futuro, su tiempo hasta ahora útil solamente para sus padres, que podrán contarle más adelante cómo era cuando era pequeño —muy muy pequeño—, cómo hablaba y qué cosas decía y qué ocurrencias tenía (su padre, ya no su madre). Tantas cosas suceden sin que nadie se entere ni las recuerde. De casi nada hay registro, los pensamientos y movimientos fugaces, los planes y los deseos, la duda secreta, las ensoñaciones, la crueldad y el insulto, las palabras dichas y oídas y luego negadas o malentendidas o tergiversadas, las promesas hechas y no tenidas en cuenta, ni siquiera por aquellos a quienes se hicieron, todo se olvida o prescribe, cuanto se hace a solas y no se anota y también casi todo lo que no es solitario sino en compañía, cuán poco va quedando de cada individuo, de qué poco hay constancia, y de ese poco que queda tanto se calla, y de lo que no se calla se recuerda después tan sólo una mínima parte, y durante poco tiempo, la memoria individual no se transmite ni interesa al que la recibe, que forja y tiene la suya propia. Todo el tiempo es inútil, no sólo el del niño, o todo es como el suyo, cuanto acontece, cuanto entusiasma o duele en el tiempo se acusa sólo un instante, luego se pierde y es todo resbaladizo como la nieve compacta y como lo es para el niño su sueño de ahora, de este mismo instante. Todo es para todos como para él yo ahora, una figura casi desconocida que lo observa desde el umbral de su puerta sin que él se entere ni vaya a saberlo nunca ni vaya por tanto a poder acordarse, los dos viajando hacia nuestra difuminación lentamente. Es tanto más lo que sucede a nuestras espaldas, nuestra capacidad de conocimiento es minúscula, lo que está más allá de un muro ya no lo vemos, o lo que está a distancia, basta con que alguien cuchichee o se aleje unos pasos para que ya no oigamos lo que está diciendo, y puede que nos vaya la vida en ello, basta con que no leamos un libro para que no sepamos la principal advertencia, no podemos estar más que en un sitio en cada momento, e incluso entonces a menudo ignoramos quiénes nos estarán contemplando o pensando en nosotros, quién está a punto de marcar nuestro número, quién de escribirnos, quién de querernos o de buscarnos, quién de condenarnos o asesinarnos y así acabar con nuestros escasos y malvados días, quién de arrojarnos al revés del tiempo o a su negra espalda, como pienso y contemplo yo a este niño sabiendo más de él de lo que él sabrá nunca sobre el que fue esta noche. Yo debo ser eso, el revés de su tiempo, la negra espalda…'.

Salí de la ensoñación, me volvieron las prisas. Me aparté del umbral, me acerqué hasta la entrada, aún miré una vez más por aprensión a mi alrededor, una mirada sin objetivo, me puse los guantes negros. Abrí la puerta de la casa con mucho cuidado como se abre cualquier puerta de madrugada, aunque no vaya a despertarse nadie. Di dos pasos, salí al descansillo, cerré tras de mí con igual cuidado. Busqué el ascensor sin encender la luz, lo llamé, vi la flecha de subida que se iluminaba, llegó en seguida, procedía de un piso cercano. No había nadie en el interior, nadie había viajado en él ni yo había subido sin querer a nadie hasta allí casualmente, el temor cree en las más inverosímiles coincidencias. Entré, le di a otro botón, descendí muy rápido, y antes de abrir la puerta del piso bajo me quedé quieto un momento intentando oír algo, no fuera a encontrarme en el portal con alguien, no fuera a ser insomne el portero o a madrugar excesivamente. No oí nada, empujé y salí, estaba el portal a oscuras, di tres o cuatro pasos hacia la puerta de la calle que me sacaría de allí del todo, y entonces vi a una pareja que aún no había entrado, estaban despidiéndose o discutiendo fuera, un hombre y una mujer, de unos treinta y cinco años él y de unos veinticinco ella, quizá dos amantes. Al oír mis pasos sobre el mármol —uno, dos y tres; o cuatro— se interrumpieron y se volvieron, me vieron; yo no tuve más remedio que encender la luz y luego buscar con la mirada el timbre que me abriría la puerta automáticamente. Di una vuelta en redondo con las manos describiendo un gesto de interrogación oculto desde los bolsillos de mi abrigo (los faldones adquiriendo vuelo), no veía dónde quedaba ese timbre. La mujer, vecina de la casa sin duda, movió el índice con su guante beige a través del cristal, señalando hacia mi izquierda, justo al lado de la puerta: aún no quería separarse sino seguir despidiéndose o discutiendo, no estaba dispuesta a utilizar su llave en mi provecho y cruzarse conmigo, eso la obligaría a terminar con los besos o con las agrias palabras, cuánto tiempo llevarían allí mientras yo estaba arriba. Apreté el timbre, se hicieron a un lado para dejarme paso. 'Buenas noches', les dije, y ellos contestaron lo mismo, mejor dicho, lo contestó ella con una sonrisa, él no dijo nada con cara de susto. Una mujer y un hombre guapos, debían de tener problemas, para permanecer en el frío sin separarse. Lo noté en seguida, el frío me dio en el rostro como si fuera una revelación o un recordatorio, el de mi vida y mi mundo que no tenían nada que ver con Marta ni con aquella casa. Yo debía seguir viviendo —fue como caer en la cuenta—, y ocuparme de otras cosas. Miré hacia lo alto desde la calle, localicé por la luz cuál era el piso que acababa de dejar atrás —un quinto— y eché a andar hacia Reina Victoria, y mientras me alejaba me dio tiempo a oír dos frases de aquella pareja, que reanudaba la conversación interrumpida por mis envenenados pasos. 'Mira, yo ya no puedo más', dijo él, y ella contestó sin pausa: 'Pues entonces vete a la mierda'. Pero él no se fue, porque no oí sus pisadas detrás de las mías inmediatamente. Me fui alejando de Conde de la Cimera con prisa, tenía que encontrar un taxi, había un poco de niebla, no se veía tráfico apenas, ni siquiera en Reina Victoria que es ancha, tiene bulevar en medio y en el bulevar un quiosco de bebidas y una espantosa escultura con la cabeza tergiversada del gran poeta, pobre Aleixandre, que vivió allí cerca. Y de pronto me acordé de que no había comprobado si en casa de Marta habían quedado cerradas todas las ventanas y las puertas de acceso a la terraza. '¿Y si el niño se cae mañana?', pensé. 'Pese yo mañana sobre tu alma; caiga tu espada sin filo.' Pero ya no podía hacer nada, ya no podía entrar en aquel piso cuya puerta me había sido abierta horas antes por quien ya no volvería a abrirla, y del que me había sentido responsable y dueño durante poco rato, todo parece poco cuando ha terminado. Ni siquiera podía llamar, no respondería nadie ni el contestador tampoco, su cinta estaba conmigo, en el bolsillo de mi chaqueta. Miré a uno y otro lado del bulevar en medio de la noche amarillenta y rojiza, pasaron dos coches, dudé si esperar o buscar otra calle, adentrarme por General Rodrigo, no invita a caminar la niebla, mi aliento producía vaho. Me metí las manos en los bolsillos del pantalón y saqué algo de uno de ellos porque no lo reconocí al tacto en seguida como se reconoce lo propio: una prenda, un sostén más pequeño de lo que debía haber sido, me lo había echado allí sin pensarlo al ir hacia la habitación del niño siguiéndolo tras su aparición en la alcoba, lo había guardado para que él no lo viera. Lo olí un instante en medio de la calle, la tela blanca arrugada contra mi guante rígido negro, un olor a colonia buena y a la vez algo ácido. Queda el olor de los muertos cuando nada más queda de ellos. Queda cuando aún quedan sus cuerpos y también después, una vez fuera de la vista y enterrados y desaparecidos. Queda en sus casas mientras no se airean y en sus ropas que ya no se lavan porque ya no se ensucian y porque se convierten en sus depositarias; queda en un albornoz, en un chal, en las sábanas, en los vestidos que durante días y a veces meses y semanas y años cuelgan de sus perchas inmóviles e ignorantes, esperando en vano volver a ser descolgados, volver a entrar en contacto con la única piel humana que conocieron, tan fieles. Eran esas tres cosas lo que me quedaba de mi mortal visita: el olor, el sostén, la cinta, y en la cinta voces. Miré a mi alrededor, la noche de invierno iluminada por muchas farolas, el quiosco a oscuras, la nuca del poeta a mi espalda. No pasaban coches ni había nadie. Me sentaba bien el frío.

A Eduardo Deán lo conocí un mes más tarde, aunque ya antes lo había visto, no sólo con bigote y en foto y en su propia casa, sino sin bigote y en persona y en el cementerio, y menos joven. Un rostro memorable. No fue del todo casual que nos conociéramos, no lo fue en absoluto que yo presenciara el enterramiento, del que supe por los periódicos. Ah, pasé dos días aguardando su salida de madrugada, curioseando revistas a la espera de que llegaran después de la medianoche los paquetes de prensa con la primera edición, y contemplé cómo el empleado cortaba la cinta plana de plástico que los sujetaba, y fui el primero en coger un ejemplar del montón y pagarlo en caja, para irme a continuación a la cafetería del establecimiento y, tras pedir una coca-cola, abrirlo con nerviosismo por las páginas del epígrafe 'Agenda', donde se encuentran los natalicios y el tiempo y las necrológicas, los cumpleaños y los premios menores y las ridículas investiduras honoris causa (no hay quien resista un birrete con flecos), los resultados de la lotería y el ajedrez y el crucigrama y hasta un pasatiempo llamado revoltigrama, y sobre todo la sección titulada 'Fallecidos en Madrid', una lista alfabética de nombres completos (nombre y dos apellidos), a los que se añade tan sólo un número, el de su edad al dejar de tenerla, aquella en que los muertos han quedado fijados con diminuta letra, la mayoría en su primera e insignificante y última aparición impresa, como si además de eso, una edad azarosa y un nombre, no hubieran sido nunca nada. Es una lista bastante larga —unas sesenta personas— que yo jamás había leído, y consuela un poco ver que por lo general las edades son avanzadas, la gente vive bastante: 74, 90, 71, 60, 62, 80, 65, 81, 80, 84, 66, 91, 92, 90, los nonagenarios son mujeres casi siempre, de las que mueren a diario menos que hombres, o así parece según el registro. El primer día sólo había tres muertos con menos de cuarenta y cinco años, todos varones y uno de ellos extranjero, se llamaba Reinhold Müller, 40, qué le habría pasado. Marta no figuraba, luego no había sido aún descubierta, o la notificación no había llegado al cierre, los periódicos cesan en sus tareas mucho antes de lo que se cree. Para entonces habían pasado unas veinte horas desde que yo había salido del piso. Si alguien se había presentado por la mañana había habido tiempo de sobra para llamar a un médico, para que éste levantara acta de defunción, para avisar a Deán a Londres, incluso para que él viajara de vuelta, todo son facilidades en las desgracias y las emergencias, si alguien implora ante el mostrador de una compañía aérea y dice: 'Mi mujer ha muerto, mi hijo está solo', esa compañía sin duda le hará un hueco en el vuelo siguiente, para no ser tildada de desaprensiva. Pero nada de eso debía de haber ocurrido, porque el nombre de Marta Téllez, con su segundo apellido que yo ignoraba y la edad de su muerte —¿33, 35, 32, 34?—, no venía en la lista. Quizá la impresión, quizá la tristeza habían hecho que nadie se acordara de cumplir con los trámites. Pero a un médico se lo llama siempre, para que certifique y confirme lo que todos piensan (para que lo verifique con su mano infalible y tibia de médico que reconoce y distingue la muerte), lo que yo pensé y supe cuando abrazaba a Marta de espaldas. ¿Y si yo me había equivocado y no había muerto? Yo no soy médico. ¿Y si había perdido tan sólo el sentido y lo había recuperado por la mañana y la vida había seguido con normalidad, el niño en la guardería y ella con sus quehaceres, relegado mi paso nocturno a la esfera de los disparates y los malos sueños, recogido todo y cambiadas las sábanas aunque yo no hubiera llegado a estar entre ellas? Es curioso cómo el pensamiento incurre en lo inverosímil, cómo se lo permite momentáneamente, cómo fantasea o se hace supersticioso para descansar un rato o encontrar alivio, cómo es capaz de negar los hechos y hacer que retroceda el tiempo, aunque sea un instante. Cómo se parece al sueño.

Era cerca de la una en el establecimiento, un Vips, allí había aún mucha gente cenando y comprando, y en Inglaterra era siempre una hora menos. Me levanté y fui al teléfono, por suerte era de tarjeta y yo tenía tarjeta, saqué de mi cartera el papel con el número del Hotel Wilbraham, y a la voz del conserje (la misma, estaba claro que su turno era de noche) le pregunté por el señor Ballesteros. Esta vez no dudó, me dijo:

—No cuelgue, por favor.

No me preguntó si sabía el número de habitación ni nada, sino que él lo añadió como para sus adentros o como si radiara sus actos y sus pensamientos ('Ballesteros. Cincuenta y dos. Vamos a ver', dijo, y pronunció el apellido como si llevara una sola *l*), y oí en seguida el sonido de la llamada interna que me pilló de sorpresa, no estaba preparado para ello ni para oír a continuación la voz nueva que dijo '¿Diga?', o bueno, no dijo eso, sino en inglés su correspondiente. Aquella sola palabra no me permitió saber si era una voz española o británica (o si el acento era bueno, en el primer caso), porque colgué nada más oírla. 'Santo cielo', pensé, 'este hombre todavía está en Inglaterra, no debe de saber nada, cualquier persona que hubiera ido a la casa habría hecho lo mismo que yo, habría buscado y hallado las señas y el número de Deán en Londres y por tanto él tendría que estar ya avisado. Luego aún debe ignorarlo, a menos que se lo haya tomado con mucha calma. Si el niño está en buenas manos, puede que haya decidido volar mañana. No, no debe saberlo, o quizá acaba de ser informado y hoy ya no puede hacer nada. Quizá esté aún llorando en su habitación de hotel extranjero, y esta noche no conciliará el sueño.'

—Oiga, ¿va a llamar más?

Me volví y vi a un individuo de dientes largos (nunca tendría la boca del todo cerrada) y convencionalmente bien trajeado, llevaba un abrigo de piel de camello: como suele suceder en estos casos, su dicción era plebeya. Saqué mi tarjeta y me hice a un lado, volví a mi mesa, pagué mi coca-cola, salí, y fue entonces cuando regresé a Conde de la Cimera en un taxi. Mi visita no fue larga, pero algo más de lo que pensé en principio. Le dije al taxista que aguardara y descendí con la idea de que fuera un segundo, me quedé al lado del coche y miré hacia arriba y no pude respirar aliviado: las luces que yo había dejado encendidas seguían así, aunque era difícil recordar si se trataba de las mismas exactamente o si se había producido alguna variación, sólo las había mirado un momento desde aquella posición al salir, no me había entretenido, aturdido entonces y temeroso y cansado; y si eran las mismas era muy probable que nadie hubiera entrado en aquella casa en todo el día, y que el cadáver continuara allí transformándose semidesnudo bajo las sábanas, en la misma postura en que lo había dejado o acaso destapado y zarandeado por la impaciencia y la incomprensión y la desesperación del niño ('Debí cubrirle la cara', pensé; 'pero no habría servido de nada'). Y el niño también seguiría allí, quizá se habría comido cuanto le había dejado a mano y tendría hambre, no, le había dejado bastante cosa, una mescolanza, un revoltigrama, para un estómago pequeño. No sabía qué hacer. Estaba allí de pie con mi abrigo y mis guantes de nuevo, a mi lado un silencioso taxi que se había decidido a parar el motor al ver que mi espera no era tan breve. A esas horas había encendidas más luces en el edificio, pero mis ojos estaban fijos en las del piso que conocía, como si mirara por un catalejo. Estaba más angustiado que la noche anterior, más que al irme de madrugada. Sabía lo que había ocurrido y a la vez me parecía insensato y ridículo que hubiera ocurrido, lo que sucede no sucede del todo hasta que no se descubre, hasta que no se dice y hasta que no se sabe, y mientras tanto es posible la conversión de los hechos en mero pensamiento y en mero recuerdo, su lento viaje hacia la irrealidad iniciado en el mismo momento de su acontecer; y la consolación de la incertidumbre, que también es retrospectiva. Yo no había dicho nada, tal vez el niño. Todo estaba en orden en la calle, por la que pasó un grupito de estudiantes borrachos, uno de ellos me rozó con el hombro, no se disculpó, gregarios y tan mal vestidos. Yo miraba siempre hacia arriba, hacia el quinto piso de aquel edificio que tenía catorce, intentando dilucidar el sentido de la luz visible tras los visillos de la terraza a la que se accedía desde el salón, la puerta de cristales aparentemente cerrada, pero era imposible saber desde allí si en verdad lo estaba, o sólo entornada.

—¿Por qué no llama al telefonillo para que baje?

El taxista había supuesto que yo iba a recoger a alguien y se estaba impacientando, yo sólo le había dicho que no bajara aún la bandera, un segundo.

—No, es demasiado tarde, hay gente durmiendo —dije—. Si no baja dentro de cinco minutos es que no baja. Vamos a esperar un poco más.

Yo sabía que no bajaría nadie, quienquiera que fuese el sujeto hipotético de aquellas frases, la del taxista y la mía. El de la suya sería femenino sin duda, el de la mía era sin género, puramente ficticio, aunque él se representaría a una menor o a una adúltera, alguien que depende de otros y nunca puede asegurar que baje. No bajaría Marta ni bajaría el niño. No tenía una idea muy exacta de la orientación de las habitaciones (casi nunca se tiene desde el exterior de las casas), pero suponía que la alcoba de Marta se correspondía con la ventana que quedaba a la derecha de la terraza desde mi punto de vista y que estaba también iluminada como yo la había dejado, todo igual si era así, aparentemente. De pronto el taxista puso el motor en marcha y yo me volví a mirarlo: había visto antes que yo que alguien salía por el portal, del que me separaban bastantes pasos o habría carecido de perspectiva; había dado por descontado que la joven que apareció era quien yo esperaba. No lo era, sino la misma joven con la que me había cruzado tan tarde y que no había querido utilizar su llave en mi beneficio. Ahora la vi mejor porque la vi a distancia y sin acompañante: tenía el pelo y los ojos castaños, llevaba un collar de perlas, zapatos de tacón, medias oscuras, caminaba con gracia pero seguramente algo incómoda por la falda corta y estrecha que pude ver bajo su abrigo de cuero abierto, debía de tener la costumbre de llevar las puntas de los pies hacia fuera, andaba un poco centrífugamente. Miró hacia el taxi, miró hacia mí, hizo con la cabeza un leve gesto de reconocimiento que pareció de asentimiento, cruzó la calle y sacó del bolso —sin quitarse su guante beige, no casaba con el abrigo— una llave con la que abrió la puerta de un coche allí estacionado. Vi cómo tiraba el bolso al asiento de atrás y se metía dentro (el bolso lo llevaba colgando de la mano como una cartera). Una mujer conductora, como casi todas, las piernas le quedaron al descubierto un instante, luego cerró, bajó la ventanilla. El taxista volvió a apagar el motor y bajó la suya automáticamente para apreciar mejor a la joven. Ella puso su motor en marcha y de reojo la vi maniobrar y esforzarse con el volante. Vi que asomaba la cara para ver si al salir podía golpear al coche que estaba delante; no lo veía, así que le hice una señal con la mano dos veces, como diciendo: 'Sí, sí, salga, salga'. El coche salió y al pasar junto a mí la mujer me sonrió y me respondió con otro gesto de la mano, a mitad de camino entre 'Adiós' y 'Gracias'. Era una mujer guapa y no parecía creída, quizá no era ella la que tenía llave de aquella casa sino el hombre al que había mandado a la mierda ante mis oídos. Quizá ella había subido con él a su piso tras la discusión del portal y no había salido hasta veinte horas después, hasta aquel momento en que volvía a encontrarme en el mismo sitio —como si no me hubiera movido durante sus largas horas de saliva malgastada en palabras y besos, y sus otras horas de inútiles y laboriosos sueños—, aunque ahora fuera del edificio y en actitud de espera, con un taxi a mis órdenes. No podía saber si llevaba la misma ropa, anoche sólo había visto su guante.

Fue entonces cuando volví a mirar hacia lo alto, primero hacia la ventana del dormitorio y luego hacia la terraza y otra vez hacia la ventana, porque tras los visillos de esta ventana vi a contraluz una figura de mujer que se estaba quitando un jersey o una camiseta, se estaba quitando algo por encima de la cabeza porque en el momento de verla lo que vi fue cómo se llevaba las manos a los costados cruzándolas y tiraba hacia arriba de la camiseta hasta sacársela en un solo movimiento —adiviné sus axilas durante un instante—, de tal manera que sólo las mangas vueltas le quedaron sobre los brazos o enganchadas a las muñecas. La silueta permaneció así unos segundos como cansada por el esfuerzo o por la jornada —el gesto de desolación de quien no puede dejar de pensar y se desviste por partes para cavilar o abismarse entre prenda y prenda, y necesita pausas—, o como si sólo tras salir del jersey que había ido a quitarse junto a la ventana hubiera mirado por ella y hubiera visto algo o a alguien, tal vez a mí con mi taxi a mi espalda. Luego tiró de ambas mangas y se zafó de ellas y se dio media vuelta y se alejó unos pasos, los suficientes para que yo ya no pudiera verla, aunque creí distinguir su deformada sombra doblando la prenda que se había quitado, quizá sólo para cambiarla por otra limpia y no sudada. Luego se apagó la luz, y si aquélla era la alcoba que yo conocía la luz apagada debía de ser la de la mesilla de noche que yo dudé si dejar encendida —quería ver— y así se quedó hasta después de mi marcha. No estaba totalmente seguro, pero al divisar la figura hubo alivio junto al sobresalto, porque alguien había en la casa y tal vez era Marta —Marta viva. No podía ser Marta pero me permití de nuevo pensarlo un instante—. Y si no era ella por qué estaba en su dormitorio, aún más, por qué se cambiaba allí o se desvestía como si fuera a acostarse y dónde estaba Marta entonces, su cuerpo, tal vez trasladado a otra habitación para ser velado, o sacado ya de la casa y llevado a lo que llaman el tanatorio. Y en su alcoba una amiga, una cuñada, una hermana que se habría quedado para impedir que el niño pasara otra noche solo hasta que Deán regresara al día siguiente, cómo podía Deán no haber vuelto si lo sabía. Aunque tenía más sentido que se hubieran llevado al niño a dormir a otra parte, qué le habrían dicho, le habrían pedido paciencia y lo habrían engañado ('Mamá se ha ido de viaje, en avión'), sus tías. (Y el niño miraría ya para siempre de otra manera sus aviones de miniatura: para siempre hasta que se olvidara.) Más allá de la terraza todo seguía igual, y esa luz sí estaba seguro de que pertenecía a la casa, al comedor o salón donde había tenido lugar nuestra cena y donde el niño miró sus vídeos de Tintín y Haddock, hacía sólo veinticuatro horas según los relojes. No me convenía seguir allí mucho tiempo.

—Qué, ¿nos vamos?

No sé por qué le di explicación al taxista:

—Sí, no va a bajar. Se ha acostado.

—No ha habido suerte —dijo él comprensivo. Qué sabría lo que era suerte en este caso.

Volví a mi casa con el periódico adelantado y sin sueño. La noche anterior me había dormido en cuanto había llegado, rendido por la necesidad de momentáneo olvido, más fuerte que la angustia pasada y presente y que la preocupación por el niño. Me había ido de allí y ya no podía hacer más (o había decidido no hacer más al marcharme), había dormido ocho horas ininterrumpidas, ni siquiera recordaba haber soñado, aunque el primer pensamiento que me vino a la cabeza al despertar fue inequívoco y simple: 'El niño', siempre se piensa en los vivos más que en los muertos, aunque a aquéllos no los conozcamos apenas y éstos fueran nuestra vida hasta hace un mes o anteayer o esta noche (pero Marta Téllez no era mi vida, sería la de Deán si acaso). Ahora, en cambio, la relativa tranquilidad de creer que había una figura femenina que se haría cargo en el piso me hizo sentirme despejado e incapaz de pensar en ninguna otra cosa, o de distraerme con mis libros, mi televisión o mis vídeos, mi trabajo atrasado o mi tocadiscos. Todo estaba suspendido, pero no sabía hasta cuándo o de qué dependía que se reanudase: tenía interés y prisa por saber si habían descubierto el cuerpo y si el niño estaba a salvo, nada más en principio, más allá mi curiosidad no existía, entonces. Y sin embargo preveía que una vez averiguado eso tampoco podría reanudar sin más mis días y mis actividades, como si el vínculo establecido entre Marta Téllez y yo no fuera a romperse nunca, o fuera a tardar en hacerlo demasiado tiempo. Y a la vez ignoraba de qué modo podría perpetuarse, ya no habría nada más por su parte, con los muertos no hay más trato. Hay un verbo inglés, *to haunt,* hay un verbo francés, *hanter,* muy emparentados y más bien intraducibles, que denominan lo que los fantasmas hacen con los lugares y las personas que frecuentan o acechan o revisitan; también, según el contexto, el primero puede significar *encantar,* en el sentido feérico de la palabra, en el sentido de *encantamiento,* la etimología es incierta, pero al parecer ambos proceden de otros verbos del anglosajón y el francés antiguo que significaban *morar, habitar, alojarse* permanentemente (los diccionarios siempre distraen, como los mapas). Tal vez el vínculo se limitara a eso, a una especie de encantamiento o *haunting,* que si bien se mira no es otra cosa que la condenación del recuerdo, de que los hechos y las personas recurran y se aparezcan indefinidamente y no cesen del todo ni pasen del todo ni nos abandonen del todo nunca, y a partir de un momento moren o habiten en nuestra cabeza, en la vigilia o el sueño, se queden allí alojados a falta de lugares más confortables, debatiéndose contra su disolución y queriendo encarnarse en lo único que les resta para conservar la vigencia y el trato, la repetición o reverberación infinita de lo que una vez hicieron o de lo que tuvo lugar un día: infinita, pero cada vez más cansada y tenue. Yo me había convertido en el hilo.

Puse el contestador automático y oí dos mensajes anodinos o consuetudinarios, de quien fue mi mujer hasta hace no mucho y de un actor insoportable para el que trabajo a veces (soy guionista de cine, pero acabo haciendo series de televisión casi siempre; la mayoría no se realiza, tarea inútil, pero se despilfarra y las pagan lo mismo). Y fue entonces cuando me acordé de la cinta de Marta, y si no me acordé hasta entonces fue porque no me la había llevado por indiscreción ni curiosidad ni para escucharla, sino sólo para que el hombre imperativo y condescendiente cuyo mensaje yo había oído en directo pudiera caber entre los sospechosos. Sospechosos de qué, de nada grave en realidad, ni siquiera de haberse acostado con ella en la hora de su muerte ni justo antes ni justo después, yo no lo había hecho, nadie lo había hecho, que yo supiera. La cinta era del mismo tamaño que las que yo utilizo, así que podía oírla. Saqué la mía, introduje la de ella, rebobiné hasta el principio y la puse en marcha. Lo primero que salió fue de nuevo la voz de aquel hombre ('Cógelo, mierda'), la voz que afeitaba y martirizaba ('¿Eres imbécil o qué, no lo coges?'), tan segura de lo que podía permitirse con Marta ('Qué leches, no tienes arreglo'), los chasquidos de contrariedad de la lengua. Tras el pitido fueron saliendo otros mensajes, todos ellos obligadamente anteriores y por tanto oídos por Marta, el primero incompleto, su parte inicial ya borrada por las palabras del hombre: '… nada', empezaba diciendo la voz de mujer, 'mañana sin falta me llamas y me lo cuentas todo de arriba abajo. El tipo no suena nada mal, pero vaya. La verdad es que no sé cómo tienes tanto atrevimiento. Bueno, hasta luego y que haya suerte.' A continuación vino una voz de hombre, un hombre mayor e irónico, burlón para consigo mismo: 'Marta', dijo, 'dile a Eduardo que es incorrecto decir "mensaje", hay que decir "recado"; bueno, no es hombre de letras, eso ya lo sabemos desde el primer día, ni pedante como yo. Llámame, tengo una buena noticia que darte. Nada muy aparatoso, no te hagas ilusiones, pero todo parece mucho en una existencia precaria como la mía, povero me'. No se despedía ni decía quién era como si no hiciera falta, podía ser un padre, el de Deán o el de Marta, alguien que busca pretextos para llamar por teléfono hasta a los más próximos, un hombre mayor algo desocupado, pasado en su juventud por Italia o tal vez aficionado a la ópera, temeroso de resultar insistente. Luego oí: 'Marta, soy Ferrán. Ya sé que Eduardo se ha ido hoy a Inglaterra, pero es que acabo de darme cuenta de que no me ha dejado teléfono ni señas ni nada, no me lo explico, le dije que me las dejara sin falta, no están aquí las cosas para que él ande ilocalizable. A ver si las tienes tú, o si hablas con él dile que me llame en seguida, a la oficina o a casa. Es bastante urgente. Gracias'. Esa fue una voz neutra con un acento catalán casi perdido, un compañero de trabajo cuyo trato continuado se confunde con la amistad y la confianza, quizá inexistentes. No recordaba que Marta le hubiera dado a Deán este recado cuando había hablado con él durante nuestra cena, pero tampoco había prestado demasiada atención. Detrás vino otro recado incompleto, sólo su final, lo cual significaba que ya era antiguo, es decir, no de aquel día o al menos no de la parte del día durante la que Marta había estado ausente y la habían llamado una amiga o hermana, un padre o suegro y un colega de su marido. '… Así que haremos lo que tú digas, lo que tú quieras. Decide tú', decía la voz de mujer que así terminaba, me pareció que podía ser la misma de antes, la que se extrañaba del atrevimiento de Marta, era difícil saberlo, más aún si lo que decía se lo decía a Deán o a Marta, 'Decide tú'. Y a continuación todavía salió otro mensaje incompleto, perteneciente por tanto a otra tanda y aún más antiguo, y en él hablaba otra voz de hombre falsamente neutra, esto es, que aparentaba seriedad, gentileza y casi indiferencia, como si quisiera hacer pasar por una llamada profesional lo que sin duda era una personal o incluso galante, que acababa diciendo: '… si te va bien podemos quedar el lunes o el martes. Si no, habría ya que dejarlo para la otra semana, desde el miércoles estoy copado. Pero en fin, no hay ninguna prisa, así que ya me dirás, como te venga mejor, de verdad. Hasta pronto'. Aquella era mi voz, aquel era yo hacía unos días, cuando todavía no era seguro que Marta Téllez y yo fuéramos a cenar y a vernos por tercera vez, tras la charla de pie en un cocktail la tarde que nos presentaron y un largo café tomado días después ya con pretextos infames, todo cortejo resulta ruin si se lo ve desde fuera o se lo recuerda, una mutua manipulación consentida, el mero cumplimiento trabajoso de un trámite y la envoltura social de lo que no es más que instinto. Aquel individuo que hablaba quizá no sabía entonces que lo buscaba y quería, pero al oírle ahora, al escuchar su entonación afectada, su amortiguado nerviosismo —el de quien sabe que su mensaje puede llegar a un marido y además considera una virtud el disimulo—, resultaba evidente que sí lo buscaba y sí lo quería, qué hipócrita, qué fingimiento, cada palabra una mentira, ya lo creo que había prisa por parte de aquella voz, y no era cierto que desde el miércoles estuviera 'copado', cómo podía haber dicho semejante palabra que jamás empleaba, un término propio de los farsantes, y tampoco decía nunca 'hasta pronto', sino 'hasta luego', por qué habría dicho 'hasta pronto', para no parecer insistente cuando lo era, a veces medimos cada vocablo según nuestras intenciones desconocidas; y aquel 'de verdad' tan untuoso y falsario, la coba indecente de quien quiere seducir no sólo con el halago, sino con el respeto y la deferencia. Me asusté al reconocer no tanto mi voz cuanto mis pocas y transparentes frases, me asusté al recordarme el día en que había dejado ese mensaje al que se respondió más tarde, cuando en realidad todo era ya previsible menos lo que había ocurrido al final o más bien en medio, todo lo demás ya lo era y sin embargo no se había previsto con la conciencia. Pensé rápidamente que habría dicho mi nombre y apellido al principio, siempre lo hago, en la parte del mensaje borrado, y luego 'el lunes o el martes', Deán podía haber estado al tanto de nuestra cita desde el primer momento, tal vez por eso Marta no se lo había mencionado por teléfono en mi presencia, tal vez era cosa sabida y no ocultada ni tan siquiera omitida, y en ese caso mis precauciones podían haber sido inútiles además de imperfectas, era bien posible que Deán me buscara y localizara cualquier día de estos y me preguntara abiertamente qué había ocurrido, cómo es que su mujer había muerto estando conmigo, puede que lo único impremeditado y oculto fuera que la cena y la cita tenían lugar en su propia casa. Hice retroceder la cinta y volví a escucharme, me parecí repugnante, hoy era aquel miércoles y no estaba copado sino solo en mi casa distrayéndome con diccionarios y con una cinta, qué ridículo. Pero no tuve mucho tiempo para indignarme conmigo mismo, porque en el siguiente recado del contestador reconocí de inmediato la voz rasuradora o eléctrica, sólo que en esta ocasión se dirigía a Deán y no a Marta y decía: 'Eduardo, hola, soy yo. Oye, que no me esperéis para empezar a cenar, yo voy a llegar un poco tarde porque se me han liado las cosas con una historia que se las trae, ya os contaré. De todas formas espero no llegar más tarde de las once, y decídselo por favor a Inés, no logro dar con ella e irá derecha a la cena, que no se preocupe. Dejadme un poco de jamón, ¿eh? Vale pues, hasta luego'. Aquel hombre tenía siempre algo que contar, o lo que es lo mismo, algo anunciado y por tanto aplazado, probablemente una estupidez aquella noche —noches atrás, 'una historia que se las trae'— en que las dos parejas y quizá más gente habían quedado a cenar en un restaurante con jamón muy bueno. Su voz seguía siendo despótica, aunque ahora no soltara sucedáneos de tacos ni insultos, era irritante, había dicho 'soy yo' como si él fuera tan reconocible que no precisara aclarar quién era ese 'yo', y seguramente así sería en la casa a la que llamaba —la casa de un amigo y la de una amante, se dirigía a Deán pero también a los dos, 'os contaré', 'decídselo', 'dejadme jamón serrano'—, pero uno no debe dar nunca eso por descontado, ser tan inconfundible para los demás como para uno mismo. Sonó el pitido correspondiente, y antes de que la cinta siguiera avanzando en silencio y recorriendo su zona virgen —siempre los mensajes en la parte inicial, yuxtaponiéndose y cancelándose unos a otros—, salió una última voz que sin embargo no decía más que una cosa y lloraba; era una voz de niño, o de mujer infantilizada, como por otra parte lo está todo el mundo cuando llora sin poder evitarlo hasta el punto de no poder articular ni alentar apenas, cuando se trata de un llanto estridente y continuo e indisimulable que está reñido con la palabra y aun con el pensamiento porque los impide o excluye más que sustituirlos —los traba—, y esa voz cuyo mensaje aflictivo era aún más antiguo que la tanda anterior porque le faltaba asimismo el comienzo —más antiguo que el mío melifluo y que el del hombre opresor con la voz de zumbido—, decía esto de vez en cuando en medio del llanto, o incorporado al llanto como si fuera tan sólo una más de sus tonalidades: '… por favor… por favor… por favor…', esto decía y lo decía enajenadamente, no tanto como imploración verdadera que confía en causar un efecto cuanto como conjuro, como palabras rituales y supersticiosas sin significado que salvan o hacen desaparecer la amenaza. Me asusté de nuevo, estuve a punto de parar la cinta por temor a que aquel llanto impúdico y casi maligno despertara a mis vecinos y pudieran acudir a ver qué brutalidad estaba yo cometiendo: lo que no había ocurrido con Marta, ningún vecino había venido porque ella no había gritado ni se había quejado ni había implorado ni yo había cometido con ella brutalidad alguna. No hizo falta parar la máquina porque una vez transcurrido el minuto de que disponía cada llamada —tampoco esta vez entero— hubo un nuevo pitido de separación y la cinta siguió corriendo como he dicho, ya enmudecida; la voz que lloraba con infantilismo había agotado su tiempo sin decir nada más y no había vuelto a marcar, quizá sabedora de que el destinatario y causante de su tormento tenía que estar allí, en la casa junto al teléfono oyéndola llorar y sin descolgarlo, y de que sólo lograría seguir grabando su pena que ahora escuchaba un desconocido.

A la noche siguiente volví al establecimiento en que los periódicos se reciben poco después de la medianoche, esperé unos minutos alrededor de esa hora y me precipité a comprar el que llevaba fecha del día que se iniciaba oficialmente en aquellos momentos, sobre todo en Inglaterra, aunque según los relojes allí es siempre una hora menos. Sin atreverme a abrirlo de pie y en medio de tanta gente, fui de nuevo hasta la cafetería, pedí esta vez un whisky y busqué la lista de fallecidos: aunque es alfabética tuve el aplomo de no irme al final a mirar la *T*, sino de empezar a leerla desde el principio y así conservar durante unos segundos más la agonía y la incertidumbre, es decir, la esperanza de que el nombre de Marta apareciera y no apareciera; deseaba ambas cosas al mismo tiempo, o si se prefiere mi deseo estaba escindido: si aparecía sabría que había sido encontrada y eso me aliviaría y me abatiría; y si no aparecía me preocuparía aún más y volvería a manosear el papel con el número de Deán en Londres o a rondar la casa, pero también, durante unos instantes, podría volver a pensar en la posibilidad increíble de que todo hubiera sido un espantoso malentendido, una alarma excesiva, un inconcebible apresuramiento por mi parte, de que ella hubiera perdido tan sólo el sentido o incluso hubiera entrado en un coma, pero aún viviera. Miré los apellidos y sus edades ya abandonadas: Almendros, 66, Aragón, 88, Armas, 48, Arrese, 64, Blanco, 77, Borlaff, 41, Casaldáliga, 93, pero no pude continuar uno a uno y salté hasta la L: Luengo, 59, Magallanes, 93, Marcelo, 48, Martín, 43, Medina, 28, Monte, 46, Morel, 61, ayer había muerto gente bastante joven, Francisco Pérez Martínez, 59, pero ella había muerto anteayer, en realidad no la acompañaban estos muertos más prematuros sino los del día anterior más ancianos, Téllez, 33, allí estaba, Marta Téllez Angulo, treinta y tres eran los que tenía y algo así aparentaba, la penúltima de la lista, después venía tan sólo Alberto Viana Torres, 55. Todavía aterrado volví hasta la *D* con mi veloz mirada, no fuera a figurar allí Deán, 1, Eugenio Deán Téllez, aún no había cumplido dos años según su madre, Coya, 50, Delgado, 81, no estaba, no podía estar y no estaba, yo lo había dejado vivo y dormido y con comida en un plato.

Fui de nuevo a la sección de prensa y compré otro diario, el más mortuorio de los madrileños, regresé a mi mesa y busqué entre sus páginas las esquelas tan abundantes, y allí estaba ya la de Marta dando una apariencia de orden a su muerte desordenada, una esquela sobria, el nombre completo tras la cruz, el lugar, la fecha de la muerte correcta (eso sabe averiguarlo la mano del médico que aprieta e indaga), luego 'D.E.P.' y a continuación la acostumbrada lista de los que se quedan atónitos y lo lamentan y ruegan, yo he figurado en alguna de ellas: 'Su marido, Eduardo Deán Ballesteros; su hijo, Eugenio Deán Téllez; su padre, Excelentísimo señor don Juan Téllez Orati; sus hermanos, Luisa y Guillermo; su cuñada, María Fernández Vera; y demás familia…' Ahí tenía los nombres de una cuñada y la hermana, no el de ninguna amiga, y había un padre de madre italiana cuya voz era sin duda la que yo había oído, que llevaba una existencia precaria y pedante y tenía que dar una buena noticia, por qué sería excelentísimo, alguien presumido para querer ponerlo en la esquela de su hija recién muerta de manera tan inesperada, la muerte inverecunda, la muerte horrible y quizá ridícula. Debía de haberla redactado él mismo, ese padre que sabría hacer estas cosas y estaría desocupado, un hombre a la antigua, decía 'marido' y 'cuñada' y no esas cursilerías de 'esposo' y 'hermana política', aunque era pomposo poner el nombre completo de un niño de apenas dos años, probablemente su primera aparición en letra impresa como la de tantos muertos, como si se tratara de un señor respetable, el niño Eugenio. Pero al menos no decían de Marta que hubiera recibido los Santos Sacramentos como aseguran de todo el mundo, yo habría podido atestiguar que eso no era cierto. 'El entierro tendrá lugar hoy, día 19, a las once horas, en el cementerio de Nuestra Señora de la Almudena.' Y unos días después un funeral en una iglesia cuyo nombre me decía poco, nunca he conocido las de mi ciudad; arranqué la hoja, la doblé para recortar esa esquela, que fue a parar junto a aquel otro papel que ya resultaba inútil probablemente, Wilbraham Hotel de Londres.

Llegué al cementerio con un poco de antelación en una mañana de sol frío y desatento, para no perder la llegada de la

comitiva ni extraviarme en una zona indebida. Unos empleados —no todos sepultureros— me indicaron dónde se iba a
celebrar ese entierro, me fui hasta allí andando y esperé unos
minutos leyendo lápidas y epitafios de la vecindad, ensayando
el disimulo a que debería entregarme en cuanto aparecieran
los Deán y los Téllez con su ataúd y sus flores y sus vesti-
mentas negras. Me había puesto gafas oscuras como se ha hecho costumbre en las visitas a los cementerios, no tanto para
velar las lágrimas como para ocultar su ausencia, cuando hay
ausencia. Vi una lápida ya corrida —el hueco o fosa o abismo
a la vista—, como preparada para recibir a un nuevo morador,
sólo se importuna a los muertos para llevarles otro al que seguramente bien quisieron en vida, sin que podamos saber si
ese acontecimiento los alegra por volver a ver a quien conocieron más joven o los entristece aún más al saberlo reducido
a su mismo estado y contar con uno menos que los recuerde
en el mundo. Miré la inscripción y supe que allí estaba la madre de Marta, Laura Angulo Hernández, y también su abuela italiana, Bruna Orati Parenzan, tal vez véneta, y también
descubrí que ya había muerto una hermana de Marta antes
que la madre y la abuela, hacía ya muchos años y a la edad de
cinco según las fechas inscritas, Gloria Téllez Angulo, nacida
dos años antes que la propia Marta, luego se habían conocido
esas niñas, aunque Marta apenas habría recordado a su hermana mayor durante su vida, poco más de lo que su hijo Eugenio la recordaría a ella al transcurrir la suya. Me di cuenta de
que una esquela y una lápida me habían dicho mucho más
acerca de Marta o de su familia que cuanto ella me había contado a lo largo de tres encuentros preparatorios. Preparativos
de qué, de una fiesta modesta (solomillo irlandés y vino, un
solo invitado) y de su adiós al mundo, ante mis propios ojos.
En aquella tumba de mujeres inaugurada por una niña treinta y un años antes ella iba a ocupar el cuarto sitio, arrebatán-
doselo quizá a su padre, que habría comprado el terreno al
morir esa niña y ahora habría contado con ser el siguiente, ya-

cer junto a su madre, mujer e hija, esas tumbas suelen ser para cuatro, o no, pueden ser para cinco, y en ese caso le quedaría un sitio y al llegar ya sabría quiénes eran todos sus moradores. El nombre de Marta aún no estaba en la piedra, eso viene después de la sepultura.

Me aparté, me entretuve leyendo una especie de adivinanza en una tumba cercana de 1914: 'Cuantos hablan de mí no me conocen', decía a lo largo de sus diez líneas cortas (pero eran prosa), 'y al hablar me calumnian; los que me conocen callan, y al callar no me defienden; así, todos me maldicen hasta que me encuentran, mas al encontrarme descansan, y a mí me salvan, aunque yo nunca descanso'. Lo leí varias veces hasta que comprendí que no era el muerto quien hablaba ('León Suárez Alday 1890-1914', rezaba la inscripción, un joven), sino la muerte misma, una extraña muerte que se quejaba de su mala fama y desconocimiento entre los vivos tan lenguaraces, una muerte que se resentía de la maledicencia y quería salvarse: cansada, más bien amigable y al fin conforme. Aún estaba memorizando aquel acertijo como si fuera un teléfono o unos versos cuando a lo lejos vi dejar los coches y luego acercarse a una treintena de personas con paso lento siguiendo a los sepultureros de andar más rápido por el peso, uno de ellos llevaba un pitillo apagado en los labios que me hizo encender uno mío al instante. El cortejo se colocó en torno a la tumba abierta, más o menos en semicírculo, dejando espacio para las maniobras, y mientras se procedía a una breve oración y a bajar el ataúd con las dificultades inevitables —chirridos y golpes secos y tanteos y vacilaciones, madera encajando en piedra y ruido como de cantera o aún más agudo, como de ladrillos chocando o de clavo que no logra entrar, y alguna voz obrera que da una orden de vaho; y la aprensión enorme a que se dañe el cuerpo que ya no veremos—, pude ver a las personas que se habían puesto en primera fila o más cerca de la parte superior de la fosa, seis o siete las que vi mejor desde mi tumba de 1914, junto a la que me quedé con las manos cruzadas caídas y en una de ellas el cigarrillo que de vez en cuando me llevaba a los labios; como si León Suárez Alday fuera mi antepasado ante cuyos restos antiguos podía cavilar y rememorar, e incluso susurrar las palabras más libres que podemos decir y las que más serenan, las que dirigimos a quien no puede oírnos. Y si bien es verdad que lo primero que busqué con la vista fue al niño —pero sin esperanza e inútilmente, a esas edades no se los lleva a un entierro—, la primera persona en la que me fijé no fue aquella que rezó en voz alta —un hombre mayor y robusto en quien me fijé después—, sino una mujer de parecido notorio con Marta Téllez, sin duda su hermana viva Luisa, que sin gafas oscuras ni velo ni nada —ya no se ven velos nunca— lloraba con un llanto estridente y continuo e indisimulable, aunque intentaba disimularlo: bajaba la cabeza y se tapaba la cara con las dos manos como a veces hacen quienes están horrorizados o sienten vergüenza y no quieren ver o ser vistos, o son víctimas confesas del abatimiento, o aun del malestar o el miedo o el arrepentimiento. Y ese gesto que esas víctimas suelen hacer a solas sentadas o echadas en sus dormitorios —quizá la cara contra la almohada, que hace las veces de manos, de lo que oculta y protege, o de aquello en lo que se ve refugio— lo hacía esta mujer de pie y vestida con extremado esmero y con sus manos cuidadas, en medio de un cortejo de gente y al aire libre de un cementerio, sus redondeadas rodillas visibles bajo el abrigo entreabierto, las medias negras y los zapatos de tacón tan limpios, los labios que se habría pintado inconscientemente con el gesto maquinal de todos los días antes de salir de casa le traerían ahora el sabor mezclado del carmín dulzón con el suyo salado y líquido e involuntario; en algunos momentos levantaba la cara y se mordía esos labios —esos labios— en un intento vano de reprimir no el dolor, sino su manifestación demasiado impúdica y reñida con la palabra, y era en esos momentos cuando yo la veía, y aunque su rostro se aparecía distorsionado vi el parecido con Marta porque el rostro de Marta también lo había visto distorsionado: por otra clase de dolor, pero igualmente manifiesto; una mujer más joven, dos o tres años, quizá más guapa o menos inconforme con lo que le hubiera tocado en suerte, era soltera según la esquela —o viuda—. Tal vez lloraba así porque sentía además la envidia o sensación de destierro que aqueja a los niños cuando se separan de sus hermanos, cuando uno de ellos se queda solo con los abuelos y los otros acompañan a los padres de viaje, o cuando uno de ellos va a un colegio distinto de aquel al que van los mayores, o cuando enfermo en la cama y recostado contra la almohada con sus tebeos y cromos y cuentos configurando su mundo (y en lo alto aviones), ve salir a los otros que se van a la playa o al río o al parque o al cine y escapan en bicicleta, y al oír las primeras risas y timbrazos tan veraniegos se siente prisionero o quizá exiliado, en buena medida porque los niños carecen de visión de futuro y para ellos sólo existe el presente —no el ayer malsano y rugoso y quebrado ni el mañana diáfano y plano—, pareciéndose en eso a algunas mujeres y también a los animales, y ese niño —o es niña— ve de pronto la cama como el lugar en el que vivirá ya siempre y desde el que indefinidamente deberá oír alejarse las ruedas sobre la grava y los timbrazos superfluos y alegres de sus hermanos para los que no cuenta el tiempo, ni siquiera el presente para ellos. Tal vez Luisa Téllez sentía también que Gloria y Marta, la hermana con la que no habría jugado y la hermana con la que lo había hecho, se reunían ahora en la tierra con la madre y la abuela, en un mundo femenino y estable y risueño en el que ya no se angustiarían con un sí y un no ni se fatigarían con un quizá y un tal vez y en el que no cuenta el tiempo —en un mundo *haunted,* o vale aquí nuestra palabra: encantado—, al que a ella no le tocaba incorporarse aún, del que quedaba desterrada literalmente y en cuya morada común no tendría seguramente cabida cuando le tocara; y mientras caía la tierra simbólica una vez más sobre aquella fosa ella permanecía con su padre y su hermano entre los vivos tan inconstantes, y tal vez un día con un marido que aún no había llegado —un marido brumoso por tanto—, en un mundo de hombres y por tebeos y cromos y cuentos configurado (y en lo alto aviones), que aún es víctima confesa del tiempo.

Y allí estaba el padre, Juan Téllez, quien había dicho unas breves y casi inaudibles palabras que serían una oración en la que él mismo no creería a sus años, qué difícil deshacerse del todo de las costumbres y creencias superficiales de los que nos preceden, cuyo simulacro conservamos a veces durante toda una vida —una vida más— por superstición y por respeto a ellos, las formas y los efectos tardan más en desaparecer y olvidarse que las causas y los contenidos. Había llegado hasta la tumba tambaleándose y sostenido por su hija superviviente y su nuera como si fuera un condenado a la horca sin fuerzas para ascender los peldaños o caminara sobre la nieve, emergiendo y hundiéndose a cada paso. Pero luego se había recompuesto y había inflado un poco el pecho convexo, había sacado un pañuelo azulado del bolsillo pectoral de la chaqueta y con él se había enjugado el sudor de la frente, no las lágrimas de los ojos, que no existían, aunque también se había frotado una seca mejilla y la sien, como para calmar un sarpullido. Había pronunciado sus palabras con una mezcla de gravedad y desgana, como si tuviera plena conciencia de la solemnidad del momento y a la vez quisiera terminar con él cuanto antes y volver ya a casa a buscar la almohada, quién sabe si a su pena no se añadía vergüenza (pero *esa* es una muerte horrible; pero *esa* es una muerte ridícula), aunque lo más probable era que no hubiese sido informado de las circunstancias, del aspecto semidesnudo y salvaje de su hija cuando la encontraron, de las huellas visibles de un hombre en la casa que no era Deán ni nadie, era yo, pero para ellos nadie. Le habrían dicho tan sólo: 'Marta ha muerto mientras Eduardo estaba ausente'. Y él se habría llevado las moteadas manos al rostro, buscando refugio. 'Pero habría muerto de todas formas, aunque no hubiera estado sola', habrían añadido para no indisponerlo más con su yerno, o como si saber que algo fue irremediable pudiera hacernos estar más conformes con ello. (No había estado sola, yo lo sabía y seguramente también ellos.) Es posible que ni siquiera le hubieran comunicado la causa, si la conocían, una embolia cerebral, un infarto de miocardio, un aneurisma disecante de aorta, las cápsulas suprarrenales destruidas por meningococos, una sobredosis de algo, una hemorragia interna, no sé bien cuáles son los males que matan tan rápidamente y sin titubeos ni tampoco me importa saber cuál mató a Marta, tampoco le importaría mucho a ese padre, quizá no habría pedido explicaciones ni se le habría ocurrido a nadie pensar en hacer una autopsia, él se habría limitado a encajar la noticia y ocultar la cara y a disponerse para su segundo entierro de un vástago y la despedida, adiós risas y adiós agravios, la vida es única y frágil. Es de suponer por tanto que ahora, mientras caía la tierra sobre un ser femenino por cuarta vez en aquella fosa, estaría recordando a las que yacían allí y él había dejado de ver mucho antes, la madre Bruna italiana que nunca habló bien del todo la lengua más áspera del país que adoptó, y que familiarizó a su hijo Juan con la suya más suave; la mujer Laura a la que quiso o no quiso, a la que idolatró o hizo daño, o quizá ambas cosas, primero una y después la otra o las dos al tiempo, como es la regla; la hija Gloria que fue la primera y murió en accidente acaso, quién sabe si ahogada en el río o desnucada —la nuca— tras una caída durante un verano, quién si fulminada por uno de esos males veloces y sin paciencia que se llevan a los niños sin el menor forcejeo porque ellos nunca se oponen, sin darles tiempo a cobrar memoria ni a tener deseos ni a saber del extraño funcionamiento del tiempo, como si los males se resarcieran así de la lucha interminable que libran con tantos adultos que se les resisten, aunque no con Marta, muerta dócilmente como una niña. Y al padre empezaría ya a aparecérsele esa segunda hija a la que acababa de ver (y a la que luego había dejado un mensaje) con los tintes de la rememoración y del ayer rugoso, y quizá pensaba también que su propia existencia se había hecho ahora aún más precaria. Tenía el pelo

blanco y los ojos azules grandes y puntiagudas cejas de duende y la piel muy tersa para su edad, cualquiera que fuese; era un
hombre alto y robusto y excelentísimo, una figura que llenaría
los espacios cerrados y que llamaba la atención de inmediato
por su corpulencia inestable, su tórax voluminoso disminu-
yendo el tamaño de las mujeres que tenía a ambos lados, la del-
gadez de las piernas y el leve bamboleo que también lo aque-
jaba en reposo haciendo pensar en una peonza, un brazalete
negro en la manga del abrigo como prueba de su fuerte sentido antiguo de la circunstancia, los zapatos negros tan limpios
como los de su hija viva, pies pequeños para su estatura, pies
de bailarín retirado y el rostro como una gárgola, los ojos secos y estupefactos mirando hacia abajo a la fosa o hueco o abismo, mirando inmóviles caer la tierra simbólica y recordando
embobados a las dos niñas, a la que sólo había sido niña y a la
que fue aún más niña pero mucho mayor más tarde, asimilada
en la tumba ahora por aquella otra a la que no vieron crecer ni
envejecer ni torcerse ni mostrar desafecto ni dar disgustos, las
dos ahora malogradas y obedientes y silenciosas. Vi que a Juan
Téllez se le había desatado el cordón de un zapato, y él no se
había dado cuenta.

Y a su derecha estaba sin duda su nuera, María Fernández
Vera su nombre, ella sí con sus gafas oscuras y la piedad social
pintada en el rostro, es decir, más que la pena el fastidio, más
que el miedo contagiado la contrariedad de ver interrumpidas
sus actividades diarias y a su familia mermada, amputada de
un miembro y a su marido por tanto hundido, quién sabía durante cuánto intolerable tiempo; quien la cogía del brazo como
pidiéndole perdón o ayuda debía de ser Guillermo —como pidiéndole congraciarse—, el hermano único de Luisa y Marta
y algo menos de la niña Gloria, a la que no habría conocido y
por la que tal vez ni siquiera se habría preguntado nunca. También llevaba gafas oscuras y tenía el rostro huesudo y pálido y
los hombros abandonados, parecía muy joven —quizá estaba
recién casado— a pesar de las notables entradas prematuras

que no habría heredado de su padre sino de los varones de su familia materna, cráneos de tíos o primos mayores que podrían estar allí mismo, en segunda fila. No le vi el parecido con Marta ni por lo tanto tampoco con Luisa, como si en el engendramiento de los benjamines los padres pusieran siempre menos atención y empeño y fueran más negligentes a la hora de transmitirles las semejanzas, que quedan en manos de cualquier antepasado caprichoso que de pronto ve la ocasión de perpetuar sus rasgos sobre la tierra, y se inmiscuye para otorgarlos al que aún no ha nacido, o mejor, al que está siendo concebido. Aquel joven parecía pusilánime, pero es aventurado decir esto cuando sólo se ha visto a alguien en el momento de enterrar a una hermana y con la mirada oculta; con todo se lo veía como extraviado, él sí con el miedo a su propia muerte revelado de golpe, por vez primera en su vida seguramente, agarrado al brazo de su mujer más potente y erguida como se agarran los niños a los de sus madres al ir a cruzar una calle, y mientras caía la tierra simbólica sobre sus consanguíneas exangües ella no le apretaba la mano como consuelo, sino que se la aguantaba a distancia y con impaciencia —el codo picudo separado del cuerpo—, o era hastío. Los zapatos del recién casado estaban muy embarrados, habría pisado un charco del cementerio.

Y allí estaba también Deán, cuyo rostro memorable reconocí al instante aunque ya no llevaba el bigote del día de su matrimonio y los años transcurridos le habían hecho mella y le habían dado carácter o se lo habían fortalecido. Tenía las manos metidas en los bolsillos de la gabardina color de zinc que no se había llevado a Londres y yo había visto colgada en su casa: una buena gabardina, pero estaría pasando frío. No llevaba gafas oscuras, no lloraba ni su mirada era estupefacta. Era un hombre de gran altura y muy flaco —o no tanto, y era un efecto—, con la cara alargada en consonancia con su estatura, una quijada enérgica como si fuera la del héroe de algún tebeo o tal vez la de algún actor con el mentón partido, Cary Grant,

Robert Mitchum o el propio MacMurray, aunque su rostro era todo menos estulto, y nada tenía que ver tampoco con el del príncipe de la broma y el príncipe de la maldad sin mezcla, Grant y Mitchum. Sus labios eran finos, visibles aunque sin color, o del mismo que la piel hendida de estrías o hilos que con el tiempo serían arrugas o empezaban ya a serlo, como cortes superficiales en la madera (su rostro sería un día un pupitre). Llevaba el pelo castaño cuidadosamente peinado con raya a la izquierda, muy liso y tal vez peinado sólo con agua como si fuera el de un niño de antaño, un niño de su propia época que debía de ser más o menos la mía, costumbres que nunca se pierden y a las que no afectan ni nuestra edad ni el externo tiempo. En aquellos momentos —pero habría jurado que en cualquier momento— era una cara grave y meditativa y serena, es decir, una de esas caras que lo admiten todo o de las que puede esperarse cualquier transformación o cualquier distorsión, como si estuvieran siempre a la expectativa y nunca decisas, y en un instante anunciaran la crueldad y la piedad al siguiente, la irrisión después y más tarde la melancolía y luego la cólera sin llegar a mostrar del todo ninguna jamás, esos rostros que en situaciones normales son sólo potencialidad y enigma, tal vez debido a la contradicción de los rasgos y no a ninguna intencionalidad: unas cejas alzadas propias de la guasa y unos ojos francos que indican rectitud y buena fe y un poco de ensimismamiento; la nariz grande y recta como si fuera sólo hueso del puente a la punta, pero con las aletas dilatadas sugiriendo vehemencia, o quizá inclemencia; la boca delgada y tirante del maquinador incansable, del anticipador —los labios como cintas tensadas—, pero denotando también lentitud y capacidad de sorpresa y capacidad infinita de comprensión; la barbilla insumisa pero ahora abatida, una espada sin filo; las orejas un poco agudas como si estuvieran alerta permanentemente, queriendo oír lo no pronunciado en la lejanía. No habían oído nada desde la ciudad de Londres, no les había alcanzado el rumor de las sábanas con las que yo no había llegado a entrar en contacto, ni el ruido de platos durante nuestra cena casera ni el tintinear de las copas de Château Malartic, tampoco las estridencias de la agonía ni el retumbar de la preocupación, los chirridos del malestar y la depresión ni el zumbido del miedo y el arrepentimiento, tampoco el canturreo de la fatigada y calumniada muerte una vez conocida y una vez encontrada. Tal vez sus oídos habían estado ocupados por su propio estruendo en la ciudad de Londres, por el rumor de sus sábanas y su ruido de platos y su tintineo de copas, por las estridencias del tráfico inverso y el retumbar de los autobuses tan altos, los chirridos de la excitación nocturna y el zumbido de las conversaciones en varias lenguas del restaurante indio, por el eco de otros canturreos no necesariamente mortales. 'Yo no lo busqué, yo no lo quise', le dije para mis adentros desde mi tumba de 1914, y fue entonces cuando Deán levantó la vista un momento y miró hacia donde yo estaba de pie con mi cigarrillo observándolo. Aunque me miró no abandonó su expresión cavilosa, y pude ver bien sus ojos de color cerveza, de mirada franca pero rasgados como los de un tártaro, no creo que en aquellos momentos me vieran, se dirigían a mí pero no los sentí posados, era como si me bordearan o me pasaran por alto, y en seguida volvieron a fijarse en la fosa o hueco o abismo con lo que ahora me pareció zozobra, como si Deán estuviera algo incómodo además de tan serio con su cara alargada y extraña, quizá como si hubiera ido a parar a una celebración que a él no podía pertenecerle porque era femenina tan sólo, un intruso necesario pero en el fondo decorativo, el marido de la recién llegada en cuyo honor —o era ya memoria, y él era el viudo— se reunían todas aquellas personas, no más de treinta, en realidad no conocemos a tanta gente. Deán era alguien que quedaría para siempre fuera de esa tumba de consanguíneos y que probablemente volvería a casarse, y esos cinco años de matrimonio y de convivencia serían representados y recordados sobre todo por la existencia del niño Eugenio, ahora y cuando ya no fuera niño al cabo del tiempo, no tanto por Marta Téllez que se iría relegando y ensombreciendo en su ya rápido viaje hacia la difuminación (cuán poco queda de cada individuo, de qué poco hay constancia, y de ese poco que queda tanto se calla). Cuán parecido Deán a la foto en que lo había visto, hasta empezó a morderse el labio inferior como en aquella ocasión nupcial en blanco y negro, cuando miró a la cámara. Y mientras caía la tierra simbólica sobre su mujer Marta Téllez vi cómo él sacaba de pronto las manos de la gabardina y se las llevaba a las sienes —sus pobres sienes—; le flaquearon las piernas y estuvo a punto de caer desmayada su larga figura, y habría caído seguramente —perdió pie, resbaló hacia la fosa un momento— si no la hubieran sostenido a la vez varias manos y el rumor alarmado de voces: alguien desde atrás le agarró de la nuca —la nuca—, alguien le tiró de la gabardina tan buena, y la mujer que estaba a su lado le sujetó del brazo mientras él quedaba un instante con una rodilla en tierra, el último resto del equilibrio, la rodilla como navaja mal clavada en madera y las manos apretando las sienes, incapaces de adelantarse en aquel momento para parar el golpe posible si hubiera llegado a desvanecerse de bruces: 'pese yo mañana sobre tu alma; caiga tu espada sin filo'. Se incorporó con ayudas, se alisó los faldones de la gabardina, se acarició la rodilla, se peinó un poco con una mano, volvió a metérselas en los bolsillos y recuperó su expresión pensativa que ahora pareció más doliente o quizá avergonzada. Al verle desfallecer un sepulturero se había detenido con la pala en alto, ya cargada de tierra, y durante los segundos en que el viudo reciente había interrumpido el silencio de la ceremonia la figura se quedó paralizada como si fuera una estatua obrera o tal vez minera, la pala empuñada y alzada, los pantalones anchos, unas botas bajas, un pañuelo al cuello y en la cabeza una gorra anticuada. Podía ser un fogonero, ya no hay calderas, las botas le comían sus blancos calcetines gruesos. Y cuando Deán se repuso echó al hueco la tierra aplazada. Pero había perdido la orientación y el ritmo durante el momento suspenso, y algunas motas de aquella palada saltaron sobre Deán —sobre su gabardina—, que se había quedado más al pie del abismo tras enderezarse, y que probó la tierra. Juan Téllez miró de reojo con visible fastidio, no sé si a Deán o al sepulturero.

Y fue entonces cuando vi también —o la reconocí, o me fijé en ella— a la mujer que había sujetado del brazo a Deán con su guante beige, la vecina que ya me había visto dos veces, saliendo de la casa de Conde de la Cimera mientras ella discutía o besaba de madrugada y esperando junto a mi taxi mientras ella se iba en su coche con su collar de perlas y su bolso tirado, y en ese momento me di la vuelta en un acto de temor inútil, puesto que si me había visto y reconocido ya era demasiado tarde (la veía por tercera vez en tres días). Pasados los segundos del miedo reflejo me volví de nuevo (al fin y al cabo yo llevaba ahora mis gafas oscuras, y no era de noche), y aunque me pareció ser observado o incluso escudriñado por ella, como si quisiera cerciorarse de que yo era yo mismo —nadie—, no sentí en sus ojos castaños sospecha ni recelo ni tan siquiera extrañeza, quizá al contrario: quizá suponía que yo era asimismo vecino o amigo de la familia, un amigo pasado o lejano y discreto —un amigo sólo de la muerta acaso— que asistía al entierro pero se mantenía apartado. Eso debió de pensar, porque cuando la lápida fue corrida como yo había corrido la colcha y las sábanas, y la fosa tapada y todas las personas empezaron a moverse —aunque poco, porque se saludaban o remoloneaban para hacerse algún comentario, como si aún no quisieran abandonar el lugar en que ahora permanecería su más o menos querida Marta—, esa joven me dijo 'Hola' con una media sonrisa apenada al pasar ante mí hacia los coches y yo le respondí con la misma palabra y tal vez sonrisa, mientras la veía pasar y seguir adelante con sus graciosos andares centrífugos, acompañada, me pareció, de una amiga o hermana y una señora (me fijé de nuevo en sus pantorrillas). Ese leve cruce me hizo atreverme a abandonar mi tumba ('y a mí me salvan') y mezclarme algo con ellos, con la gente del duelo, no con descaro sino como si también yo fuera en busca de la salida. Vi que el padre de Marta aún no arrancaba: tenía un pie en alto, encima de otra tumba cercana, había reparado en el cordón suelto de su zapato y lo señalaba con el dedo índice como acusándolo y sin decir nada; aquel hombre excelente era demasiado bamboleante y pesado para agacharse o para inclinarse, y su hija Luisa, con la rodilla en tierra (ya no lloraba, tenía algo de que ocuparse), se lo estaba anudando como si él fuera un niño y ella su madre. Tres o cuatro personas más se habían quedado a esperarlos. Y entonces oí la voz a mi espalda, la voz eléctrica que decía: 'No me digas que no te has traído el coche, mierda, y ahora qué hacemos. A mí me ha traído Antonio, pero le dije que se largara suponiendo que tú venías con el tuyo'. No me volví, pero aminoré mi paso para que pudieran las dos alcanzarme, la voz que afeitaba con sus cuchillas ocultas y la de mujer que le contestó en seguida: 'Bueno, no pasa nada, ya nos meteremos en el coche de alguien, o supongo que habrá taxis fuera'. 'Qué taxis ni qué leches', dijo él mientras se ponía a mi altura y yo empezaba a ver su perfil de reojo, un individuo chato, o era efecto de las gafas negras un poco grandes; 'va a haber taxis en el cementerio; qué te crees, que esto es la puerta del Palace. Mira que venir sin coche, sólo a ti se te ocurre.' 'Pensé que habrías traído el tuyo', dijo ella mientras ya me adelantaban. '¿Te lo dije que lo traía? ¿Te lo dije yo? Pues entonces', contestó él con chulería y poniendo así término a la disputa. Era un hombre de mediana estatura pero corpulento, carne de gimnasio o piscina, sin duda opresor y mal educado. Tampoco debía de conocer bien las normas sociales o no le importaban mucho, ya que su abrigo era de color claro (pero tampoco Deán llevaba luto en su gabardina). Tenía los dientes largos como el sujeto que había esperado en un Vips a que yo colgara el teléfono dos noches antes, pero no era el mismo, sino sólo del mismo estilo: convencionalmente adinerado, convencionalmente trajeado y con un léxico voluntariamente plebeyo, en Madrid se cuentan por millares, verdaderas oleadas de medradores provinciales a quienes se deja el campo, una plaga secular, perpetua, ninguno sabe pronunciar la *d* final de Madrid, una *d* relajada. Tendría unos cuarenta años, labios gruesos, la mandíbula recia y la piel aldeana que delataban su origen, un origen no tan remoto cuanto olvidado o más bien tachado. Llevaba laca en el pelo, se peinaba hacia atrás como si fuera un gomoso, pero hablando así no podía ser uno auténtico. '¿Se ha sabido algo del tío?', le oí decir en un tono más bajo —entre dientes, y así su voz era como un secador de pelo— mientras caminaba yo ahora un poco por detrás de ellos. Y su mujer, Inés, la magistrada o farmacéutica o enfermera, bajó el tono a su vez y contestó: 'Nada. Pero no han hecho sino empezar, y por lo visto Eduardo está dispuesto a encontrarlo. Pero Vicente: no quieren que se sepa, así que haz el favor de ser discreto por una vez y no andar por ahí comentándolo'. 'Así que es un bocazas', pensé, 'por eso tiene siempre alguna historia que contar aplazada. Qué gran favor te he hecho por ahora, Vicente, llevándome esa cinta del contestador. Qué suerte para ti que yo estuviera con ella.' 'Pero si ya lo sabe todo dios', respondió Vicente con desdén, 'pues no le gusta rajar a la gente; la discreción ya no existe, se acabó, ni siquiera es una virtud. Pobre Marta. Como mucho lograrán que no se entere su padre, pero lo que es los demás. Aunque ya se olvidarán, nada dura, esa es la única forma de discreción que queda, que todo se pasa pronto. Anda a ver a quién pillamos, ve preguntando por ahí quién tiene sitio', y con un rápido encogimiento de hombros se colocó mejor el abrigo y estiró luego el cuello. Seguro que con parecidos gestos se colocaría también el paquete, cuando estuviera incómodo. La gente del entierro iba llegando a los coches, y yo con ellos. Inés se apartó de Vicente para indagar quién podría acercarlos al centro, a ella la había visto menos al quedar tapada por él mientras caminábamos, tenía unos andares pausados, las piernas demasiado musculadas, como de deportista o de norteamericana, ese tipo de pantorrilla que da la sensación de estar a punto de estallar todo el rato,

hay hombres que las aprecian mucho, yo sólo un poco. Llevaba tacones altos, no debería llevarlos. Me figuré que sería una
magistrada, más que policía o farmacéutica o enfermera. Tal
vez era suya la voz infantilizada y llorosa del contestador, y lo
que le imploraba a Marta ('por favor... por favor...') era que
se apartara de su marido. En ese caso sus sentimientos serían
ahora encontrados, cómo me alegro de esa muerte, cómo la
lamento, cómo la celebro. El hombre se quedó esperando con
los brazos cruzados, saludando con la cabeza de lejos a alguna que otra persona conocida que ya se montaba en un coche,
silboteando sin darse cuenta de que lo hacía y de que aún estaba en el cementerio, no parecía muy afectado ni preocupado,
seguramente había oído ya para entonces de la desaparición de
esa cinta en la que llamaba imbécil a quien ahora llamaba pobre, pobre Marta. 'Te tengo', pensé, 'te tengo, aunque tendría
que descubrirme. Tendría que dejar de ser nadie.' Vi que Inés,
junto a la puerta de un coche, le hacía un gesto repetido con el
brazo para que fuera hasta allí, la juez ya había encontrado vehículo. Busqué entonces con la mirada a Téllez y a Deán y a
Luisa: el padre y la hermana aún no habían llegado, marchaban
juntos, agarrado el uno al brazo del otro con un poco de dificultad, él con su zapato ya atado, María Fernández Vera y Guillermo los seguían de cerca, atentos a un posible traspié y caída
del hombre robusto y viejo, o a no pisar más charcos. Deán sí
había llegado hasta donde estaban los coches, había abierto la
portezuela del suyo y estaba junto a él esperando, miraba hacia su familia política que avanzaba más lenta, hacia la tumba
también por tanto. Miraba más bien hacia la tumba cerrada, ya
que cuando por fin llegaron su cuñado y cuñada, su concuñada
y su suegro, se montaron los cuatro en otro coche que condu-
ciría Guillermo, y Deán, en cambio, permaneció unos segundos más con una mano apoyada en la portezuela, sin poder
estar esperando ya a nadie, mirando cavilosamente hacia donde miraba, una mirada encantada. Luego se metió dentro, cerró
la puerta y puso el motor en marcha. Volvía solo, tenía sitio de

sobra, no llevaba ningún pasajero, Inés y Vicente habrían muy bien cabido. 'Podía haberme llevado a mí', pensé al poco rato, cuando ya se hubieron marchado todos y me dispuse a salir, seguro de que aquello no era la puerta del Palace. Y en seguida me vino este otro pensamiento: 'Pero en ese caso, si me hubiera llevado', pensé, 'en ese caso también habría tenido que dejar de ser nadie'.

En un sentido dejé de serlo un mes después, en otro tardé un poco más, con Deán unos días y unas horas con Luisa. Quiero decir que al cabo de un mes fui alguien para Téllez y su yerno y su primera o tercera hija (tercera de las nacidas y ahora primera viva), tuve nombre y rostro para ellos y almorcé con ellos, pero el hombre que había asistido a la muerte de Marta o la había mal asistido en su muerte siguió siendo nadie durante ese almuerzo, aunque no era sino yo, de eso estaba seguro, para ellos en cambio sólo sospechosos con nombre y sin nombre y con rostro y sin rostro: no para Téllez, a quien lograron ocultar la forma y las circunstancias, él ni siquiera tenía que sospechar de nadie.

Fue a través del padre como conocí a esos hijos casi simultáneamente, y a Téllez procuré conocerlo y lo conocí de hecho a través de un amigo al que en más de una ocasión he suplantado, o al que había prestado mi voz y ahora tuve que prestar mi presencia, y además busqué y quise hacerlo, a diferencia de otras veces. Ese amigo se llama o hace llamar Ruibérriz de Torres y tiene un aspecto indecoroso. Es escritor aplicado y con buen oído, de convencional talento y más bien mala suerte (literaria), ya que otros menos aplicados, con atroz oído y sin talento de ninguna clase son tenidos por figuras y ensalzados y premiados (literariamente). Publicó tres o cuatro novelas siendo bastante joven, hace ya años; tuvo un poco de éxito con la primera o segunda, ese éxito no cuajó sino que disminuyó, y aunque no es muy mayor su nombre sólo suena a la gente mayor, es decir, como autor está olvidado excepto por los que llevan ya tiempo en la profesión y además no se enteran muy bien de los vuelcos y sustituciones, gente enquistada y poco atenta, funcionarios de la literatura, críticos vetustos, profesores rencorosos, académicos sesteantes y sensibles al halago y editores que ven en la perpetua queja de la insensibilidad lectora contemporánea la justificación perfecta para holgazanear y no hacer nada, y eso en todas las sucesivas contemporaneidades. Ahora hace años que Ruibérriz no publica, no sé si porque ya abandonó o porque espera a ser olvidado del todo para poder empezar de nuevo (no suele hablarme de sus proyectos, no es confidencial ni fantasioso). Sé que tiene vagos y variados negocios, sé que es noctámbulo, vive un poco de sus mujeres, es muy simpático; frena su causticidad ante quien debe hacerlo, es adulador con quien le conviene, conoce a muchísima gente de diferentes esferas, y la mayoría de los que lo conocen a él ignoran que sea o haya sido escritor, él no alardea, tampoco es dado a rescatar lo perdido. Su aspecto es indecoroso en algunos ambientes, no en todos: no queda mal en los bares de copas, en los cafés nocturnos si no son muy modernos, en las verbenas; se lo ve aceptable en fiestas privadas (mejor en jardines junto a piscinas, en las veraniegas) y da muy bien en los toros (para San Isidro suele tener abono); con gente de cine, televisión y teatro resulta pasable aunque un poco anticuado, entre periodistas montaraces y zafios de las viejas escuelas franquista y antifranquista (éstos más montaraces, aquéllos más zafios) se lo ve plausible, aunque no como uno de ellos, ya que es atildado y aun presumido físicamente. Pero entre sus verdaderos colegas los escritores parece un intruso y éstos como a tal lo tratan, es demasiado bromista y risueño en persona, siempre habla mucho y con ellos no rehúye las inconveniencias. Y en actos oficiales o en un ministerio su presencia causa directamente alarma, lo cual le supone un no pequeño problema, habida cuenta de que parte de sus ingresos provienen precisamente del mundo oficial y de los ministerios. Su estilo escrito es tan solemne como desenfadada su habla, sin duda uno de esos casos en los que la literatura se vive tan reverencialmente que, enfrentado su practicante con un folio en blanco y por mucho que su carácter sea el de un sinvergüenza, no sabrá transmitir ni un solo rasgo de ese carácter irreverente y desaprensivo al papel venerado, sobre el que jamás verterá una broma, una mala palabra, una incorrección deliberada, una impertinencia ni una audacia. Jamás se permitirá plasmar su personalidad verdadera, considerándola tal vez indigna de ser registrada y temeroso de que mancille tan elevado ejercicio, en el que, por así decir, el sinvergüenza se salva. Ruibérriz de Torres, para quien no debe de haber nada muy respetable, ve la escritura como algo sagrado (de ahí en parte, probablemente, su falta de éxito). Unido a una buena formación humanística, su campanudo estilo es por tanto perfecto para los discursos que nadie escucha cuando se pronuncian ni nadie lee cuando al día siguiente los reproduce en resumen la prensa, es decir, los discursos e intervenciones públicas (incluidas conferencias) de los ministros, directores generales, banqueros, prelados, presidentes de fundaciones, presidentes de gremios, académicos sonados o perezosos y demás prohombres preocupados por sus facultades e imagen intelectivas en las que nadie se fija nunca o que todo el mundo da por inexistentes. Ruibérriz recibe muchos encargos y aunque no publica escribe continuamente, o mejor dicho escribía, ya que en los últimos tiempos, gracias a algún golpe de suerte concreto en algún vago negocio y a su trato asiduo con una adinerada mujer que en verdad lo idolatra y consiente, ha optado por gandulear y se ha permitido rechazar la mayoría de las encomiendas, o más exactamente las ha aceptado y me las ha pasado junto con el setenta y cinco por ciento de los beneficios para que fuera yo quien cumpliera con ellas en la sombra y en secreto (no sumo secreto), mi formación no es inferior a la suya. Así, él es lo que se llama un negro en el lenguaje literario

—en otras lenguas un escritor fantasma—, y yo he oficiado por tanto de negro del negro, o fantasma del fantasma si pensamos en las otras lenguas, doble fantasma y doble negro, doble nadie. Eso no tiene mucho de excepcional en mi caso, ya que la mayoría de los guiones que escribo (los de las series de televisión sobre todo) no suelo firmarlos: el productor o el director o el actor o la actriz acostumbran a pagarme una buena cantidad extraordinaria a cambio de la desaparición de mi nombre de los títulos de crédito en favor de los suyos (así se sienten más autores de sus celuloides), lo cual, supongo, me convierte asimismo en negro o fantasma de mi principal actividad actual y fuente de considerables ingresos. No siempre, empero: hay ocasiones en las que mi nombre aparece sobre las pantallas, mezclado con el de otros cuatro o cinco guionistas a los que por lo general nunca he visto enmendar o añadir una línea, o ni siquiera he visto la cara: suelen ser parientes del productor o el director o el actor o la actriz a los que así se saca de algún apuro momentáneo o se resarce simbólicamente de alguna estafa previa que liquidó sus ahorros. Y en un par de trabajos en los que cometí la imprudencia de sentirme anómalamente orgulloso, no acepté el soborno y exigí que ese nombre mío figurara aparte, bajo el rótulo pomposo de 'Diálogos adicionales', como si fuera Michel Audiard en sus más cotizados tiempos. Así, sé bien que en el mundo de la televisión y el cine y en el de los discursos y peroratas casi nadie escribe lo que se supone que escribe, sólo que —es lo más grave, aunque no tan raro si bien se piensa— los usurpadores, una vez que han leído en público los parlamentos y han oído los corteses o cicateros aplausos, o bien han visto pasar por la televisión las escenas y diálogos que han firmado y no imaginado, acaban por convencerse de que las palabras prestadas o más bien compradas salieron en verdad de sus plumas o sus cabezas: realmente las asumen (sobre todo si son alabadas por alguien, sea un ujier o un monaguillo cobista) y son capaces de defenderlas a capa y espada, lo cual no deja de ser simpático y halagador por su parte, desde el punto de vista del negro. El convencimiento llega tan lejos que los ministros, directores generales, banqueros, prelados y demás oradores habituales son los únicos ciudadanos que vigilan y siguen los discursos de los otros, y son tan feroces y quisquillosos con las piezas ajenas como pueden serlo los novelistas de mayor fama con las obras de sus rivales. (A veces, y sin saberlo, denuestan un texto escrito por la misma persona que se los redacta a ellos, y no sólo por su contenido o ideas, que han de variar a la fuerza, sino estilísticamente.) Y tan a pecho se toman su faceta oratoria que llegan a exigir exclusividad a sus fantasmas a cambio de incrementar sus tarifas y soltarles aguinaldos o intentan apropiarse de los de otros —robárselos— si un ministro, por ejemplo, ha sentido celos del subgobernador del Banco de España en una fiesta petitoria, o el presidente de una junta de accionistas ha visto muerto de envidia en el telediario cómo se saludaba con hurras la arenga de un militar espumante. (La exclusividad, dicho sea de paso, es una pretensión inútil en un oficio basado en el secreto y el anonimato: todos los negros la aceptan y se comprometen a ella; luego, en clandestinidad duplicada, trabajan gustosamente para el enemigo.) Hay quien contrata los servicios de escritores célebres y en activo (casi todos se venden, o aun se prestan gratis, por hacer contactos e influir y lanzar mensajes), en la creencia de que el estilo de éstos, por lo general pretencioso y florido, realzará sus discursos y embellecerá sus lemas, sin darse cuenta de que los autores famosos y veteranos son los menos indicados para esta clase de tareas abyectas, en las que la personalidad del que escribe no sólo debe borrarse, sino interpretar y encarnar la del prócer al que se sirve, algo a lo que estas figuras no suelen estar dispuestas: es decir, más que pensar en lo que diría el ministro reinante, piensan en lo que dirían ellos si fueran ministros reinantes, idea que no les desagrada e hipótesis en la que no les cuesta ponerse. Pero muchos dignatarios ya se van percatando del inconveniente, y sobre todo han visto enormes dificultades para sentir como propias frases tan encumbradas y cursis como

'El hombre, ese doloroso animal en malaventura', o 'Hagamos nuestra obra con la longanimidad del mundo'. Les dan sonrojo. De modo que gente como Ruibérriz de Torres o como yo mismo somos los más adecuados, gente cultivada y más bien anónima, con conocimiento de la sintaxis, buen léxico y capacidad de simulación; o capacidad para quitarnos de en medio cuando hace falta. No muy ambiciosos y sin demasiada suerte. Aunque la suerte cambia.

Hay ocasiones en las que el hombre ilustre, que actúa y encarga siempre a través de intermediarios (por lo general está muy lejos), quiere conocer a su negro para darle instrucciones directas o para que admire su personalidad y se contagie algo de ella o también por curiosidad poco recomendable, y es entonces cuando a Ruibérriz le han surgido problemas. Es consciente de su aspecto indecoroso y sabe que no es cuestión de vestuario ni de dicción ni modales, sino de estilo y carácter y por lo tanto algo inmutable. No es que vaya mal trajeado, ni que lleve un peinado estrafalario (raya muy baja para cubrir una calva, por ejemplo) o no se lave y apeste o le cuelguen cadenas del cuello, nada de eso. Es que lleva pintada en el rostro y los ademanes, en los andares y la complexión y en su incontenible labia su esencia de sinvergüenza. A nadie un poco observador podría hacer objeto de una estafa, no por falta de ganas ni de facultades, sino porque se lo ve venir desde el primer momento a distancia, incluso cuando sus propósitos no son dolosos. Por suerte para él no escasean los distraídos y los incautos, así que a más de uno y una ha engañado en su vida, y la cuenta no ha acabado; pero sabe que no tiene posibilidades con alguien mínimamente suspicaz o precavido. (Se rodea de personas encantadoras por tanto, víctimas excelentes, hombres ufanos y mujeres cándidas.) No ser capaz de disimularlo le lleva a no intentarlo tampoco y a dejarse conducir por su gusto y por ese carácter diáfano en su fraudulencia, de manera que las pocas veces en que un prohombre ha querido entrevistarse con él para aleccionarlo o inspeccionarlo o pedirle algún rasgo concreto de su discurso o artículo, ese prohombre se ha encontrado con un sujeto demasiado bien vestido y coqueto, demasiado oloroso y apuesto y demasiado atlético, de sonrisa demasiado cordial y continua y dientes demasiado blancos y rectangulares y sanos, con un agradable pelo echado hacia atrás y con ondulaciones sobre las sienes, un poco abultado pero ortodoxo, con algunas canas que no le dan respetabilidad porque parecen pintadas o de mercurio (un pelo de músico), amable y dicharachero en exceso, de actitud nada modesta y descomunal optimismo, alguien jovial y que no quiere sino gustar o no sabe hacer otra cosa que procurarlo, lleno de proyectos y sugerencias, con demasiadas ideas no solicitadas, demasiado activo, algo aturdidor y que inevitablemente da la impresión de buscar algo más de lo que se le está proponiendo, un enredador en suma. Tiene largas pestañas vueltas, la nariz recta y picuda con el hueso muy marcado, y el labio superior se le dobla hacia arriba al sonreír y reír (y ríe y sonríe mucho), dejando ver su parte interior más húmeda y confiriendo a su rostro una salacidad innegable que parece involuntaria (no es extraño que cautive a bastantes tipos de mujeres). Siempre está muy erguido para subrayar su estómago demasiado plano y sus pectorales tan pronunciados, cuando está de pie suele cruzar los brazos de manera que cada mano cae sobre el bíceps del otro lado, parece que se los esté acariciando o midiendo. Es uno de esos individuos a los que, vayan como vayan vestidos, uno ve siempre en niki y con botas altas, y creo que con esto ya he dicho bastante. Lo cierto es que cuando lo ven las personas eminentes, suelen sobresaltarse y echarse las manos a la cabeza: 'Ah mais non!', se sabe que dijo una vez un antiguo embajador en Francia para el que iba a escribir una delicada pieza internacional. 'Me han traído ustedes a un marsellés, a un maquereau, a Pépé-le-Moko en persona, cómo decir, ¡me quieren poner en manos de un chuloputas!', le salió por fin la palabra patriótica. El embajador no quiso atender a razones ni ver ninguno de sus textos, le negó el trabajo y castigó al intermediario. Y un Director General del Libro con el que había cumplido extraordinariamente (tres discursos impecables, aburridos y vacuos como es la norma, pero llenos de citas sugestivas de autores nada manidos) decidió no encargarle nada más tras recibirlo un día en su despacho: el encuentro duró pocos minutos, pues Ruibérriz, para congraciarse, le habló de esos escritores que solía citar en su beneficio, lo cual irritó al director general, ya que no sólo le recordaba que él no era el verdadero autor de los competentes discursos, como había llegado a creer hasta aquel mismo instante gracias a un notable proceso de disociación (esto es, pese a tener delante a su negro), sino que además le impidió meter baza y lo obligó a balbucir, ya que, falto hasta de curiosidad, lo desconocía todo sobre esos nombres que habían estado en sus labios y le habían hecho recoger aplausos, sobre todo de sus subordinados. Se sabe que comentó luego a esos inferiores: 'Ese Ruy Berry tiene el aire podrido y me parece un farsante' (y 'Berry' lo dijo con acento inglés), 'no quiero saber nada más de él, es un name-dropper, verdad; naturalmente, no hace más que hablar de autores oscuros e insignificantes que nadie conoce, ¿y cómo sabemos que no nos mete goles en los discursos para desprestigiarnos? Digan al señor Berri' (y ahora le salió pronunciarlo a la francesa, con acento agudo) 'que sus servicios, verdad, ya no son requeridos ni necesarios. Páguenle para que no hable y, naturalmente, hagan el favor de buscarme a un negro, verdad, que no parezca un bañista'. Ruibérriz hubo de esperar a la destitución de ese director general para volver a recibir encargos de esa dirección general. Aprendió la lección, y hace ya mucho que no se presta a entrevistas con sus contratantes, o mejor dicho, las acata cuando no hay más remedio y hace que vaya yo en su lugar con la connivencia de los intermediarios, quienes comprenden que a un senador o al nuncio les acompleje o escueza encontrarse con un sujeto garrido que parece ir en albornoz o en niki (mi aspecto es más discreto y no causa alarma). Por eso no sólo he sido su voz a veces, sino también su presencia: de mala gana, ya que el trato con la gente suprema suele ser vejatorio.

Fue por lo tanto a Ruibérriz, que está tan enterado de todo y conoce a tantas personas, a quien pregunté por el excelentísimo Juan Téllez Orati. Lamentablemente no lo conocía en persona, aunque sí sabía quién era, es decir, me dio su ficha:

—Académico de Bellas Artes y creo que de la Historia —me dijo—, de ahí lo de excelentísimo, aunque el tratamiento se lo podría haber ganado también, supongo, por los otros dos costados, y aún puede que de aquí a su muerte le caiga algún título menor nobiliario, está en buen contacto con la Casa Real. Aunque ya está muy retirado les presta servicios, un buen cortesano, de los de hace veinte o más años. No ha escrito gran cosa, quiero decir de libros, pero tiene o tenía influencias y aún publica artículos sobre pedanterías remotas en algún periódico. Imagino que asistirá como un clavo a las sesiones de sus Academias, a falta de otras actividades de las que lo habrán ido apartando. Está ya de despedida, seguramente es un fue que se resiste a serlo, como la mayoría. A él lo mantiene a flote el contacto palaciego, pocos favores sensatos se le negarían por ese lado, según he oído. Eso es lo que sé, no sé si es bastante. ¿Por qué?

Esto me dijo Ruibérriz, los dos sentados ante una barra, al día siguiente del entierro de Marta Téllez. No mencionó esa muerte, no parecía al tanto. Sus datos me hicieron extrañarme de que sólo una treintena de personas hubiera asistido a ese entierro, y también de no haber visto allí ninguna cara que conociera con anterioridad, de la televisión o de fotografía. Tal vez la familia había querido una ceremonia más bien íntima, dadas las circunstancias mal explicables del fallecimiento, pero en cambio había publicado esquela, bien es verdad que la misma mañana del sepelio, la gente no lee el periódico de madrugada, ni siquiera muy de mañana: quizá así habían cumplido el precepto social y a la vez habían esquivado presencias que les habrían resultado inquisitivas o intrusas en aquellos momentos.

—Por nada que valga la pena contar por ahora —contesté.
No había pasado el suficiente tiempo para que mi muerte se
constituyera en anécdota (la muerte de Marta, mía sólo porque la había visto, no es poco para hacerla propia, si bien tanto
menos que causarla), y aunque sé que Ruibérriz es fiel amigo
de sus amigos, tampoco yo logro fiarme de él enteramente. Su
rostro me agrada y se me hace cada vez más simpático con los
años, pero no por eso deja de inspirarme aprensión y recelo:
vaya como vaya vestido, yo también lo veo en niki, como todo
el mundo. Así lo veía aquel día pese a ir los dos vestidos de invierno, los dos incómodamente sentados en taburetes ante la
barra, lugar por el que él tiene predilección en los cafés y en
los bares, como si sentarse ahí fuera un signo de juvenilismo,
también una manera de controlar los locales y facilitarse la
precipitación de una huida. Me lo imagino bien saliendo a la
carrera de un tugurio o una timba, con una flor en el ojal y de
madrugada. Incluso con la flor entre los dientes—. ¿Y Deán?
¿Te dice algo? Eduardo Deán. —Vi que Ruibérriz se quedaba
parado como si no fuera la primera vez que oía el nombre—.
Eduardo Deán Ballesteros —completé.
Ruibérriz se pasó brevemente la lengua por su labio superior que se le doblaba hacia arriba (pero ahora estaba pensativo). Luego negó con la cabeza.
—No.
—¿Estás seguro?
—No me dice nada. Por un momento he creído que sí, que
me sonaba el apellido, pero no, o si me dice algo no logro acordarme de lo que pueda ser. A veces a uno le suena algo porque
acaban de mencionárselo, sólo que ese presente recién transcurrido se aparece un instante como pasado lejano. Creo que
eso es lo que me ha sucedido. ¿Quién es?
Ruibérriz no podía evitar preguntar. No lo hacía tanto por
verdadera indiscreción o curiosidad cronificada cuanto por
confianza, sabedor de que si yo no quería contestarle a algo no
lo haría, y se lo dejaría claro, como de nuevo hice.

—No lo sé muy bien, tengo casi sólo el nombre. —Y eso era cierto, sabía de su estado casado y viudo pero no de su profesión, Marta había mencionado su nombre de pila natural e intolerablemente varias veces, pero siempre en el ámbito conyugal y doméstico, no en ningún otro. Tampoco me había contado de él en las dos ocasiones previas, como si no quisiera ocultar que estaba casada (no lo ocultaba), pero tampoco hacerlo demasiado presente—. ¿Conoces a otros Téllez? ¿Luisa Téllez, Guillermo Téllez?

—El segundo debe de ser el hijo de Guillermo Tell, llevará una manzana con flecha en la coronilla. —Ruibérriz no pudo abstenerse de hacer el chiste. Se tocó la rodilla cruzada como gesto festivo. Tampoco lograba abstenerse de hacerlos ante quienes no apreciaban los chistes, ni buenos ni malos, y entonces caía fatal, era uno de sus problemas. Esperó a que le reconociera la gracia y sonriera un poco para continuar—. Hay un tipo de la radio —añadió—, pero no se llama Guillermo. ¿Qué son, hijos de Téllez Orati?

—Sí, son hijos. —Y estuve a punto de añadir 'los que le quedan vivos', pero no lo añadí, eso sólo habría traído más preguntas de mi amigo—. ¿Habría manera de conocer a Téllez el padre?

Ruibérriz se echó a reír ahora, el labio vuelto y la dentadura relampagueante como si le estallara. Me miró con zumba. Con las dos manos se agarró del foulard que llevaba al cuello y que se había dejado puesto pese a estar en un interior caldeado, a modo de adorno. (Se agarró a él para sujetar la carcajada corta.) Hacía juego con sus pantalones, ambas cosas de color crudo: distinguido color, pero más apropiado para la primavera. En un taburete cercano había dejado su largo abrigo de cuero negro, a veces lleva uno así, como si saliera de una película de las SS, le gusta resultar llamativo sin esforzarse.

—¿Qué interés tienes en entrar en contacto con esa momia? No me digas que te traes negocios reales.

—No, claro que no, eso acabas de decírmelo tú —dije—. Ni siquiera estoy seguro de querer conocerlo a él, y ni siquiera tengo muy claro el motivo; pero de todos ellos es el único del que sabemos algo. Puede que lo que quiera sea conocer a los hijos. O a la hija, el padre sería un medio.

—¿Y ese Deán qué pinta? —preguntó Ruibérriz.

—¿Habría manera con Téllez? —le pregunté yo, para insistirle y también para evitar responderle.

A Ruibérriz le agrada hacer favores, o al menos mostrar que está en disposición de hacerlos, eso agrada a todo el mundo, cavilar, dudar y poder decir luego: 'A ver qué se puede hacer', o 'Me lo voy a pensar', o 'Yo te lo arreglo', o 'Me ocuparé de lo tuyo'. Caviló, pero durante pocos segundos (es hombre de acción, piensa rápido o apenas piensa), luego pidió otra cerveza al camarero (Ruibérriz es uno de los pocos hombres que hoy en día se atreven a dar palmas o a chasquear los dedos en los bares y en las terrazas, y nunca he visto que ningún camarero se lo afee o se ofenda, como si tuviera bula para conservar las prácticas abusivas de los años cincuenta y fuera tan innegable su pertenencia a ellos —uno imita y aprende en la infancia— que se comprendiera por tanto el gesto. Ahora chasqueó los dedos dos veces, el corazón y el pulgar, el pulgar y el corazón). Descruzó las piernas y se puso de pie, así estaba más alto que yo; se volvió más hacia mí con la cerveza nueva en la mano derecha y su gran sonrisa reventona.

—Siempre puedes hacerte pasar por periodista —dijo—. Seguro que estaría encantado de concederte una entrevista. Cuanto más olvidados y viejos, más locos por que les hagan caso. Se vuelven ansiosos, se les acaba el tiempo.

—Prefiero no ir con engaños, esa entrevista no se publicaría y él la estaría esperando. ¿Habría otra manera?

Ruibérriz de Torres cruzó los brazos y dejó caer sus manos sobre los bíceps, estaba de pie, parecía divertido, algo se le había ocurrido que le divertía, una maquinación, un artificio.

—Puede que la haya —dijo—. Pero a lo mejor tendrías que hacer un trabajito fino.

—¿Qué trabajito?

—No te preocupes, nada que no sepas hacer. —Se pasó la lengua por los labios, se le acentuó la cara de sinvergüenza y miró a su alrededor, en la mirada una mezcla de búsqueda de alguna presa y consideración de una huida—. Dame un poco de tiempo y quizá te lo ponga a huevo. —La última parte de la frase la dijo con un poco de excitación, la misma expresión lo indicaba, 'quizá te lo ponga a huevo' sonó como si hubiera dicho 'Déjalo de mi cuenta' o 'Yo te lo soluciono' o 'No sabes qué idea'—. No me quieres decir tus intenciones, ¿eh?

Quise contestar la verdad, y decirle: 'En realidad no las tengo, me ha ocurrido una cosa horrible y ridícula y no dejo de pensar en ella como si estuviera encantado; no quiero averiguar nada porque no tengo nada que averiguar, ni quiero salvar a nadie porque ella ya ha muerto, ni quiero conseguir nada porque no hay nada que conseguir, si acaso reproches o el odio injustificado de alguien, de ese Deán por ejemplo, o del propio Téllez o de sus hijos vivos, o hasta de un tal Vicente despótico y malhablado que se la tiraba sin más misterios, yo ni siquiera llegué a hacerlo una vez, la primera. Tampoco quiero suplantar ni perjudicar a nadie, usurpar nada ni vengarme de nadie, expiar una culpa ni proteger o tranquilizar mi conciencia ni ahuyentar mi miedo, no hay por qué, no he hecho nada ni me han hecho nada y lo malo o peor ya ha pasado sin causa, no me mueve ninguna de esas cosas que son las que siempre nos mueven, averiguar, salvar, conseguir, suplantar, perjudicar, usurpar, vengar, expiar, proteger o tranquilizar y ahuyentar; tirármela. Y aunque no haya nada algo nos mueve, no es posible estar quietos, no en nuestro sitio, como si de nuestra mera respiración emanasen rencores y deseos vacuos, tormentos que nos podríamos haber ahorrado. Y ahora no sólo no hay nada que quiera saber sino que soy yo quien debe ocultar, es de mí de quien se pueden averiguar los actos y también los pasos o arrancarme un relato y obligarme a que cuente, mis pasivos actos y mis envenenados pasos, "Pero no han hecho sino empezar, y por lo visto Eduardo está dispuesto a encontrarlo", he oído decir, y ese "lo" se refiere a mí y no a otro, ni siquiera a ese Vicente que estará en mis manos si yo me descubro y a quien de hecho iba dirigida inocentemente la frase. No tengo intenciones. Es sólo que me ha ocurrido una cosa horrible y ridícula y me siento como si estuviera bajo un encantamiento, frecuentado, acechado, revisitado, habitado, mi cabeza habitada y también mi cuerpo habitado y *haunted* por quien no he conocido más que en su muerte, y en algunos besos que nos podríamos haber ahorrado'. Habría querido contestar todo esto, pero hasta las primeras cinco palabras solas habrían intrigado a Ruibérriz más que la respuesta que le di, más común y más simple y más comprensible:

—No de momento.

No faltaba ya mucho para la hora de comer, en que nos separaríamos, cuando aún se siente el día como mañana; fuera llovía, lo veíamos por las cristaleras grandes y en la gente que entraba empapada por la puerta giratoria, enredándose con sus paraguas aún mal cerrados. Caía la lluvia como cae tantas veces en la despejada Madrid, uniforme y cansinamente y sin viento que la sobresalte, como si supiera que va a durar días y no tuviera furia ni prisa. La mañana era anaranjada y verdosa, y esa lluvia caería con aún menos prisa un poco más lejos, más allá del centro y más allá de los barrios sobre la tumba de Marta Téllez, gotas sobre la piedra que sería lavada gratis hasta el fin de los tiempos o el fin de la piedra, aunque sólo de tarde en tarde en este lugar de aire tan seco, ella estaba a cubierto y además no escaparía como escapaban los transeúntes de la Gran Vía cruzando rápidos la calzada y retirándose de la acera y buscando aleros y tiendas y bocas de metro para cobijarse, como cuando sus antepasados que llevaban sombrero y faldas más largas corrían para protegerse de los bombardeos durante el largo asedio sujetándose esos sombreros y con esas faldas volando, según he visto en los documentales y fotos de nuestra Guerra Civil padecida: aún viven algunos de los que corrieron entonces para no ser matados y en cambio otros nacidos después ya se han muerto, qué extraño: Téllez vive y no su hija Marta. Un grupo de personas refugiadas bajo la marquesina de nuestro bar, ese bar que ya existía en los años treinta y vio por tanto caer las bombas y caer a los transeúntes que no escaparon en la desolada Madrid hace medio siglo y más tiempo, nos dificultarían la salida cuando saliéramos.

Ruibérriz se echó un puñado de peladillas a la garganta y miró con aprensión su abrigo de nazi: se le mojaría, un fastidio. Se disculpó y fue al lavabo, tardó más de la cuenta y cuando regresó pensé que tal vez se había metido una raya para hacer frente a la lluvia y al estropicio previsto de su prenda de cuero, también al almuerzo que le aguardara, en el que se ventilaría sin duda algún asunto importante, no hay nada en lo que él intervenga que para él no lo sea. Sé que esas rayas las toma de vez en cuando para mantenerse jovial más rato y seguir gustando y poder seguir aturdiendo, también eso le ha traído algún problema con sus clientes, sobre todo con los que tenían interés por el género y acababan por exigírselo. Se quedó de pie junto al taburete, melancólico o pensativo un momento, como si lamentara sentirse excluido de un proyecto importante que además iba a depender de él en sus primeros pasos.

—Bueno, como quieras, no me cuentes nada, en eso quedamos —me dijo—. Pero tampoco me preguntes tú de momento. La cosa es posible pero el medio es delicado. Dame un poco de tiempo y ya te avisaré cuando haya algo de algo.

Y a continuación hinchó el pecho con sus pectorales tan desarrollados y, cogiéndose la muñeca izquierda con la mano derecha como hacen los luchadores antes de sus combates, pasó a hablarme o a ponerme al día de sus ventajosos tratos con algunas mujeres.

No le pregunté durante el poco de tiempo que le di o bien todo el tiempo que quiso, no le llamé ni supe nada de él durante casi un mes, el que tardé en conocer a Téllez y a Deán y a Luisa, primero al padre y después a la hija y al yerno, a estos dos casi simultáneamente. No le pregunté, y al cabo de esas cuatro semanas me llamó y me dijo:

—Espero que sigas interesado en lo de Téllez Orati.

—Sí —dije yo.

—Porque ya te lo tengo: te lo voy a presentar, o mejor dicho vas a conocerlo tú sin que yo esté delante. Pero prepárate, hijo, no es el único a quien vas a conocer.

—A ver. ¿Cuál es el trabajito fino?

Ruibérriz hace los favores de sumo grado, pero no se abstiene de subrayar y luego recordar su mérito durante meses y años, exige que se aprecien la habilidad y el esfuerzo.

—No te creas que no me ha costado conseguírtelo, sin engaños, como pediste: dos mil llamadas, mucha espera, mucho intermediario y un par de encuentros. Ahí va: le vas a escribir un discurso al Único.

—¿Al Único?

—Así es como lo llaman los de su entorno, el Único, el Solo, Solus, hasta el Solitario y de ahí el Llanero, Only the Lonely también lo llaman, y Only You, de todo, cuanto más cerca de alguien grandioso menos se utiliza su nombre o su título, y Téllez lo está aún bastante, ya te dije. La cosa ha sido un poco lenta, como corresponde, pero ahora está ya a punto: sabía por gente del Ministerio que el Único no andaba contento con sus últimos discursos, al parecer nunca lo ha estado mucho, es muy quisquilloso con eso, y él y los suyos han probado ya de todo, funcionarios, académicos, catedráticos, notarios, columnistas fachas y columnistas rosados, columnistas calumnistas, poetas untuosos y poetas místicos, novelistas caligráficos y novelistas castizos, dramaturgos huraños y dramaturgos cursis, todos españolísimos, y no han quedado nunca muy satisfechos con nadie: ninguno de estos negros ocasionales se atreve a no ser impersonal y mayestático, así que el Único se aburre cuando ensaya ante el espejo en casa y también cuando lee el tostón en público, y además ya le harta que al cabo de tantos discursos y tanto reinado siga siendo tan irreconocible y neutra su voz oratoria. Quiere tener un estilo propio, como todo el mundo, se huele que nadie le atiende nunca. Parece que ha querido escribir algo él en persona, pero trataron de impedírselo y además no le salió, tiene ideas pero le cuesta ordenarlas. A través de un tipo del Ministerio le hice llegar a Téllez algunas de nuestras piezas, mejor dicho de las tuyas más recientes, y están dispuestos a probarnos, se habían fijado ya por su cuenta en la conferencia del presidente de la Cámara y en la salutación de las Vírgenes sevillanas al Papa, no captaron las indecencias. Téllez nos es favorable y está encantado, nos considera descubrimiento suyo y se siente feliz de ser útil una vez más, buen cortesano. Pero el Único quiere verte, se toma sus molestias con esto. Bueno, quiere ver a Ruibérriz de Torres, y ya comprenderás que yo no voy a presentarme en Palacio, ni ganas. Téllez también lo comprende, está al tanto de nuestros métodos y limitaciones, sabe que serás tú quien componga y comprende que Ruibérriz seamos dos, a estos efectos.

—Lo has visto, entonces —dije.

—Sí, me citó en la Academia de Bellas Artes, y noté que estaba a punto de hacer que los ujieres me trincaran o echaran en cuanto me vio aparecer, tomándome por un carterista, un ganzúa, qué sé yo, lo de siempre, se llevó la mano al pecho en seguida como quien se cruza con un pickpocket. Es algo pesado, los años; pero agradable, la cara se la conocía, del hipódromo más que de fotos, iba antes, no sale mucho retratado. Luego se calmó, creo que no le caí mal, un poco momia pero se puede tratar con él. Así que prepárate: pasado mañana a las nueve te pasará a recoger en coche el propio Téllez, te verás con él y con el Único media hora o menos y no sé si con alguien más, y si todo va bien les harás el discurso. No creo que eso te obligue a hacerles más en el futuro, seguramente tampoco quedarán satisfechos, es su norma y su esencia. No pagan gran cosa, como negocio es mediano tirando a basura, la Casa es tacaña, demasiado acostumbrada a que todo el mundo se sienta extasiado por el encargo y nadie les cobre nada. A veces, si el negro es muy vanidoso o bien viperino, le envían un cortaplumas con una R, un escudo, una moneda de emisión especial, una foto dedicada con un marco pesado de Villanueva y Laiseca, cosas así. Yo ya he dejado claro que nosotros tarifa mínima, somos profesionales. Pero eso no te importará, ¿verdad? Se trataba de conocer a Téllez, ¿verdad?

—A ti no te importa que tu parte sea también la mínima —le dije.

—No, claro está que no.

—¿Qué discurso es?

—Eso no lo sé aún, Téllez te lo explicará, o alguien del Ministerio más adelante, si por fin nos aceptan. Cosa extranjera, creo, Estrasburgo, Aquisgrán, quizá Londres, o Berna, no sé, no me han dicho. Pero eso es lo de menos, ¿no? Vaguedades en todo caso. Se trataba de ver a Téllez, ¿no? —insistió Ruibérriz. Esperaba que lo premiara contándole por qué me había dado por conocer a la momia. Había sido eficaz, aunque, como siempre, por la vía más complicada posible, siempre busca más de lo que se le pide, siempre amplía lo que se le propone, sus ideas no solicitadas y sus enredos. Podía haberme convocado también a mí en la Academia de Bellas Artes para su cita previa, y luego ya habría yo decidido si quería o no más encuentros, sin necesidad de meter al Solo por medio. Pero ya estaba así hecho.

—Sí, de eso se trataba. —Fue lo único que le contesté inicialmente, es decir, por iniciativa propia; pero como noté en su silencio que le parecía poco y a mí también me lo parecía, añadí—: Te debo una, no sabes cómo te lo agradezco.

—Me debes la historia, más adelante —contestó él, y su tono me hizo ver su sonrisa tan blanca al otro lado del teléfono: no me la exigía, no lo había dicho imperativamente.

—Sí, más adelante —dije, y pensé que tal vez se la iba debiendo ya a mucha gente, contar una historia como pago de una deuda, aunque sea simbólica o no exigida, nadie puede exigir lo que no sabe que existe y a quien no conoce, lo que ignora que ha sucedido o está sucediendo y por tanto no puede exigir que se revele o que cese. Se la debía al curioso y activo Ruibérriz y al marido Deán, que no había hecho sino empezar y estaba dispuesto a encontrarme; quizá al precario e inactivo Téllez y a sus dos hijos vivos, a ninguno de ellos le gustaría saberla, pero puede que le gustara a María Fernández Vera, pariente sólo política, y sin duda querría estar enterado el irritable Vicente, aunque habría preferido ser él quien contara, y en cambio a Inés le horrorizaría oírla; quizá se la debía también a la joven del portal de Conde de la Cimera, había interrumpido su discusión o su despedida o sus besos, aunque ella no se habría preguntado por tal historia ni por mí tampoco, seguramente; puede que se la debiera incluso al conserje nocturno del Wilbraham Hotel de Londres, lo había molestado a altas horas de la noche o muy de mañana por esa causa. Se la debía a Eugenio, el niño, que habría vuelto a su casa si se lo habían llevado de allí la primera noche, a su cuarto, él y su conejo enano amenazados de nuevo por los apacibles aviones pendientes de hilos mientras durmieran —la oscilación inerte—, soñando ahora el peso de su madre ausente y cada vez más leve, pasajera de uno de esos aviones, también el niño bajo encantamiento. Sólo que el suyo viajaba ya hacia su difuminación, y se desharía pronto.

Téllez y yo llegamos con adelanto en su coche aparentemente oficial, pero el Único nos hizo esperar, como corresponde a su rango y a su ocupación, supongo que irá con retraso siempre en sus actividades diarias y que cuando se acumule el retraso cancelará alguna actividad en el último instante recuperando así de golpe la puntualidad y el horario, para mí esa estela continua y el azaroso método para suprimirla serían una maldición, y ahora era consciente de que aunque estuviéramos hacia el comienzo de la jornada podríamos ser nosotros los cancelados, disculpas formales y vuelta atrás, a un cortesano y a un negro se los puede siempre postergar. Durante la espera en el saloncito algo frío Téllez aprovechó para machacarme una vez más con lo que ya me había recomendado en el viaje, a saber, que no interrumpiera pero tampoco diera lugar a silencios, que sólo hablara cuando se me preguntase directamente o se me invitase a hacer una exposición, que me abstuviera de hacer gestos bruscos y de alzar la voz, ya que eso malquistaba y desconcertaba al Solo (eso dijo, 'malquistaba', sonó a algo en verdad desaconsejable), el tratamiento que debía darle tanto en vocativo como al referirme a su persona, cómo había de saludar, cómo habría de despedirme, no debía tomar asiento hasta que él lo hiciera y me lo indicara, ni levantarme por nada del mundo sin que él lo hiciera, durante todo el trayecto me había sentido como en el colegio o en vísperas de la primera comunión, no sólo por las instrucciones en sí, sino por la manera y el tono en que el viejo Téllez me las transmitía, con una mezcla de indulgencia, reprobación, pomposidad y derrotismo (descontento de los súbditos, y poca fe), ahora estaba seguro de que sería un experto en redactar esquelas. Al verme aparecer por el portal de mi casa me había escrutado desde el interior del coche, como si de mi aspecto dependiera que me dejara subir o no (la puerta trasera abierta y sujetada por su moteada mano, su cara grande e inquisitiva inclinada, sus cejas de duende escépticamente enarcadas, me sentí como una puta a la que examina y valora el cliente antes de hacer el humillante gesto con la cabeza, el gesto que significa 'Adentro'); y tras darme la aprobación que sin duda Ruibérriz le había asegurado que me ganaría, me hizo un ademán más bien de urgencia con el mango discreto del bastón que llevaba y con el que se parapetó levemente al entrar yo por fin en el coche, los viejos temen siempre que la gente se les caiga encima. Ahora jugaba con el bastón mientras esperábamos, a ratos se lo cruzaba sobre los muslos como una espada sin filo, a ratos lo hacía girar entre sus piernas con la punta en el suelo como si fuera un compás cerrado. No estábamos solos: desde que nos había hecho pasar al salón un camarlengo vestido de calle o chambelán o lo que quiera que fuese (tras los controles), estaba allí inamovible un criado o factótum disfrazado a la antigua (época para mí indefinida, pero vestía librea verde sandía, calzas negras hasta la pantorrilla, medias blancas y zapatillas acharoladas, si bien no peluca de ninguna clase), hombre francamente anciano junto al que Téllez parecía un muchacho. Téllez lo había saludado diciéndole: 'Hola, Segarra', y él había contestado con alegría: 'Buenos días, señor Tello', sin duda viejos conocidos de tiempos menos benévolos. Este anciano tenía el pelo muy blanco y peinado hacia adelante como el de los emperadores romanos y se mantenía en posición poco marcial de firmes junto a una chimenea en desuso sobre la que colgaba un espejo grande y minado; apenas si cambiaba de postura para apoyarse más en un pie o en otro o quitarse con la mano enguantada alguna mota o bolita del otro guante que así pasaba indefectiblemente al primero (ambos blancos, como las medias, éstas recordaban a las de las enfermeras con grumos); y aunque a los pocos segundos me preocupé por su equilibrio y su resistencia, supuse que llevaría tantos años acostumbrado a permanecer de pie que ese sería ya su natural estado y no notaría el cansancio (por lo demás, tenía una butaquita palaciega al lado, quizá se sentara en ella cuando no hubiera testigos). Y alejado de nosotros, en una esquina, había también un pintor senescente con una paleta en la mano y ante sí una tela de considerable tamaño que nos quedaba de espaldas, montada sobre un caballete que le venía pequeño y hacía temer por la estabilidad del lienzo: no hizo caso de nuestra presencia ni nos saludó ni nada, parecía muy absorto en su obra inconclusa, debía de estar concentrándose para aprovechar al máximo los inminentes minutos en que tuviera a su modelo a tiro. No llevaba bonete, pero sí una especie de guardapolvo o carrick azul pavonado. La paleta le bailaba no poco en la mano, el pincel otro tanto cuando daba un retoque (tenía que ser memorístico), su pulso no me pareció muy firme.

Téllez lo miraba de vez en cuando con displicencia y actitud molesta, y al cabo de unos minutos se dirigió a él esgrimiendo una pipa que se había sacado del bolsillo de la chaqueta y le preguntó:

—¡Eh, oiga, maestro! ¿Le importa a usted que fume? —No se le ocurrió consultarnos a mí ni al paje Segarra.

El pintor no atendió, por lo que Téllez hizo un gesto aún más desdeñoso ('Que lo zurzan', vino a significar más o menos) y empezó a preparársela. Se le cayeron al suelo algunas briznas del tabaco que recogía con la cazoleta y empujaba con el índice. 'Se va a fumar una pipa', pensé, 'esto puede ir para largo, a menos que en verdad tenga muchísima confianza y aunque llegue Solus no vaya a apagarla.' Pero no me atreví a encender a mi vez un cigarrillo. El viejísimo librea disfrazado de antigüedad se acercó vacilante con un cenicero historiado y de mucho peso que cogió de la repisa de la chimenea inútil.

—Aquí tiene el señor, encantado —dijo depositándolo a cámara lenta en la mesita baja que teníamos al lado, no fuera a calcular mal la distancia y a dejarlo caer abismándola.

—¿Qué, cómo van las cosas, Segarra? —aprovechó para preguntarle Téllez.

—No lo sé, señor Tello. Cuando han llegado ustedes él estaba todavía fletcherizando sus cereales.

—¿Estaba qué? —preguntó Téllez aterrado (dejó caer más briznas al suelo), aunque Segarra lo había dicho con naturalidad y confianza. Aquel debía de ser el salón para las visitas de confianza o bien insignificantes (todos éramos servicio, en última instancia), allí probablemente se las amontonaba, como hacen las estrellas del rock con los periodistas.

El maestresala o senescal Segarra (no soy versado en este tipo de cargos) pareció complacido de haber creado intriga o alarma, y también de poder ofrecer una información a la vez útil y extravagante. Tenía los ojos optimistas y vivos del que ha visto muchas cosas insólitas sin entenderlas y por ello conserva íntegra su capacidad de entusiasmo y celebración y sorpresa, también su curiosidad intacta.

—'Fletcherizando', señor —dijo, y ahora lo dijo entre comillas a la vez que levantaba uno de sus dedos con guante—. Se trata de un antiguo método de masticación muy sano, que convierte el sólido en líquido, lo inventó un tal Fletcher, de ahí su nombre, y hoy en día hay mucha gente que lo está recuperando. Pero duele un poco en las encías y lleva su tiempo. Él sólo lo pone en práctica en el desayuno, con los cereales y el huevo escalfado.

Téllez volvió la cabeza un instante hacia el pintor de corte, para ver si había pegado el oído y estaba atendiendo, pero el hombre del carrick estaba muy ocupado ahora (no le daban de sí los brazos) intentando poner más recto en su caballete el inestable lienzo que no veíamos. Empecé a desear poder echarle un vistazo.

—¿Quiere decir que son las propias mandíbulas las que acaban licuando los alimentos? —dijo Téllez dirigiéndose a Segarra al tiempo que iba apretando con el pulgar el tabaco que no se le desparramaba. Yo habría dicho que aquel era un tabaco demasiado aromatizado con whisky y tal vez especias picantes, un producto holandés afeminado.

—Exacto, señor, y por lo visto así es mucho más sano que por procedimientos mecánicos. Lo llaman licuefacción anatómica, he oído mencionar el término, al igual que el otro que he empleado. —El criado se disculpaba por su adquisición involuntaria de conocimientos.

—Ya —contestó Téllez—. ¿Y qué le parece si averigua usted cómo va esa fletcherización? No es que tengamos ninguna prisa, pero en fin, para hacernos una idea.

—Cómo no, señor Tello, faltaría más, encantado. Voy en seguida a ver si puedo informarme de algo.

Con paso infinitesimal (aunque no tanto como cuando el peso del cenicero estuvo a punto de siniestrarlo), el lacayo Segarra se dirigió hacia una de las tres puertas del saloncito algo frío (cuanto más rato llevaba uno allí más frío), no desde luego a aquella por la que habíamos entrado, sino a la que él tenía más cerca, al otro lado de la chimenea desperdiciada. (El único muro sin abertura tenía en cambio un gran ventanal apaisado y cuadriculado, excelente luz para pintar, por ejemplo.) No quiero ser irrespetuoso ni afirmo ni insinúo nada, pero lo cierto es que durante los largos segundos en que el lento Segarra mantuvo abierta esa puerta oí un inconfundible estrépito de futbolines procedente de la habitación contigua. A Téllez, sin embargo, no pareció llamarle la atención, aunque tal vez era duro de oído para ciertos ruidos, o no le era familiar este en concreto, por barriobajero. El pintor sí lo oyó, e irguió y volteó la cabeza dos veces como si fuera un pájaro, pero despreció el sonido al instante (no le atañía) para volver a colocarse mejor su paleta en la mano, que le vacilaba al menor movimiento imprevisto o mal estudiado. Como si fuera a ser él el retratado.

Téllez no parecía tener mucho interés en mí ni tampoco impaciencia. Probablemente lo que le satisfacía era prestar el servicio, llevarme hasta allí, descubrirme, tener un recomendado y recibir el parabién si ese candidato gustaba y cumplía luego, nada más, y si acaso pasar la mañana en Palacio ocupado de aquella manera indecisa. Mientras encendía la pipa con cerilla de madera me miró de reojo, como para comprobar que no me había despojado de la corbata ni me había ensuciado los pantalones durante la espera, esa fue la sensación que tuve (de hecho avanzó la cabeza para inspeccionarme el calzado con mirada un poco crítica). Yo me había esmerado con mi apariencia, quizá iba demasiado planchado, me sentía pulcro y como envuelto.

Al cabo de varios minutos de pipa muy perfumada (aún más ardiendo) reapareció Segarra con su pelo romano levemente despeinado como si le hubieran pasado una mano festiva por la cabeza y desde lo alto, y ahora, al abrir de nuevo la puerta y tardar en cerrarla, oí sin duda el fragor de un flipper, lo conozco bien desde mi adolescencia y además apenas quedan, por lo que es ya un sonido pretérito, más fijado y reconocible que los que aún se dan y por ello van variando. Oí correr una bola loca y marcar muchos puntos, confié en que la máquina no regalara partida. Segarra, en vez de dar su recado desde la puerta y ahorrarse así un desplazamiento, se acercó muy paulatinamente hasta donde estábamos —creándonos expectativa y algo de temor a que nunca llegara— y no habló hasta que estuvo al lado, un cubiculario observante:

—El proceso de que le hablé ha concluido hace rato con éxito, señor Tello, no se inquiete —dijo—. Ha tenido que recibir a unos sindicalistas, pero ya se están yendo y él viene hacia aquí, está en camino.

Y en efecto, no había terminado Segarra de decir sus frases cuando se abrió la tercera puerta y apareció el Solitario con zancadas veloces y seguido de una señorita que intentaba no quedarse atrás, la falda corta y estrecha la hacía correr un poco con las puntas de los pies hacia fuera y los tacones altos iban arañando el suelo de madera —tal vez muy noble— con diminutas y rectangulares incrustaciones de mármol o de sucedáneo. Yo me levanté en seguida, mucho más rápidamente que el corpulento Téllez, a quien (lo vi en ese instante) se le había desatado de nuevo un zapato, y ahora no estaba su hija para anudárselo. El pintor ya estaba de pie por su parte, pero al ver entrar al Llanero extendió los brazos como una quinceañera histérica ante la irrupción de su ídolo (o quizá —más viril— como un luchador en su esquina que se pone en guardia) y se le acentuó el gesto de empeño artístico. Al saludar yo antes mascullando mi falso nombre (y añadí torpemente y con la boca pequeña: 'para servirle') no pude imitar a Téllez como tenía previsto, y desde luego olvidé la reverencia que me había encarecido; él, en cambio, una vez alzado, se inclinó cuanto le permitió su tórax voluminoso y cogió con veneración una mano de Only the Lonely con las dos suyas, pese a que en la izquierda sujetaba la pipa encendida, con la que estuvo a punto de quemarlo. Seguramente no habría tenido demasiada importancia, ya que una de las primeras cosas en que me fijé fue en que Only You llevaba sendas tiritas de plástico en los dedos índices, una ampolla por quemadura sólo habría roto la simetría. Las efusiones estuvieron a punto de arrollar a Segarra, a quien pillaron allí por medio mientras iniciaba la retirada hacia su lugar con la habitual parálisis. El Único se sentó a mi derecha, en un sillón libre, y la señorita estrechada a mi derecha también, entre ambos, pero en el mismo sofá que yo ocupaba (llevaba en las manos un bloc de notas, un lápiz y una calculadora de bolsillo Texas, y le asomaba de la chaqueta un teléfono); Téllez, tras bambolearse un poco, se dejó caer de nuevo con pesadez en el sillón que había elegido antes, enfrente de mí y casi de espaldas al pintor, al que el Solo saludó de lejos agitando la mano y diciéndole: 'Qué hay, Segurola', sin esperar su respuesta: debía de verlo a diario, el pintor seguramente lo impacientaba y él procuraba mantenerlo a distancia. Solus tenía unas piernas largas y flacas que cruzó en seguida con desenvoltura (a continuación las cruzó la joven de manera mimética, tenía una carrera en la media que le daba un aire libertino, tal vez se la había hecho forcejeando con los sindicalistas o haciéndole falta a la máquina); vi que llevaba esos calcetines llamados de ejecutivo, demasiado transparentes para mi gusto, se disciernen los pelos aplastados de las pantorrillas; por lo demás, iba vestido como cualquier hombre de mundo, los pantalones un poco arrugados a la altura de los muslos.

—Ojo, Juanito —le dijo a Téllez—, tienes desatado el cordón del zapato. —Y señaló el zapato con su dedo de esparadrapo.

Téllez se miró entonces con estupor, verticalmente —de nuevo su cabeza como una gárgola—, luego con renuncia, como quien se encuentra ante un problema irresoluble. Mordió la pipa.

—Ya me lo ataré después, cuando me levante; sentado no hay peligro de que me lo pise.

El Solitario se inclinó entonces hacia él para cuchichearle —el tórax entero sobre el brazo del sillón, temí que fuera a vencerse—, pero no bajó la voz lo bastante o la distancia era demasiado escasa para que yo no oyera—. Dime, ¿quién es? —le preguntó señalándome levísimamente con las cejas y haciendo bailar dos dedos inquietos en el aire—. Se me ha olvidado para qué veníais hoy.

—Es Ruibérriz de Torres: el discurso nuevo —musitó mi padrino mordiendo aún más la pipa (y por lo tanto en verdad entre dientes).

—Ah, sí, este Ruibérriz de Torres —dijo el Llanero con tranquilidad y ya en voz alta; y se volvió hacia mí—. A ver qué me vas a escribir, ya te puedes andar con cuidado.

No había amenaza en su tono, más bien tendencia a la broma. Es prerrogativa de Only the Lonely tutear a quien tenga delante aunque no lo conozca e independientemente de su edad, condición o título, jerarquía y sexo. La verdad es que la práctica hace muy mal efecto, si yo fuera él renunciaría a ese privilegio. Yo había decidido llamarle de usted y 'señor', tanto al dirigirme como al referirme a él, esto es, 'el señor' en el segundo caso. Lo juzgaba suficientemente respetuoso y no me confundiría, y además me daba lo mismo que luego me regañara Téllez.

—Con todo el cuidado del mundo, señor —dije—. Seguiré al pie de la letra las instrucciones que tenga a bien darme. Usted dirá. —Me pareció que estas primeras palabras me habían salido bastante serenas y circunspectas, aunque él no parecía engolado ni particularmente ceremonioso. Pensé que quizá podía haberme ahorrado las dos últimas, de pronto me chirrió el 'usted' e iban demasiado al grano.

Only You se sentó más recto (había quedado ladeado tras susurrarle a su cortesano), como si por fin se centrara en aquello a lo que estábamos. Cruzó las manos sobre las rodillas cruzadas (llegaba bien, de sobra, los brazos muy largos) y dijo pensativo aunque con buen ánimo:

—Mira, Ruibérriz, vamos al grano: la verdad es que estoy cansado de que nadie me conozca al cabo de veinte años. No es que yo crea que la gente lea o preste mucha atención a mis discursos, pero por algo se empieza, no hay muchas más maneras de que se me conozca sin hacer el ridículo, la mayoría me están prohibidas. Lo que es seguro es que nadie puede tragarse los que vengo soltando desde hace la tira de tiempo, y no se lo reprocho a nadie, hasta a mí me producen bostezos. —Dijo 'desde hace la tira de tiempo', lo cual no me pareció muy elevado; supongo que 'tragarse' podía tragarse en su boca, en cambio—. Los del gobierno tienen siempre la mejor voluntad, y no digamos los escritores. Demasiada buena voluntad, seguramente, cuando me hacen un trabajito se revisten de realeza, o de lo que ellos creen que ha de ser la realeza, como pavos. Unos se inspiran en otros, no hay ninguno que no pida ver algunos de los anteriores discursos cuando se le hace el encargo, y eso se convierte … ¿cómo es la expresión, Juanito?

—¿En un círculo vicioso? —sugirió Téllez.

—No, hombre, no, no iba a dudar sobre eso —contestó el Único—. Otra. Lo que gira sobre sí mismo sólo para repetirse y volver a su sitio.

—¿El eterno retorno? ¿Una aguja de marear? —apuntó más dubitativo Téllez.

—¿Una brújula? —se adhirió la señorita al último sesgo, con cierto oportunismo. Nunca había sido presentada. Tenía agradables piernas de muslos gordos, favorecida una de ellas por la mínima carrera, en realidad no era extraño que se le reventaran las medias.

—No, qué decís, nada de eso, qué tendrá que ver. Otra cosa, sí, hombre, la vuelta entera y otra vez donde estábamos.

Vi que el pintor Segurola levantaba el brazo con el pincel en la mano, como si fuera un niño aplicado que sabe la respuesta en clase. Eso quería decir que ahora sí estaba escuchando, quizá porque miraba al Solo con intensidad y sin tregua —mirada de fuego—, era de desear que sólo para pintarlo. Solus también lo vio y alzó la barbilla hacia él con hastío y sin fe, como diciéndole: 'A ver con qué nos vas a venir tú ahora'.

—¿La rueda de la fortuna? —dijo entonces Segurola, no desprovisto de ilusión y con talante renacentista.

El Solitario abatió una mano en el aire dando al artista plástico por imposible.

—Sí, hombre, y la ruleta rusa, y un satélite, mira este —dijo—. Bueno, da lo mismo, a lo que iba: yo me doy cuenta de que no se conoce mi personalidad, cómo soy, y quizá tenga que ser así mientras viva; pero mientras vivo no puedo dejar de pensar que tal como van las cosas voy a pasar a la historia sin atributos, o lo que es peor, sin *un* atributo, lo cual es lo mismo que decir sin carácter, sin una imagen nítida y reconocible. No me gustaría que se me recordara tan sólo con frases como 'Era muy bueno' o 'Hizo mucho por el país', aunque no estén mal, no me quejo, tantos otros no han tenido ni eso, y esas apreciaciones confío en poder conservarlas hasta que me llegue el día. Pero no me basta si yo puedo remediarlo en algo, llevo algún tiempo dándole vueltas al asunto y no sé qué hacer, no lo tengo fácil después de tantos años. No quisiera empañar mi ejecutoria, como ahora se dice, pero no se me escapa que son más memorables aquellos que dudaron mucho, o que traicionaron, o que cometieron crímenes o fueron crueles; los que padecieron desvaríos graves o llevaron vida de crápulas, los muy sufrientes y los tiranos, los abusivos y escandalosos y los muy desdichados, los trastornados y aun los pusilánimes, los barbazules. En suma, los más cabrones. —Esa fue la palabra que empleó, pero la verdad es que no chocó en el contexto y aun quedó convincente, retóricamente—. En todos los países es lo mismo, basta con echar un vistazo a sus respectivas historias: más llamativos cuanto más denostados. Tampoco quiero que se me vea meramente como el Añorado, a los que vengan detrás no estaría bien jugarles tan mala pasada.

Se quedó callado un momento, como si estuviera contemplando sus propias exequias y viendo el futuro que aguardaba a sus sucesores varios. Seguía abrazándose la rodilla derecha, pero su expresión se había hecho un poco añorante, quizá se estaba añorando a sí mismo anticipadamente. Yo no quería interrumpir pero tampoco dar lugar a silencios, Téllez me había recomendado evitarlos. Esperé un poco. Esperé otro poco. Tenía ya una frase en la punta de la lengua cuando por fin se me adelantó Téllez:

—Pero no podéis cometer villanías ni atraeros desgracias, señor, por ese motivo —le dijo levemente angustiado—. Quiero decir tropelías —rectificó en seguida la connotación incompatible.

'Santo cielo, le llama de vos', pensé, 'este hombre es en verdad un entusiasta.'

—Descuida, Juanito, no pienso hacerlo —le contestó el Llanero dándole una palmadita en la mano con una de sus tiritas:

le dio un poco fuerte en la mano floja que sostenía la pipa, que salió volando humeante. Vi cómo Segarra la contemplaba en el aire con aprensión indecible (dos dedos enguantados sobre los labios), temiendo que fuera a caer sobre la cabeza o el traje de mundo de Only the Lonely (de haber sido joven habría corrido para cazarla al vuelo). Por suerte se estrelló contra el cenicero, ahí se vio la ventaja de que éste fuera enorme; rebotó dos veces y con tanta fortuna que no se partió, así que Téllez la recogió como se atrapa una pelota rebelde de ping-pong y sin dilación sacó una cerilla y le aplicó otra llama, mientras él y Only You, la señorita y yo, Segurola y Segarra desde la distancia, reíamos todos brevemente al unísono. La risa de la joven fue la más aparatosa: estuvo a punto de salírsele de la chaqueta el teléfono por culpa de las sacudidas un poco histéricas, y temí que fuera a malquistar al Único con sus movimientos tan bruscos. Luego éste prosiguió, era de esos hombres que no pierden el hilo, suelen ser personajes temibles—: Pero eso no quita para que en las escasas ocasiones que tengo de dirigirme a la gente quiera que se me adivine más, y se me reconozca. Por supuesto que nadie cree que esos discursos los escriba yo, en realidad la cosa es fantástica: todo el mundo sabe positivamente que *no* los escribo yo, y sin embargo todo el mundo los recoge y se ocupa de ellos como si fueran en verdad mis palabras y reflejaran mi pensamiento particular. Los periódicos y las televisiones dicen tan tranquilos que yo dije tal cosa o que dejé de mencionar tal otra, y fingen atribuirle a eso mucho significado y alguna importancia, fingen entender entre líneas y ver oscuras alusiones o incluso reproches, cuando ellos son los primeros en saber que de cuanto yo he leído en todos estos años no soy en modo alguno el responsable auténtico ni directo, es decir, que como mucho he dado mi visto bueno, o ni siquiera yo sino mi Casa; que a lo sumo he suscrito o hecho mías (un mero nihil obstat, no más) unas palabras que nunca son mías, sino de cualquiera o de muchos distintos o de esa cosa vaga llamada la institución, en realidad de nadie. Todo esto es un fingimiento fantástico al que nos prestamos todos, desde yo mismo hasta los políticos y la prensa hasta los pocos lectores o telespectadores, los ciudadanos tan cándidos o con tan buena fe como para fijarse en lo que se supone que digo y pienso.

El Solo hizo una pausa, o más bien se quedó de nuevo callado mientras se acariciaba una sien meditativo. Vi que la tirita del dedo índice derecho se le estaba levantando un poco por causa de estas caricias absortas, me pregunté qué dejaría al descubierto si se le desprendía: ¿un corte, una quemadura, una llaga, mercromina, forúnculo, un callo efecto del futbolín y el flipper? Me regañé a mí mismo por tener tales pensamientos, había que ser muy vicioso de estos juegos recreativos para que a uno le saliera callo. A mí aún me divierte y relaja jugar a ellos, pero si me falta tiempo cuánto no iba a faltarle a Solus, siempre tan ocupado e institucionalizado, en el supuesto improbable de que le gustaran semejantes entretenimientos. Deseché la irreverente idea, se habría hecho lo que fuera esquiando o por dar mucho la mano. También me pregunté de nuevo si debíamos permitir tanto silencio. Pero esta vez fue la señorita quien me impidió caer en las tentaciones (la carrera se le iba agrandando, y más que levemente disoluta empezaba a parecer una perdida):

—Pues yo soy de esas, señor, de las que se fijan: tanto en la prensa como en los telediarios bebo vuestras palabras cuando las pillo. Aunque no las escribáis vos mismo, hace gran efecto que seáis vos quien las dice; hasta a mí misma, que os veo a diario en privado y sé lo que hacéis y lo que opináis sobre muchas cosas, me cuesta no tomármelas al pie de la letra sobre la pantalla, aunque no siempre entienda de qué se trata.

También lo llamaba de vos, no supe si como norma o por momentáneo influjo de Téllez.

—Tú eres muy buena y leal, Anita —contestó el Solitario sin hacer mucho caso.

—Yo también me intereso, señor, y os grabo mucho en mi vídeo cuando salís en la tele, para estudiaros las expresiones cuando pensáis en voz alta —dijo entonces el pintor desde su rincón de castigo, aupado también al vos en imitación de los otros.

—Tú es que no te enteras, Segurola —le respondió el Llanero, pero lo dijo entre dientes y el pintor no oyó bien: de hecho se llevó una mano al oído olvidando que tenía el pincel en ella, se embadurnó un poco la oreja, se pasó un trapo sucio para limpiársela. Todos menos él reímos otra vez brevemente, pero ahora con disimulo. Era obvio que a su modelo lo sacaba de quicio—. Bueno, a lo que iba: no tengo nada en contra de toda esta farsa, que sin duda es necesaria; así ha sido siempre y más ha de serlo ahora, en estos tiempos en que los personajes más públicos tenemos encima perpetuamente el ojo y el oído del mundo multiplicados por mil cámaras y micrófonos, manifiestos y ocultos, un verdadero agobio, yo no sé cómo no nos suicidamos todos. A menudo me siento como un… ¿cómo es esto, Juanito? Ya sabes, un chisme de esos ante el microscopio. —Y formó un diminuto círculo con el pulgar y el índice para mirar por él, inclinado, hacia el cenicero con cerillas y briznas.

—¿Una brizna? —apuntó Téllez sin esforzar la imaginación lo más mínimo.

—No, hombre, no, eso lo tengo aquí delante.

—¿Un insecto? —volvió a probar.

—No, qué un insecto, qué dices.

—¿Una molécula? —aventuró la señorita Anita.

—Parecido, pero no.

—¿Un virus? —dijo el mayordomo Segarra desde su puesto junto a la chimenea inservible. Había alzado respetuosamente el guante blanco.

—No, tampoco.

—¿Un pelo? —voceó Segurola desde su caballete recurriendo sin duda a recuerdos de infancia.

—Pero qué pelo ni qué pelo, venga de ahí.

—¿Una bacteria? —me atreví por fin a hablar yo.

Dudó Only the Lonely, pero parecía ya harto de nuestra incompetencia.

—Bueno, posiblemente sea eso. Como una bacteria ante el microscopio, da lo mismo. Y eso es lo incongruente: que con tanta vigilancia y estudio no se me conozca de veras y mi personalidad sea difusa; y como todo es farsa, no veo por qué no podríamos dirigir nosotros un poco más esa farsa y hacerla más a nuestro gusto, de manera que presentemos unos atributos más claros y reconocibles para las generaciones presentes y más memorables para las futuras —me pregunté si ahora estaba empleando un plural mayestático o si nos estaba incluyendo amablemente a nosotros en estas frases y en sus proyectos: en seguida salí de dudas—, yo aún no tengo ni idea de cómo soy percibido, no sé cuál es mi imagen fuerte, la predominante, lo cual, no nos engañemos, significa lamentablemente que carezco de ella. Cómo decirlo, no tengo imagen artística y, no nos engañemos, esa es la que al final más cuenta, también en vida, también en vida. Así que un primer o segundo paso podrían ser mis discursos, no creo que sea imposible que las vaguedades y vacuidades que institucionalmente estoy obligado a decir no puedan sin embargo ser dichas de una manera más personal, cómo decirlo, sí, menos burocrática y más artística, una manera que haga que la gente se fije y se sorprenda, e intuya que tras todo eso hay un buen mar de fondo, quiero decir un individuo que también pasa lo suyo, un hombre algo atormentado, con su drama a cuestas y ese drama oculto. En mi imagen pública no se ve drama, seamos francos, y quiero que se lo vislumbre al menos, un poco de enigma artístico. Eso es lo que creo que quiero, ¿comprendes, Ruibérriz?, te lo digo como lo pienso.

Ahora no me cupo duda de que me tocaba hablar, se había dirigido a mí con mi nombre que no era el mío.

—Creo comprender, señor —dije—. ¿Y cuál es la imagen que le gustaría tener, o que se trasluciera? ¿Por cuál siente predilección, si puedo preguntar?

Vi un poco de censura en los ojos claros de Téllez, a buen seguro producto de mi tratamiento de usted, que tras el vos de los otros me chirrió hasta a mí mismo, todo se contagia muy fácilmente, de todo podemos ser convencidos. La pipa que fumaba era eterna, como si el tabaco quemado se regenerara y se consumiera varias veces.

—No lo sé bien del todo —respondió Only You acariciándose la otra sien ahora—, ¿a ti qué te parece, Juanillo? Hay mucho donde elegir, pero estaría bien que hubiera cierta autenticidad en la farsa nuestra, quiero decir cierta correspondencia con la verdad de mi carácter y de mis hechos. Por ejemplo, casi nadie sabe que yo soy muy dubitativo. Dudo mucho y de todo, ¿verdad que tú lo sabes bien, Anita? Muchas veces me alegro de que me vengan dadas la mayoría de las decisiones, en otra época mi vida habría sido pura oscilación, pura confusión, mi ánimo un vaivén perpetuo. Por dudar, yo dudo hasta de la justicia de la institución que represento, casi nadie se lo imaginaría, eso es seguro.

—¿Cómo es eso, señor? —no pude evitar preguntar en mi interesado afán por no dar el menor pie al silencio, esto es, por adelantarme a Téllez, a quien no debía de haber gustado esta última frase: de hecho se irguió en su asiento y mordió más la maltratada pipa.

—Sí, yo no estoy convencido de su razón de ser, quizá he empleado a la ligera la palabra 'justicia', ese es un concepto muy difícil, subjetivo siempre en contra de lo que se quiere y pretende, y desde luego nunca prevalece, en este mundo al menos, para que eso sucediera el condenado por la justicia tendría que estar absolutamente de acuerdo con esa condena, y rara vez sucede, sólo en casos extremos de contrición y arrepentimiento no muy creíbles. Incluso me atrevería a decir que cuando sucede es porque al condenado se lo ha hecho abdicar de su propia idea de justicia, se lo ha convencido con amenazas o con argumentos, tanto da, y se lo ha hecho adoptar el punto de vista del otro, de su contrincante, del favorecido por el fallo, o bien el común, el de la sociedad de su tiempo, y, no nos engañemos, el de la sociedad nunca es el propio de nadie, es sólo del tiempo: el punto de vista común a todos, o a la mayoría, no es nunca propio más que en la medida en que cada uno desea no quedar al margen del conjunto, y transige. Digamos que es una mera concesión de la subjetividad, un apaño. Nadie condenado exclamará con satisfacción y alivio: 'Ha prevalecido la justicia'. Eso significa siempre: 'La justicia ha coincidido conmigo y con mi idea previa'. El condenado dirá como mucho: 'Acato la sentencia', o 'Acepto el veredicto'. Pero no es lo mismo aceptar o acatar que estar plenamente de acuerdo, es más, si tal cosa como la justicia objetiva existiera de veras, entonces no harían falta juicios y los propios condenados exigirían su condena, en realidad no habría delitos. No se cometerían, o mejor dicho, no existiría el concepto de delito, nada lo sería, porque nadie hace nada convencido de su injusticia, no al menos en el momento de hacerlo, nuestra idea de la justicia va variando según nuestras necesidades, y siempre consideramos que lo necesario puede ser también justo. Y por raro que te parezca, te lo digo como lo pienso.

Pensé que era cierto lo que me había comentado el verdadero Ruibérriz de Torres: el Único tenía ideas, pero le costaba ordenarlas. Lo había seguido hasta sus penúltimas frases y ahí me había perdido.

—Humm, señor —aprovechó Téllez el respiro, iba a llamarle la atención probablemente, pero el Solo continuó de inmediato, ahora sin pausas, parecía haber tomado carrerilla y él no perdía su hilo aunque lo perdiéramos los demás:

—Pero a lo que iba: yo no estoy convencido de que un hombre o una mujer deban tener fijada su profesión desde su nacimiento y aun desde antes, o su destino si lo preferís así, no hay inconveniente por mi parte en utilizar la palabra —ahora era evidente que se dirigía a todos nosotros—. No creo que para él sea justo, y sin duda no lo es para los ciudadanos, que normalmente no tienen nada que decir al respecto. Pero esto a mí no me atañe tanto, los ciudadanos también nos cortan la cabeza cuando les viene en gana y se empeñan en ello, no hay quien los pare. Es cierto que a nadie se le pregunta si quiere nacer, y a la gente se la hace nacer. Es cierto que no se nos pregunta si queremos ser del país del que somos, o hablar la lengua que hablamos, o ir al colegio, o tener los hermanos y padres que nos tocan en suerte. A todo el mundo se le imponen cosas desde el principio y a todo el mundo se lo interpreta hasta edad relativamente avanzada, sobre todo las madres interpretan lo que necesitan y quieren sus hijos pequeños y durante años deciden por ellos según ese criterio interpretativo suyo. —'Quién interpretará ahora al niño Eugenio, quién decidirá por él', me vino este pensamiento como un relámpago—. Todo eso está bien, hasta ahí es normal porque así son las cosas y no hay más remedio, no nacemos con opinión, aunque sí con deseos, al parecer (deseos primarios, se entiende). Pero me pregunto si más allá de eso puede trazársele la vida a nadie, sobre todo en casos extremos como los nuestros. La gravedad del asunto es considerable, fijaos. Representar a esta institución supone, para empezar, una enorme pérdida de libertad personal, y en segundo lugar una pérdida aún mayor de tiempo para pensar en lo que no es obligado pensar, y poder pensar en lo no obligado es algo crucial para cualquiera en la vida, sea quien sea, yo al menos lo encuentro crucial, poder pensar en lo que no corresponde, vagar con el pensamiento. Supone, además, convertirse en el blanco principal de bandas asesinas y de asesinos aislados, y que a uno lo quieran matar por su cargo, en seco, en abstracto y no por lo que haya hecho o haya omitido; lo cual, aparte del riesgo al que nos acostumbramos, me parece una verdadera calamidad personal: da igual lo que uno haga y cómo lo haga y el cuidado que ponga en hacerlo, siempre habrá quien lo quiera matar, algún megalómano, algún chalado, un sicario, gente que ni siquiera nos tendrá antipatía, tal vez. Morir así, sin merecerlo, sin habérselo ganado, por el nombre tan sólo. En el fondo es una muerte ridícula. —El rostro de Solus se estaba ensombreciendo, aunque no había cambiado de postura, seguía abrazándose la rodilla cruzada y sólo de vez en cuando la dejaba para acariciarse las sienes, una u otra, sus pobres sienes. 'El desprecio del muerto hacia su propia muerte', me vino ahora este pensamiento como un fogonazo. Las arrugas de la frente se le acentuaban—. Supone asimismo estar rodeado continuamente por otro grupo de homicidas potenciales que, más mediante pago que por lealtad o convicción, intentarán protegerle la vida en vez de atentar contra ella, y tal vez maten a otros en su misión bien remunerada, será nuestra vida contra la de otros, pero a veces se precipitan los que nos guardan, tienen orden de precipitarse y siempre se los justificará. Supone también no poder elegir con quién se trata y con quién no, verse obligado a estrechar la mano de sujetos que inspirarán repugnancia, y a pactar con ellos, a no darse por enterado de lo que han hecho o se proponen hacer con sus gobernados o con sus iguales. Supone tener que disculpar lo que no es disculpable. Y fingir, por supuesto fingir todo el rato; y mientras se finge estrechar manos manchadas de sangre y así se manchan un poco las nuestras, si es que no están ya manchadas desde el principio, desde nuestro nacimiento y aun antes. Yo no sé si desde ciertos lugares puede uno no tenerlas teñidas, a veces pienso que no es posible, a lo largo de la historia no ha habido un solo gobernante ni rey que no haya tenido responsabilidad en muertes, casi siempre directa y si no indirecta, así ha sido siempre y en todas partes. A veces es sólo que no las han impedido, o que no han querido enterarse. Pero con eso ya basta para no estar a salvo.

El Solitario se quedó callado. Anita fruncía el ceño en inconsciente imitación de su jefe, apretaba las mandíbulas y le brotaban arrugas sobre los labios. Segurola temblaba con su paleta en la mano más de lo acostumbrado, por suerte el Llanero no lo veía y no podía malquistarse por ello, aunque quizá se había malquistado a sí mismo con sus pensamientos no obligados y errantes. Segarra mantenía muy abiertos sus ojos optimistas y vivos del que nunca entiende del todo nada y ya no estaba tan firme, había apoyado un guante en el respaldo de la butaca que tenía a su lado. Téllez vaciaba por fin su pipa exhausta dándole golpecitos contra el cenicero y mascullaba con envaramiento, decía:

—No es para tanto, no es para tanto, un exceso de escrúpulos, no hay que atormentarse, señor, por cosas hipotéticas e improbables. Además, uno no puede ser responsable de aquello que ignora o de lo que se entera cuando es ya tarde, y a vos no os lo cuentan todo.

—Ni falta que hace, oiga —intervino Anita con celo—, ya tiene demasiado en la cabeza.

—¿No? —dijo Only the Lonely rápidamente (aunque no tanto como para impedir la intercesión maternal de la señorita)—. ¿Estás seguro de eso, Juanito? Un cazador puede ir de caza y disparar al bulto y a distancia. Mata inadvertidamente a un muchacho que dormía entre la maleza en el bosque y que ni siquiera grita cuando le alcanza la bala, muere en sueños: el cazador no se entera de lo que ha hecho, puede no llegar a saberlo nunca, pero está hecho: el muchacho no murió por sí solo. Un conductor atropella a un transeúnte una noche, le da un topetazo, lleva prisa o tiene miedo o va borracho, aun así frena un poco dudando; ve por el espejo retrovisor que su víctima se levanta tambaleante, no ha sido gran cosa, respira tranquilo y sigue adelante. A los pocos días una hemorragia interna se lleva al viandante a la tumba, el conductor no se entera, puede no llegar a saberlo nunca, pero está hecho: el transeúnte no murió por sí solo. O aún más azaroso, más involuntario: un médico llama a una mujer enferma, ella no está en casa y sale su contestador, él deja un recado trivial y olvida apretar el botón que cuelga estos teléfonos modernos —Only You señaló con un dedo el que llevaba en el bolsillo Anita, que lo sacó en seguida como para hacer una demostración si se terciaba—; a continuación (se ha quedado pensando en ella) el médico comenta con su enfermera el fatal diagnóstico de la mujer, a la que de momento piensa dar muchas esperanzas o bien no decirle nada. Sus comentarios piadosos y los de la enfermera quedan grabados en la cinta de la paciente, quien al oírlos decide no esperar al dolor y a la lenta ruina, se quita la vida esa misma noche. El médico puede no llegar a saberlo nunca, sobre todo si la mujer vive sola y a nadie más se le ocurre escuchar esa cinta. Pero está hecho: la enferma no murió de su enfermedad, no murió por sí sola.

'O si se la lleva alguien', pensé, y esta vez el pensamiento me vino mucho más despacio, 'si alguien la roba, el propio médico o la enfermera que se dieron cuenta, aunque demasiado tarde. O cuyos comentarios no fueron involuntarios sino piedad fingida, si conocían ambos a la paciente y tenían algo contra ella, o les estorbaba.'

—Pero eso nos ocurre a todos —protestó Téllez—, no sólo a los gobernantes, buena prueba son estos mismos ejemplos. Lo único seguro sería no decir ni hacer nunca nada, y aun así: puede que la inactividad y el silencio tuvieran los mismos efectos, idénticos resultados, o quién sabe si todavía peores.

—Eso no me consuela, Juanillo, saber que así son las cosas, que nada puede medirse —le respondió el Único, ahora con claras muestras de pesadumbre en su rostro, parecía tener de pronto la boca pastosa—. Es como si me dijeras ante la muerte de un amigo: 'Bueno, al fin y al cabo así son las cosas, se muere todo el mundo', eso no me consolaría. No por eso es tolerable que se mueran los amigos, es intolerable que mueran. Tú has perdido hace poco a una hija, y perdóname que te lo recuerde, y saber que así son las cosas no te habrá servido de mucho ni te habrá aliviado. En mi caso… lo que yo haga o no haga tiene más repercusiones que lo que haga nadie, es más grave, mis deslices o errores pueden afectar a muchos, no sólo a un muchacho durmiente o a un transeúnte o a una mujer sentenciada. Cada uno de mis actos puede tener consecuencias en cadena y masivas, por eso vacilo tanto. Cada uno de vuestros actos afecta a los individuos, y yo apenas trato con ellos. Cada vida, sin embargo, me consta que es única y frágil. —Se volvió más hacia mí, se quedó mirándome un momento sin verme y añadió—: Es intolerable que las personas que conocemos se conviertan en pasado.

Téllez sacó su bolsa de tabaco oloroso y empezó a prepararse una segunda pipa como para disimular con alguna actividad manual la voz que le iba a salir quebrada. (Quizá también para bajar la vista.) Dijo muy despacio mientras lo hacía, como con pereza:

—No tenéis que pedirme perdón, señor. Ya me acuerdo yo todo el rato, vos no me habéis recordado nada. Lo más intolerable es que se convierta en pasado quien uno recuerda como futuro. Pero la única solución a lo que decís, señor, es que todo acabara y no hubiera nada.

—No me parece mala solución a veces —contestó el Solo, y esa respuesta debió de juzgarla Téllez demasiado nihilista para que la oyeran testigos salir de tan prominentes labios, ya que reaccionó en el acto intentando cambiar de conversación y dijo:

—Pero volvamos a lo que nos ocupa, señor, si os parece. ¿Qué os gustaría que se reflejara de vuestra personalidad verdadera, aparte de las vacilaciones, que no sé si serían bien vistas? A Ruibérriz hay que darle instrucciones.

Se abrió entonces la puerta por la que habían entrado Solus y Anita, y por ella apareció una mujer de la limpieza bastante mayor y de aspecto montaraz y malhumorado. Llevaba un plumero y una escoba en las manos y se deslizaba algo encorvada sobre dos paños para no pisar el suelo con las suelas de sus zapatillas, por lo que avanzó muy lentamente como si fuera una esquiadora sobre la nieve compacta con un solo bastón muy largo y el otro muy corto. Nos volvimos todos atónitos a contemplarla en su interminable progreso, con su pelo suelto blanco que tanto avejenta a las viejas, y la conversación quedó un minuto o dos en suspenso porque ella tarareaba con mala voz durante su marcha absorta; hasta que por fin Segarra, cuando la limpiadora llegó a su altura, la cogió del brazo con su guante blanco —de pronto como una zarpa— y le dijo algo en voz baja al tiempo que nos señalaba. La mujer dio un respingo, nos miró, se llevó una mano a la boca para ahogar una exclamación que no fue emitida y apretó cuanto pudo el paso hasta desaparecer por la primera puerta, la que nos había introducido a mí y a Téllez hacía rato. 'Parecía una bruja', pensé, 'o quizá una *banshee*': ese ser sobrenatural femenino de Irlanda que avisa a las familias de la muerte inminente de alguno de sus miembros. Dicen que a veces canta un lamento fúnebre mientras se peina el cabello, pero más frecuentemente grita o gime bajo las ventanas de la casa amenazada una o dos noches antes de que se produzca la muerte que vaticina. La mujer de la limpieza había tarareado algo irreconocible, no había llegado a lanzar su grito o gemido y no era de noche, pensé: 'No creo que esta casa esté amenazada, somos Téllez y yo los que ya hemos tenido hace un mes una muerta, él en su familia, yo en mis amores. Un vaticinio sobre el pasado'. Cerró la puerta tras de sí, lo último que vimos desaparecer fue el plumero, enganchado con el picaporte un instante.

—Hace cosa de un mes tuve insomnio una noche —dijo el Solitario entonces sin hacer mucho caso de la aparición de la *banshee*—. Me levanté y me fui a otro cuarto para no molestar, puse la televisión y estuve viendo una película antigua ya empezada, no sé cómo se titulaba, fui a buscar luego el periódico del día y ya me lo habían tirado, me lo tiran todo antes de tiempo. Era en blanco y negro y salía Orson Welles muy viejo y gordísimo, os acordáis, está enterrado en España. La película también había sido rodada en España, reconocí las murallas de Ávila, y Calatañazor, y Lecumberri, y Soria, la iglesia de Santo Domingo, pero pasaba en Inglaterra y uno se lo creía pese a ver esos sitios tan conocidos, hasta la Casa de Campo salía y daba el pego, todo parecía Inglaterra, una cosa extraña, ver lo que uno sabe que es su país y creer que sea Inglaterra en una pantalla. La película trataba de reyes, Enrique IV y Enrique V, el segundo cuando todavía era Príncipe de Gales, Príncipe Hal lo llamaban a veces, un bala perdida, un calavera, todo el día por ahí de juerga mientras su padre agonizaba, en prostíbulos y tabernas con rameras y con sus amigachos, el gordo Welles, el corruptor más viejo, y otro de su edad, un tipo con cara desagradable y cínica al que llamaban Poins y que se va tomando con él demasiadas confianzas, se ve que no sabe medir hasta dónde puede permitírselas y el príncipe le va parando los pies a medida que en él se opera el cambio. El viejo rey está preocupado y enfermo, pide en una escena que le pongan la corona sobre la almohada y el hijo se la coge antes de tiempo creyendo que ha muerto. En medio hay otra escena en la que el rey tiene insomnio, como me sucedía a mí aquella noche, por suerte en mi caso fue una noche suelta. Él no puede dormir desde hace días, mira el cielo por la ventana y desde allí increpa al sueño, al que reprocha que visite los hogares más pobres y los hogares de los asesinos, desdeñando en cambio el suyo más noble. 'Oh tú, sueño parcial', le dice con amargura al sueño, no pude evitar sentirme un poco identificado con él en aquellos momentos, mirando la televisión en bata mientras los demás dormían, aunque también con el príncipe en otros. En realidad el rey no sale mucho en la película o en la parte que yo vi, pero basta para hacerse una idea de cómo es, e incluso de cómo ha sido. Al príncipe se lo ve cambiar, cuando por fin muere el padre y él es coronado rey abjura de su vida pasada (pero inmediatamente pasada, fijaos, es de anteayer y ayer mismo) y aleja de sí a sus compinches, al pobre Welles lo destierra pese a que el viejo lo llama 'mi dulce niño' arrodillado ante él en plena ceremonia de coronación, a la espera de los prometidos favores y las alegrías aplazadas, aplazadas hasta su decrepitud. 'Ya no soy lo que fui', le dice el nuevo rey, cuando tan sólo unos días antes había compartido con él aventuras y chanzas. A todos decepciona, el viejo rey Enrique llega a sentir la prisa de su hijo cambiado, 'Permanezco demasiado tiempo a tu lado, te canso', le dice ya moribundo. Y aun así le da consejos y le cuenta secretos, le dice: 'Dios sabe por qué atajos y retorcidos caminos llegué a la corona; cómo la conseguí, que Él me perdone', le dice justo antes de expirar. Sus manos están manchadas de sangre y no lo ha olvidado, quizá fue pobre y sin duda conspirador o asesino, aunque haga años que la dignidad del cargo lo haya hecho dignificarse y haya aparentado borrarlo todo superficialmente, al igual que el príncipe deja de ser disoluto cuando se convierte en rey, como si nuestras acciones y personalidad las determinara en parte la percepción que de nosotros se tiene, como si llegáramos a creernos que somos otros de los que creíamos ser porque el azar y el descabezado paso del tiempo van variando nuestra circunstancia externa y nuestros ropajes. O son los atajos y los retorcidos caminos de nuestro esfuerzo los que nos varían y acabamos creyendo que es el destino, acabamos viendo toda nuestra vida a la luz de lo último o de lo más reciente, como si el pasado hubiera sido sólo preparativos y lo fuéramos comprendiendo a medida que se nos aleja, y lo comprendiéramos del todo al término. Cree la madre que hubo de ser madre y la solterona célibe, el asesino asesino y la víctima víctima, como cree el gobernante que sus pasos lo llevaron desde el principio a disponer de otras voluntades y se rastrea la infancia del genio cuando se sabe que es genio; el rey se convence de que le tocaba ser rey si reina y de que le tocaba erigirse en mártir de su linaje si no lo logra, y el que llega a anciano acaba por recordarse como un lento proyecto de ancianidad en todo su tiempo: se ve la vida pasada como una maquinación o como un mero indicio, y entonces se la falsea y se la tergiversa. No varía en la película Welles, que muere fiel a sí mismo, viendo cómo los favores y las alegrías se le aplazan una vez más hasta después de la muerte, traicionado y con el corazón hecho trizas por su dulce niño. ('Adiós risas y adiós agravios. No os veré más, ni me veréis vosotros. Y adiós ardor, adiós recuerdos.') Tanto la suya como esas figuras de reyes entrevistas en hora y media son nítidas y reconocibles, nunca podré dejar de ver esos rostros ni de oír sus palabras cuando piense en Enrique IV y Enrique V de Inglaterra, si es que vuelvo a pensar en ellos. Yo no soy así, mi rostro y mis palabras no dicen nada, y ya va siendo hora de que eso cambie. —El Llanero se detuvo en seco como si saliera de la lectura de un libro, irguió la cabeza y añadió en otro tono—: Es la fuerza de la representación, supongo, tendría que ver un día la película entera.

—*Campanadas a medianoche*, señor, si le interesa saberlo —dije yo entonces.

—¿Cómo dices?

—El título de la película que vio, señor. Es *Campanadas a medianoche.*

Only the Lonely me miró con sorpresa y una sombra de recelo:

—¿Y tú cómo lo sabes? ¿La viste esa noche?

—No, estaba viendo otra en otro canal, pero al zapear vi que la estaban poniendo también. La reconocí en seguida, la vi hace años en el cine.

—Ah, pues tendré que hacer que me la pasen o me la presten en vídeo. Anótalo, Anita. ¿Y tú cuál estabas viendo? ¿También insomnio? Fue hace cosa de un mes, ya os he dicho.

Miré a Téllez, pero no observé en él ninguna reacción particular, sin duda él dormía aquella noche y los programas de televisión no le hacían identificarla. Se había recompuesto de su momento quebrado, había encendido su segunda pipa y parecía cómodo allí, complacido de pasar así la mañana, aunque cada vez hacía más frío. Aquella circunstancia tenía algo de colegial, como cuando los chicos nos reuníamos en el patio durante el recreo en mi infancia, y el que había visto una película se la contaba a los otros y hacía nacer en ellos las ganas, o bien los compensaba de no haberla visto con el relato, una forma de generosidad, contar algo. Only You era el jefe de la clase.

—Tampoco sé cómo se titulaba la mía, la pillé también empezada y no tenía el periódico a mano. No estaba en mi casa.
—Y esta última frase no sé por qué la añadí, podía habérmela

ahorrado, quizá quise ser generoso. Aunque no comenté que la había visto sin sonido.

—Pues era un poco tarde para no estar en casa —dijo el Único con una media sonrisa—. ¿Qué te parece el amigo, Anita? Un noctámbulo.

Anita se tocó la carrera instintivamente, como para taparse la carne que quedaba al descubierto. Enganchó un hilo con una uña y amplió aún más el estropicio, aquella media se convirtió en un despojo. Todos hicimos como que no veíamos, ella dijo:

—Ay Dios Santo —y no quedó claro si lo decía por su ruina de seda o por mi insinuado noctambulismo eufemístico.

—Bien, a lo que iba —continuó entonces el Solo—: Yo creo que me he hecho entender bastante, ¿no, Ruibérriz? De todas formas trabajarás estos días en contacto permanente con Juanito, incluso con él en su casa si a los dos os parece, que él vigile y controle todo y te dé instrucciones, me conoce desde hace mil años. Y si quedamos contentos no te quepa duda de que tendrás más trabajos —añadió como si fuera una bicoca lo que me ofrecía: seguramente ignoraba las tarifas tan bajas que manejaba su Casa. Se puso en pie y al instante lo imitamos los que estábamos sentados, Anita y yo raudamente, Téllez con parsimonia o dificultades; Segarra se puso de nuevo en posición de firmes y Segurola rindió las herramientas, pincel y paleta en las manos caídas, se acababa la posibilidad de continuar su obra. Solus se iba, pero antes señaló el pie de Juanito—: Juanillo —le dijo—, acuérdate de ese cordón, vas a pisártelo.

Téllez volvió a mirárselo, ahora con un poco de desesperación, era evidente que no podría anudárselo él solo ni con el zapato en alto. En un instante comprendí la situación: a Segarra le llevaría siglos llegarse hasta donde estábamos y aún menos que Téllez podría doblar la espalda; con Segurola no podía contarse, tal vez ni siquiera tenía permiso para abandonar su esquina y acercarse al Solitario, se lo veía allí desterrado o encastillado; la señorita Anita, joven y diligente, habría sido perfecta, pero si se agachaba o arrodillaba podían saltársele los botones de la chaqueta y las medias quedarle colgando. La cosa estaba entre el Llanero y yo. Lo miré de reojo y no vi el ademán. Era de esperar no verlo. No dudé más.

—Yo se lo ataré, descuide —dije, y aunque pareció que se lo decía a Téllez se lo estaba diciendo a Only the Lonely, como si hubiera habido alguna posibilidad de que él se encargara.

—Deje, deje —protestó Téllez con alivio o quizá con agrado. No hacía falta que me dirigiera a él, a él me lo ganaba con mi propio gesto no solicitado.

Puse la rodilla en tierra y agarré los extremos del cordón, que no tenían longitud pareja; le até el zapato haciéndole doble nudo, como si él fuera un niño y yo fuera Luisa, su hija en el cementerio, con la que por un momento me sentí identificado o quizá hermanado. Todos miraron la operación fugaz mientras se llevaba a cabo, como un grupo de cirujanos observa al maestro en el momento justo de extirpar la bala. Me arrodillé ante el viejo padre de Marta Téllez como el viejo Welles o bien Falstaff había caído de hinojos ante el nuevo rey, que por serlo ahora dejaba de ser lo que fue para siempre, su dulce niño.

—Ya está —dije, y me levanté, y me soplé los dedos en un gesto impremeditado.

Téllez se quedó mirando con atención un momento el cordón bien atado.

—No sé si me aprieta ahora —dijo—. Pero más vale.

Only You se sopló sus dedos con esparadrapo en un acto imitativo reflejo. Y entonces ya no pude evitar preguntarle, aun a riesgo de malquistarlo a última hora.

—¿Y esas tiritas, señor? —le dije.

El Único alzó los dos índices como si se dispusiera a dar inicio a un concierto, mirándolos con ojos rememorativos de broma. Volvió a bailarle en los labios su media sonrisa y dijo:

—Ah, si yo os contara.

Y todos volvimos a reír brevemente.

No hace falta decir que los vagos deseos del Solo no solamente excedían mis temporales atribuciones, sino que sin duda fueron un pasajero capricho debido seguramente al azar del sueño parcial que no siempre elude o visita las mismas casas y de la programación televisiva nocturna. Él había visto incompleta aquella película y había sentido instantánea y primaria envidia, sin acordarse ni darse cuenta de que los dos medievales Enriques de Lancaster se beneficiaban del paso de los siglos que ya por sí solos los hacían ficticios, objeto *sólo* de representación, ni siquiera de investigación o estudio, de ninguna otra cosa, tan nítidos y reconocibles como nunca lo son las personas o sólo en cambio los personajes. Él era aún persona, aunque a diferencia de la mayoría de los mortales pudiera tener el casi convencimiento de que póstumamente cruzaría esa frontera que casi nadie cruza; y las personas son volubles e inestables y frágiles y se distraen de sus intereses por cualquier cosa traicionando o desdibujando así su carácter, miran hacia otro lado y el retrato se va al traste, o bien hay que falsearlo y anticiparse a la muerte del retratado, pintarlo como si ya no pudiera variar porque ya no estuviera vivo y no fuera a renegar más de nada, como Marta Téllez, a la que cada día voy más percibiendo como si hubiera sido una muerta siempre, lleva tanto más tiempo siéndolo del que yo la vi y traté y besé viva: sólo tres días viva, testigo yo de su aliento durante unas horas de esos días. Y aunque así no hubiera sido: mucho más dura cualquier vida muerta que la vida viva tan inconstante, no es sólo la vida muerta de ella que llegó prematuramente, son todos los vivos que en el mundo han sido y que perduran más en su existencia de muertos cuando ya son pasado, mientras se los recuerda. Y debió creer ella cuando me dijo 'Cógeme' que había nacido para morir más bien joven y casada y madre, quizá vio todos sus anteriores pasos y sus días primeros como un itinerario por fin comprensible que conducía a la noche conmigo infiel pero sin cumplimiento. Y yo a mi vez hube de verla a ella como a alguien aparecido en mis días solamente para morir a mi lado y provocarme este encantamiento, qué extraña misión o tarea es esa, aparecer y desaparecer para que yo dé otros pasos que no habría dado —el hilo de la continuidad no interrumpido, mi hilo de seda aún intacto pero sin guía—, para que tenga preocupación por un niño y busque una esquela y asista disimulando a un entierro ante una tumba de 1914, y escuche una y otra vez una cinta ('desde luego no dice mucho de tus ganas de estar conmigo, si quieres todavía podría pasar un rato, el tipo no suena nada mal, pero vaya, no es hombre de letras, no te hagas ilusiones, povero me, no están aquí las cosas para que él ande ilocalizable, así que haremos lo que tú digas, podemos quedar el lunes o el martes, hola, soy yo, dejadme un poco de jamón, por favor por favor'; y llanto), para que me inmiscuya sin ningún propósito y solapadamente en las vidas de otras personas que ni siquiera conozco como si fuera un espía que ignora lo que tiene que averiguar —o si algo— y en cambio pone en peligro su propio secreto ante quienes menos debe, aunque tampoco ellos sepan que tiene un secreto que los atañe; para que lo guarde entretanto y vaya ahora a escribir las palabras que Solus dirá ante el mundo cuando yo no soy nadie ni casi pertenezco al mundo, aunque quizá sea eso lo más adecuado, que esas palabras atribuibles a su figura provengan de lo más oscuro y anónimo de su reino para que en verdad se hagan suyas; o es oscuro y pseudónimo, pues para él fui Ruibérriz de Torres, ese fue mi nombre. Extraña misión o tarea la de Marta Téllez, aparecer y desaparecer para que yo encamine esos pasos hacia la casa de su padre anciano y haga su existencia un poco menos precaria, le haga sentirse útil y hasta con responsabilidades de Estado durante una semana, para que insufle vida a un premuerto que sin embargo va sobreviviendo a sus propios vástagos. Si Marta estuviera viva yo no estaría entrando por el portal anticuado y enorme de una casa del barrio de Salamanca, ni estaría subiendo en el ascensor de puertas de madera pretencioso y vetusto y con anacrónico banco para sentarse, ni llamando al timbre durante varios días seguidos, no estaría pasando las mañanas en un gran estudio lleno de libros y cuadros abigarrado y aún vivo, sentado ante una mesa prestada tras haber llevado hasta allí el primer día mi máquina de escribir portátil que ya casi no uso, con un hombre mayor que hace ilusionada guardia en el salón de al lado, un hombre afable y contento de tener en la casa alguna presencia además de la de una criada como ya no se ven, vestida de uniforme con delantal, no con cofia, y que sin duda será quien le anude por las mañanas sus cordones rebeldes. No estaría recibiendo las disimuladas visitas o supervisión de ese viejo, que con el pretexto de coger un libro o buscar una carta merodeaba por el estudio silboteando una melodía y me preguntaba invariablemente: '¿Qué, cómo va eso? ¿Avanzando? ¿Necesita usted algo?', en la esperanza de que le hiciera alguna consulta o le dejara leer las últimas líneas del discurso escritas para que diera su aprobación o sugiriera enmiendas en su calidad de privilegiado conocedor antiguo de la psique del Solitario. (Y luego, de vez en cuando, se iba a la cocina a moler café.) Y no estaría conociendo a Luisa, Luisa Téllez, la hija viva y la hermana, que llegó a última hora de la segunda mañana de silboteo y trabajo a recoger a su padre, ni a Eduardo Deán, el yerno, el marido, el viudo, que llegó no mucho más tarde para ir a almorzar con ellos, es decir, con nosotros, o los habría conocido en otras circunstancias ('¿Quiere usted acompañarnos?', la iniciativa había sido de Téllez, y yo dije 'Sí, cómo no' sin hacerme de rogar, sin que hubieran de mostrarme la menor insistencia, que tal vez no habrían mostrado en modo alguno). Y tampoco estaría entrando en un restaurante acompañado por ellos, el primero en franquear la puerta el padre, como hacen los padres y también los varones italianos, que no dejan que en un local público pase la mujer delante porque antes hay que comprobar cómo está el ambiente (en ese momento pueden volar botellas y refulgir navajas, los hombres se pelean hasta en los sitios más inconcebibles para una reyerta), luego Luisa Téllez, luego yo a quien Deán cedió el paso con un gesto a mitad de camino entre el paternalismo y el señalamiento de una vaga superioridad social (o quizá era la deferencia falsa con que se trata a los asalariados), imbécil, no sabes que tu mujer murió entre mis brazos mientras estabas en Londres, imbécil, aún no lo sabes, y en seguida rectifiqué avergonzado: a veces tengo con el pensamiento reacciones demasiado ofensivas o masculinas. El insulto mental sólo admite el tuteo.

Deán era un hombre más bien apuesto, había ganado mucho con los años ahora que lo veía de cerca, y con la desaparición del desfallecimiento en su rostro visto en el cementerio un mes antes, las manos contra sus sienes. No sé si es lícito decir lo que voy a decir, ya que desde el primer momento yo sabía lo bastante de él y había asistido a su cambio de estado cuando él aún lo ignoraba, pero lo cierto es que tenía cara de viudo, resultando difícil saber si se le había puesto en ese último mes o si la habría tenido desde mucho antes de serlo. (Los viudos parecen personas apaciguadas aun dentro de su desesperación o tristeza, cuando hay desesperación o tristeza.) La mano que ofrecía para saludar era la izquierda, sin que por lo demás fuera zurdo ni llevara la derecha vendada o inmovilizada, una originalidad, un capricho que ya hacía el primer contacto con él un poco torpe y dificultoso y sesgado, como si eso formara parte de su expresión o figura nunca decisas, las cejas burlonas y los ojos rasgados y graves, el mentón partido como el de

Grant y Mitchum y MacMurray (pero él era más flaco que cualquiera de ellos). Durante las presentaciones en la casa de Téllez estuve seguro de que ni él ni su cuñada Luisa se habían fijado en mí en el entierro ni por tanto podían reconocerme; de pronto, durante el almuerzo o su espera, tuve una duda momentánea mientras Téllez y su hija solventaban un asunto doméstico que no nos interesaba y él y yo escuchábamos sin apenas decir nada: durante esos dos o tres minutos me miró de soslayo o de frente como si supiera algo de mí, o mejor dicho, como si ante él no se pudieran tener secretos, esa clase de ojos incrédulos y expectantes que lo obligan a uno a seguir hablando aunque no haya preguntas sino silencio, a dar más explicaciones de las pedidas, a probar con nuevos argumentos lo que no ha sido puesto en duda ni refutado verbalmente por nadie pero uno siente que no vale o no cuela porque el otro no contesta sino que sigue esperando más, como quien asiste a un espectáculo y no participa y quiere ser satisfecho hasta que la función termine. Y uno es el espectáculo, aunque durante aquellos dos o tres minutos en los que me miró yo fui un espectáculo mudo al que se echaba tan sólo vistazos, como a una televisión encendida con el sonido quitado. 'No comprendo cómo Marta podía tener un amante', pensé, 'el estridente Vicente que no es nunca discreto según su mujer Inés, un bocazas de los que acaban contándolo todo, hasta lo que los perjudica y pierde. No comprendo cómo era tal cosa posible ante este marido de mirada tan conminatoria, a quien nadie podría ocultar algo así durante mucho tiempo, a no ser que esa relación entre Marta y Vicente no fuera de mucho tiempo, sino nueva precisamente pese a las confianzas grabadas y los insultos verbales y no sólo mentales, la carne da confianza e invita al abuso, todo se arruga o se mancha o maltrata, tendré que oír una vez más esa cinta, quizá había en la voz del hombre la impaciencia que trae lo reciente consigo, cuando lo reciente entusiasma y no se puede pasar sin ello. Deán es penetrante y debe de ser vengativo, está dispuesto a encontrarme según

Inés, no parece la clase de hombre que acepta sin más lo que le va llegando o no toma medidas, más bien ha de ser maquinador y activo, manipulador, persuasivo, debe de forzar y torcer los hechos y las voluntades, esa mirada denota posturas inamovibles una vez tomadas y mucho convencimiento adquirido, esas incipientes arrugas múltiples que harán de su rostro corteza de árbol cuando sea más viejo, esa lentitud y esa capacidad de sorpresa y esa capacidad de comprensión infinita que ahora siento y veo de cerca al otro lado de la mesa, se trata de alguien que conoce y mide las consecuencias de sus actos y que sabe que todo es posible y no debe extrañarnos más que un instante —sólo el que antecede a la comprensión infinita—, ni siquiera lo que pensemos o hagamos nosotros mismos, la crueldad, la piedad, la irrisión, la melancolía y la cólera; la guasa, la rectitud y la buena fe y el ensimismamiento; la vehemencia, o quizá inclemencia, todo ello sin las rectificaciones que desechan o desconocen los que se paran a pensar un poco, y luego obran. Este hombre es previsor y anticipatorio, está alerta y cuenta con lo que casi nadie cuenta: cuenta con lo venidero y ve lo que ocurrirá después, y por ello cuando hace algo cree que además es justo. O acaso no será así sino que será a la inversa, acaso tenga buena retórica mental y verbal y actúe en todo sin premeditación, sabiendo que encontrará más tarde el argumento o juicio adecuado para justificar lo que habrán improvisado su gusto o su instinto, esto es, para explicarse sus actos y sus palabras, sabedor de que todo puede defenderse y de que cualquier convicción contraria puede ser rebatida, la razón puede dársenos siempre y todo puede contarse si se ve acompañado de su exaltación o su excusa o su atenuante o su mera representación, contar es una forma de generosidad, todo puede suceder y todo puede enunciarse y ser aceptado, de todo se puede salir impune, o aún es más, indemne, los códigos y los mandamientos y leyes no se sostienen y son convertibles siempre en papel mojado, siempre habrá alguien que logre decir: "No se aplican conmigo, o no en mi caso, o no esta vez, aunque quizá sí la próxima, si cometo la próxima". Alguien que logrará mantenerlo, y convencer de ello.' Su voz era excepcionalmente grave, oxidada y ronca como si saliera de un yelmo o llevara siglos meditando y guardando cada una de sus palabras, hablaba muy lentamente y fue así como habló cuando ya en el segundo plato hizo por fin una referencia a Marta, a su mujer muerta un mes antes sin el beneficio de su presencia:

—No sé si os habéis dado cuenta de que dentro de una semana es el cumpleaños de Marta —dijo—. Habría cumplido treinta y tres, ni siquiera llegó a la edad famosa.

Eso dijo con los ojos tártaros de color cerveza mirando hacia Luisa, cuyas anteriores frases habían dado pie a las suyas, o habían permitido al menos que las suyas no parecieran extemporáneas y producto sólo de sus cavilaciones aisladas de la conversación de los otros, que hasta aquellos momentos había discurrido sin mucho rumbo, a saltos y hasta con breves pausas, quizá condicionada por mi presencia incómoda y quizá también por el asunto doméstico que habían empezado por solventar Luisa y su padre, nada más sentarnos, un asunto de intendencia. O puede que fuera una forma de intentar evitar o más bien postergar lo que sin duda los tres tendrían aún como un latido incesante en el pensamiento, sobre todo cuando se juntaran, y que Deán no había podido dejar sin mencionar más tiempo, había esperado a pedir, y a tomar el primer plato, y a que nos hubieran traído el segundo (comía lenguado y bebía vino). Hasta entonces no me habían hecho mucho caso, es decir, no me habían tratado como a una persona nueva por la cual hay que interesarse mínimamente según es cortesía, no como a un igual sino en verdad como a un asalariado que simplemente acompaña a almorzar a quienes le pagan porque si no no almuerza, sólo que no eran ellos quienes iban a pagarme nada, ni siquiera Téllez, y yo podía haber almorzado solo sin que ello hubiera supuesto hacia mí desconsideración alguna. También era posible que estuvieran demasiado ensimismados y demasiado acostumbrados a hablar de sus cosas (pasa en todas las familias) como para variar el programa y el tono y los erráticos temas habituales de sus reuniones, quizá más frecuentes ahora de lo que nunca lo habían sido, la muerte de alguien acerca pasajeramente a quienes deja atrás ese alguien. Luisa le había preguntado a su padre cuánto dinero quería que gastara en el regalo que él haría pero ella compraría por él esa tarde para la nuera y cuñada María (María Fernández Vera, yo retengo todos los nombres), cuyo cumpleaños era al día siguiente, este tipo de conversación era la que se traían, y fue entonces cuando Deán dijo lo que he dicho que dijo, con su comprensible confusión de tiempos verbales, primero había hablado como si Marta estuviera aún viva ('Es el cumpleaños'), luego se había corregido al mencionar los años que ya no cumplía, los muertos abandonan la edad y así acaban por ser los más jóvenes, si los que vivimos acordándonos de ellos duramos mucho, por ahora un mes más tan sólo, en este caso. Luisa debió de tener un pensamiento parecido, porque fue ella la que contestó primero tras un silencio que reconocía lo inútil de evitar verbalmente aquello en lo que están pensando a la vez tres personas que en realidad eran cuatro y esa cuarta *haunted,* aunque de esto nada sabían las tres que quizá también estaban bajo encantamiento desde que habían visto caer la tierra simbólica. Téllez dejó en cruz sobre el plato sus cubiertos de pescado (mero a la plancha, había comido hasta entonces con ganas); Luisa se llevó la servilleta a los labios y allí la sostuvo durante unos segundos como si con ella contuviera las lágrimas —más que lo que la boca despide, vómito o palabras— antes de devolverla a sus muslos manchada de su carmín y saliva y del jugo de su solomillo sanguinolento (no irlandés a buen seguro); el propio Deán se llevó la mano derecha a la frente y apoyó ese codo aparatosamente sobre la mesa como si de pronto hubiera perdido las formas convencionales, antes dejó su tenedor pinchado en una patata asada. Y cuando Luisa devolvió por fin la servilleta a sus muslos que pude vislumbrar a través de la mesa mientras quedaron al descubierto —la falda menos subida que la de su hermana, el paño blanco sobre la boca abierta—, lo que dijo fue esto, parecido a mi pensamiento:

—Nunca imaginé que yo pudiera ser un día mayor que Marta, es una de esas cosas que desde niña sabes que son imposibles, aunque puedas desearla en algunos momentos, cuando la hermana mayor te quita un juguete o te peleas con ella, y siempre pierdes porque eres la más pequeña. Y sin embargo es posible. Dentro de dos años ya seré mayor que ella, si vivo hasta entonces. Es increíble.

Aún sostenía el cuchillo en su mano derecha, un cuchillo puntiagudo y dentado con mango de madera, como a veces ponen en los restaurantes para cortar la carne con poco esfuerzo. El tenedor lo había depositado también en el plato para coger la servilleta, luego no lo había recuperado. Parecía una mujer temerosa que va a defenderse, con aquel cuchillo con filo y sierra enarbolado en la mano.

—No digas majaderías y toca madera, niña —le dijo Téllez con aprensión—. Si vivo hasta entonces, si vivo hasta entonces, no te parece. Qué más desgracias quieres. —Y volviéndose hacia mí añadió como explicación (supersticioso pero el más consciente de mi presencia), vacilando asimismo con los tiempos verbales—: Marta es mi hija mayor, la mujer de Eduardo. Murió hace poco más de un mes, de repente. —A pesar de todo creía en la suerte y que las cosas no tienen por qué repetirse.

—Algo me pareció oír en Palacio —contesté yo, el único que aún tenía en sus manos los dos cubiertos, aunque ya tampoco comía—. No saben cómo lo siento. —Y esta frase hecha no era en mis labios sino demasiado exacta y demasiado cierta ('cómo me alegro de esa muerte, cómo la lamento, cómo la celebro'). Luego callé, ni siquiera pregunté de qué había muerto (no me había importado nunca, y cada vez menos), quise decir sólo lo justo para permitir que siguieran hablando como habían hecho hasta aquel momento, como si yo no estuviera, como si no fuera nadie, aunque a ellos sí había sido presentado debidamente, y con mi verdadero nombre que nunca aparece en ninguna parte.

Deán bebió de su vino blanco y se llenó de nuevo el vaso, siempre con el codo apoyado en la mesa y la frente en la mano. Pero fue Luisa la que volvió a hablar, y dijo (sin por ello dejar de tocar la madera que le había recomendado su padre: la vi buscar maquinalmente la mesa bajo el mantel como quien asocia una palabra a un acto, era un gesto normal, consuetudinario en ella, también era supersticiosa, quizá contribuía la herencia italiana, aunque en Italia más bien tocan hierro):

—Todavía me acuerdo de los guateques de la adolescencia, en los que yo lo pasaba fatal por su culpa: me prohibía que me gustara ningún chico hasta que ella no hubiera elegido. 'Espérate a que yo decida, ¿eh?', me decía a la puerta de la casa en que se celebrara. 'Te vas a esperar, ¿verdad? Seguro, si no no entro', me decía, y sólo cuando yo contestaba 'Bueno, vale, pero date prisa' llamábamos al timbre. Por ser la mayor ejercía una especie de derecho de tanteo, y yo se lo consentía. Después tardaba bastante en decidirse durante la fiesta, bailaba con unos cuantos antes de comunicarme a quién había elegido, yo pasaba ese rato angustiada temiendo lo que casi siempre ocurría, acababa fijándose en el chico que a mí más me apetecía. Estoy segura de que muchas veces trataba de adivinar quién me gustaba a mí para entonces escogerlo, y luego, cuando yo protestaba, me acusaba de ser una copiona, de fijarme siempre en los chicos que a ella le hacían gracia. Y ya no dejaba de bailar con él en toda la tarde. A cada ocasión yo disimulaba más mis preferencias, pero no había manera, me conocía bien y siempre acertaba, hasta que dejamos de ir a las mismas fiestas, ya más mayores. Era así —dijo Luisa con los ojos un poco perdidos de quien se abisma con facilidad recordando—, aunque también es verdad que habría podido elegir en todo caso, por entonces tenía bastante más pecho que yo y por lo tanto más éxito.

No pude evitar mirarle un momento el pecho a Luisa Téllez y, por así decir, calculárselo. Quizá el sostén de su hermana Marta no había sido de talla menor de la necesaria, quizá
sus pechos habían sobresalido siempre. 'Cómo puede ser que
me esté fijando en el busto y los muslos de Luisa Téllez', pensé. Sé que es normal en mí y en muchos otros hombres en cualquier circunstancia, aunque sea la más triste o más trágica, no
podemos evitar el aprecio visual más que violentándonos mucho, pero me hizo sentirme como un miserable —en el habla
de la adolescencia un guarro—, y aun así volví a medirle ese
busto con la mirada, fue un instante o dos, y disimuladamente, con ojos tan velados e hipócritas que a continuación los bajé
hasta mi plato y comí un bocado, el primero que se comía en
la mesa desde que Deán había mencionado el cumpleaños cercano de quien no cumpliría esos años. Yo no había podido gus-
tarle antes, a mí no me había visto antes Luisa, cuya voz no me
parecía la misma que por los siglos de los siglos diría en mi
contestador, si yo no borraba esa cinta: '… nada, mañana sin
falta me llamas y me lo cuentas todo de arriba abajo. El tipo
no suena nada mal, pero vaya. La verdad es que no sé cómo
tienes tanto atrevimiento. Bueno, hasta luego y que haya suerte'. No había querido pensarlo mucho, pero tal vez yo era 'el
tipo', aquel mensaje tenía que haber sido el penúltimo o más
bien el último (el penúltimo seguramente borrado por la su-
perposición de la voz eléctrica que yo había oído en directo y
ya nunca Marta) antes de que yo llamara al timbre y se me
franqueara el paso; era posible que después de decidir que por
fin iba a verme, a Marta le hubiera dado tiempo a contárselo a
una amiga o a su hermana: 'He quedado con un tipo al que
apenas conozco y va a venir a cenar a casa; Eduardo está en
Londres, no estoy segura de lo que va a pasar pero puede que
pase', con la misma excitación que antes de una fiesta de la adolescencia ('Espérate a que yo decida, ¿eh?', y sólo luego llamar
al timbre), tal vez Marta había dejado a su vez en el contestador
de la amiga o la hermana este mensaje que a su vez había sido

respondido mientras ella salía a última hora al Vips cercano dejando al niño solo un momento como yo lo había dejado durante media noche, a comprar los helados Häagen-Dazs para el postre: tal vez, por ejemplo. O podía no haber dicho 'el tipo' sino mi nombre y aun mi apellido, haber logrado hablar con la amiga o la hermana sin contestadores por medio y haber hablado de mí (pero entonces sabrían ese nombre mío y desde luego Luisa no lo conocía cuando nos presentó su padre, quizá ahora mismo ni lo recordaba), haber hecho especulaciones y consideraciones, lo conocí en un cocktail y quedé a tomar un café otro día, está muy relacionado con todo tipo de gente, está divorciado, se dedica a escribir guiones entre otras cosas, eso es lo que suelo decir que hago y en principio callo mi faceta de negro o escritor fantasma, aunque tampoco la oculto si se tercia mencionarla, sé que sus anécdotas divierten a los interlocutores. También esa noche Marta había dudado o ejercido su derecho de tanteo previo, había llamado a Vicente sin encontrarlo, a él por lo menos y tal vez a algún otro, yo había sido malhadado plato de segunda mesa probablemente, y sólo por eso ella había muerto ante mis ojos y entre mis brazos. Ya he dicho que no me importaba nada la causa médica, tampoco es que quisiera reconstruir lo ocurrido aquel día antes de nuestro encuentro ni el proceso que nos había unido, ni saber su historia o la de su familia o la de su matrimonio cansado, ni vivir de alguna forma vicaria lo que había quedado interrumpido o más bien cancelado, soy una persona pasiva que casi nunca busca ni quiere nada o no sabe que busca y quiere y a la que alcanzan las cosas, basta con estarse quieto para que todo se complique y llegue y haya furia y litigios, basta con respirar en el mundo, el mínimo balanceo de nuestro aliento como el vaivén levísimo que no pueden evitar tener las cosas ligeras que penden de un hilo, nuestra mirada velada y neutra como la oscilación inerte de los aviones colgados del techo, que acaban siempre por entrar en batalla a causa de ese temblor o latido mínimo. Y si ahora estaba dando unos cuantos pasos era más bien sin propósito definido, ni siquiera deseaba desentrañar esa cinta tantas veces oída porque además no era posible: hasta aquel mensaje podía haber sido para Deán y no para Marta, tal vez 'el tipo' era alguien con quien Deán iba a negociar un asunto precisado de grandes atrevimientos y ella no había hablado de mí con nadie y nadie en el mundo sabía que yo había sido elegido para aquella noche: no para acostarme con ella sino para acompañarla en su muerte. Lo que buscaba tal vez —se me ocurrió mientras masticaba el bocado y apartaba los ojos hipócritas del pecho de Luisa—, lo que quería tal vez era algo absurdo pero que se comprende, quizá quería convertir mi presencia indebida de aquella noche en algo más merecido y conforme, aunque fuera después de los hechos y por lo tanto jugando sucio, una manera de alterarlos más plausible que ninguna otra, ver la vida pasada como una maquinación o como un mero indicio, como si hubiera sido sólo preparativos y la fuéramos comprendiendo a medida que se nos aleja, y la comprendiéramos del todo al término: como si pensara que no era adecuado ni justo que ella hubiera dicho su adiós junto a un individuo casi desconocido que se limitó a no desaprovechar una ocasión galante, y que se haría más justo si ese desconocido acababa por convertirse en alguien cercano de quienes eran cercanos a ella, si en virtud de su muerte y de lo que iba trayendo yo acababa por ser fundamental o importante o aun sólo útil en la vida de alguno de sus seres queridos, o si los salvaba de algo. Y sin embargo había tenido una primera oportunidad de inmediato, pensé, podía haber garantizado con mi permanencia en Conde de la Cimera la seguridad del niño Eugenio que se quedaba solo en la casa con un cadáver, no lo había hecho. También podía haber llamado de nuevo, haber insistido con el melodioso conserje del Wilbraham Hotel de Londres y haber advertido a Mr Ballesteros, haberle hecho saber lo que ella habría querido que supiera en seguida de haberse dado cuenta de que se moría, no soportamos que nuestros allegados no estén al corriente de nuestras penas, hay cuatro o cinco personas en la vida de cada uno que deben estar enteradas de cuanto nos ocurre al instante, y es insoportable que nos crean vivos si nos hemos muerto. No lo había hecho, para protegerme delas posibles iras y para protegerla a ella, que me había dicho al principio: 'Estás loco, cómo voy a llamarle, me mataría'. Pero no tiene sentido proteger a una muerta para evitar que la maten cuando ya está muerta, y además no había servido ni para guardar su figura, sabían que me había recibido esa noche, es decir, a un hombre. No lo había hecho. Era bien poco distraer al padre de sus vacíos durante unos días, lo único que hasta ahora estaba logrando.

—Hay que ver qué tonterías decís —dijo Téllez, y él también dio un bocado furtivo a su mero, aún tendría apetito, pero después volvió a cruzar los cubiertos sobre el plato como si no se atreviera a seguir comiendo. Era evidente que no le gustaba que sus hijas hablaran de sus propios pechos, aunque fueran los pechos adolescentes que pertenecían ya al pasado y por tanto fácilmente a la broma: para él seguramente sus hijas no tendrían tal cosa, no más que la que se llamó Gloria y tuvo una duración tan breve, creí verlo un poco ruborizado, aunque en las personas de edad resulta muy difícil distinguir el sonrojo del acaloramiento, aquél no suele darse. Había utilizado la segunda persona del plural como si Luisa fuera la azarosa representante individual en aquella mesa de lo que siempre era un colectivo, las hijas, como si el comentario de Luisa también lo hubiera podido hacer o suscribir su hermana, cuesta acostumbrarse a que alguien ya no vaya a hacer más comentarios—. Qué visión más ramplona tenéis de las cosas. Un café, por favor —añadió levantando un dedo hacia un camarero que pasó a nuestro lado llevando bandejas y no le hizo caso—. ¿Queréis postre? Yo voy a saltármelo. —Este último plural fue distinto: me incluía a mí, a los dos hombres.

Estábamos en un restaurante en el que lo conocían muy bien, vecino a su casa, lo normal era que lo atendieran en todo momento. Miró mal al camarero y sacó su pipa, la golpeó contra la palma de su mano; en cuanto el maître le vio hacer este gesto se acercó solícito y lo llamó 'don Juan':

—¿No le ha gustado el mero, don Juan? —le dijo.

—Sí, sí, pero no tengo mucha gana, y me parece que los demás tampoco, ya pueden retirar todo esto. Quiero café. ¿Vosotros? —Confirmé que en plural había pasado a tutearme, lo haría en singular muy pronto.

En aquel momento el maître se volvió hacia la ventana justo antes de que sonara un trueno —como si lo hubiera presentido— y empezó a llover ávidamente igual que un mes o más antes, o no igual, esta vez con más furia y prisa, como si la lluvia tuviera que aprovechar su duración tan breve o fuera una incursión aérea combatida por artillería. En el plazo de medio minuto vimos amontonarse gente de la calle a la puerta del restaurante, vimos correr a mujeres y hombres y niños para protegerse de lo que venía del cielo, siempre como los hombres y mujeres y niños de los años treinta en esta misma ciudad entonces sitiada, que corrían buscando refugio para protegerse también de lo que venía del cielo y de los cañonazos que venían de las afueras, del cerro de los Ángeles o del de Garabitas, los llamados obuses que hacían su parábola y caían sobre la Telefónica o en la plaza de al lado cuando fallaba la puntería, llamada por eso 'plaza del gua' con inverosímil humor fatídico, o en el enorme café Negresco que quedó destrozado y sembrado de muertos mientras al día siguiente la gente impertérrita y a la vez resignada iba a tomar su malta al café vecino, La Granja del Henar en la calle de Alcalá frente a la desembocadura de la Gran Vía, sabiendo que allí podía suceder lo mismo, las afueras y el cielo como la mayor amenaza de los transeúntes que buscaban las aceras no enfiladas como las buscaban ahora bajo la tormenta, pues esta lluvia era sesgada por causa del viento y las balas de los cañones tenían más probabilidades de alcanzar una u otra acera según el cerro desde el que dispararan los sitiadores, dos años y medio de la vida de todos sitiando y siendo sitiados, dos años y medio corriendo por estas calles con las manos sobre los sombreros y gorras y boinas y las faldas al vuelo y las medias rotas o simplemente sin medias, en esta ciudad que ya desde entonces no ha sabido desacostumbrarse a vivir y ser como una isla.

El maître tomó nota personalmente, llevaba anudada a la cintura una especie de sábana blanca (más que delantal) que le llegaba casi hasta los pies, a la manera de los camareros franceses, paño blanco sobre el uniforme negro, así podía ensuciarse. Los cuatro comensales miramos caer la lluvia un instante.

—No durará, pero más vale que nos tomemos un postre —dijo Deán—. Aunque yo tengo que irme zumbando.

—No tengas tanta prisa —le dijo Luisa entonces—, aún no hemos hablado del niño.

—Ya, será mejor que lo aplacemos para otra ocasión —contestó Deán con su lentitud, y no pudo o no quiso dejar de lanzarme una ojeada colérica como quien señala, luego otra a Téllez más contenida, que se dio por aludido y apartó los ojos acariciando la pipa aún apagada. Tal vez habían quedado a almorzar para eso, para hablar del niño, significara eso lo que significara (al fin y al cabo otro asunto doméstico), y la invitación de Téllez y sobre todo mi aceptación habían dejado la reunión sin propósito. Téllez desvió la mirada como quien sabe que ha metido la pata y no está dispuesto a que se lo subrayen, yo mantuve la mía neutra como si la cosa no me tocara.

—Es muy sencillo, Eduardo —contestó Luisa—, dime lo que has decidido ahora que está papá delante y también puede opinar, prefiero que esto lo hablemos todos y que no haya malentendidos. Yo no puedo pasarme la vida de tu casa a la mía descuidando ambas. Si quieres que lo tenga yo de momento dímelo de una vez, y si prefieres tenerlo tú dímelo también y te ayudamos a organizártelo, aunque no será fácil con tanto trabajo tuyo y tus viajes. Lo que yo no puedo es estar de un lado a otro como un mensajero, llevo más de un mes así.

—O como una novia de las de ahora —intervino Téllez sintiéndose ya impune de su desliz cometido por cortesía—. ¿No es por eso por lo que se casa la gente hoy en día, porque se cansan de levantarse en una casa para luego cruzar la ciudad y hacer como que se levantan de nuevo en la propia? Eso he oído contar, que los matrimonios perviven gracias al olvido crónico del cepillo de dientes o a la pereza de comprar un segundo, antes la gente no se acostaba en casa ajena, eso está muy mal. —Y movió el índice de un lado a otro como si le constara que era algo que hacíamos los tres presentes—. Luisa tiene razón, Eduardo. Deja que ella se encargue, le será más fácil organizarlo todo desde su propia casa y de acuerdo con sus horarios. Al menos por ahora, hasta que veas qué pasa, cómo te arreglas, o proyectes otro matrimonio, aún eres joven y puede que alguien se canse un día de dormir en tu casa sin tener a mano su cepillo de dientes por la mañana. —Y de nuevo fue Téllez quien reparó en mi presencia o la tuvo en cuenta, y añadió educadamente para que comprendiera de lo que hablaban—: Mi hija Marta ha dejado un hijo, mi nieto Eugenio. Es muy pequeño, sólo tiene dos años. Eduardo tiene una vida muy atareada y Luisa está dispuesta a ocuparse del niño. Eduardo además viaja mucho, y a veces en mala hora.

Yo no tenía por qué haber entendido este último comentario malévolo, pero lo entendí y tal vez fue extraño que no preguntara. O quizá no, me estaba mostrando discreto hasta la casi invisibilidad, no en vano estoy acostumbrado a difuminarme a menudo para dejar de ser alguien, una forma de adulación: si hay alguien menos los que quedan se sentirán más holgados y creerán ocupar su lugar y haber ganado con eso. 'Así que Téllez', pensé, 'puede ser malintencionado, con Deán al menos, bajo su apariencia pacífica y distraída y un poco pesada y un poco ingenua que llena los espacios cerrados', quizá era esa ingenuidad fingida tan común en los viejos, les sirve para acabar haciendo y diciendo lo que se les antoja sin que se lo reproche nadie ni tome en cuenta, se fingen premuertos para que parezca que no encierran peligro ni tienen deseos ni esperan nada, cuando nadie deja nunca de estar en la vida mientras tenga conciencia y baraje recuerdos, es más, son los recuerdos los que hacen a todo vivo peligroso y deseante y siempre a la espera, es imposible no poner y cifrar los recuerdos en el futuro, es decir, no apuntarlos sólo en el haber perdido sino también en el debe y en lo que está por venir, hay ciertas cosas que uno no concibe que no vayan a repetirse, lo que una vez fue no puede estar descartado que vuelva a ser, si uno tuviera la certidumbre de que ha hecho por última vez el amor pondría fin a su conciencia y recuerdo y se suicidaría: tal vez, por ejemplo, si la tuviera inmediatamente después de hacerlo esa vez que fue última. Y creen también los vivos que aún puede ocurrir lo que nunca ha sido, los mayores vuelcos y lo más imprevisto como en la historia y los cuentos, que sea rey el traidor o el mendigo o el asesino y que caiga la cabeza del emperador bajo el filo, que la bella ame al monstruo o que logre seducirla quien mató a su amado y le trajo ruina, que se ganen las guerras perdidas y que los muertos no acaben de irse y acechen o se aparezcan e influyan; que la hermana menor de las tres hermanas sea la mayor un día: tal vez, por ejemplo. Con quién habría hecho por última vez el amor Marta Téllez, con Deán el tenso o Vicente el exasperado pero no conmigo, en todo caso no habría sabido que era la última, en modo alguno se le habría ocurrido, con quien quiera que fuese no le habría concedido importancia ni solemnidad ni acaso siquiera pasión ni afecto, se habría duchado aturdida o con sueño cuando se hubiera quedado a solas si estuvo con Vicente en un hotel o en el coche, para quitarse el olor a obscenidad del otro como a mí tardó en írseme de la camisa y el cuerpo el de la propia Marta aunque me di un baño de madrugada, el suyo era además un olor a metamorfosis; y se habría lavado en el bidet tan sólo y después se habría dado media vuelta en la cama pensando que había perdido media hora de su descanso nocturno si estuvo con Deán en el dormitorio que yo conocía, el espejo de cuerpo entero y la televisión encendida, el tubo de Redoxon y un antifaz aéreo, los pantalones y faldas tirados sobre las sillas y sin planchar esa noche ni ninguna otra. Y en ambos casos se habría dormido un poco más tarde con el pensamiento al fin ahuyentado o en blanco, mientras que si hubiera sabido lo que casi nunca se sabe y no supo no habría podido conciliar el sueño, aún es más, habría importunado al marido o amante para seguir, para romper sin demora ese veredicto e impedir al instante que hubiera sido esa vez la última, pero de haber persuadido al uno o al otro, de haberlos instigado a abrazarla otra vez despiertos, al cabo de un rato más se habría encontrado con que esa vez última se había presentado de nuevo y ya había pasado, y así se va el tiempo sometido a esos forcejeos nuestros ineficaces y contradictorios, nos permitimos ser impacientes y desear que lleguen las cosas que ansiamos y se postergan o tardan, cuando todo parece poco y demasiado rápido una vez llegado y una vez concluido, repetir cada acto querido nos acerca algo más a su término, y lo malo es que también nos acerca no repetirlos, todo viaja lentamente hacia su difuminación en medio de nuestras aceleraciones inútiles y nuestros retrasos ficticios, y sólo la última vez es la última. Marta Téllez habría creído que aún se acostaría con otro hombre en su vida la noche que me recibió, lo habría creído al menos mientras caminábamos juntos hacia la alcoba (conducido de la mano por ella, Château Malartic, con paso inseguro ambos) y cuando empecé a desvestirla y también a indagarla con mis maquinales dedos y nos dimos besos que nos podíamos haber ahorrado y así yo no tendría que recordarlos. Habría estado casi segura de lo que iba a ocurrir, de hecho habría llegado a acostarse conmigo, yo creo (habría llegado a tiempo), si el niño se hubiera dormido antes o yo hubiera hecho el primer gesto con menos vacilación o tardanza —ese primer gesto que se respira en el tiempo y que puede acelerarse o retrasarse indeciblemente, como la condensación de las nubes antes del trueno; la furia y la prisa luego—, entre nosotros no había habido tampoco importancia ni solemnidad ni pasión todavía, si acaso un poco de obscenidad y algo de naciente afecto, no dio tiempo a más, en realidad no se sabe, no ocurrió lo que iba a ocurrir sino su metamorfosis. Y si el niño hubiera tardado aún más en dormirse o la vacilación se hubiera vencido del otro lado y yo no me hubiera atrevido a hacer ese gesto que también puede no hacerse aunque se respire desde hace rato en el tiempo, entonces me habría ido de Conde de la Cimera al cabo de un poco más de conversación y un licor ofrecido y algunas bromas y ella se habría quedado a solas para ducharse y quitarse de encima el olor de la expectativa. Se habría sentado sin sonrisa ni risa a los pies de la cama tras recoger los platos y acostar al niño tranquilizado en cuanto yo hubiera desaparecido, se habría quitado la elegante camiseta acanalada de Armani por encima de la cabeza y se le habrían quedado las mangas vueltas enganchadas en las muñecas, permaneciendo así unos segundos como cansada por el esfuerzo o por la jornada —el gesto de abatimiento de quien no puede dejar de pensar y se desviste por partes para cavilar o abismarse entre prenda y prenda, y necesita pausas—, o tal vez por la expectativa frustrada a cuyo olor aún olía; esa camiseta de color crudo que yo la ayudé a quitarse se la habría sacado con la televisión encendida, mirando desinteresadamente la cara embrutecida y salaz de MacMurray, o tal vez habría caído en el canal que escogió el Llanero durante su insomnio, *Campanadas a medianoche,* España que era Inglaterra y el mundo entero en blanco y negro de madrugada; luego se habría metido bajo la ducha quizá pensando en llamar de nuevo a Vicente y dejarle otro mensaje: 'Si hubiera dado contigo podías haberte pasado un rato en vez de la nochecita que me he chupado. Si volvieras pronto, digamos antes de las dos y media o tres menos cuarto, llámame si quieres, yo no estoy para dormirme ahora y si quieres todavía podrías pasar un rato, he tenido una noche absurda, siniestra, ya te contaré en la que me he visto metida, y ya me da lo mismo acostarme más tarde, mañana estaré deshecha de todas formas. Podía haberme acordado antes, desde luego no tengo arreglo'. No, ella no le habría dicho eso, sólo un hombre es capaz de calificar de siniestra la noche que no ha salido según sus deseos, la noche en que pensaba follar y no folló o no mojó o no tocó pelo, como diría Ruibérriz de Torres ante una barra. Tampoco le confesaría que había invitado a su casa a un tipo para sustituirlo a él ya que no lo encontraba, al contrario, habría borrado al instante todo vestigio de mi presencia y la cena y su mensaje nocturno pensado para Vicente habría sido (pensado bajo el agua): 'No me puedo dormir, no sé qué me pasa, en vista de que no te encontraba me acosté pronto y no hay manera y eso que he bebido vino para adormilarme, debe de ser la rabia de no haberme acordado antes de que hoy no iba a estar Eduardo. Llámame cuando llegues, aunque sea tarde. Tengo ganas de verte. Y además, a este paso tampoco ibas a despertarme. Si no estás muy cansado vente'. Pero quién sabe si esta llamada no habría llegado a hacerla nunca después de la ducha, en albornoz o toalla, quién sabe si ni siquiera habría llegado a salir de la ducha nunca porque habría resbalado por culpa de su frustración o cavilación o cansancio y se habría golpeado la nuca y aún le habría dado tiempo a cerrar el grifo con un movimiento instintivo o desesperado en medio de la caída para quedar luego mal tendida y mojada, desnuda y mojada sobre la loza con su nuca decimonónica herida por la que al cabo de un rato habría parecido correr la sangre a medio secar como estrías o hilos de cabello negro y pegado o barro, aunque nadie lo habría visto porque yo ya no habría asistido: pero *esta* es una muerte horrible, sin poder pedir ayuda durante toda una noche, el niño por fin profundamente dormido y el teléfono demasiado lejos, ojalá me hubiera comprado uno móvil; pero *esta* es una muerte ridícula, nada tan ridículo como un accidente en la propia casa una noche en que mi marido está de viaje y cuando el invitado que podría salvarme se ha ido, ya es mala suerte, y desnuda, ya es desgracia, todo puede ser ridículo o trágico según quién lo cuente y cómo se cuente, y quién contará mi muerte o se contará varias veces, cuantos me conocen unos a otros de todas las maneras posibles. Y estos pensamientos veloces tan sólo al caer, porque quizá Marta Téllez habría muerto de todas formas y habría muerto en el acto sin tiempo para el malestar ni el miedo ni la depresión ni el arrepentimiento. Pero no sucedió nada de esto, sino otra muerte no menos horrible ni menos ridícula, con un desconocido al lado cuando estábamos a punto de echar un polvo, qué horror, qué vergüenza, cómo puedo decírmelo con estas palabras, lo que al suceder no es grosero ni elevado ni gracioso ni triste puede ser triste o gracioso o elevado o grosero al contarse, el mundo depende de sus relatores y yo tengo un testigo de mi propia muerte y no sé cómo la habrá entendido; pero quizá él no hable, quizá no la cuente y en realidad no importa cómo lo haga —el primero, el origen—, las historias no pertenecen sólo al que asiste a ellas o al que las inventa, una vez contadas ya son de cualquiera, se repiten de boca en boca y se tergiversan y tuercen, nada se cuenta dos veces de la misma forma ni con las mismas palabras, ni siquiera si el que cuenta dos veces es la misma persona, ni siquiera si el relator es único para todas las veces, y qué habrá pensado mi relator o testigo de mi propia inoportuna muerte, lo cierto es que no me ha salvado pese a no haberse ido y quedarse a mi lado, tampoco él me ha salvado estando presente, nadie me salva.

No, nada de esto sucedió, y pensar en lo que no sucedió ha de ser parte de mi encantamiento, no tengo por qué sacudirme estas voces y estos pensamientos sino que debo acostumbrarme a ellos mientras siga acechado o frecuentado o revisitado o *haunted.* Deán volvió a echarme una rápida ojeada impaciente a la vez que contestaba a Téllez con su voz herrumbrosa como espada o armadura o lanza:

—Bueno, creo que ya está bien de ventilar estos asuntos cuando no toca. Dejémoslo estar, ¿no os parece? —Y esta vez también hubo curiosidad en la ojeada, como si se hubiera parado a pensar un instante si en verdad no tocaba. Como si de pronto considerara hacer lo contrario de lo que estaba diciendo porque le conviniera amortiguar o frenar a sus interlocutores con la presencia del desconocido.

—Pero haz el favor de decirme algo, Eduardo. Yo tengo que saber a qué atenerme —dijo Luisa aún más impaciente—. No hay poca diferencia entre vivir sola y vivir con un niño, eso no se improvisa.

—Déjame un poco más de tiempo, unos días más no te van a hacer mucho daño. Quizá pueda arreglarme para no viajar o viajar menos, tengo que hablarlo más con Ferrán, no lo sé todavía. Tampoco sé si puedo vivir con el niño yo solo, el niño era de los dos, no sé si lo entiendes.

—Viajar, viajar: en mala hora —repitió Téllez con su mala voluntad hacia el yerno. Lo dijo levantando su dedo como si fuera un profeta.

—Mire, Juan —le respondió Deán entonces—, que yo no estuviera en casa no tuvo nada que ver, usted lo sabe. No se habría podido hacer nada.

Yo no había querido indagar, pero reconozco que al oír esto sentí un gran alivio: me alegré enormemente de que no se hubiera podido hacer nada, puesto que yo no hice nada. Era una alegría retrospectiva y condicionada.

Téllez tenía ya su café delante, encendió la pipa por fin y miró a Deán a través de la llama creciente y menguante. Le costó apagarla (no la sopló, la agitaba sin vigor en el aire) y mientras tanto dijo sin mirarle y con la pipa en la boca, quizá buscando una apariencia de ininteligibilidad (miraba la llama desobediente, más con sus puntiagudas cejas de duende que con sus ojos azules grandes):

—Lo que te reprocho no es eso, Eduardo, no soy tan irrazonable como para echarte en cara que no la salvaras si no había salvación posible, sino que Marta tuviera que morirse sola. Tú ni siquiera sabes si podrías vivir solo con el niño, ella murió sola, con el niño dormido. Y el niño se quedó solo del todo, con la madre muerta y el padre de viaje, qué te parece. Menos mal que es muy pequeño.

La llama le rozó las uñas justo antes de extinguirse. Téllez no estaba informado de las circunstancias, como yo había supuesto, don Juan o Juan o Juanito o Téllez o el excelentísimo, nunca las mismas palabras o vocativos para la misma persona, las personas tan variables como las historias, según quien las nombra o llama.

Deán musitó algo inaudible, tal vez estaba contando hasta diez como se dice que hace la gente para aplazar su cólera y así amainarla, no lo he hecho en mi vida, hay cosas que en cambio arrecian con la demora. Quizá estaba pensando si se lo decía o no a su zahiriente suegro: 'Tu hija no estuvo sola, viejo imbécil, ni tu nieto tampoco, Marta aprovechó bien mi ausencia, le vino de perlas, quién sabe de cuántas otras no habrá disfrutado. Pero en algo de lo que dices tienes razón, viejo estúpido: viajar, viajar, en mala hora'. Luisa había bajado la vista y había aplacado toda impaciencia y toda insistencia, se habría arrepentido del giro tan imprudente que había tomado la conversación por su causa, o tan indeseable, ella sí estaría enterada del fin de su hermana, su fin no solitario. Yo lo estaba, sentí una oleada de calor, debí de sonrojarme un poco, crucé los dedos, por suerte no me miraban en aquel momento, aunque mi rubor habría tenido excusa: podía deberse a mi presencia allí cada vez más inadecuada, de hecho se debía a eso en parte. Deán no cayó en la tentación, ahora él también ocultaba algo a alguien, y en su propio perjuicio, por piedad hacia el viejo imbécil; contestó lo sensato, o lo esperable si Marta había muerto como creía su padre:

—Nadie podía prever eso, ¿cómo podíamos saber ninguno? Yo me fui dejándola en perfecto estado, la llamé y hablé con ella desde Londres después de cenar y estaba bien aún, no me dijo nada, iba a acostar al niño, ya se lo he dicho. ¿Qué quería usted, que no hubiera viajado nunca en mi vida, por si acaso? Supongo que antes de que pasara nada a usted no le pareció mal ni raro que me hubiera ido, como tantas otras veces. ¿Qué pasa, usted no dejó a su familia nunca unos días? No sea absurdo. No sea injusto.

—A mí no me pareció nada porque no sabía que te habías ido.

—Bueno, tampoco creo que haya estado usted informado de todos mis pasos a lo largo de estos años. No tenía por qué saberlo.

—Yo no tenía por qué estar informado, pero ella sí. No te pudo pedir ayuda, no te pudo llamar, ¿verdad? Le habías dejado tu teléfono en Londres pero no hubo manera de que lo encontráramos, ni rastro de él en toda la casa y bien que lo buscaron todos, nadie pudo dar contigo hasta la noche siguiente, se dice pronto; tampoco se lo habías dejado a tu amigo Ferrán, ¿por qué hemos de creer que se lo dejaste a ella? Ni siquiera te molestaste. —Téllez recurría al plural para poner de su lado a Luisa, seguramente también a Guillermo y a María Fernández Vera, a toda la familia, a los otros Téllez, que sin embargo sentirían lástima por Deán, nunca le habrían reprochado nada sabiendo lo que sabían. Deán había recurrido asimismo al plural para no quedar excluido y asimilarse a ellos: '¿cómo podíamos saber ninguno?', había dicho. Téllez hizo una mínima pausa y añadió mordiendo bien la pipa, es decir, entre dientes y con dureza—: Me da escalofríos pensar cómo pasarías ese día, con tu mujer muerta aquí y tú sin saberlo. Supongo que todas esas horas de despreocupación e ignorancia se te presentan ahora a una luz bien distinta, no quisiera estar en tu lugar, se te deben de repetir en tus pesadillas. —Se detuvo, se sacó la pipa y dijo también sin estorbos o con más desprecio—: Claro que a lo mejor ni siquiera estabas en Londres.

Ahora se habían olvidado por completo de mi presencia, al menos Téllez a quien ya no se le ocurriría ponerme al tanto de los antecedentes, los viejos no hacen muchas distinciones, esto es, no suelen tener conciencia de todos los elementos de una situación y menos aún si es violenta, solamente de los principales, y lo principal era para él Deán y Luisa, yo ya formaba sólo parte del decorado invisible, no tenía más realidad ni importancia que el maître o los camareros o los demás clientes o la gente apelotonada a la puerta del restaurante protegiéndose de la lluvia, no más que la propia tormenta en aquel instante (vi por la ventana un periódico desplegado cubriendo cabezas). Y fue sólo entonces, cuando nadie se fijaba en mí ni de refilón siquiera, cuando me sentí más decisivo al darme cuenta de que no habían sido tres sino cuatro las cosas con las que salí de Conde de la Cimera que al entrar no llevaba: el olor, el sostén, la cinta y un papel amarillo escrito seguramente por la mano de Deán y no la de Marta y que aún guardaba en mi cartera, estaba allí en mi bolsillo. Y pensé: 'Esto no va a aguantarlo Deán, ahora sí caerá en la tentación, contará, no soportará que se ponga en duda hasta la verdad de su viaje, va a decir: "Alguien se llevó el papel en el que yo anoté el nombre de mi hotel y el teléfono, alguien que estuvo con ella toda la noche y la vio agonizar y morir con sus propios ojos sin avisar a nadie, alguien se llevó ese papel que buscasteis todos afanosamente y lo utilizó veinticuatro horas después, a la noche siguiente, llamó a mi habitación de Londres y preguntó por mí y sin embargo no se atrevió a hablarme cuando yo descolgué, qué querría decirme, qué podía decirme entonces, ya era demasiado tarde para que nada cambiase, como lo fue el mensaje por fin recibido poco después cuando la voz de Ferrán y la voz de Luisa me dijeron que Marta llevaba muerta todo ese día y la noche anterior o parte de ella, porque la otra parte la pasó viva y acompañada. Luisa lo sabe y puede decírselo, todos menos usted lo saben, la muerte de Marta no fue sólo horrible, fue también ridícula, la encontraron medio desvestida bajo las sábanas y con el maquillaje corrido no sólo por sus lágrimas sino también por sus besos, el hombre al que se los dio debió quedarse espantado, cortado, perplejo, frustrado. Pensar en el horror de ese hombre es lo único que me alegra". Va a decir todo esto', pensé, 'y yo tendré que levantarme para ir al cuarto de baño con la servilleta en la boca porque no soportaré que lo diga'. Había estado a punto de copiar aquel nombre de hotel y aquel número (Wilbraham Hotel el nombre), había pensado hacerlo y hasta había arrancado una hoja del cuadernillo con ese

propósito, había sacado la pluma de mi chaqueta y había apro-
vechado para ponérmela y así inducirme un poco más a mi
marcha y al final no había copiado nada sino que me había quedado con el papel adhesivo ya escrito sin querer ni saberlo, ro-
bándolo sin intención y sin darme cuenta —tenía tantas cosas
en que pensar—, conseguir un teléfono siempre tienta a hacer
uso de él al instante y al día siguiente nadie lo había encontrado por tanto, Luisa y Guillermo y María Fernández Vera y
quién sabe si la vecina del portal con su guante beige habrían
mirado y rebuscado por todas partes con la angustia de no poder avisar a Deán de lo peor y más grave que podía ocurrirle y
había ocurrido. Habrían hablado todos con aquel Ferrán varias veces y era cierto que él ignoraba el paradero de su socio,
también de eso yo tenía la prueba en mi cinta, antes de que sucediera nada él le había dejado su mensaje a Marta, me lo sabía
ya de memoria como todos los otros: 'Marta, soy Ferrán. Ya sé
que Eduardo se ha ido hoy a Inglaterra, pero es que acabo de
darme cuenta de que no me ha dejado teléfono ni señas ni nada,
no me lo explico, le dije que me las dejara sin falta, no están
aquí las cosas para que él ande ilocalizable. A ver si las tienes
tú, o si hablas con él dile que me llame en seguida, a la oficina
o a casa. Es bastante urgente. Gracias'. Y ella no le había llamado para darle ese teléfono que entonces sí estaba en la casa
bien a la vista ni le había transmitido el recado a Deán cuando
él llamó después de su cena estupenda en la Bombay Brasserie
vecina al metro de Gloucester Road —la conozco—, o al menos yo no lo recordaba. También ella tenía seguramente tantas
cosas en que pensar —aún pensaba entonces—, o quizá al contrario, las dos presencias que mutuamente se repelían, la del
niño y la mía, no la dejaban pensar en nada que no fuera nosotros, él y yo, perder al niño de vista durante sólo un rato y
acercarse a mí durante sólo ese rato, que no sonara más el teléfono, que su hijo no cogiera una perra y armara un escándalo,
beber el suficiente vino para buscar y querer lo que aún no sabría si buscaba y quería. Y por todo ello Deán había estado

justamente así, ilocalizable durante todo un día, Téllez tenía razón, era agudo y sabía hurgar donde abrasa, qué habría hecho Deán durante todas aquellas horas de descuido y desconocimiento en Londres, cómo habría pasado ese día creyendo que estaba viva quien ya estaba muerta, habría asistido a sus reuniones de trabajo temprano, el objeto del viaje, luego habría paseado tal vez por St James's Park o por el barrio de Hampstead o Chelsea, quizá le habría comprado algún regalo a Marta en su tiempo libre, y de haber sido así ese regalo y recuerdo ella no habría llegado a tenerlo ni habría sabido qué viaje o qué ausencia lo trajo, si fue la compensación por la espera o la embajada de una conquista o el apaciguamiento de una mala conciencia: se trajo demasiado tarde; y así ese regalo ni siquiera llegó a ser recuerdo ni a tener pasado ni origen, o los habrá tenido en otra conciencia y en otra memoria si Deán decidió dárselo a alguien una vez enterado de la muerte de su destinataria, a su cuñada Luisa o a su concuñada María o quizá a la vecina del cementerio con su guante beige o a ninguna de ellas —un broche, un vestido, pendientes, un pañuelo, un bolso, Eau de Guerlain, quién sabe qué fue lo elegido—. Deán habría cenado tal vez en Sloane Square, muy cerca de su hotel para no tener que desplazarse tras el cansancio de la jornada, solo o acompañado de colegas o conocidos o amigos, quién sabe, luego habría vuelto a su habitación con ventana de guillotina y habría mirado por ella a través de la oscuridad ya veterana de la noche de Londres, hacia los edificios de enfrente o hacia otras habitaciones del mismo hotel, la mayoría sin luces, hacia el cuarto abuhardillado de una criada negra que se desviste tras esa jornada quitándose cofia y zapatos y medias y delantal y uniforme, lavándose la cara y las axilas en un lavabo, lavándose británicamente. Él no la huele pero puede conocer ya su olor, quizá se cruzó con ella por un pasillo o en las escaleras. Y entonces habría sonado el teléfono a una hora impropia en esa ciudad, y cuando Deán lo hubiera cogido y hubiera respondido '¿Diga?' con otra palabra, yo colgué asustado el teléfono público de un Vips de Madrid, hay un tipo de dientes largos esperando a que se lo deje libre. Los timbrazos de mi llamada en la habitación de Deán resuenan y sobresaltan a través de la noche a la empleada medio vestida y medio desnuda y la hacen tomar conciencia de que puede ser vista, da unos pasos en sostén y bragas hasta su ventana y la abre y se asoma un momento como para comprobar que al menos nadie está trepando hacia ella —ningún *burglar,* en inglés hay palabra específica para el ladrón de edificios, para el intruso que yo había sido la noche anterior en casa de Marta y de su marido aunque no hubiera entrado subrepticiamente—, y entonces la cierra y corre las cortinas con mucho cuidado, nadie debe verla en medio de su desolación o fatiga o abatimiento, ni medio vestida ni medio desnuda ni tampoco sentada a los pies de la cama con las mangas del uniforme vueltas enganchadas en las muñecas, quizá así ya fue vista sin que ella se diera cuenta. 'Y aún va a decir más Deán', pensé todavía, 'dirá: "Pero no me basta con su estupefacción y fastidio y su pánico y su mala suerte, no me basta con su horror de un momento que ya ha pasado, quiero encontrar a ese hombre para hablar con él y pedirle cuentas y contarle lo que pasó por su culpa. Quiero contarle a él justamente cómo pasé ese día entero en que creí viva a Marta y ya estaba muerta y cómo veo ese día ahora cuando se repite en mis pesadillas y oigo la voz que dice: «Mañana en la batalla piensa en mí, y caiga tu espada sin filo. Mañana en la batalla piensa en mí, cuando fui mortal, y caiga herrumbrosa tu lanza. Pese yo mañana sobre tu alma, sea yo plomo en el interior de tu pecho y acaben tus días en sangrienta batalla. Mañana en la batalla piensa en mí, desespera y muere»". Eso va a decir, y si lo dice yo me llevaré las manos a los oídos y caeré desplomado, o quizá a las sienes que irán a estallarme, mis pobres sienes, porque no podré soportar que lo diga y yo deba escucharlo.'

Pero Deán tampoco cayó en la tentación ahora, no dijo nada de esto sino que se quedó callado o volvió a musitar inaudiblemente durante bastantes segundos como si contara hasta veinte esta vez y respondió luego con su parsimonia y su voz mohosa, o era con la infinita paciencia que debemos a los seres queridos de nuestros muertos:

—Mire, Juan, a usted se le ha metido entre ceja y ceja que yo tengo la culpa de lo que ha ocurrido. Está bien, puede ser, a lo mejor tengo parte de culpa y además no habrá forma de que lo convenza de lo contrario. Yo le puedo enseñar mi billete de avión, mis facturas del hotel y de restaurantes y de mis compras en Londres, pero si usted prefiere creer que ni siquiera estuve allí y eso le sirve de algo, adelante, créalo, no va a cambiar nada, sólo que su estima por mí será menor todavía, no es grave, es probable que dejemos de tratarnos pronto, apenas nos va a quedar vínculo ahora. Nada es grave en lo que a mí se refiere. Yo no sé dónde puso Marta el papel con mis señas, tal vez se lo echó al bolso y luego lo perdió en la calle, tal vez se voló con la ventana abierta y lo barrieron los barrenderos del suelo, no puedo saberlo. Yo sé que se lo dejé, pero no puedo demostrárselo y no tiene por qué creerme, es verdad que a mi amigo Ferrán olvidé dejárselas. Pero tiene razón en una cosa: no voy a olvidar esas horas a que usted se refiere. Hay cosas que uno debe saber de inmediato para no andar por el mundo ni un solo minuto en una creencia tan equivocada que el mundo es otro por ellas. No es admisible pensar que todo sigue como estaba cuando todo está ya alterado o ha dado un vuelco, y es verdad que el periodo durante el que se permaneció en el error se nos hace luego insoportable. Qué tonto fui, pensamos, y en realidad eso no debería dolernos tanto. Vivir en el engaño o ser engañado es fácil, y aún más, es nuestra condición natural: nadie está libre de ello y nadie es tonto por ello, no deberíamos oponernos mucho ni debería amargarnos. Sin embargo nos parece intolerable, cuando por fin sabemos. Lo que nos cuesta, lo malo, es que el tiempo en el que creímos lo que no era queda convertido en algo extraño, flotante o ficticio, en una especie de encantamiento o sueño que debe ser suprimido de nuestro recuerdo; de repente es como si ese periodo no lo hubiéramos vivido del todo, ¿verdad?, como si tuviéramos que volver a contarnos la historia o a releer un libro, y entonces pensamos que nos habríamos comportado de distinta manera o habríamos empleado de otro modo ese tiempo que pasa a pertenecer al limbo. Eso puede desesperarnos. Y además ese tiempo a veces no se queda en el limbo, sino en el infierno. ('Es más bien como cuando de niños íbamos al cine de programa doble y sesión continua', pensé, 'y entrábamos en la sala a oscuras con una película a medias que veíamos hasta su final deduciendo lo que habría pasado antes, qué habría llevado a los personajes a la situación tan grave en que los encontrábamos, qué ofensas se habrían hecho para ser enemigos y odiarse; luego nos ponían otra, y sólo después, al comenzar el nuevo pase de la primera y ver el inicio que nos faltaba, comprendíamos que lo que habíamos imaginado no tenía ningún fundamento ni se correspondía con la mitad perdida. Y entonces teníamos que borrar de nuestra cabeza no sólo lo imaginado, sino también lo que habíamos visto con nuestros propios ojos según esas adivinaciones, una película inexistente o por lo menos tergiversada. Ahora que ya no hay cines así nos ocurre lo mismo a menudo cuando ponemos la televisión al azar, sólo que ahí no nos ofrecen luego otra vez el principio y nos quedamos sólo con nuestra visión parcial, supuesta e imaginaria aunque asistamos al desenlace, qué entendería Only You de la historia de Poins y Falstaff y los Enriques de Lancaster, el rey y el príncipe, con qué extraña interpretación o cuento se quedaría que lo dejó tan impresionado durante su noche de insomnio aislada. Yo en cambio no vi el principio ni el fin de MacMurray y Stanwyck ni oí sus diálogos, sólo los vi en fantasmales subtítulos durante mi noche en vela y sin hacerles caso, tenía que atender a mi propia historia empezada.') —Deán respiró hondo como para tomar aliento, o bien para apaciguarlo un poco tras su leve vehemencia a la que se había dejado arrastrar desde su inicial parsimonia, como si sus consideraciones le hubieran servido de antídoto contra su ira, o de sustitutivo—. Así que tiene razón al pensar que ese día va a repetírseme, esté tranquilo —dijo—. No se crea, ya lo hace.

Téllez fumaba su pipa en silencio y ahora le sostenía la mirada a su yerno, que no se la aguantó una vez que dejó de hablar: miró hacia un lado con sus ojos asiáticos buscando al maître para pedirle la cuenta —le hizo el gesto de escribir inequívoco—, como si con ello quisiera poner término a la compañía o por lo menos pasar ya a otra cosa. 'Debe de estarse mordiendo la lengua', pensé, 'quizá busque luego estar a solas un rato con Luisa para desahogarse, ella sabe.' Luisa había cambiado de actitud por completo, se la veía compungida, ya no intervino más ni metió prisa a Deán para que decidiera nada, unos días más no iban a perjudicarla. Parecía como si a Téllez le hubieran hecho efecto las palabras de Deán, fumaba su pipa meditativa. Pero su obcecación fue mayor que su entendimiento: en realidad sólo estaba esperando a que se le disipara un poco ese efecto de duda y consideración y tal vez sorpresa para regresar a su anterior postura de acusación y resentimiento y al regresar hacerla aún más acerba. Cuando vio que Deán estaba afectado y apartaba la vista se creció y le dijo:

—Sea como sea no estabas aquí. Sea como sea ella no pudo llamarte, aunque a lo mejor prefirió no intentarlo. Tal vez se habría encontrado con tu ligereza y tu indiferencia. Quizá la habrías tildado de alarmista y exagerada y no habrías movido ni un dedo, ni para avisarnos a nosotros, o a un médico. Quién sabe. Ella te conocía. En todo caso lo que sí sabemos es que contigo no puede contarse —y volvió a utilizar el plural familiar que excluía a aquel viudo, al yerno—, y apenas va a quedarnos ningún vínculo ahora, eso es cierto. Cuando a mí me toque ya puedes estar en Londres o en Tampico o en el Peloponeso, sé que no estarás cerca de mí en ningún caso. Y no se te ocurra pagar esa cuenta, aquí me conocen.

Deán se guardó la cartera que ya había sacado tras hacer el ademán al maître. Era de suponer que estaba harto, la única manera de conservar la paciencia a veces es retirarse, no seguir escuchando. Las incisiones de su piel leñosa se le vieron más profundas por el gesto sombrío, así serían permanentemente cuando tuviera más años. El mentón enérgico parecía en fuga, los ojos de color cerveza se le endemoniaron, tal vez por la luz verdosa de la tormenta: los tenía muy abiertos, como con un exceso de sequedad o pesadumbre. Se levantó, cogió sin esfuerzo su gabardina de la rejilla elevada en que la había dejado, se la puso y se echó las manos a los bolsillos.

—Si no voy a pagar esta cuenta no hace falta que espere. Tengo mucha prisa. Adiós, Juan. Ya hablaremos más tarde, Luisa. Buenas tardes.

No se había tomado el café, la última frase había sido para mí (lo justo para no ser grosero, yo contesté 'Hasta la vista'), besó a Luisa en la mejilla (ella contestó 'Luego te veo en casa' como si la casa ya fuera de ambos, Téllez no dijo nada). Se llegó hasta la puerta y allí se despidió del maître que lo acompañó y se la abrió, un pariente de don Juan Téllez merecía la molestia. Se subió el cuello de la gabardina antes de adentrarse en la lluvia, las personas paradas le dificultaron la salida, lo obligaron a sortearlas. Pensé que ya no podría seguirlo si ese hubiera sido mi deseo tras el almuerzo, no me quedaba más elección que seguir a Luisa cuando saliéramos del restaurante si me decidía a seguir a alguien, no tenía gran cosa que hacer, había reservado aquella semana para trabajar junto a Téllez para Only the Lonely, los guiones de la serie de televisión que tenía entre manos no corrían prisa, probablemente acabaría por no hacerse esa serie que en todo caso me pagarían. Téllez sí se bebió su café, ya frío sin duda: de un solo trago, como si fuera un vodka. Entonces reparó en mí de nuevo y supongo que se disculpó, lo hizo indirectamente:

—Mi hija no pudo pedir ayuda —explicó como si yo pudiera no haber entendido—. Dicen los médicos que no habría podido salvarse. Pero se me parte el corazón de pensar en ella sola en su cama, muriéndose sin consolación y angustiada por el niño, que iba a quedarse solo sin nadie que lo cuidara. —Se le había ido toda mala voluntad, en cuanto Deán hubo desaparecido, como si se hubiera forzado a ella—. No lo soporto —añadió.

—Lo raro, papá (ya se lo he dicho otras veces) —dijo Luisa (y ese 'se' fue la primera vez que se dirigió a mí, quería decir 'ya se lo he dicho a él' y me lo explicaba a mí entre paréntesis, no es que la hija llamara de usted al padre, sino que me tenía en cuenta)—, es que tampoco nos avisara a nosotros. A lo mejor no pudo llamar a Eduardo a Londres, pero a nosotros sí pudo, y no lo hizo. —Me pareció que con estas palabras intentaba echarle un cable a Deán sin delatar a su hermana muerta, sin duda lo compadecía. Se quedó pensativa y añadió—: Tal vez no creyó que fuera a morirse, pensó que era pasajero y no quiso molestar a nadie tan tarde. Tal vez no lo supo, y entonces no le fue tan angustioso. Lo angustioso debe de ser pensarlo; y saberlo.

Me dieron ganas de decirle a Téllez: 'No estuvo sola en su cama, créame, lo sé bien. No murió sola, no fue tan horrible porque tardó en darse cuenta y cuando se la dio me dijo "Cógeme, cógeme, por favor, cógeme" y yo la cogí, la abracé por la espalda porque no quiso que hiciera otra cosa, me dijo "no hagas nada todavía, espera", no quiso que la moviera un milímetro ni que llamara a nadie. La cogí y la abracé y así al menos murió contra mí, con mi tacto, murió protegida, murió respaldada. No se atormente tanto'.

Pero no podía decírselo.

—No debería haberlos acompañado a comer —dije en cambio—. Lo lamento de veras.

—No, no es culpa suya —respondió Téllez—. Somos nosotros quienes le hemos dado el almuerzo. La verdad es que no tenía intención de volver a hablar de esto. —Y dejando la pipa humeante apoyada en el cenicero se llevó las manos a la cabeza—. Mi pobre niña —dijo como si fuera Falstaff, y salía el humo.

La tormenta había cesado de golpe. La puerta estaba despejada.

Qué desgracia saber tu nombre aunque ya no conozca tu rostro mañana, los nombres no cambian y se quedan fijos en la memoria cuando se quedan, sin que nada ni nadie pueda arrancarlos. Mi cabeza está llena de nombres cuyos rostros he olvidado o son sólo una mancha flotando en un paisaje, una calle, una casa, una edad o una pantalla. O son nombres de sitios y establecimientos que parecían eternos porque estaban allí desde que llegamos o desde que nacimos, una frutería llamada La Flor Sevillana, el cine Príncipe Alfonso, el María Cristina, el Voy y el Cinema X, la librería Buchholz cercana a Cibeles o los ultramarinos que conservan el rótulo y dice Viena Capellanes, la pastelería de las Hermanas Liso y el Hotel Atlantic y otro, el Londres y de Inglaterra, Oriel y San Trovaso y le Zattere y Halifax, infinitos nombres de calles y tiendas y poblaciones —Calatañazor, Sils y Colmar y Melk; y Medina del Campo—, los nombres de los infinitos actores y actrices vistos desde la infancia y que resuenan para siempre en nuestra memoria sin que logremos ver bien sus facciones: Eduardo Ciannelli, Diane Varsi y Bella Darvi, Ivan Triesault y Leora Dana, Guy Delorme, Frank De Kova y Brigid Bazlen, y todavía con ellos podemos renovar el recuerdo si acertamos a tenerlos de nuevo delante, allí donde hace siglos los vimos en sus películas que no palidecen. Los lugares en cambio han cambiado, las tiendas han desaparecido o han sido sustituidas por bancos, y a veces las que perduran son sólo la lenta sombra de ellas mismas, miramos desde la calle sin atrevernos a entrar y vagamente reconocemos a través del escaparate a los empleados o dueños vetustos que nos daban bombones y nos gastaban bromas de niños, los vemos de pronto encorvados y menguados y en ruinas, con la vida por detrás a la que no hemos asistido, haciendo los mismos gestos ante sus mostradores de madera o mármol sólo que con más inseguridad y más despacio: les resulta complicado dar las vueltas, les cuesta envolver lo que venden. No veo apenas los rasgos de una criada joven y rubia a la que yo hacía cosquillas tras tirarla con argucia a una cama con mis nueve o diez años cuando salían mis padres, pero el nombre viene al instante: es Cati. Recuerdo mal la expresión de aquel mutilado que avanzaba en su cochecito de ruedas con manivela vendiendo tabaco y chicle y cerillas allí donde veraneábamos —medio hombre, la expresión era ufana y cándida—, pero su nombre continúa nítido, y es Eliseo. Los compañeros del colegio más grises o de los que nunca fui demasiado amigo se me aparecen difuminados con sus caras de niños que ya habrán dejado de serlo, pero sus apellidos me llegan como si los estuviera oyendo al pasar lista la señorita Bernis: Lambea, Lantero, Reyna, y Tatay, Teulón, Vidal. No veo en absoluto a otro grupo de chicos menos constante con los que tantas veces me pegué en verano en el parque, pero nunca olvido sus apellidos sonoros de muchas letras: eran Casalduero, Mazariegos, Villuendas y Ochotorena. No sé qué aspecto tenía el peluquero que iba a casa de mi abuelo médico a afeitarlo y arreglarle el pelo ya escaso, pero sé que se llamaba Remigio, no me confundo. A aquel limpiabotas bravío y calvo con bigotón y patillas, sentado acechante sobre su caja, vestido de negro y con rojo pañuelo al cuello sé bien cómo lo llamaban: el Manolete. De ese hombre pequeño y con bigotito cuidado, dueño de una papelería, no recuerdo ya el nombre pero sí el apodo: mis hermanos y yo lo llamábamos 'Willem Dekker' por el personaje untuoso y cobarde de una película a quien se parecía, *La casa de los siete halcones,* y le enviábamos mensajes amenazadores firmados por la Mano Negra en papeles quemados con una lupa: 'Tus días están contados, Willem Dekker'. Las matemáticas suspendidas un año, y un profesor en verano del que veo tan sólo el llamativo cráneo con su cicatriz de guerra tan bien peinado con el agua del río, pero su nombre me viene entero, y es Victorino, nombres anticuados que ya no existen o nadie lleva, nombres de antes. De ese otro hombre alargado y paciente y risueño que vendía discos voy viendo la cara a medida que me la trae el nombre: es Vicen Vila, y así se llama también su tienda. Y veo mal al portero anciano que todas las mañanas durante dos años me daba los buenos días desde su garita con la mano festiva en alto: pero se llama Tom, lo recuerdo.

Qué desgracia saber tu nombre aunque ya no conozca tu rostro mañana, el rostro que dejamos de ver un día se dedicará a traicionarse y a traicionarnos en el tiempo que le pertenece y le queda, irá apartándose de la imagen en que lo fijamos para llevar su propia vida en nuestra voluntaria o desdichada ausencia. El de aquellos que se fueron del todo porque no los retuvimos o han muerto se irá nublando en nuestra memoria que no es una facultad visiva, aunque a veces nos engañemos y creamos ver todavía lo que ya no tenemos delante y sólo evocamos envuelto en brumas, el ojo interior o de la mente se llama esa figura borrosa de nuestros espejismos o nuestra añoranza, o de nuestra maldición a veces. Yo podría creer que nunca te he conocido si no supiera tu nombre que permanece inmutable sin el menor deterioro y con su brillo intacto y así seguirá aunque hayas desaparecido del todo y aunque te hayas muerto. Es lo que resta y en nada se diferencia la nómina viva de la nómina muerta, y no sólo eso, es lo único que sirve para reconocernos y que no perdamos el juicio, porque si alguien nos niega el nombre y nos dice 'No eres tú aunque te vea, no eres tú aunque te parezcas', entonces dejaremos efectivamente de ser nosotros a los ojos del que nos lo dice y nos niega, y no volveremos a serlo hasta que nos devuelva ese nombre que nos ha acompañado lo mismo que el aire. 'No te conozco, viejo', le dijo el Príncipe Hal en cuanto fue Enrique V a su amigo Falstaff, 'no sé quién eres ni te he visto en mi vida, no vengas a pedirme nada ni a decirme dulzuras porque ya no soy lo que fui, y tú tampoco lo eres. He dado la espalda a mi antiguo yo, así que sólo cuando oigas que vuelvo a ser el que he sido acércate a mí y tú serás el que fuiste.' Y si eso nos ocurriera a nosotros pensaríamos con espanto: '¿Cómo puede ser que no me reconozca ni me llame ya por mi nombre?'. Pero también a veces podríamos pensar con alivio: 'Menos mal que no me llama ya por mi nombre ni me reconoce, no admite que sea yo quien pueda estar haciendo o diciendo estas cosas que me son impropias, y como las ve suceder y me oye decirlas y no puede negarlas, me niega a mí con piedad para que no deje de ser el que fui a sus ojos, y así salvarme'.

Algo parecido me ocurrió a mí una noche hace tiempo, mucho antes de que conociera el nombre de Marta Téllez y el de su padre y el de Deán y Luisa y el de Eugenio, y la negación fue mutua si es que hubo lugar a ella, si es que hubo lugar al reconocimiento. Volvía hacia mi casa tarde en mi coche cuando vi a una mujer parada en la calle de los Hermanos Bécquer, esa calle corta que hace gran curva y cuesta y desemboca en la Castellana, tan en curva y en cuesta que sus dos breves tramos parecen perpendiculares el uno al otro y a distintos niveles como si el alto fuera un puente inconcluso del bajo, una calle cara en la que a menudo se apuestan las prostitutas y los travestidos pero más bien de una en una o bien de uno en uno, suele ser una mujer sola a quien se ve en esa esquina al final del descenso, mientras que unas calles más allá en dos direcciones distintas, al otro lado de la Castellana y pasada María de Molina, la proliferación es considerable, las putas están más juntas y se dan compañía y envidia mientras esperan con sus atuendos ligeros que contradicen el invierno y también el otoño. La mujer que está en esa esquina por la que paso a menudo y que siempre es otra o nunca parece la misma produce la impresión de una exploradora o una desterrada, o tal vez se sortean el sitio cada noche entre ellas porque es discreto y recóndito y a la vez tiene algo de tráfico y vigilancia cercana (la embajada americana muy próxima), un buen puesto para su mercado ambulante. Esa noche me detuvo el semáforo como de costumbre, y miré a la puta desde el coche con la mezcla de curiosidad y fantasía y dominio y lástima con que las miramos los hombres que no vamos con ellas —o es todo chulería—. Y cuando se me abrió el semáforo no avancé sino que seguí mirando a través de la ventanilla aún subida porque tras ver en seguida que era una mujer de verdad y no un simulacro logrado, me pareció que sabía su nombre. Llevaba puesta una gabardina corta que permitía ver la mitad de sus muslos con medias negras, tenía los brazos cruzados en un gesto de frío aún soportable, y al ver que mi coche no hacía uso de la luz verde le prestó más atención y descruzó los brazos para permitirme contemplar —permitirle al conductor, a mí todavía no podía verme— su falda aún más corta que la gabardina y una especie de body que seguramente le venía bien para realzar sus pechos —así los llaman, bodies—. Se llevó las manos a los bolsillos de la gabardina y de ese modo la abrió o entreabrió, en un mortecino gesto de exhibicionismo. Yo estaba allí parado, dejando a mi derecha espacio para el paso de los coches que pudieran llegar de donde yo venía pero sin tampoco mover el mío, sin arrimarlo a la acera, eso habría supuesto un paso adelante y un interés indisimulado que me habría obligado a hablar con ella, a cruzar al menos cuatro palabras. Y lo cierto es que durante unos segundos, y aunque mi interés se había hecho pavoroso y enorme, no estuve seguro de querer hablar con ella ni verla mejor porque temía saber su nombre y reconocerla, y el nombre que creía saber era el nombre de Celia, Celia Ruiz, Celia Ruiz Comendador porque lo utilizaba entero con sus dos apellidos, y ese era el nombre con el que me había casado años antes y del que también me había separado luego y del que me divorcié hace no mucho.

Había oído además decir algo y se lo había oído a alguien enterado de todo y cuyos informes suelen ser fidedignos y exactos cuando no busca engañar ni cometer un fraude: a Rui-bérriz de Torres, aunque en aquella ocasión no le di crédito. Mi matrimonio no estuvo del todo mal para los tiempos impacientes que corren, mientras duró; y duró tres años, lo cual es bastante para una novia tan joven, once años más joven que yo cuando se vistió de novia y ya no sé si ahora tanto, algunos hechos y algunas visiones alteran las edades o les dan un vuelco. Ella tenía veintidós y yo treinta y tres cuando nos casamos por su insistencia, la insistencia de quien no puede ver más allá de dos o tres años en el concepto de 'para siempre' (y le parece deseable y amigable por tanto) o, si se prefiere, en el de 'indefinidamente', la niñez todavía demasiado cercana para imaginar un futuro distinto de lo que ya se da y es presente, el atolondramiento más arraigado, seguramente un rasgo de carácter. Yo tuve un acceso de debilidad o entusiasmo, y ambas cosas prevalecieron durante el primer año, me cuesta ya recordarlo; luego la joven pasó a hacerme gracia, que es lo principal que se pide a una joven y por ello más que suficiente; luego la toleré sin más, y al poco tiempo nos irritábamos el uno al otro, había que esperar a aplacarse en silencio para darse besos, la reconciliación afectiva y sexual es muy útil cuando puede haberla o incluso se impone a veces: prolonga lo concluido, pero no eternamente. Fui yo quien abandonó la casa común como es preceptivo, me vine a vivir donde aún vivo ahora, de esto hace ya tres años. Por ser tanto más joven que yo, sus irritaciones eran más pasajeras y no se le acumulaban, es decir, cada una se disipaba, para ella la siguiente y enésima no era más grave ni más onerosa que la primera, carecía de rencor y eran sin ánimo de ofender sus continuas ofensas, había que señalárselas y aun explicárselas para que se diera cuenta. Hacerle glosas. A mí sí se me acumulaban y fui impaciente como los tiempos que corren. Quiero decir con esto que ella no entendió y en consecuencia se desesperó y se opuso, por eso acabamos mal algo más tarde, después de haber puesto término a la convivencia. En una tregua de apaciguamiento decidimos o no quisimos ya vernos, al menos durante unos meses, esperar a ser un poco distintos el uno para el otro, excepto en nuestros nombres. Yo le pasaba dinero por medio de un cheque mensual que llevaba un mensajero (los dos veíamos este rostro y ninguno el del otro), no sólo porque fuera yo quien se había ido y hubiera dispuesto siempre de más ingresos, sino porque los más veteranos tienden a hacerse responsables de los más bisoños aunque estén lejos, temen por ellos en todo caso. Ahora le paso también un cheque, legalmente, y le doy dinero en persona a veces, una ayuda mientras le haga falta como quien da un aguinaldo a un niño, quizá muy pronto no le haga falta. Normalmente no me gusta hablar de Celia.

Fui sabiendo lo que suele saberse en una ciudad en la que todo el mundo se encuentra y en la que los teléfonos zumban a todas horas, no son raras las llamadas en mitad de la noche y hay una parte de la población que no duerme ni deja dormir a los que lo intentan. Alguien me decía que había visto a Celia aquí o allá y con tal o cual personaje esperable o desconocido, no le faltaban cortejadores. Por estos informes deduje que no estaba forzando la imaginación y se limitaba a recorrer las estaciones previstas para los abandonados sentimentales de las grandes ciudades: salía mucho hasta tarde, bebía y fingía euforia, bailaba, se aburría, no quería retirarse a dormir y alguna vez se echó a llorar al final de la noche o era ya de madrugada; procuraba que me fueran llegando noticias y preguntaba por mí como se pregunta por un conocido distante, yo sé qué modo de preguntar es ese, los labios nos tiemblan y nos delatan, la voz nos vibra. Mi teléfono sonaba a veces a cualquier hora y al descolgar nadie respondía, quería sólo saber si estaba en casa o quizá no era tan innoble el propósito: escuchar mi voz aunque fuera un momento, aunque sólo fuera una repetida palabra interrogativa lo que oiría. Yo también marqué una noche mi antiguo número antes de acostarme, mientras me desvestía sentado a los pies de la cama, no dije nada cuando contestó ella, se me ocurrió de repente que tal vez estuviera acompañada. Y una vez Celia me dejó tres mensajes seguidos en el contestador: dijo muchas cosas, febriles y grotescas y sarcásticas y amenazantes, pero antes de que se le acabara el tiempo del último llegó a implorarme, y dijo: 'Por favor... por favor... por favor', yo ya había oído eso antes, años atrás en mi propia cinta. No me atreví a devolverle el mensaje, era mejor que no hubiera nada.

Más adelante me llegó esa información de la que no hice caso aunque fuera Ruibérriz de Torres quien se encargó de dármela, primero con medias palabras y sondeándome, luego más abiertamente. Un día me preguntó qué sabía de Celia en los últimos tiempos, y al contestarle yo que por fin nada desde hacía meses me miró con preocupación fingida, esto es, con un poco de diversión en el fondo, eso pude advertirlo. 'No sé si deberías intervenir algo más en su vida, echarle un ojo de vez en cuando', me dijo. 'No, más vale que no', respondí, 'ha de pasar más tiempo, no quiero que recupere la costumbre de contar conmigo para solucionar problemas o para oírselos contar y que le dé consejo. Eso es siempre un vínculo fuerte y un buen pretexto, y ya costó bastante cortar toda comunicación que no sea la de los cheques que le mando.' 'Pues entonces a lo mejor tendrías que hacer esa comunicación más frecuente o más cuantiosa', contestó él. Y al preguntarle yo por qué o qué sabía me contó con algún melindre y leve fruición lo que me pareció una estupidez entonces, a saber: alguien había visto a Celia en un local de copas tardías frecuentado por putas, tomando esas copas con unos individuos inexplicables, dos tipos con aspecto de medianos empresarios bilbaínos o barceloneses o valencianos de paso por la ciudad, gente que no le pegaba en modo alguno y con la que, por así decirlo, era inverosímil que hubiera llegado al local desde otro sitio. '¿Y qué?', dije yo. '¿Qué se te ocurre sacar de eso?' Lo dije un poco airado. 'Bueno, da que pensar, es un poco preocupante, ¿no? Yo que tú hablaría con ella.' 'Qué tontería', respondí, 'a Celia siempre le ha divertido y gustado ir a todas partes, y cuanto más exótico o enrarecido el local mejor, así se siente aventurera, es muy joven. Estando ya casada conmigo fue un par de veces con unas amigas a un bar de lesbianas, no se me ocurrió que lo fuera por eso.' 'Ya, ya', respondió Ruibérriz, 'pero ahora es distinto.' '¿Por qué ha de serlo?' 'Ya no está casada contigo, uno; no estaba con amigas, dos; se la ha visto más de un par de veces, y en dos sitios de putas distintos, tres', y Ruibérriz fue sacando sucesivamente el meñique, el anular y el corazón de la mano derecha según iba enumerando. 'Pues cuántas cosas ven tus amigos', contesté yo, 'deben de ser puteros furiosos si van tanto a esos sitios. Y qué, ¿no la han visto también metiéndose los billetes en el escote? La gente no sabe qué inventar. Celia tiene rachas: de pronto le divierte un tipo de gente y sale sin parar con ellos, o va a un local o dos todas las noches, y a los quince días se harta de los locales y de los nuevos amigos y se encierra en casa durante otros quince. Así era cuando la conocí y así seguirá siendo mientras no vuelva a tener estabilidad y a poner su vida en orden. Además: le envío dinero suficiente, y seguro que sus padres la ayudan desde Santander. También hace sus trabajos esporádicos, no creo que tenga problemas.' 'El dinero es suficiente o no según las necesidades y la vida que lleva uno, depende de cómo se gaste. Ella sale mucho. A lo mejor le está dando a algo.' 'No, siempre ha tenido horror a darle a nada que no sea alcohol y tabaco, nunca ha querido ni probar un canuto; y no faltará quien la invite cuando salga', contesté; 'pero ojo: de ahí a prostituirse hay un gran trecho, no me vengas con historias disparatadas y malintencionadas, Ruibérriz.' Ruibérriz se quedó callado un momento y se pasó una mano por las ondulaciones de su pelo musical mientras miraba al suelo, como si dudara si aportar alguna otra prueba o dejarlo estar. 'Bueno, allá tú', dijo, 'yo te he contado lo que otros han visto y me han dicho, me pareció que debías estar enterado.' 'A ver, venga, qué más han visto, suéltalo ya todo, qué más sabes', le dije yo impacientado. No pudo evitar sonreír con sus dientes flamantes como quien ha sido pillado en falta y eso le hace gracia, su labio vuelto hacia arriba dejando ver un poco de encías. 'Nada más, eso es todo. Para mí es bastante, a ti te parece filfa. Bueno, pues nada. Anda, dejémoslo, tampoco quiero que te cabrees.' De pronto se me cruzó una sospecha. '¿Tú la has visto?', le pregunté. '¿La has visto tú con tus propios ojos?' Hinchó el pecho y respiró muy hondo, quizá como quien toma el aire necesario para mentir de corrido y sin que la voz le tiemble (pero esto no lo pensé entonces, sino tres semanas más tarde mientras permanecía parado ante el semáforo de Hermanos Bécquer, al final del tramo más descendente que en realidad es el comienzo de General Oraa según me di cuenta de que dice la placa, pero yo siempre he visto ese tramo como parte de Hermanos Bécquer, y también los taxistas y los demás madrileños lo ven así). 'No, si la hubiera visto te lo habría dicho para convencerte de que hables con ella al menos. Cerciórate de que es falso al menos, habla con ella.'

No hablé con ella, no di crédito a la noticia, no quise llamar a Celia rompiendo un silencio que se había instaurado a fuerza de tesón y paulatinamente y que convenía que aún durase más tiempo. Pero hablé con una amiga suya que solía verla y le comenté lo que había sabido a través de Ruibérriz. Iba a pedirle que indagara con Celia para localizar el posible motivo u origen de aquel infundio, pero no hizo falta. Antes de que pudiera pedírselo dijo lo mismo que yo había dicho y eso me hizo pensar que ni siquiera habría motivo ni origen: 'Pero qué estupidez y qué mala sangre, la gente no sabe qué inventar, desde luego hay que tener mala idea, pobre Celia'. Le pedí entonces que no le mencionara mi llamada, pero supongo que fue una petición inútil, las alianzas de las amigas prevalecen siempre, se cuentan todo lo que es de interés para una u otra, aunque quizá en esta ocasión no fuera a contárselo finalmente, no por mí, sino para ahorrarle el disgusto. En todo caso me quedé tranquilo, no hice más al respecto, no le di más vueltas.

Y ahora estaba allí parado con el semáforo cerrado de nuevo, mirando hacia los árboles torcidos de la Castellana —aún la fronda en otoño, los árboles quizá torcidos por las tormentas de décadas— y a la puta que hacía guardia ante el edificio rosado y verde de una compañía aseguradora, y admitiendo de pronto una situación hipotética mientras escudriñaba a aquella mujer cuyo nombre me pareció que era Celia Ruiz Comendador: y la hipótesis sobrevenida era que si la información hubiera sido cierta y Ruibérriz hubiera visto con sus propios ojos a Celia prostituida una noche, habría sido capaz de alquilarla para esa noche y de haberlo hecho desenfadada y festivamente. Sólo después le habría venido una preocupación tan sincera como insincera, a Ruibérriz nada le parece muy grave ni nada le importa mucho, o acaso es que ve la vida como sólo comedia. Y si ella era ella y coincidía el nombre —porque el rostro no basta, envejece y se maquilla y cambia—; y si siendo ella ella la había contratado Ruibérriz y había pasado una noche con Celia, entonces se habría establecido entre los dos hombres —entre él y yo, entre nosotros— ese parentesco que nuestras lenguas ya no reflejan y sí alguna muerta. Cuando sé de infidelidades sexuales o asisto a cambios de pareja o a segundas nupcias —también cuando veo en las calles putas al pasar en mi coche o en taxi o andando— siempre me acuerdo de mi época de estudiante de Filología Inglesa, en la que aprendí la existencia de un verbo abolido y antiguo, un verbo anglosajón que no ha pervivido y que además no recuerdo exactamente cuál era, lo oí mencionar una vez al profesor en clase y se me grabó para siempre su significado, que tengo en cuenta, pero no su forma. Ese verbo designa la relación o parentesco adquiridos por dos o más hombres que han yacido o se han acostado con la misma mujer, aunque sea en diferentes épocas y con los diferentes rostros de esa mujer con el mismo nombre en todas sus épocas. Lo más probable es que el verbo llevara el prefijo *ge-*, que originalmente significaba 'juntos' y en anglosajón indica a veces camaradería o conjunción o acompañamiento, como en algún sustantivo que no he olvidado, *ge·fēra,* 'compañero de viaje', o *ge·sweostor,* 'hermanas'. Supongo que sería algo parecido a nuestros prefijos 'co-', 'com-' o 'con-' que aparecen tan a menudo, en 'copartícipe' y 'comensal' y 'conmilitón' y 'compinche' y 'cómplice' y 'cónyuge' y en tantas otras palabras, y ese verbo desaparecido que ya no recuerdo tal vez fuera *ge·licgan,* puesto que *licgan* quiere decir 'yacer' y la traducción e idea serían por tanto las de 'conyacer', o bien 'cofollar' si el vocablo fuese más rudo. Aunque puede que lo que transmitiera esta idea no fuera un verbo sino un sustantivo, tal vez *ge·brȳd-guma,* que sería 'connovio', o quizá *ge·for·liger,* 'cofornicación', quién sabe, y me temo que nunca volveré a saberlo, ya que cuando quise confirmar la memoria y recobrar la palabra además de la idea y llamé a mi antiguo profesor para preguntarle, me dijo que no se acordaba; consulté en mi vieja gramática anglosajona y no encontré nada en ella ni en el glosario adjunto, tal vez lo inventó mi recuerdo; y así me limité a conjeturar estas posibilidades que tengo presentes cuando se da el caso. Pero existiera o no, este verbo o nombre medieval era de cualquier manera útil e interesante y también vertiginoso, y esa sensación de vértigo fue la que sentí al ver a la puta y pensar que si se llamaba Celia Ruiz Comendador me habría emparentado anglosajonamente con muchos hombres además de con Ruibérriz de Torres según la hipótesis. Ese parentesco o vínculo lo ignoramos muchas veces los hombres como las mujeres, y su manifestación más tangible y visible es la enfermedad, a la que están más expuestos los que vienen *luego,* más cuanto más tarde o más luego, quizá por eso las vírgenes fueron tan apreciadas en tiempos ya algo remotos. Y ese parentesco que tampoco se elige puede ser molesto o vejatorio u odioso cuando se sospecha o conoce, tenerlo lleva con frecuencia a la gente a detestarse y aun a matarse, es raro y a la vez común, acaso era un vínculo principalmente de odio el que designaba el verbo y por esa razón no ha sobrevivido en la lengua heredera ni en otras, un nexo de rivalidad y malestar y celos y gotas de sangre, una red con estribaciones o afluentes múltiples que podrían llevarse hasta el infinito y que ya no queremos denominar o albergar en la lengua aunque sí la concebimos con el pensamiento y los hechos, también un fastidioso recordatorio, los conyacentes o cofolladores; si bien lo contrario es asimismo posible y hay quien sabe que ciertas asociaciones sexuales por mujer o por hombre interpuestos dan prestigio y ennoblecen a quienes las establecen o contraen o adquieren, a los que vienen *luego,* que reciben tanto la enfermedad como el aura, seguramente más hoy que en ninguna otra época o más públicamente, yo no me sentí ennoblecido según la hipótesis, pero yo había venido *antes* en esa hipótesis.

La mujer dio tres o cuatro pasos expectantes e incrédulos hacia la calzada al verme allí parado con el semáforo otra vez abierto y con el motor en marcha (no podía verme con mi sensación de vértigo), sin duda pensó que debía acercarse un poco y dejarse contemplar mejor para decidirme, quizá no había hecho aún en toda la noche de aquel martes frío una sola visita a un piso ni a un coche, sus pasos y sus visitas destinados a no dejar huella en nadie, o a superponerse en su memoria confusa y fatalista y frágil. Y entonces me pareció excesivo —cómo decir, humillante— hacer que fuera ella quien tuviera que pisar la calzada y aproximarse a mi ventanilla arriesgándose. Vi que no venía nadie por mi derecha y arrimé el coche a la acera dejando atrás la parada de autobuses bajo la que se cobijarían ella o sus compañeras alternas cuando lloviera —el 16 y el 61—, doblando ya un poco por el lateral de la Castellana, parándome en la misma esquina; y antes de comprobar que era esa mi maniobra ella se apresuró en sus pasos y levantó un brazo para retenerme con tan sólo el gesto, como temerosa de perder a un cliente por su indecisión o su orgullo o como si su costumbre fuera la de llamar así a taxis. No apagué el motor todavía, aún no sabía si cruzaría cuatro o más palabras con ella ni si la invitaría a subir al coche, no sólo dependía del nombre. Vi acercarse sus piernas fuertes y brillantes de seda y bajé la ventanilla de mi derecha automáticamente. Entonces ella se inclinó para verme la cara y hablar conmigo, se inclinó y apoyó en seguida un codo sobre la ventanilla bajada, quizá un truco para que no pueda uno volver a subirla precipitadamente si se arrepiente de su movimiento. Me miró y no parpadeó, como si nunca me hubiera visto, sólo me pareció que contenía el aliento: si era Celia estaba quizá preparando la primera frase o respuesta y también el tono de voz deformado, o la dicción distinta de la habitual, ganaba tiempo. El rostro era el rostro de Celia que conozco tan bien y a la vez no lo era, quiero decir que llevaba un peinado artificialmente asalvajado impensable en ella, con recreados rizos y mechas rubiáceas, y su maquillaje nunca se lo había visto, los labios pintados de color sanguina, se dibujaban más de la cuenta, los ojos con pestañas innegablemente postizas y pintado y alargado el rabillo, haciéndolos esos trazos más rasgados y más apremiantes. Tampoco su ropa era ropa de Celia, la falda demasiado corta, el body demasiado ajustado, sólo la gabardina podía ser suya porque al verla con más luz y de cerca vi que no era gabardina sino un impermeable como los que llevaba ella a veces, también los zapatos de tacón muy alto podían haber sido de Celia las noches en que salíamos a alguna fiesta. Con el codo apoyado en mi ventanilla lanzó un par de rápidas ojeadas hacia su derecha, controlaba a otras dos putas que ahora veíamos ambos desde la esquina subidas a los escalones de un portal noble de la Castellana, seguramente aguardaban el resultado de nuestra transacción, tendrían una oportunidad si no llegaba a buen término, eso creerían. Una de ellas miraba hacia arriba, hacia los árboles de la avenida o paseo —la fronda—, como si la atrajera el leve vaivén inarmónico de las ramas o más bien de las hojas, había sólo brisa y nubes. Eran menos guapas o menos vistosas, en la distancia.

'Sube', dije yo, y abrí la puerta obligándola a apartarse de la ventanilla un momento. No sabía bien cómo dirigirme a ella, de modo que le dije lo que le habría dicho a Celia si me la hubiera encontrado sola en la calle a esas horas. Yo era el conductor o el hombre de manos tan grandes y dedos torpes y duros sobre el volante —mis dedos son como teclas— que la invitaba a subir al coche desde mi asiento con la puerta abierta, yo era el que decía lo que debía hacerse y el que daba las órdenes, no así con Celia. Pero aún no, aún la transacción no estaba hecha.

'Eh, espera, espera. ¿Adónde vamos y con qué cargamento?', dijo ella dando un paso atrás —arrastró el tacón— y apoyando un puño en la cadera. Oí ruido de pulseras cuando hizo ese gesto, Celia hacía ese ruido a veces, aunque más seco, no tantas pulseras o más ceñidas.

'Vamos a dar una vuelta por aquí cerca para empezar; y voy bien cargado, descuida. A ver, elige, así estarás más simpática', contesté yo, y saqué unos cuantos billetes variados del bolsillo del pantalón, llevaba bastante efectivo. No habría el menor problema en ese aspecto, eso es lo que quise decirle y así lo entendió ella. A la vez que extendía la mano con los billetes como una baraja pensé que estaba cometiendo una imprudencia si no era Celia: era como invitarla a robarme de alguna forma —quizá lo que llaman el beso del sueño—, queremos quedarnos con cuanto vemos que existe y está a nuestro alcance. Pero se parecía demasiado a Celia para desconfiar tan pronto y decidir que no era ella. Más bien era ella, incluso si no lo era.

'Bueno, te voy a pillar esto y esto de momento, por el paseíto, ¿te parece?', dijo cogiéndome dos billetes como dos naipes, con mucho cuidado y como pidiendo permiso. Se los metió en el bolso. 'Luego ya hablamos, si quieres que vayamos más lejos: una cosa es Barajas y otra Guadalajara. Y si quieres ir hasta Barcelona ya puedes pasar por un cajero automático.'

'Venga, sube', dije, y di una palmada sobre el asiento vacío de mi derecha. Salió polvo.

Ella subió y cerró la puerta, al arrancar vi que las otras dos putas se sentaban en los escalones, su oportunidad se esfumaba, tendrían frío sobre la piedra, esperando así sentadas con sus faldas tan cortas, había llovido antes y el suelo no estaba del todo seco. La falda de Celia era también tan corta que una vez a mi lado parecía que no llevara, vi la parte de sus muslos que no cubrían las medias negras elásticas —nada de ligas—, vi una franja de piel muy blanca, demasiado blanca para mi gusto, era otoño. Empecé a alejarme de la zona, Castellana arriba.

'Eh, ¿adónde vas?', dijo ella. 'Es mejor que nos metamos por una de esas calles de ahí atrás.' Se refería a Fortuny y Marqués de Riscal y Monte Esquinza y Jenner y Fernando el Santo, calles retiradas y sin apenas tráfico, calles con embajadas de países ricos rodeadas de verjas negras y con jardines particulares de césped uniforme y muy bien cortado, calles muy arboladas y apacibles de noche y también de día, cerca de las cuales transcurrió mi infancia, cuando los dos autobuses que hoy son alargados y rojos, el 16 y el 61 junto a cuya parada había recogido a la falsa Celia o a Celia, eran respectivamente un autobús de dos pisos como los de Londres y un tranvía sobre sus rieles de los que aún se ven tramos como fósiles incompletos en el asfalto de su trayecto, ambos azules, el tranvía y el autobús de dos pisos en los que yo montaba para ir y volver del colegio: les queda el número, es decir, el nombre, el 16 y el 61. En esas calles puede detenerse un coche y apagar su motor un rato sin que los faros de otros deslumbren a sus ocupantes continuamente, puede inhalarse y hablarse y puede lamerse y los chicos fumar a escondidas antes de entrar en clase, son las calles más extranjeras y las más libres.

'No te preocupes, luego volvemos. Y te dejaré de nuevo en tu esquina o donde me digas, no tendrás que coger taxi. No siempre querrán llevaros, supongo.' Este fue un comentario anticuado, tal vez ofensivo si no era Celia. 'Me apetece primero conducir un poco sin tráfico.'

'Vale, tú mandas', contestó ella, 'avísame cuando te canses, pero no tardes mucho o me voy a sentir como la novia de un taxista dando vueltas, sólo que sin bajar bandera.'

Su última frase me hizo reír un poco como me hacía reír Celia cuando acabó mi acceso de entusiasmo o debilidad por ella y pasó a hacerme tan sólo gracia. Era cierto, hay unos taxistas jóvenes que las noches de viernes y sábado llevan a su novia al lado, ellos tienen que trabajar y es la única manera de que puedan salir y verse, ellas tienen enorme paciencia, o están muy enamoradas o desesperadas. Ni siquiera pueden decirse mucho, con un viajero siempre a sus espaldas, mirándoles las nucas y tal vez escuchando, mirando sobre todo la nuca de ella si el viajero es un hombre desesperado o solo.

Conduje en silencio por la Castellana bien conocida, algunos lugares siguen en su sitio, no muchos, el Castellana Hilton ya no se llama así pero para mí es el Hilton, el cartel muy visible de House of Ming, un lugar y un nombre prohibidos y misteriosos durante la infancia, y luego Chamartín, el estadio del Real Madrid que también trae a la memoria nombres que no se han borrado ni se borrarán ya nunca, alineaciones enteras que aún me sé de corrido, y a veces los rostros que conocí en los cromos y trasladé a las chapas a las que jugaba a diario con uno de mis hermanos: Molowny, Lesmes, Rial y Kopa, el gordo Puskas, Velázquez, Santisteban y Zárraga, jugadores cuyas caras no reconocería ahora si tuviera oportunidad de verlas, sus apellidos persisten y Velázquez fue un genio.

Conduje en silencio porque miraba a la puta con el rabillo del ojo para ver si tenía la misma sensación de antaño, de llevar a Celia cansada a mi lado como tantas noches al regresar juntos a casa. Quería verla más de frente y con detenimiento y fijarme bien en sus rasgos, pero para eso habría tiempo y las caras engañan, a veces son más de fiar las emociones y sensaciones propias ante esos rostros y los detalles involuntarios del otro, el ritmo de la respiración, un carraspeo o un gesto, un defecto de pronunciación, un latiguillo del habla, el olor —queda el olor de los muertos cuando nada más queda de ellos—, los andares o la forma de cruzar las piernas, los dedos que tamborilean con impaciencia o el pulgar que se frota bajo los labios; y la risa, la risa delata a quien finge y niega su nombre y es casi inconfundible en cada persona, y me pregunté si debía correr el riesgo de intentar hacer reír a la puta que había recogido en mi coche, porque tal vez eso me obligara a tener certeza.

Conduje en silencio también porque me preguntaba el motivo de que Celia estuviera haciendo la calle si se trataba de Celia, no podía tener necesidad de dinero, quizá sí tenía frivolidad suficiente y las suficientes dosis de aventurerismo, una palabra eminentemente soviética, aventurerismo, aquello que permite decir 'yo he probado'; o sería acaso venganza, una represalia que habría empezado a cumplirse cuando la vieron los amigos de Ruibérriz que la habían visto en dos locales distintos o el propio Ruibérriz que la habría contratado para esa noche en que la hubiera visto, y que ahora se podía cumplir cabalmente si yo era yo y ella era ella, ella también podría tener respecto a mí sus dudas, cada uno es poco consciente de sus propios cambios, yo no lo soy de los míos que quizá son graves y decisivos. Y esa venganza en qué consistía, me dije en silencio, sino en emparentarme tumultuosamente con desconocidos de los que nunca sabría —no sabría quiénes ni cuántos—, de los que ni siquiera sabría bien ella a menos que llevara la cuenta y los anotara en su diario y les preguntase sus nombres que no le darían.

'¿Cómo te llamas?', le pregunté yo a la puta al final de la Castellana, cuando daba la vuelta para recorrerla de nuevo en sentido inverso.

'Victoria', mintió si era Celia, y quizá también si no lo era. Pero si lo era mintió con intención e ironía y malicia o incluso burla, porque esa es la versión femenina de mi propio nombre. Sacó un chicle de su bolso, el coche olió a menta. '¿Tú?'

'Javier', mentí yo a mi vez, dándome cuenta de que lo habría hecho en ambos casos, tanto si ella era Victoria como si era mi Celia que ya no era mía.

'Otro Javier', comentó, 'la ciudad está llena o es el nombre que os gustaría tener a todos, no sé qué os ha dado.'

'¿Todos quiénes?', pregunté yo. '¿Tus clientes?'

'Los tíos en general, los tíos, ¿qué te crees, que sólo conozco puteros?'

Tenía algo desabrido que Celia no tenía ni tiene, si era ella fingía bastante bien, o quizá el tiempo que llevara ejerciendo —acaso más de un mes o dos, hacía cuatro o cinco que lograba no verla ni hablar con ella— le había servido para contagiarse de algunos modales. También se me ocurrió que podía estar irritada por mi alquiler tan pronto, pagando además de antemano: se podía estar preguntando si la había cogido por el parecido y como excepción o si era un putero de siempre y ella lo había ignorado durante nuestro matrimonio.

'Ya me imagino que no, perdona. También tendrás familia, supongo.'

'Por ahí andan, no los veo, así que no me preguntes por ellos.' E insistió con resentimiento, en sus ojos pintada la noche oscura: 'Oye, yo me trato con mucha gente'.

'Ya ya, disculpa', dije.

La conversación no resultaba fácil, quizá era mejor continuar en silencio. Pensaba que era Celia un momento y que podíamos dejar de disimular y hablar de todo o de lo de siempre o interrogarnos abiertamente, y al siguiente pensaba que no podía ser ella y que se trataba sólo de uno de esos parecidos extraordinarios que sin embargo se dan a veces, como si fuera ella con otra vida o historia, la misma persona a la que hubieran trocado de niña en la cuna como en los cuentos infantiles o en las tragedias de reyes, el mismo físico con otra memoria y con otro nombre y otro pasado en el que yo no habría existido, tal vez un pasado de niña gitana encaramada a la pila de objetos destartalados e inútiles de una carreta tirada por una mula, la Virgen de los traperos golpeándose contra las ramas de los torcidos árboles y viendo a las niñas burguesas masticar sus chicles en el piso alto de un autobús de dos pisos (pero ella era demasiado joven para haberlos conocido). Aunque tampoco hacía falta tanto para explicárselo, la frontera es delgada y todo está expuesto a los mayores vuelcos —el revés del tiempo, su negra espalda—, los hemos visto en la vida como en la novela y el teatro y el cine, escritores o sabios mendigos y reyes sin reino o esclavizados, príncipes encerrados en torres y asfixiados por una almohada, suicidados banqueros y beldades convertidas en monstruos tras ser arrasadas por vitriolo o por un cuchillo, nobles sumergidos en tinajas de nauseabundo vino e ídolos de las multitudes colgados de los pies como cerdos o arrastrados por un caballo, desertores convertidos en dioses y criminales en santos, ingenios reducidos a la condición de borrachos obtusos y tullidos coronados que seducen a las más hermosas sorteando su odio o aun transformándolo; y amantes que asesinan a quienes los aman. El filo es delgado y basta un descuido para caer del lado del que se está huyendo, porque en todo caso corta el filo y se acaba por caer de uno u otro, al poco tiempo: basta con echar a andar e incluso basta estar quieto.

'¿Qué, cómo va la conducción?', me preguntó Victoria después del nuevo silencio. '¿Entrenándote para la Fórmula 1 o es que todavía te estás pensando hasta dónde quieres que vayamos? ¿Quieres que te mire el mapa? A lo mejor te has perdido.' Y abrió la guantera para subrayar con un gesto su comentario.

'No tengas prisa que todo este rato ya me lo debes', respondí yo malhumorado y cerrándole la guantera de un golpe. 'Y no te quejes, que mejor estás aquí que pasando frío ahí en la esquina. ¿Cuánto rato llevabas sin que te cogiera nadie?'

'Eso a ti no te importa, yo no hablo de mi trabajo. Si además de hacerlo tengo que hablar de él, ya me contarás tú el plan.' Masticaba su chicle con fuerza y abrí un poco mi ventanilla para disipar el olor a menta, que se había mezclado con el de su perfume agradable, no era el habitual de Celia.

'Ya, no quieres hablar de tu trabajo ni de tu familia ni de nada: lo que hace tener la pasta ya en el talego sin habérsela ganado.'

'No es eso, tío', contestó ella, 'si quieres te la devuelvo y me la das cuando terminemos. Lo que pasa es que no estoy aquí para ilustrarte, cada cosa en su sitio, ojo.'

'Tú estás aquí para lo que yo te diga.' Me sorprendí a mí mismo diciéndole eso, a Victoria o a Celia, tanto daba. Los hombres tenemos la capacidad de meter miedo a las mujeres con una mera inflexión de la voz o una frase amenazadora y fría, nuestras manos son más fuertes y aprietan desde hace siglos. Es todo chulería.

'Vale, vale, no te me pongas borde', dijo ella en tono conciliador; y sirvió para apaciguarme ese 'me', porque me hizo sentirme un poco suyo.

'La que está borde eres tú desde que te has montado en el coche. Tú sabrás lo que te ha pasado con tu anterior cliente.' Me pareció que nos estábamos deslizando hacia una discusión conyugal o adolescente absurda. Añadí en seguida: 'Pero perdona, no te gusta hablar de tu trabajo, la señorita guarda el secreto profesional'.

'¿A que a ti no te gusta hablar del tuyo?', contestó la puta Victoria. 'A ver, ¿a qué te dedicas?'

'No me importa hablar de ello. Soy productor de televisión', mentí de nuevo, aunque con precaución, ya que conozco a varios y podía representar perfectamente su papel ante una puta. Esperé que ella me preguntase qué programas había hecho o me pidiera una prueba, pero no me creyó, así que no hizo nada de eso (quizá no me creyó porque era Celia, y en ese caso sabía).

'A estas horas de la noche lo que tú digas', dijo, 'aquí estamos para complaceros, tú lo has dicho.'

Ahora sí decidí meterme por las calles tranquilas y diplomáticas que ella me había sugerido al principio, buscar un hueco para aparcar el coche. Lo encontré en Fortuny, no lejos de la embajada alemana, que parecía deshabitada a aquellas horas, la luz de la garita apagada, tal vez el vigilante veía así mejor en la noche y no era visto sobre todo. Dejamos atrás a dos travestidos inconfundibles en la esquina de Eduardo Dato, aguardaban sentados en un banco de madera aún húmeda bajo los árboles, rodeados de hojas amarillas caídas y amontonadas, como si hubieran ahuyentado a un barrendero en medio de su faena.

'¿Cómo os lleváis con esos?', le pregunté a Victoria tras apagar el motor y señalando con el pulgar hacia atrás. Ahora habíamos utilizado ambos un plural que nos despersonalizaba.

'Y dale', dijo ella. Pero esta vez contestó, había que borrar la acritud aunque fuera mínimamente, no se puede establecer un contacto físico con acritud, por muy convenido y codificado y pagado que esté ese contacto: 'Bien, aunque estemos en la misma zona no coincidimos. Para pescar esa esquina es suya, pero si una noche no viene ninguno nos podemos poner nosotras, y si aparecen nos vamos. No hay problemas, los problemas son siempre con los clientes'.

'Qué pasa, que nos ponemos bordes.'

'Algunos dais miedo', contestó Victoria. 'Algunos sois unos bestias.'

'¿Yo te doy miedo?', pregunté estúpidamente, pues al decirlo estuve seguro de que ninguna de las dos respuestas posibles me agradaría. No podía darle miedo si era Celia, pero ella actuaba como si no lo fuera. Yo me comportaba como yo mismo en cambio, dejando de lado las pequeñas mentiras, o ni siquiera hacía falta dejarlas de lado.

'De momento no, pero a ver por dónde me sales', respondió ella con una especie de término medio, como si me hubiera adivinado el fugaz pensamiento, o no llegaba a ser tanto. Y de nuevo me incluyó en su 'me', con el que me iba ganando. '¿Qué quieres, un francés?' Y a la vez que decía esto se sacó su chicle de la boca y lo sostuvo entre los dedos sin decidirse a tirarlo. En esa masa minúscula estarían las huellas de sus muelas, que es lo que sirve para reconocer a un cadáver sin lugar a dudas, si se encuentra al dentista del muerto.

'¿No te da miedo subirte al coche de un desconocido una vez y otra?', insistí yo, y ahora lo pregunté realmente preocupado por Celia y también por Victoria, pero por Victoria menos. 'Nunca sabrás lo que vas a encontrarte.'

'Claro que me da miedo, pero a ver, no lo pienso. ¿Por qué, tengo que tenerte miedo?' En su voz hubo un poco de alarma, vi que me miraba las manos, las tenía aún sobre el volante. De pronto le había desaparecido todo sarcasmo, la idea del miedo le había traído ese miedo, y mi insistencia. Qué fácil meter una posibilidad o una aprensión o una idea en la cabeza de otra persona, todo se contagia muy fácilmente, de todo podemos ser convencidos, a veces basta un gesto de asentimiento para lograr los propósitos, hacer como que uno sabe, o sospechar la sospecha del otro sobre nosotros para descubrirnos sin querer por miedo y revelar lo que íbamos a mantener secreto. Celia o Victoria tenía ahora miedo de mí y entendía a Victoria, pero cómo podía tenerlo Celia. O quizá sí podía, si sospechaba que yo sospechaba que se estaba vengando de mí con sus parentescos no consanguíneos que me imponía y me había impuesto sin mi consentimiento ni mi conocimiento. Pero cómo puede haber consentimiento. Quizá iba a emparentarme conmigo mismo, a Javier con Víctor, y ahí sí habría consentimiento.

'No, claro que no', dije riendo. Pero no sé si bastó, una vez introducido el temor en su mente; las mujeres saben que cuanto logran ante los hombres son sólo concesiones de éstos —una renuncia voluntaria a su fuerza, el pasajero descanso de su autoritarismo— y que éstos pueden retirarlas en cualquier instante.

'¿Entonces por qué me preguntas si no me da miedo subirme al coche de un desconocido cuando eso es lo que acabo de hacer contigo?' La había sobresaltado la intrusión de ese miedo, trataba de sacudírselo antes de que se aposentara. Se metió el chicle otra vez en la boca, había hecho bien en no tirarlo. 'Son ganas de joder, también tú eres un desconocido, qué te crees.'

Por qué afirmaba lo que era evidente si yo era yo y ella era Victoria, me pregunté. Ahora le veía la cara de frente, mal iluminada por un farol bajo de luz amarillenta que tapaban o tamizaban las ramas, el rostro de Celia pero no su nombre. Celia tenía entonces veinticinco años y Victoria aparentaba quizá algunos más, veintiocho o veintinueve, como si fuera una premonición a corto plazo de Celia que no se ha cumplido, el anuncio de sus primeras arrugas y del cansancio y el pánico instalados en su mirada, el vaticinio de su vida arruinada o tal vez sólo una mala racha, el maquillaje exagerado para una joven tan joven y la ropa que más que cubrir subrayaba, los pechos acentuados y alzados por aquel body blanco, las piernas al descubierto con la mínima falda hecha un guiñapo de tanto sentarse en los asientos de copiloto de los indiferenciables coches nocturnos, y tal vez luego arrodillarse y aun ponerse a cuatro patas; la expresión asustada o ácida según los momentos, suprimida o disimulada deliberadamente su simpatía, aquella mujer me había hecho gracia durante mucho tiempo y en aquellos instantes volvía a hacérmela con su impermeable lustroso y su boca incesante y sus malos modos, en sus ojos pintada la noche oscura y también el miedo a mis manos y a mi deseo y a mis inminentes órdenes, qué desgracia saber tu nombre aunque ya no conozca hoy tu rostro y aún menos lo conozca mañana. Le puse en el muslo la mano temida, toqué la franja de piel entre la media y la falda, acaricié esa franja.

'¿Lo soy?', le dije, y con la otra mano le cogí la barbilla y le volví la cara, obligándola a mirarme muy de frente. Ella bajó los ojos instintivamente y yo le dije: 'Mírame, ¿no me conoces? Dime que no me conoces'. Se zafó de mi mano con un movimiento del mentón y dijo:

'Oye, qué te pasa, yo a ti no te he visto en mi vida. Así sí que me vas a dar miedo. Mira, no es fácil acordarse de todo el mundo, pero contigo estoy segura de que no he estado antes, y no sé si voy a estar a este paso. Pero qué te ha dado'.

'¿Cómo puedes estar segura? ¿Cómo sabes que no has estado conmigo? Tú misma lo has dicho, no es fácil acordarse de todo el mundo, para alguien como tú se mezclarán las caras, o a lo mejor haces lo posible por no mirarlas ni verlas y así poder imaginarte siempre que estás con el mismo hombre, con tu novio, o con tu marido, a lo mejor estás casada, o lo has estado.'

'Tú te crees que si estuviera casada estaría aquí, estás listo. Y además es al revés, a todos os miramos muy bien por delante y por detrás, para no repetir si os habéis puesto bestias o si hay mal rollo. La primera vez con un tío te puede ocurrir cualquier cosa, pero a la segunda es de pardillo. A los tíos se os ve a la primera por dónde vais. Así que venga, dime por dónde vas tú y acabemos.' El tono de la última frase fue conciliador de nuevo pese a la impaciencia de las palabras.

'Hay mal rollo conmigo', dije.

'Muy bueno no lo estás haciendo, hablando del miedo y de si me das miedo y de si te conozco.'

'Lo siento', dije.

Hubo un silencio. Ella lo aprovechó para quitarse el impermeable —fue otro gesto de conciliación—, no lo tiró al asiento de atrás de cualquier manera, sino que lo dobló y dejó cuidadosamente, como si estuviera en el cine. No llevaba sostén, Celia lo llevaba siempre.

'Mira', dijo, 'andamos todas un poco histéricas por esta zona. Hace cosa de un mes se cargaron a un chiquito que habían cogido en Hermanos Bécquer, ahí mismo donde tú me has cogido. Por eso ya no se ponen ahí los travestis, les da mal fario y nos han cedido la esquina. Hasta que nos pase algo a alguna, y entonces nos largaremos, hay mucha superstición con lo del territorio. Era un chiquito muy joven, muy delicado, muy niña, no como esos tiorros', y señaló con el pulgar hacia atrás como yo había hecho antes, 'parecía de verdad una chica. Llevaba poco tiempo, recién llegado de un pueblo de Málaga. Se montó en un Golf como este sólo que blanco, se vino a una de estas calles a mamársela al hijoputa, y a la mañana siguiente lo encontraron tirado en la acera con la cabeza aplastada y la boca llena. Apenas si todavía sabía andar con tacones, el pobre, tendría dieciocho años. ¿Y qué pasa? Que a la noche siguiente tenemos que salir otra vez y olvidarnos de eso, porque si no no salimos, ni nosotras ni ellos. Así que no están las cosas para que me vengas tú con el miedo y que si te conozco o no te conozco, no sé si me entiendes.'

No podía ser Celia, pensé; Ruibérriz o sus amigos habrían visto a esta puta Victoria idéntica a ella y habrían querido pensar que se trataba de ella, y quizá habrían creído acostarse con Celia pagándole, si lo habían hecho con Victoria. No podía haber cambiado tanto en los demás aspectos, no podía ser ella; a menos que estuviera fingiendo a las mil maravillas, inventando historias truculentas para asustarme y hacer que me preocupara aún más, hasta el punto de querer salvarla de aquella vida y aquellos peligros volviendo a su lado para que no tuviera que estar aquí ni en ningún local ni en Hermanos Bécquer de tan mala suerte (ella lo había dicho: 'Tú te crees que si estuviera casada estaría aquí, estás listo'). No había leído nada en los periódicos sobre aquel travestido niña con la cabeza aplastada contra la acera, suelo detenerme en este tipo de noticias por mi trabajo. Celia era algo novelera y algo mentirosa, pero no hasta esos extremos ni solía fabular desgracias, su carácter es optimista y ufano. Sin embargo, pensé, si ella era ella llevaría en efecto un tiempo ejerciendo de puta y ya lo sería por tanto, habría conocido el medio y no tendría por qué inventar nada, y eso explicaría su talante más agrio y su léxico más abrupto y su dicción más áspera, todo se contagia. *En realidad no estaría fingiendo.* Cómo era posible que tuviera dudas, cómo era posible que no estuviera seguro de si estaba con mi mujer o con una puta (con mi mujer hecha puta o con una puta sentida como mi antigua esposa), había vivido con ella durante tres años y la había tratado durante uno más antes, me había despertado y acostado con ella a diario, la había visto desde todos los ángulos y conocía todos sus gestos y la había oído hablar durante infinitas horas bajo todos los humores imaginables —la había mirado sobre la almohada a los ojos en otros tiempos—, hacía sólo cuatro o cinco meses que no la veía, aunque la gente puede cambiar mucho en ese tiempo si ese tiempo es anómalo y de enfermedad o sufrimiento o de negación de lo que hubo antes. Lamenté de pronto que no tuviera ninguna cicatriz o mella o lunar muy visible, de haber sido así me la habría llevado a casa para desnudarla entera, aun a riesgo de tener certeza con ello. O quizá es que no recordaba en su cuerpo esas señales que identifican, uno es olvidadizo y no se fija nunca mucho en nada, para qué hacerlo si nada es como es porque nada está quieto en su ser y perseverando, nada dura ni se repite ni se detiene ni insiste, y la única solución a eso es que todo acabe y no haya nada, lo cual no le parecía al Único mala solución a veces, según dijo con nihilismo; y en cambio todo viaja incesantemente y encadenado, unas cosas arrastrando a las otras e ignorándose todas, todo viaja hacia su difuminación lentamente nada más ocurrir y hasta mientras acontece, y hasta mientras se lo espera y aún no sucede, y se recuerda como pasado lo que aún es futuro y tal vez acabe por no cumplirse, se recuerda lo que no ha sido. Todo viaja menos los nombres, verdaderos o falsos, que se quedan para siempre grabados en la memoria como en las lápidas, León Suárez Alday o Marta Téllez Angulo, habrán ya inscrito el nombre de Marta y no será distinto del de 1914. Yo habría sabido que Victoria era Celia si Victoria me hubiera respondido 'Celia' cuando le pregunté su nombre, y puede que entonces yo le hubiera contestado 'Víctor' al preguntarme ella el mío. Y en ese caso nos habríamos reconocido y quizá abrazado y no habríamos ido a la calle Fortuny bajo los árboles aún frondosos y un farol amarillo sino a nuestra antigua casa que ahora es sólo la suya o a la nueva mía, y nada de esto estaría ocurriendo en mi coche ni yo le daría miedo.

'Sí te entiendo. Disculpa', dije. '¿Conocías mucho a ese chico?'

'No, sólo de vista un poco, dos o tres veces por la zona, había cruzado con él algunas frases. Arrastraba sus tacones altos como si agarrara con los pies los zapatos, por la falta de costumbre o a lo mejor por enfermedad, parecía frágil y andaba muy despistado. Era muy mono, muy tímido, bastante educado, daba siempre las gracias cuando preguntaba algo.' Victoria se quedó pensativa un instante y se acarició con el índice el extremo de una ceja, como hacía Celia Ruiz Comendador cuando en medio de una discusión o un relato se paraba a reflexionar sus siguientes palabras, o las buscaba para bien elegirlas. La coincidencia, sin embargo, no me pareció decisoria en aquel momento. 'Era ese tipo de persona que, si bien se mira, es normal que no haya vivido mucho. Se las ve a la legua, parece que estén de sobra, como si el mundo no las soportara y tuviera prisa por expulsarlas. Pero entonces sería mejor que no nacieran. Porque la realidad es que nacen y están ahí, y es horrible que la gente que uno conoce se muera, aunque la conozca poco, no se comprende que ya no exista quien ha existido. Yo no lo comprendo al menos. Se hacía llamar Franny, supongo que se llamaría Francisco. Menuda muerte.' Ahora Victoria me mostró su nuca al volver el rostro hacia la calle, se quedó mirando hacia la acera de la calle Fortuny junto a la que estábamos aparcados, tal vez imaginaba el cráneo deshecho de aquel travestido niña sobre ese mismo suelo o sobre alguno cercano. 'La muerte horrible y la muerte ridícula', pensé, 'la cabeza entre los muslos en el penúltimo instante, y el desprecio del muerto hacia su propia muerte. Qué maldición, ahora tendré que recordar también ese nombre cuyo rostro ni siquiera conozco: Franny'; o así lo imaginé yo escrito, por mis lecturas. También me quedé callado mientras lo pensaba, apoyado en el volante un codo y frotándome con el pulgar bajo los labios. Pero fue poco tiempo. Quizá nos observaban de lejos, desde la garita de la embajada alemana a oscuras.

'Qué te parece si vamos un poco al asiento de atrás', le dije a Victoria para sacarla de la ensoñación e interrumpir aquel otro gesto de su dedo índice. Le puse la mano en el hombro, luego le acaricié la nuca. 'Aún te tienes que ganar tu dinero', y señalé su bolso.

Ella me miró y se sacó el chicle. Esta vez abrió la ventanilla y lo tiró a la acera.

Es cansado moverse en la sombra y espiar sin ser visto o procurando no ser descubierto, como es cansado guardar un secreto o tener un misterio, qué fatiga la clandestinidad y la permanente conciencia de que no todos nuestros allegados pueden saber lo mismo, a un amigo se le oculta una cosa y a otro otra distinta de la que el primero está al tanto, se inventan para una mujer historias complejas que luego hay que rememorar para siempre en detalle como si se hubieran vivido, a riesgo de delatarse más tarde, y a otra mujer más nueva se le cuenta la verdad de todo excepto aquellas cosas inocuas que nos dan vergüenza de nosotros mismos: que somos capaces de pasarnos horas viendo en la televisión partidos de fútbol o degradantes concursos, que leemos tebeos siendo ya adultos o nos echaríamos al suelo a jugar a las chapas si tuviéramos con quién hacerlo, que nos pierden las timbas o nos gusta una actriz que reconocemos odiosa y hasta ofensiva, que tenemos un humor de perros y fumamos al levantarnos o que fantaseamos con una práctica sexual que se considera aberrante y no nos atrevemos a proponerle. No siempre se oculta por el propio interés o por miedo o por haber cometido una verdadera falta, no siempre por la salvaguarda, tantas veces es por no dar un disgusto o no aguar la fiesta y por no hacer daño, otras es por mero civismo, no es de buena educación ni civilizado darse a conocer del todo, no digamos enseñar las manías y lacras; a veces son los orígenes lo que se calla o falsea porque casi todos habríamos preferido una ascendencia distinta por alguno de nuestros cuatro costados, la gente esconde a sus padres y abuelos y hermanos, a sus maridos o a sus mujeres y a veces hasta a sus hijos más parecidos o proclives al cónyuge, silencia alguna fase de su propia vida, abomina de su juventud o niñez o de su edad madura, en toda biografía hay un episodio ultrajante o desolado o siniestro, algo o mucho —o es todo— que para los demás es mejor que no exista, para uno mismo mejor fingirlo. Nos avergonzamos de demasiadas cosas, de nuestro aspecto y creencias pasadas, de nuestra ingenuidad e ignorancia, de la sumisión o el orgullo que una vez mostramos, de la transigencia y la intransigencia, de tantas cosas propuestas o dichas sin convencimiento, de habernos enamorado de quien nos enamoramos y haber sido amigo de quienes lo fuimos, las vidas son a menudo traición y negación continuas de lo que hubo antes, se tergiversa y deforma todo según va pasando el tiempo, y sin embargo seguimos teniendo conciencia, por mucho que nos engañemos, de que guardamos secretos y encerramos misterios, aunque la mayoría sean triviales. Qué cansado moverse siempre en la sombra o aún más difícil, en la penumbra nunca uniforme ni igual a sí misma, con cada persona son unas zonas las iluminadas y otras las tenebrosas, van variando según su conocimiento y los días y los interlocutores y las ambiciones, y nos decimos constantemente: 'Ya no soy lo que fui, he dado la espalda a mi antiguo yo'. Como si llegáramos a creernos que somos otros de los que creíamos ser porque el azar y el descabezado paso del tiempo van variando nuestra circunstancia externa y nuestros ropajes, según dijo el Solo aquella mañana cuando se puso a expresar sus ideas sin orden. Y añadió: 'O son los atajos y los retorcidos caminos de nuestro esfuerzo los que nos varían y acabamos creyendo que es el destino, acabamos viendo toda nuestra vida a la luz de lo último o de lo más reciente, como si el pasado hubiera sido sólo preparativos y lo fuéramos comprendiendo a medida que se nos aleja, y lo comprendiéramos del todo al término'. Pero también es cierto que a medida que pasa el tiempo y nos hacemos viejos es menos lo que se oculta y más lo que recuperamos de lo que fue una vez suprimido, y es sólo por la fatiga y la pérdida de la memoria o la vecindad de ese término, la clandestinidad y el secreto y la sombra exigen una memoria infalible, recordar quién sabe qué y quién no sabe, en qué hay que disimular ante cada uno, quién está enterado de cada revés y cada envenenado paso, de cada error y esfuerzo y escrúpulo y la negra espalda del tiempo. A veces leemos que alguien confiesa un crimen a los cuarenta años de cometerlo, personas que llevaban una vida decente se entregan a la justicia o revelan en privado un secreto que los destruye, y creen los cándidos y los justicieros y los moralistas que a esas personas las ha vencido el arrepentimiento o el deseo de expiación o la torturadora conciencia, cuando lo único que los ha vencido y los mueve es el cansancio y el deseo de ser de una pieza, la incapacidad para seguir mintiendo o callando, para recordar lo que vivieron e hicieron y también lo imaginario, sus trocadas o inventadas vidas además de las que tuvieron efectivamente, para olvidar lo que sí sucedió y sustituirlo por lo ficticio. Es sólo la fatiga que trae la sombra lo que impele a veces a contar los hechos, como se deja ver de repente quien se escondía, el perseguidor como el fugitivo, simplemente para que acabe el juego y salir de lo que se ha convertido en una especie de encantamiento. Como yo me dejé ver por Luisa aquella tarde después de seguirla a la salida del restaurante, o no exactamente, sino después de que ambos acompañáramos a Téllez hasta el portal de su casa, nos llegamos los tres a pie por la cercanía, ella y yo flanqueando a la figura que se bamboleaba sobre sus pies pequeños de bailarín retirado como una baliza flotante, no tanto como en el cementerio por suerte, ese día no eran sólo la edad y el volumen lo que lo desequilibraba. Y allí nos despedimos todos, vimos cómo el padre abría la puerta del ascensor antiguo y tomaba asiento en el banco para ir descansado en el breve y vertical trayecto, desapareció en su caja de madera hacia arriba como una izada deidad sedente, y entonces Luisa Téllez me dijo 'Bueno, hasta la vista' y yo contesté 'Nos seguiremos viendo' o algo por el estilo, ambos dábamos por supuesto que aún nos encontraríamos durante el resto de la semana en que yo vendría a trabajar para Téllez a aquella casa.

Ella echó a andar en una dirección y yo hice amago de tomar la contraria, pero a los dos o tres pasos me quedé parado y me di la vuelta, y al verla alejarse de espaldas con sus piernas tan parecidas a las de su hermana Marta —o acaso eran los andares más que las pantorrillas— decidí seguirla un rato, hasta que me aburriera o cansara. Recorrió a buen paso un par de manzanas, como si supiera hacia dónde se dirigía sin prisa, y sólo al coger Velázquez aminoró el paso y empezó a desviarse mínimamente hacia escaparates, primero unos segundos —el tacón ladeado, el suelo mojado—, como quien localiza sitios y piensa que ya los mirará con detenimiento otro día, luego se fue parando más —los tacones rectos, el suelo mojado— hasta que por fin entró en una tienda de ropa, y entonces recordé que había quedado encargada de comprarle un regalo de cumpleaños a su cuñada María Fernández Vera en nombre de Téllez. Con mucho cuidado me detuve ante esa tienda, y desde una esquina de la vidriera me atreví a atisbar el interior, sobre todo cuando vi que Luisa daba la espalda a la calle mientras hablaba con una dependienta. Luego se dirigió hacia las faldas y estuvo mirándolas y tocándolas, siempre acompañada de la dependienta —una de esas jóvenes que no dejan pensar al cliente anticipándose a su ojo, le sacaba prendas a las que Luisa decía que no con un gesto de la cabeza—, hasta que por fin cogió una y desapareció en un probador. Era descuidada o bien confiada, dejó el bolso fuera, sobre lo que era una mesa más que un mostrador de cristal. Al cabo de un par de minutos reapareció con la falda puesta, remetiéndose todavía la blusa. No le quedaba muy bien, demasiado larga, y el color era insulso, le sentaba mejor la suya. Dio pasos adelante y atrás mientras se miraba al espejo —la etiqueta colgando—, se miró de lado, se miró de espaldas, por el gesto vi que la desechaba y me retiré de mi puesto de espía, me alejé y me puse a examinar un quiosco, mientras salía Luisa hube de comprar un periódico extranjero que no me interesaba nada. Miró el reloj una vez en la calle, quizá estaba haciendo tiempo para alguna otra cosa, una falda no me parecía regalo adecuado por parte de Téllez para su nuera, sería demasiado evidente que él no la había comprado, aunque tal vez eso no importara. Luisa siguió avanzando por Velázquez, y al llegar a la esquina de Lista o bien Ortega y Gasset (esta calle cambió de nombre hace mucho, pero aún impera el antiguo y por él se la conoce, mala suerte para el filósofo), entró en un establecimiento Vips, lo suficientemente amplio y diversificado para que yo pudiera entrar también tras ella y observarla desde la distancia sin que me viera, si me movía prudentemente. La vi mirar por encima la sección de libros, cogía alguno, leía al sesgo la solapa o la contracubierta y lo volvía a dejar en su pila, no llegaba a hojearlo (casi sólo tienen novedades en estos lugares y muchos están envueltos en celofán, una lata), por fin se quedó con uno en la mano, al principio no pude ver lo que era, y pasó a la sección de discos, yo me quedé alejado y de espaldas a ella, fingiendo mirar la de vídeos y volviendo la cabeza de vez en cuando para que no saliera del local sin yo advertirlo. En un momento de alarma (ella levantó de pronto la vista hacia donde yo estaba) cogí una película al azar como si fuera a comprarla, para no parecer muy inactivo: un gesto absurdo, daba lo mismo lo que estuviera haciendo mientras no me descubriera, o si me descubría. Pero Luisa no tenía prisa o seguía buscando un regalo, y al cabo de unos minutos pasó con su libro y ningún disco en la mano a la sección de alimentación, yo me desplacé con mi vídeo hasta la de revistas y me puse a curiosearlas, mirándola de reojo, siempre situado más bien a su espalda, es la única regla invariable para quien sigue a alguien. Y entonces pensé que ya no podía tardar en regresar a casa o a la de Deán (en ir a una casa, cualquiera que fuese), porque sacó dos grandes tarros de helados Häagen-Dazs de la nevera en que estaban expuestos, al abrir la portezuela de cristal transparente vi su figura envuelta en el humo frío durante unos instantes, los que tardó en elegir los sabores, una nube de vaho que la hizo parecer ruborizada. Si tardaba mucho en volver a su casa se le derretirían, esos helados eran los mismos que me había ofrecido Marta en su cena casera y también los compraba Luisa, o quizá era al niño Eugenio a quien gustaban y ambas hermanas se los llevaban —Marta habría echado mano de ellos como postre improvisado, no había sabido que iba a tener un invitado hasta por la tarde—. Helados en invierno para un niño tan pequeño, no era probable, corregí mi pensamiento en seguida, aunque no tengo mucha idea de lo que comen los niños de esa edad ni de ninguna otra, Luisa tendría que irlo sabiendo si se había ofrecido a hacerse cargo. Fue entonces cuando me pregunté por ese niño, con quién estaría todo aquel rato, a esas edades —eso lo sé— no pueden estar solos ni un minuto excepto si están dormidos, como aquella noche en Conde de la Cimera cuando me fui y lo dejé en verdad solo, no le había pasado nada. Tal vez lo tendrían momentáneamente sus otros tíos, María Fernández Vera y el hermano Guillermo, mientras Deán y Luisa almorzaban con Téllez para ventilar su futuro, yo se lo había impedido en parte con mi presencia. Luisa también cogió un bote de buenas salchichas y unas cervezas Coronita, mexicanas, quizá iba a improvisar asimismo una cena con tan parcos elementos, pero no conmigo. Fue hasta la caja para pagar, yo seguí buscando su espalda, pasé a la sección que ella dejaba, cogí también un tarro de helado de la nevera, me vi envuelto en el humo y luego me puse en seguida en la cola de caja para que no me separaran muchos clientes de ella —por fortuna sólo se coló uno en medio—, de otro modo podría perderla de vista a la salida. El tipo no era alto, no me la tapaba. Quedé muy cerca de ella, veía muy bien su nuca (por suerte no se volvió de pronto). Vi entonces el título del libro que había escogido, *Lolita*, excelente, pero a estas alturas me pareció un poco extraño y no buen regalo para su cuñada. Sólo cuando ya estaba pagando con prisa mi helado y mi vídeo me di cuenta de qué película estaba adquiriendo sin haberla elegido, era *101 dálmatas* de dibujos animados, no me interesaba lo más mínimo pero ya no podía permitirme correr a cambiarla. Una vez en la calle, Luisa Téllez bajó por Lista en dirección a la Castellana, y antes de llegar a Serrano se metió por una bocacalle y entró en otra tienda de ropa con grandes vidrieras, si quería espiarla quedaba demasiado expuesto. Podía esperar en un bar cercano, pero prefería observarla, así que decidí pasar una vez y otra por delante de la tienda echando vistazos sin detenerme, como si en una película fuera alguien que entra y sale de campo atravesando la pantalla de un extremo a otro, así es como me vería ella si por azar se fijaba, la primera vez que me viera sería para ella la primera vez que yo estaría pasando casualmente por aquella calle céntrica, hay más raras coincidencias. El pavimento estaba un poco hundido en aquel tramo y se había formado un charco, cada vez que pasaba tenía que sortearlo, y cada vez que lo hacía aprovechaba el pequeño alto para mirar brevemente hacia el interior, Luisa hablaba con las dependientas ociosas y lo tocaba y examinaba todo, estaría indecisa. Cogió otra falda y una especie de camiseta elegante (que era elegante lo vi más tarde) y se fue al probador dejando de nuevo su bolso y su bolsa con compras, las mujeres esperaron bostezando a que saliera, de pie y cruzadas de brazos, no tenían más clientes aquella tarde inestable, iban vestidas con ropa de su propio negocio, de pronto me di cuenta de que era el famoso Armani, un emporio. Empezaba a cansarme de pasar por allí de un lado a otro (iba haciendo alguna pausa) cuando Luisa salió con la camiseta y la falda puestas, la falda era lo bastante corta y de color granate y le sentaba perfectamente, aún mejor que la suya. Salí rápidamente de campo y ahora esperé más de un minuto antes de pasar de nuevo, y al pasar por fin vi que Luisa hacía un doble movimiento: iniciaba el giro para volver al probador tras haberse mirado en un espejo y empezaba a quitarse, ya de camino, la camiseta elegante de color crudo. Llegué a verle el sostén, los brazos en alto con las mangas vueltas, vi sus axilas lisas y limpias. No pude evitar detenerme a mirarla y pisé de lleno el charco con el pie derecho, se me empapó el zapato, noté el agua en el calcetín y en la piel, una verdadera pena, de lo más desagradable. Cuando levanté la vista había desaparecido en el probador, pero ahora ya sabía seguro que la mujer que se había quitado una prenda y había mirado por la ventana de la alcoba de Marta la noche siguiente a la de mi visita era ella, la hermana, Luisa Téllez, quien tal vez me había visto desde arriba por tanto, mientras yo esperaba junto a mi taxi fingiendo que esperaba la bajada de alguien y pensando durante un segundo que aquella silueta podía ser Marta viva. Lo había pensado sabiendo que era imposible. La una tenía helados en casa y la otra los compraba ahora; la una tenía una camiseta acanalada de Armani que yo la ayudé a quitarse y la otra se la probaba ahora ante mis propios ojos. Seguía bajo el encantamiento, pensé, o el encantamiento iba en progreso. Pero quizá esta camiseta nueva era para la cuñada de parte de Téllez, suegro de dinero, lo habría acumulado durante el franquismo. Vi a Luisa pagar con una tarjeta de crédito (cada artículo en una bolsa) y me alejé unos pasos para seguirla en cuanto salió de la tienda: volvió a Ortega y Gasset o Lista y llegó hasta la Castellana, ese paseo que es como el río de la ciudad, larga franja divisoria con arbolados muelles pero demasiado recta, sin meandros ni agua, sólo asfalto, y los andenes o muelles no se elevan. Uno de esos árboles había sido derribado por la tormenta, truncado en su base y el suelo salpicado de astillas, la tormenta entrevista desde el restaurante tenía que haber sido en verdad violenta y con vientos huracanados, a menos que el árbol estuviera caído desde hacía días y aún no lo hubieran retirado, en Madrid nadie arregla los desperfectos inmediatamente, las ramas todavía no estaban podadas. Fuera como fuese, se había vencido hacia el paseo, no hacia la calzada siempre llena de coches —el río—, podía haber matado a algún transeúnte. No estábamos lejos de Hermanos Bécquer, esto es, de la esquina con la Castellana en que hacía más de dos años había recogido a Victoria y había vuelto a depositarla luego, bien entrada la noche, eso había pedido ella, que la dejara en el mismo sitio y así lo hice. Cuando ya habíamos vuelto a ocupar los asientos delanteros de mi coche en la calle Fortuny y antes de ponerlo en marcha dudé si proponerle ganarse unos billetes más e invitarla a mi casa hasta la mañana: si era Celia le daría apuro o melancolía, si era Victoria tendría que aceptar encantada, una noche entera de martes con el taxímetro funcionando, no debía de ser corriente sino una gran suerte. No se lo propuse, sin embargo, quizá una vez más para no tener certeza, quizá para no tener que recordar su figura en mi dormitorio, son más difíciles de ahuyentar los fantasmas que han estado en nuestras habitaciones.

'¿Algo más?', me dijo mientras yo dudaba. Era la pregunta que le hacen a uno en las tiendas.

'¿Quieres tú algo más?', le respondí yo, tentando la suerte.

'Ah', contestó ella con ligera sorpresa y revancha, 'acuérdate de que yo estoy aquí para lo que tú me digas, eres tú quien manda.' Había cogido el impermeable del asiento de atrás pero no se lo había puesto, lo tenía cuidadosamente doblado sobre los muslos, como quien ya se prepara para marcharse. Yo no dije nada, y entonces ella sacó otro chicle del bolso y mientras lo desenvolvía añadió con un poco de guasa, mirando el diminuto rectángulo: 'Acuérdate de que hasta podrías matarme'. Se permitía este comentario ahora porque estaba tranquila y no tenía ya ningún miedo, ella misma lo había dicho, 'A los tíos se os ve a la primera por dónde vais', a mí ya me había visto.

'Qué mala sombra tienes', contesté yo, y fue entonces cuando puse el motor en marcha como continuación de esa frase o quizá como punto. El ruido hizo que se encendiera de pronto la garita de la embajada alemana, pero fue un segundo, volvió a quedar en seguida a oscuras. Tal vez el vigilante ni había reparado en nuestra presencia, quizá dormitaba y la llave de contacto lo había despertado de algún mal sueño. '¿Dónde quieres que te deje?'

'Donde me encontraste', contestó. 'Para mí todavía no ha acabado la noche', y se metió el chicle en la boca: fue esta vez fresa lo que se mezcló con los demás olores del coche, ahora los había nuevos y fuertes.

No contaba con lo último que había dicho, quiero decir que no se me había ocurrido pensar en tal cosa, y fue eso lo que me decidió a seguirla también a ella, o más bien a no irme del todo tras dejarla en su esquina que no le había traído mala suerte por el momento. Estábamos tan cerca que di un pequeño rodeo hasta volver a Hermanos Bécquer, para encajar ese pensamiento imprevisto y ganar tiempo. Antes de que se bajara le di otro billete, se lo puse en la mano, el dinero de mano a mano, algo infrecuente.

'¿Esto por qué?', me dijo.

'Por el miedo que te di antes', contesté.

'Qué empeño, tampoco llegaste a dármelo', dijo ella. 'Pero vale de todas formas, gracias.' Abrió la portezuela y salió del coche y empezó a ponerse su impermeable antes de pisar la acera, su falda mínima estaba más arrugada, pero no manchada ni maltratada, no por mí al menos. Yo arranqué de prisa, cuando sólo tenía una manga puesta. Torcí a la derecha, ya sólo quedaba una de las otras dos putas en el portal de la Castellana, el suelo seguía húmedo y estaría helada.

Pero no regresé todavía a casa, sino que di la vuelta por la primera calle y aparqué en ella, junto al Dresdner Bank con su amplio jardín de césped y su pilón detrás de la verja, para mí el edificio sigue siendo el Colegio Alamán que estaba cerca del mío, ese jardín era el patio de tierra y en él vi jugar a veces a los chicos de mi edad durante su recreo con una mezcla de envidia y alivio por no ser ellos, así es como ven los niños siempre a los otros niños que desconocen. Enfrente de ese banco o colegio hay tres o cuatro locales arcaicamente frívolos donde repostan sin duda las putas de toda la zona cuando necesitan un trago o se les calan los huesos. Me acerqué a pie hasta la esquina siguiente a la que había vuelto a ocupar Celia o Victoria, la de más arriba, allí donde terminaba el primer tramo de cuesta de que hablé antes —el falso puente— y se iniciaba el segundo perpendicular a éste, la verdadera continuación de Hermanos Bécquer según la placa, en ese tramo del tramo había árboles con enredadera, los troncos cubiertos de hojas perennes e historiadas ramas a la altura de mi cabeza. Y desde allí miré escondido, la vi apoyar con cansancio y paciencia la espalda contra los muros de la compañía aseguradora, justo enfrente había otra, una construcción de vagas reminiscencias bíblicas, con una pretenciosa rampa que recordaba las murallas de Jericó según las estampas y el cine, aunque yo no la veía desde mi puesto, tampoco veía bien a la puta, de una esquina a otra hay bastante distancia, de modo que descendí unos pasos por la misma calle en que aguardaba ella, ya General Oraa y no Hermanos Bécquer según la placa, arriesgándome a que me viera si volvía demasiado la vista a su izquierda, el lado del que venían los coches que como el mío podrían pararse y abrirle sus puertas para tragársela. Me quedé delante de un bar cerrado, Sunset Bar su nombre, mi gabardina era de color crudo y sería una mancha visible en la noche iluminada por faroles amarillentos. Estuve allí quieto durante bastantes minutos, pegado a la pared como Peter Lorre en la película *M,* el vampiro de Düsseldorf, también la he visto. El tráfico era aún más escaso que cuando yo había pasado, y me descubrí de pronto con la esperanza de que ya no pasara nadie, con el deseo de que no la recogiera nadie y así resultara que había acabado su noche en contra de lo que ella pensaba y me había anunciado. Era normal desearlo si no estaba seguro del todo de que no fuera Celia, pero pegado a la pared me di cuenta de que también deseaba eso aunque fuera Victoria y acabara de conocerla y ya no fuera a volver a verla, nunca más volver a verla. Qué extraño contacto ese contacto íntimo, qué fuertes vínculos inexistentes crea al instante, aunque luego se difuminen y desaten y olviden, a veces cuesta recordar que los hubo una noche, o dos, o más, cuesta al cabo del tiempo. Pero no inmediatamente después de establecerlos por vez primera, parecen marcas a fuego entonces, cuando todo está fresco y aún se lleva pintada en los ojos la cara del otro y se respira su olor, del que se convierte uno durante un rato en depositario, es lo que queda después de las despedidas, adiós ardor y adiós agravios. Adiós recuerdos. Yo aún olía al olor de Victoria o Celia que no era el mismo que el de Celia cuando sólo podía ser ella sola y vivía conmigo, de pronto pensé que era absurdo que no fuera a volver a verla o que ella se subiera a otro coche, aunque su trabajo consistiera en eso y yo no quisiera mantener en realidad más trato, si era Celia ya había dejado de mantenerlo por mi propia voluntad y a duras penas, la había rehuido hasta que se había resignado o cansado, o quizá buscaba sólo recuperar energías y permitirme echar su insistencia en falta, un aplazamiento. Dio tres o cuatro pasos hacia la calzada arrastrando los tacones, por suerte para mí más hacia la Castellana que hacia General Oraa o Hermanos Bécquer donde yo acechaba, de otro modo me habría visto —yo creo—, ahora pasaba más tráfico por el lateral de la Castellana y era posible que la última puta del portal hubiera encontrado cliente mientras yo aparcaba y daba la vuelta y por tanto Victoria no le estuviera pisando el terreno a nadie si se asomaba a ese lado. Pasaron por el andén o paseo arbolado dos tipos con aspecto patibulario que le dijeron algo, no oí bien, una salvajada, oí que ella les contestaba con arrestos y ellos aminoraron el paso como para encararse, pensé que tal vez tendría que intervenir y a la postre ser útil y defenderla —el vampiro benéfico—, volver a tener trato con ella a pesar de todo y en contra de lo previsto, tenerlo al menos aquella noche, uno no puede dejar de tomar parte a veces en lo que sucede ante sus propios ojos, intentar parar una navaja empuñada que va a clavarse en un vientre si la ve venir, por ejemplo, o empujar a alguien para que no le siegue la cabeza un árbol tronchado por el vendaval si lo ve abatirse, por ejemplo. '¡Chocho flojo, chocho pringoso!', le gritaron ellos a ella. '¡Anda, iros a mamarla!', les gritó ella a ellos, y todo quedó en eso, los tipos no llegaron a detenerse, siguieron su vacilante camino esgrimiendo dedos y ahuecándose las cazadoras de cuero, salieron de campo.

Y fue sólo dos minutos después cuando se paró aquel coche junto a Celia o Victoria, se arrimó como yo había arrimado el mío, sólo que no venía de Hermanos Bécquer sino de la Castellana, también era un Golf, de color rojo, al parecer somos sus dueños los más solitarios y trasnochadores. Ella me daba la espalda ahora, de modo que me atreví a acercarme unos pasos más, dejé atrás los toldos del Sunset Bar y quedé más expuesto aunque siempre adherido al muro como una lagartija, quería ver y quería oír, se me ocurrió que con suerte podrían no llegar a un acuerdo, aquel tipo podía ser un tacaño o bien darle mala espina a Victoria por algún motivo. Ella se aproximó hasta el borde de la acera, pensé que él le abriría la puerta derecha y yo no lo vería nunca por tanto, sin embargo lo vi, porque la que abrió fue la suya y salió del coche para hablar con ella desde allí, por encima del techo, la mano izquierda apoyada en la portezuela entornada. Aunque a ella la veía de espaldas reconocí el mortecino gesto de la tentación retirando el impermeable con las manos en los bolsillos para mostrar más el cuerpo con el que yo acababa de tener ese extraño contacto íntimo que crea la inmediata ilusión de un vínculo, aun a través de una goma. Me quité la gabardina para resultar menos visible si al hombre se le ocurría mirar hacia donde yo estaba y me individualizaba en la noche; me la eché al brazo, noté el fresco. '¿Qué me cobras por un cuartito de hora? Llevo prisa', oí que le decía a Victoria con el coche por medio. No oí la respuesta de ella, pero fue razonable, porque lo siguiente que vi fue el gesto de él con la cabeza, un gesto que le decía 'Adentro' sin titubeo ni miramiento. El hombre se metió de nuevo en el coche y también Celia, abrió la puerta derecha ella misma y salieron zumbando, salieron de campo, el tipo tenía prisa. Era un hombre de mi edad de ahora, rubio y con considerables entradas, me pareció que no tenía mala pinta, más o menos bien vestido y sin signos de ebriedad o desesperación o malevolencia, se me antojó que podía ser un médico, quizá sabía que conciliaría antes y mejor el sueño si se iba a la cama tras echar un polvo o tras una mamada rápida con el volante a mano, algo higiénico tras ocho horas de guardia en una clínica llena de enfermeras cansadas con blanquecinas medias y grumos en las costuras. Y entonces sentí una punzada al quedarme allí solo como el asesino y fugitivo *M,* todas las putas se habían ido y una de ellas me iba a hacer sujeto del abolido verbo *ġe·licgan* aunque yo no quisiera, o partícipe del olvidado sustantivo *ġe·for·liġer* mientras estaba solo, o me iba a convertir para siempre en ficticio *ġe·brȳd-guma* de aquel individuo sin mi consentimiento —pero cómo puede haber consentimiento—, me haría conyacer e incurrir en cofornicación y ser connovio de aquel imaginado médico que había visto un momento de lejos y que a diferencia de mí llevaba prisa —con él tampoco tendría trato—. En aquel instante o durante el próximo cuarto de hora se me estaría creando un parentesco anglosajón no deseado y póstumo por su carácter, cuyos alcance y sentido exactos ignoraría puesto que no lo contiene ni denomina mi lengua y contra el que no podía hacer nada; y una cosa es saberlo y otra es verlo con los propios ojos o ver los preparativos, una cosa es imaginar el tiempo en que ocurren los hechos que nos desagradan o duelen o desesperan y otra poder decirnos con certidumbre: 'Esto está teniendo lugar ahora, mientras yo estoy aquí solo y parado y pegado al muro sin saber reaccionar en mitad de la noche llena de hojas aplastadas y húmedas, mientras vuelvo pisándolas a mi coche aparcado junto al Dresdner Bank o Colegio Alamán de mi infancia y me monto en él y lo pongo en marcha, hace unos minutos estaba también dentro de él en la calle Fortuny acompañado de Victoria o Celia, manteniendo ese extraño contacto íntimo en el asiento de atrás o hablando antes con ella en los delanteros sin atreverme a tener la certeza que ahora creo tener por celos, intentando no reconocer a quien reconocía y a la vez no queriendo tomar por mi propia mujer dejada a una puta desconocida. Ahora en cambio tengo una certeza a la que no afectan la identidad ni el nombre, sé que esa mujer está en otro coche y que su cuerpo está en otras manos, las manos que van a todas partes sin titubeo ni escrúpulo, las manos que aprietan o acarician o indagan y también golpean (oh, fue sin querer, involuntariamente, no se me debe tener en cuenta), gestos maquinales a veces de la mano experta y tibia del médico que va tanteando todo un cuerpo que aún no sabe si le complace'. Y mientras conducía por las mismas calles que había recorrido antes con ella intentando ver el Golf rojo aparcado —la propia Fortuny y Marqués de Riscal y Monte Esquinza y Jenner y Fernando el Santo, en todas ni rastro—, pensé también con horror y amortiguada esperanza que ni siquiera de esto podía tener certeza puesto que a esto no asistía: tal vez no llegaran a tener lugar aquel polvo ni aquella mamada con el volante a mano si aquel hombre o médico tenía dedos torpes y duros igual que teclas y decidía emplearlos antes de ningún contacto contra el cuello o los pómulos o las sienes de Victoria o Celia, sus pobres sienes, para acabar arrojándola inerte contra el asfalto y la hojarasca húmeda. Y mientras me daba por vencido y volvía ya por fin a mi casa —ya transcurrido el cuarto de hora, aunque ese cuarto de hora fuera una manera de hablar tan sólo y quizá todavía siguieran los dos en el Golf color rojo o el médico hubiera decidido invitarla a su casa hasta la mañana, yo no había querido posibilitar ese recuerdo o fantasma en mi alcoba y ahora estaba sufriendo por ello—, pensé que en los días siguientes tendría que leer los periódicos con atención y con el alma en un hilo, buscando y temiendo encontrar una noticia que acaso me dejaría viudo si Victoria era Celia y me haría lamentarme de mis temores hasta el fin de mis días si Victoria era Victoria. El coche olía a ella y yo olía a ella.

Llegué a casa en un estado de excitación extrema, nada me haría ahora conciliar el sueño, también podía haberme marchado tras dejar a la puta en su esquina y así sólo habría conjeturado, una distracción, un pasatiempo, conjeturar es sólo un juego mientras que haber visto es serio y a veces un drama, no hay la consolación de la incertidumbre en ello hasta que no pasa el tiempo. Pero me había visto a mí mismo con la mujer en mi coche y eso me bastaba para verla también ahora con el médico conyacente, o cofollador es más propio, quizá él sí tuviera que darle miedo. Puse la televisión como la puse dos años y medio después en Conde de la Cimera sin saber qué hacer mientras una mujer agonizaba a mi lado y yo no daba mucho crédito ni me preocupaba excesivamente, bien es verdad que tampoco ella podía dar crédito; y como la puso Solus en su palacio esa misma noche en que padeció de insomnio y se salió de su dormitorio para no molestar y llamar así al sueño ante una pantalla, en mi caso es un gesto normal cuando llego a casa por la noche tarde, supongo que es un gesto normal de los que vivimos solos y además somos nadie, miramos qué ha ocurrido en el mundo durante nuestra ausencia, como si no estuviéramos siempre nosotros ausentes del mundo. Ya era muy tarde y sólo un par de canales seguían emitiendo, y lo primero que vi en uno de ellos fue a un caballero con armadura que encomendaba su alma a Dios de rodillas ante una tienda de campaña, se trataba indudablemente de una película y era en color y desde luego no nueva, los mejores programas siempre de madrugada, cuando casi nadie puede verlos. Inmediatamente cambió la escena, y entonces se vio a otro hombre acostado y vestido, un rey, pensé al ver las mangas de su camisa con muchos volantes, un rey que padecía insomnio o acaso dormía con los ojos abiertos, estaba asimismo en una tienda de campaña, aunque echado boca arriba en una verdadera cama con su almohada y sus sábanas, no recuerdo mucho pero recuerdo eso. Y entonces se le fueron apareciendo uno tras otro fantasmas sobreimpresionados en un paisaje, tal vez el campo de una futura o inminente batalla: un hombre, dos niños, otro hombre, una mujer y otro hombre por último que agitaba los puños en alto y sólo gritaba como quien clama venganza, todos los demás en cambio con rostros dolientes y desolados, los cabellos emblanquecidos y palabras amargas pronunciadas por sus pálidos labios que parecían estar leyendo en voz baja más que diciendo, no siempre pueden hablarnos sin dificultades los que ya son fantasmas. Aquel rey estaba *haunted* o bajo encantamiento, o más exactamente estaba siendo *haunted* o *hanté* aquella noche por sus allegados que le reprochaban sus propias muertes y le deseaban desgracias para la batalla del día siguiente, le decían cosas horribles con las voces tristes de quienes han sido traicionados o muertos por aquel que amaban: 'Mañana en la batalla piensa en mí', le decían los hombres y la mujer y los niños, uno tras otro, 'y caiga tu espada sin filo: desespera y muere.' 'Pese yo mañana sobre tu alma, sea yo plomo en el interior de tu pecho y acaben tus días en sangrienta batalla: caiga tu lanza.' 'Piensa en mí cuando fui mortal: desespera y muere', le repetían uno tras otro, los niños y la mujer y los hombres. Recuerdo bien todas esas palabras, y sobre todo las que le decía la mujer, la última en dirigírsele, su mujer fantasma por cuyas mejillas corrían lágrimas: 'Esa desdichada Ana, tu mujer', le decía, 'que nunca durmió una hora tranquila contigo, llena ahora tu sueño de perturbaciones. Mañana en la batalla piensa en mí, y caiga tu espada sin filo: desespera y muere'. Y ese rey se incorporaba o despertaba aterrado chillando tras estas visiones de la noche horrenda y yo también me espanté al verlas y al oír su aullido desde la pantalla; sentí un escalofrío —es la fuerza de la representación, supongo— y cambié de canal con el mando a distancia, me fui al segundo que aún emitía y en él había otra película antigua, esta era en blanco y negro y de aviones, Spitfires supermarinos y Stukas y Hurricanes y Messerschmitts 109 y también algún Lancaster, el nombre de la dinastía de los dos Enriques; la Batalla de Inglaterra tal vez, de eso trataba, la que permitió a

Winston Churchill una de sus frases más célebres: 'Nunca en el campo del conflicto humano tantos debieron tanto a tan pocos', se cita siempre abreviada, como también aquella de 'sangre, sudor y lágrimas', de la que se omite la palabra 'esfuerzo'. Stukas y Junkers bombardearon Madrid durante nuestra guerra, sobre todo estos últimos, la población los llamaba 'pavas' por lo lento que se acercaban con sus cargas devastadoras por este mismo cielo que veía desde mi ventana, los cazas republicanos eran 'ratas' en cambio, veloces Migs rusos y viejos Curtiss americanos. Me sentí más cómodo en ese mundo no sobrenatural de combates aéreos y más cercano en el tiempo, aquellos otros personajes con armadura y volantes del canal primero tendrían sin duda más próxima la utilización del verbo *ġe·lícgan* o los sustantivos *ġe·for·liġer* y *ġe·brȳd-guma* en los que me había obligado a pensar esa noche y que quizá me hubiera inventado, no más próximo lo que significaban: no quería verlos, quienes quiera que fuesen, prefería permanecer en mi siglo y en una muerte bélica, aunque quizá en el otro canal se estuviera ya librando otra batalla y las nuevas muertes también fuesen bélicas y no asesinatos de hombres y una mujer y niños. Estuve viendo los aviones mientras dudaba, pero mientras los veía se me quedaron en la cabeza resonando y flotando las maldiciones de los fantasmas de aquella escena de insomnio o turbulento sueño, y por eso pensé o más bien me acordé de ellas mucho tiempo más tarde, cuando en la habitación del niño de Marta Téllez choqué en la oscuridad con algo y vi colgando del techo los aviones de miniatura que seguramente habían pertenecido a su padre, más y mejores que los que yo tuve nunca en mi infancia, los aviones pendientes de hilos que cada noche se preparaban perezosamente para un cansino combate nocturno, diminuto, fantasmal e imposible que nunca tenía lugar o lo tenía siempre en mi insomnio y mis turbulentos sueños.

Lo que ocurrió esas dos noches lo tengo grabado, todo ha dejado rastro.

Dudaba si llamar a Celia, eran altas horas y si estaba en casa lo más probable era que durmiera, hacía cuatro o cinco meses que no sabía de ella más que indirectamente y ojalá no hubiera sabido nada, yo no la llamaba y ella a mí ya tampoco, no podría explicar la quiebra de mi actitud y el repentino impulso sin contarle cuanto me había ocurrido, sin decirle que la razón de mi intempestiva llamada era que creía haber estado con ella hasta poco antes, haberle abierto la puerta del coche y haberle dado dinero en la calle, habérmela llevado a un rincón solitario para que se lo ganase: decirle que creía haber follado con ella, me tomaría por loco si respondía. Y sin embargo es difícil resistirse a llamar por teléfono cuando se ha considerado hacerlo, como conseguir un número siempre tienta a hacer uso de él al instante, aquel había sido el mío no hacía tanto. Eran más de las tres y los Spitfires encañonados y perseguidos por Messerschmitts volaban por la pantalla cuando descolgué y marqué, sin permitirme ya más vacilaciones. Si respondía Celia sabría al menos que ella no era Victoria y que no estaba en peligro, no le habría dado tiempo a zafarse de la mano del médico y regresar a casa, y además su noche aún podía no haber acabado; pero si no respondía sería peor, mi inquietud crecería y lo haría por dos motivos o dos temores: que en verdad fuese Celia Victoria y que le hubiese ocurrido algo malo, algo tan malo que un día tuviera que aparecerse en mi insomnio o mis sueños para decirme lo que ya sólo en ellos podría decirme: 'Esa desdichada Celia, tu mujer, que nunca durmió una hora tranquila contigo, llena ahora tu sueño de perturbaciones'. O lo llena de encantamientos y maldiciones por haberla dejado marchar de mi vida y también de aquella noche, esta noche en que pude traérmela a casa bajo otro nombre y así salvarla. Llamar era un error, por tanto, y aun así lo hice: sonó el primer timbrazo, un segundo y también un tercero, aún no era demasiado tarde para colgar y quedarme en la duda. Saltó el contestador y oí su voz grabada: 'Hola, este es el 5496001. Ahora no estoy en casa, pero si quieres dejar un mensaje hazlo después de oír la señal. Gracias'. Tuteaba a quien llamase, cosa propia de jóvenes, ella lo era, como Victoria. Oí dos o tres pitidos breves de llamadas previas acumuladas y luego la señal larga, y decidí hablar por miedo, a diferencia de aquella otra vez en que había marcado mi antiguo número mientras me desvestía sentado a los pies de la cama, una noche melancólica o abatida. 'Celia', dije, '¿estás ahí?', los contestadores mienten muy a menudo. 'Soy yo, Víctor, ¿no estás ahí? Quizá estás dormida y con el sonido del teléfono bajo, no sé', estaba diciendo lo que deseaba que fuera el caso cuando se cumplió ese deseo y la voz no grabada de Celia me interrumpió, estaba en casa y había descolgado al oírme, luego no era Victoria y aún no, aún no, pensé en seguida, aún no porque estaba viva. 'Víctor, pero ¿tú tienes idea de qué hora es?', dijo. 'Aún no', pensé, como aún no había llegado la hora del piloto de aquel Spitfire supermarino MK XII que aún veía el mundo desde lo alto y huía. Su voz sonaba despierta, yo conozco su voz dormida como recuerdo su rostro sin maquillaje y dormido, la pregunta parecía más un reproche formal que verdadero, no la había arrancado del sueño, era seguro. '¿Qué pasa?', añadió. Yo no había preparado un pretexto verosímil, cómo podía prepararlo si no lo había, y el estado de excitación me tenía aturdido, así que dije para ganar tiempo: 'Hay una cosa de la que quiero hablar contigo. ¿Puedo ir a verte un momento?'. '¿Ahora?', contestó ella. '¿Estás loco? Pero ¿tú sabes la hora que es?' 'Sí, lo sé', dije, 'pero es urgente. No estabas dormida, ¿verdad? No suenas dormida.' Hubo un breve silencio, y antes de contestar dijo: 'Espera un segundo', podía ser el segundo necesario para alcanzar un cenicero si había encendido un cigarrillo, aunque no oí el mechero, que suele oírse a través del teléfono, a veces se oyen hasta las caladas de los que fumamos. 'No, no estaba dormida, pero no puedes venir ahora.' '¿Por qué? No será mucho rato, te lo aseguro.' Celia volvió a callar un instante, le oí un suspiro de exasperación. 'Víctor', dijo, y ya supe entonces, pues nunca nos conceden lo que pedimos cuando nos llaman por nuestro nombre, 'pero tú te das cuenta. Hace meses que no quieres saber de mí, hace meses que no nos vemos ni hablamos, y de pronto me llamas a las tres y media de la madrugada y pretendes que te reciba. Pero tú qué te crees.' Ese tipo de frase siempre desarma, 'pero tú qué te crees', tenía razón, no dije nada, aunque aún no eran y media, miré el reloj y entonces ella añadió gratuitamente, lo hizo por joder sin duda porque yo ya no iba a insistir, no hacía falta decírmelo: 'Además, no puedes venir ahora porque no estoy sola'. 'Ah, no', dije yo como un bobo. Celia dejó que la frase surtiera su efecto, no es lo mismo imaginar lo que antes o después ocurre que saberlo cuando está ocurriendo; luego habló de nuevo, con más simpatía: 'Llámame mañana a última hora de la mañana y hablamos de lo que sea. Si quieres quedamos a comer. ¿Eh? ¿De acuerdo? Me llamas mañana'. Ahora fui yo quien dijo por joder lo que dije: 'Mañana seguramente será demasiado tarde'. Y colgué sin despedirme. Me quedé apaciguado un momento, vi a un piloto con bigotito que elevaba la mirada al cielo y decía: '¡Mitch! ¡No pueden con los Spitfires, Mitch! No pueden con ellos', me pareció David Niven y le hablaba a algún muerto; luego los aviones se encaminaron hacia un sol atravesado de nubes y apareció escrita la sentencia de Churchill, la batalla terminaba y cambié de canal de nuevo, con curiosidad repentina o prisa por saber ahora qué batalla y película era la otra, en color y de época y con fantasmas y reyes, pero me encontré con que también había acabado, no podría saberlo. En su lugar unas niñas raquíticas hacían gimnasia enrolladas a unas cintas danzantes, los comentarios corrían a cargo de unas exigentes lesbianas a las que todo parecía malo. Las miré y escuché unos minutos (miré a las niñas y escuché a las lesbianas) y volví al canal de los combates aéreos, me quedé horrorizado: allí había dado comienzo una retransmisión religiosa (no me sé el santoral, ignoro el motivo) y unos fieles feísimos cantaban a voz en cuello en una iglesia *El Señor es mi pastor* y otras baladas pontificias. Apagué el aparato y busqué el periódico para mirar en la programación de qué dos películas había visto fragmentos, pero la asistenta me lo había tirado, había venido ese día en mi ausencia y me lo tira todo antes de tiempo como le hacen al Solitario en Palacio y así lo malquistan, según descubrí mucho más tarde. Y fue entonces cuando mi breve apaciguamiento tocó a su fin, no duró nada porque mi cabeza casi nunca descansa y sin cesar concibe y maquina: 'Si Victoria no era Celia y Celia está acompañada', pensé, 'también Celia y no sólo Victoria me está haciendo sujeto del verbo y objeto del parentesco antiguo, y yo a mi vez la he hecho a ella conyacente esta noche de la puta Victoria que tanto se le parece, lo mismo regirán el verbo o los sustantivos para las mujeres'. Y supongo que fue la sensación de estar siendo doble sujeto o doble *ġe·brȳd-guma* al mismo tiempo —una sensación desasosegante— lo que me hizo pensar más lejos, y este pensamiento nuevo fue peor todavía y barrió de golpe el efecto parcialmente tranquilizador de mi llamada, tranquilizador tan sólo respecto a mis dos temores: Celia había cogido el teléfono y estaba en casa, pero antes de que yo empezara a dejar mi mensaje en el contestador habían sonado dos o tres pitidos que indicaban llamadas previas acumuladas, luego era probable que cuando me lo cogió Celia acabara de entrar por la puerta con su acompañante y aún no le hubiera dado ni siquiera tiempo a escuchar esos recados previos. Volvía a ser posible por tanto que Celia fuera Victoria y que ella y el médico hubieran decidido ir a casa de ella —un hombre casado— y hubieran llegado en ese mismo instante, poco después que yo a la mía, quizá tras dar una vuelta por la ciudad sin tráfico o tras el rápido alto en una calle recogida, abandonadas las prisas del hombre. Y si eso era así, si el acompañante o médico estaba ahora con ella, en ese caso no había pasado el peligro y era aún no para Celia y para Victoria, aún no, aún no, pero quién sabía mañana o dentro de un rato, 'los que me conocen callan, y al callar no me defienden'. Ya no podía volver a llamarla porque todo era posible y ese es el precio de la incertidumbre, habría sido ridículo y me habría ganado su enfurecimiento y sus improperios. Estaba en un estado en que no tenía sentido intentar dormir, tenía que dejar pasar tiempo, al menos el tiempo de un polvo o eran dos simultáneos, más o menos el mismo tiempo, en realidad no duran tanto, media hora, una hora con los preámbulos, con una puta menos, no hay preámbulos, tal vez más con una amada, más aún con alguien nuevo o la vez primera, todo se prolongó demasiado con Marta Téllez, por eso no llegué a establecer el parentesco o vínculo con Deán ni con aquel Vicente grosero y despótico, con ellos en realidad no lo tengo, yo creo, aunque sí la sensación explicable de haberlo adquirido esa noche, no fue por nuestra voluntad si no lo adquirí ni lo tengo ni lo tendré ya nunca por suerte, no por la voluntad de Marta ni por la mía.

Decidí salir de nuevo a la calle y dar un paseo andando, caminar un rato para distraer la mente y cansar el cuerpo y por lo menos no estar yo en una alcoba mientras los demás lo estaban, dos o cuatro. La ciudad no está nunca vacía, pero ya a aquellas horas de la noche húmeda eran contados los que pasaban, dos o tres individuos que parecían recién salidos de la penitenciaría, los tipos de la manga riega que se hablan a voces como si nadie durmiera y malgastan el agua, todo seguía mojado y podía volver a descargar tormenta, según el cielo; alguna anciana andrajosa e itinerante, un grupito de mujeres y hombres alborotados que vendrían de alguna celebración en una sala de fiestas o discoteca, una despedida de soltero, un premio de la lotería, un aniversario. Me alejé bastante, fui hacia el oeste, no me gusta esa zona, en la calle de la Princesa y luego en Quintana oí unos pasos tras de mí, los oí durante tres manzanas de dos calles distintas, demasiado tiempo y espacio para no preguntarme, quienquiera que fuese estaría viendo mi nuca y quizá me seguía para asaltarme en la sombra, aquella era una noche de aprensiones y miedos, pero nada sucedería mientras siguiera oyéndolos sin apresurarse, no quería correr, así que al comienzo de la cuarta manzana les di la oportunidad de que me adelantaran si eran de alguien inofensivo que no podía ir más de prisa, me paré a mirar el escaparate de una librería, saqué las gafas y me las puse y aproveché para espiar con el rabillo del ojo y esperar su llegada en guardia, oí los envenenados pasos que se acercaban y era aún no, aún no y siguió siéndolo: pasaron de largo, y ya sin disimulo —era yo ahora quien veía su nuca— contemplé la figura que se alejaba, un hombre de mediana edad, según los andares y el tipo de abrigo de piel de camello, no supe ver más en la noche, me alisé la gabardina, guardé mis gafas. Continué por el sudoeste, Rosales, Bailén, me gusta más eso, en Rosales estuvo el Cuartel de la Montaña donde se combatió ferozmente al tercer día de nuestra guerra, hace ya tantos años, ahora hay allí un templo egipcio. Y fue a la altura de la Plaza de Oriente donde vi dos caballos que avanzaban en la dirección contraria a la mía, pegados a la acera lo más posible para no incomodar a los pocos coches que aparecieran. Eran dos caballos y un solo jinete, o caballo y yegua, el hombre con sus botas altas montaba al de color canela, la otra jaspeada iba a su misma altura también ensillada, si acaso se retrasaba medio cuerpo en algunos momentos, iban al paso y se los veía flemáticos, caballos andaluces de silla, resonaban los ocho cascos sobre el pavimento brillante, un sonido antiguo, cascos en la ciudad, algo insólito en estos tiempos soberbios que han expulsado a los acompañantes del hombre a lo largo de su historia entera, todavía durante mi infancia no era raro oírlos, tirando de las carretas de los traperos o de los carromatos de algunos repartidores artesanales, con policías montados con sus largos abrigos siniestros que parecían rusos y sus alargadas porras flexibles, o llevando a algún jinete adinerado que volvía de su picadero. Los animales eran algo corriente, también para las gentes de la ciudad, y hasta recuerdo haber visto vacas hacinadas en sótanos, las veía desde mi altura de niño a través de las enrejadas ventanas pegadas al suelo de las vaquerías, llamadas así propiamente entonces, despidiendo su olor penetrante, olor a vaca y olor a caballo y a mula y a burro, un olor familiar el olor de sus excrementos. Por eso sentí tanta extrañeza a la altura de la Plaza de Oriente frente al Palacio Real en el que no vive nadie cuando vi a los caballos enormes, sentí una especie de sensación maravillada pese a que algunos domingos yo voy al hipódromo, pero no es lo mismo ver a los caballos desfilar por el paddock y luego correr por la pista como espectáculo que encontrárselos en medio de la ciudad y sobre el asfalto, junto a la acera por la que uno pasa, unos animales gigantes, lustrosos y ya incomprensibles, de cuellos anchísimos y musculosos troncos y extremidades, son bestias de memoria larga que desarrollan hábitos de erradicación difícil, saben encontrar el camino de vuelta a casa cuando se han extraviado sus amos y poseen un instinto infalible para discernir al amigo del enemigo, sea cercano o esté en la distancia, ellos nunca confundirían los pasos inofensivos con los envenenados pasos, detectan el peligro cuando no ha aparecido y nosotros aún ni lo imaginamos. Era demasiado tarde para que aquellos caballos estuvieran en la calle junto a la Plaza de Oriente, es cierto que alguna otra vez, hacía años, había visto pasar así alguno de noche o de día por aquella zona, pero no de madrugada —o tal vez era yo quien no estaba en la calle Bailén a altas horas—, quizá eran cabalgaduras del Palacio Real y pertenecientes al rey por tanto aunque él no viva en ese edificio, o podían ser del Palacio de Liria que está muy cerca, caballos aristocráticos en todo caso. Los vi pasar admirado, allí estaban tan altos e inmemoriales, un caballo montado y una yegua sin jinete en la noche, se oyó un trueno lejano y se alarmó la yegua, no así el caballo, ella hizo un amago de encabritarse, se puso casi de pie un instante como si fuera un monstruo, las dos patas delanteras alzadas como para caer sobre mí y golpearme la cabeza con sus cascos fantásticos y desplomar el peso de su cuerpo inmenso, una muerte horrible, una muerte ridícula. La amenaza no duró nada, el jinete la aplacó en seguida, con una sola voz y un solo movimiento. Una yegua en la noche, eso es lo que muchos creen, hasta los propios ingleses, que significa su palabra *nightmare,* cuya traducción correcta es 'pesadilla' pero que literalmente parece querer decir 'yegua de la noche o nocturna' y no es así sin embargo, también eso lo estudié de joven, y el nombre *mare* tiene dos orígenes según vaya solo o con la palabra 'noche', cuando se refiere a la yegua viene del anglosajón *mēre,* que significaba eso mismo, y en la pesadilla la procedencia es en cambio *mara* si mal no recuerdo, que significaba 'íncubo', el espíritu maligno o demonio o duende que se sentaba o yacía sobre el durmiente aplastándole el pecho y causándole la opresión de la pesadilla, comerciando a veces carnalmente con él o ella aunque si es con él el espíritu es femenino y se llama súcubo y está debajo, y si es con ella es masculino y entonces sí es íncubo y se pone encima: pese yo mañana sobre tu alma, sea yo plomo en el interior de tu pecho que te lleve a la ruina, la vergüenza y la muerte, quizá la *banshee* que anunciaba con sus gemidos y gritos y cánticos la muerte en Irlanda había pertenecido a ese género, en mi caminata había visto a alguna vieja harapienta y errante, tal vez una *banshee* que aún no sabía a qué hogar dirigirse esa noche para entonar su lamento, tal vez se encaminaría hacia el que fue una vez mío, yo ya no vivía allí y estaba por tanto a salvo, pero no lo estaba Celia porque aquella seguía siendo su casa y ahora no estaba allí sola, me había dicho, sino que comerciaba allí carnalmente. Pensé todo esto muy rápido mientras ya se alejaban el caballo y la yegua dejando la estela de su olor penetrante y llevándose su ruido de infancia hasta quién sabe cuándo, la superstición es sólo una forma como otra cualquiera de pensamiento, una forma que acentúa y regula las asociaciones, una exacerbación, una enfermedad, pero en realidad todo pensamiento está enfermo, por eso nadie piensa nunca demasiado o casi todos procuran no hacerlo.

Salí a la calzada tratando de avistar un taxi en cualquiera de los dos sentidos, crucé la calle y volví a cruzarla, pasaron dos coches y luego un taxi libre que paré con apremio, tuve suerte, le dije mi antigua dirección al taxista, hacía mucho tiempo que no iba ni pedía que me llevaran allí, había sido algo consuetudinario durante tres años, y cuando me encontré ante el portal por el que entré tantas noches y salí tantos días durante esos años me di cuenta de que aún conservaba y tenía conmigo las llaves en mi llavero —eché mano a él, hay hábitos de erradicación difícil—. Podía entrar si no habían cambiado las cerraduras, podía abrir y subir en el ascensor conocido hasta el cuarto piso e incluso allí abrir la puerta de la derecha y comprobar con mis propios ojos que nada malo ocurría esa noche ni había rondado ninguna *banshee*, que Celia Ruiz Comendador seguía viva y estaba a salvo en su cama, acompañada o sola —quizá Deán no habría querido saber otra cosa, de haber sospechado desde su distancia en Londres—; había pasado hora y media desde que me había echado a la calle, el tiempo de un polvo y también de dos si había mucha impaciencia, aquello era lo que los autores clásicos llamaban el conticinio, un latinajo, la hora de la noche en que todo guarda silencio de mutuo acuerdo —el prefijo 'con-', allí estaba—, aunque esa hora en Madrid no exista, quizá había estado acompañada Celia y ahora estaba ya sola, tal vez el médico o quienquiera que fuese —el íncubo— se había ido ya tras el polvo, los espíritus masculinos no solemos quedarnos a ver nuestro efecto. Y si no se había ido yo saldría por fin de dudas respecto a Celia y Victoria, vería al hombre y vería si era un sujeto rubio con considerables entradas o bien no, si era otro, un novio y en todo caso un connovio, cualquiera de los dos se llevaría un susto de muerte: el que aún entonces era marido irrumpiendo con su propia llave en mitad de la noche, sorprendiéndolo en la cama con la que era aún su mujer burocráticamente, durante unos instantes temería el amante o cliente una escena de sainete o tragedia, tapándose con las sábanas miraría hacia el bolsillo de mi gabardina para ver si sacaba la mano armada, una muerte más ridícula que horrible. Era tentador intentarlo, por tantas razones, serias y frívolas. Miré desde la otra acera hacia arriba, hacia las que sabía que eran las ventanas del piso, mis propias ventanas hasta hacía no tanto, la del dormitorio, las del salón, una de las cuales era en realidad una puerta que se abría a la gran terraza, habíamos cenado en la terraza a menudo en verano, durante tres veranos de matrimonio. Estaba todo a oscuras, tal vez Celia había hecho cambios desde mi marcha y había trasladado la alcoba a la parte de atrás, que daba a patio. Nada indicaba que hubiera vida en la casa, era una casa de dormidos o muertos, todos quietos, no se veía ninguna figura quitándose ni poniéndose ninguna prenda. Dudé, oí no muy lejos ruido de cristales y voces acuciantes y ahogadas, se estaría cometiendo un robo en alguna tienda, a los pocos segundos sonó la alarma, lo cual no impidió que los cristales siguieran cayendo o los ladrones desvalijando, ya se sabe que en Madrid las alarmas se disparan solas y nadie les hace caso, son inútiles, debía de ocurrir a unas cuantas manzanas. La sirena calló y la sustituyó otro trueno, esta vez tan cercano que inmediatamente empezó a llover, gruesas gotas sobre la hojarasca y el suelo húmedos, sobre el barro como sangre a medio secar o cabello negro y pegado, no había nadie más que yo en la calle para buscar refugio, los ladrones más lejos y habrían acabado el trabajo, crucé y me cobijé bajo el portal de la casa, y al estar allí ya no pude evitar probar con mi antigua llave, que no encontró resistencia. Y entonces no hace falta pensar para dar los pasos que uno ha dado mil veces, se dan solos o los da uno mecánicamente, el ascensor, siempre estaba arriba, nunca en el bajo, alguien llegaba siempre después de que hubiera salido el último de los que salían, alguien noctámbulo o yo mismo y Celia, ella era tan joven y le gustaba salir de noche, entrábamos y salíamos juntos, un verdadero matrimonio. Ahora yo subía solo y con efervescencia, con el corazón en un puño y a la vez divertido, lo subrepticio divierte y angustia, y cuando introduje la llave en la cerradura de la puerta de entrada lo hice con mucho tiento para evitar cualquier ruido, como un *burglar* o ladrón de edificios que trepa y se cuela, es lo que era en aquel instante aunque no fuera a llevarme nada, o iba a llevarme conocimiento y a tranquilizar mi espíritu con ese conocimiento de que estaba viva y ella era sólo ella. Pero y si no lo estaba, y si no lo era. Si no lo estaba no tendría por qué moverme tan de puntillas, más bien al contrario, tendría que encender las luces y llevarme las manos a la cabeza y gritar de dolor y arrepentimiento, tratar de hacerla revivir con mis besos y desesperarme, avisar a un médico y a los vecinos, llamar a sus padres y a la policía, y explicar mi historia. No se oía nada, no oí nada cuando ya estaba dentro, cerré tras de mí la puerta con extremo cuidado, conocía bien esa puerta, había entrado otras veces estando Celia dormida, algunas noches en que no habíamos salido juntos y yo había regresado tarde. Podía caminar a oscuras por esa casa, había sido la mía y uno conoce las distancias y sabe dónde están los muebles, los obstáculos, las esquinas y los salientes, hasta sabe en qué punto del pasillo chirría la madera cuando se la pisa. Avancé por ese pasillo y entré en el salón, allí había más claridad que venía de fuera, las farolas, algún neón, el cielo que siempre da luz aunque esté cubierto y furioso, el ruido de la tormenta ahogaría mis pasos, sería difícil que los oyera u oyeran con aquellos truenos y aquella lluvia precipitándose sobre los tejados y las terrazas y los árboles y las hojas caídas y el suelo. También podía ser que el fragor la despertara o los despertara, independientemente de mis inaudibles pasos inofensivos y del presentimiento de las presencias que también se tiene dormido, no en cambio muerto. Yo era el íncubo y el fantasma que venía ahora a perturbar sus sueños o a descubrir su cadáver, era yo y no era nadie, quizá no tan inofensivo. Ya no estaban allí mis cosas, parte del salón lo utilizaba como despacho a veces, para no permanecer demasiadas horas en el mismo espacio cuando se me juntaba el trabajo, los guiones en mi estudio y los discursos de encargo en un rincón de la sala, era lo bastante amplia, la mesa que había instalado allí ya no estaba, ni tampoco por tanto la máquina ni mis papeles ni mi pluma ni mi cenicero ni mis libros de consulta, nada de eso era ya necesario en aquella casa. El resto me pareció idéntico en la penumbra, Celia no había hecho cambios, quizá no disponía de suficiente dinero para los que le habrían gustado. Cuando volvemos a un lugar muy conocido el tiempo intermedio se comprime o incluso se borra y queda anulado un instante como si nunca nos hubiéramos ido, es el espacio inmóvil lo que nos hace viajar en el tiempo. Me dieron ganas de sentarme en mi sillón a fumar, y a leer un libro. Pero no podía ser porque aún no sabía y mi estado de agitación iba en aumento, mi aprensión y mi miedo nocturno, la urgencia de averiguar y el temor a saber y el deseo de apaciguamiento, tenía que desvincular mis asociaciones e ideas, disipar mis supersticiones. Y entonces me atreví a llegarme hasta las puertas correderas de color blanco que daban paso del salón a la alcoba, al acostarnos las cerrábamos siempre aunque nunca hubiera nadie más que nosotros, un gesto de intimidad y pudor hacia el mundo que no nos veía, y así nos separábamos del resto de la casa para dormir o abrazarnos con los ojos abiertos. Así estaban también ahora, corridas, era normal que Celia hubiera conservado la costumbre, tanto si estaba sola como acompañada, sería más raro que el médico o el amante hubiera vuelto a cerrarlas tras de sí, después de salir de la alcoba dejando el despojo, su obra. Eso me hizo pensar que nada habría sucedido, eso me dio valor para poner mis manos sobre los tiradores y abrir una ranura muy lentamente, miré por ella pegando el ojo, no vi nada, la oscuridad era mayor en el dormitorio, Celia habría bajado las persianas del todo aprovechando que yo no estaba allí, a ella le gustaban bajadas y a mí subidas, llegamos al acuerdo de un término medio, echadas pero con resquicios para que a ella no la hiriera la luz matinal y yo pudiera saber si era ya de día o todavía no cuando me despertara, es frecuente que a lo largo de la noche me desvele varias veces, nunca duermo bien del todo o seguido. Tiré más hacia los extremos y seguí tirando hasta abrir esas puertas del todo, no estaba seguro de querer hacerlo pero lo hice, los movimientos van más rápidos que la voluntad, un sí y un no y un quizá y mientras tanto todo ha continuado o se ha ido, hay que darle un contenido al tiempo que apremia y sigue pasando sin esperarnos, vamos más lentos, y así llega la hora en que ya no podemos seguir diciendo: 'No sé, no me consta, ya veremos'. Deseé encontrar a Celia sola en la cama como si nunca nos hubiéramos separado ni dado la espalda, ver su rostro dormido que tan bien recuerdo, el brazo izquierdo bajo la almohada, así duerme ella con respiración apacible. No hubo reacción, no oí nada, esperé a que la débil luz del salón que era la del cielo revuelto y la calle azotada iluminara un poco el interior de la alcoba y a que mis ojos se acostumbraran a su tiniebla para discernir algo. Vi la mancha blanca de las sábanas, fue lo primero que logré distinguir, como ella o ellos habrían visto la mancha clara de mi gabardina si se hubieran despertado en aquel instante y hubieran escrutado ante sí el espacio. Mucho tiempo después me quedé así a la puerta de la habitación de un niño, pero él ya me había visto y había pasado de la vigilia al sueño, no al contrario. Y cuando mis ojos ya se hubieron hecho más a la oscuridad percibí dos figuras en la cama de matrimonio, dos bultos bajo las sábanas, en el lado derecho estaba Celia y en el mío no estaba yo sino otro hombre, los mismos lugares ocupados por diferentes personas, eso sucede todo el rato, no sólo en el tiempo que nos toca vivir y en las sustituciones conscientes o deliberadas o impuestas y en las usurpaciones, sino también a lo largo de siglos en el espacio inmóvil, las casas de los que se van o mueren son ocupadas por vivos o recién llegados, sus dormitorios, sus cuartos de baño, sus camas, gente que olvida o ignora lo que ocurrió en esos sitios cuando ellos acaso no habían nacido o eran sólo niños con su tiempo inútil. Tantas cosas suceden sin que nadie se entere ni las recuerde. De casi nada hay registro, los pensamientos y movimientos fugaces, los planes y los deseos, la duda secreta, las ensoñaciones, la crueldad y el insulto, las palabras dichas y oídas y luego negadas o malentendidas o tergiversadas, las promesas hechas y no tenidas en cuenta, ni siquiera por aquellos a quienes se hicieron, todo se olvida o prescribe, cuanto se hace a solas y no se anota y también casi todo lo que no es solitario sino en compañía, cuán poco va quedando de cada individuo, de qué poco hay constancia, y de ese poco que queda tanto se calla, y de lo que no se calla se recuerda después tan sólo una mínima parte, y durante poco tiempo, la memoria individual no se transmite ni interesa al que la recibe, que forja y tiene la suya propia. Todo el tiempo es inútil, no sólo el del niño, o todo es como el suyo, cuanto acontece, cuanto entusiasma o duele en el tiempo se acusa sólo un instante, luego se pierde y es todo resbaladizo como la nieve compacta y como lo es para Celia y el hombre que ocupa mi puesto su sueño de ahora, de este mismo instante. Ese sueño se difuminó para siempre ante mis propios ojos, aunque no fui yo quien lo hizo desvanecerse, pese a mi presencia: un rayo seguido de un trueno más fuerte que los anteriores encendió la casa de golpe, encendió el salón y la alcoba y mi espectro quieto de pie con la gabardina, los brazos abiertos sujetando las puertas blancas; y encendió la cama, en la que las dos figuras o bultos se incorporaron o despertaron simultánea y violentamente, arrancados los dos del sueño y Celia gritando como aquel rey aterrado por sus visiones, los ojos muy abiertos y las manos sobre los oídos para no soportar el trueno o su propio aullido. Y yo la miré sólo a ella, su torso desnudo como el de Marta Téllez, sus pechos blancos y firmes por los que yo había llegado a desinteresarme y había vuelto a interesarme esa noche si ella era también Victoria de los Hermanos Bécquer. El fogonazo pálido me dejó ver eso, también ropas amontonadas sobre una silla, mezcladas seguramente las de él y las de ella, quitadas al mismo tiempo, quizá el uno al otro. Y no vi al hombre, no vi su cara sino sólo su mancha blanca como las sábanas, no vi si era un médico rubio con considerables entradas u otro individuo nunca visto ni vislumbrado o alguien conocido o amigo, Ruibérriz de Torres por ejemplo. (O Deán o Vicente, aún tardaría dos años y medio en saber sus nombres y oír sus voces y conocer sus rostros.) Podía haber sido yo mismo. Desapareció el resplandor antes de que pudiera verlo y no sólo eso, yo debí de gritar también —quizá agitando los puños en alto como quien clama venganza aunque no me correspondiera venganza alguna— y cerré las puertas y di media vuelta espantado y salí corriendo por la oscuridad del salón y el pasillo —espantado de mí mismo y mi efecto—. Conocía el terreno y no tenía por qué tropezar con nada aunque estuviera huyendo como alma que lleva el diablo según se decía en mi lengua, podía llegar a la puerta de entrada antes de que ellos hubieran comprendido la materialidad del hombre con gabardina que los había espiado desde el umbral de su cuarto en medio de la tormenta y pudieran recuperarse del pánico de sus despertares, quizá pensaran que habían tenido una común pesadilla, el mismo marido o íncubo visitándolos y oprimiéndolos hasta arrebatarles el sueño aterrorizado. Estaban desnudos y no saldrían en mi persecución, lo estaban al menos de cintura para arriba, era lo que había visto con el relámpago. Estaban descalzos. Podía llegar y llegué al ascensor que seguía arriba en el piso, y bajar en él y atravesar el portal y apretar el botón y alcanzar la calle sobre la que caía con ira la tromba de agua que me empapó en un segundo, mientras corría y acertaba a pensar con alivio que Celia seguía viva pese a no estar sola y que yo nunca sabría si era también Victoria. Pero mientras huía y salía y bajaba y me empapaba y corría mi pensamiento principal era otro, sobre todo pensaba: 'Cuán poco queda de mí en esta casa, de qué poco hay constancia'. Las ramas de los árboles se agitaban como los brazos furiosos de una sublevación ciudadana.

Crucé la Castellana detrás de Luisa, ya llevaba un buen rato fijándome en sus piernas y ahora no me sentía como un miserable ni me avergonzaba mirarlas, quizá porque lo hacía a mis anchas y sin ojos hipócritas ni testigos posibles, quizá porque al seguirla no tenía más remedio ni podía desear otra cosa, qué más quería. Se metió por las calles de las embajadas, en las que no hay coches con personas dentro aparcados de día, ni tampoco travestidos esperando en bancos paciente y fatalistamente, recorrió cuatro manzanas zigzagueando, y en la quinta entró en el portal al que se dirigía, por la manera de caminar era claro que desde que salió de la tienda sabía bien adónde iba, lo sabe siempre quien no traza dos líneas rectas y perpendiculares cuando puede hacerlo sino que zigzaguea, un modo de amenizar el trayecto ya conocido. Era el portal más modesto y descuidado de una calle buena, zona cara, no era muy modesto ni descuidado por tanto, sólo un poco envejecido, necesitado de remozamiento. No había bares cercanos en los que pudiera sentarme a esperar y vigilar su salida, cuánto tardaría, quizá era su propia casa y ya no saldría en lo que quedaba de día, aunque no me pareció que lo fuera por la forma en la que había entrado, uno suele ir ya buscando las llaves en el bolsillo, o en el bolso si uno es mujer, supongo, si uno es Luisa o Marta Téllez. Me acordé de las últimas palabras que Luisa le había dicho a Deán en el restaurante, 'Luego te veo en casa', yo había entendido que se referían a Conde de la Cimera, en realidad eran ambiguas, 'casa' también podía ser la de Luisa que tal vez era esta. Decidí esperar, me di un plazo de media hora que yo sabía que serían tres cuartos si hacía falta, me alejé unos pasos, me apoyé en una esquina para no resultar muy visible y poder desaparecer en un instante, encendí un cigarrillo, me entretuve con el periódico extranjero que había comprado, menos mal que podía entenderlo, era *La Repubblica,* lenguas próximas, me entretuve también con mis pensamientos. Y esperé. Esperé.

Estaba leyendo un artículo sobre la crisis de juego de la Juventus de Turín, debida quizá a la extendida y creciente afición satanista de la ciudad a la que pertenece, o me había distraído en exceso con las semejanzas entre los dos idiomas —más bien fue eso lo que me hizo descuidarme y no estar alerta, o quizá fue que tuve que esperar mucho menos de lo previsto, no llegó a un cuarto de hora y por eso no estaba en guardia— cuando volví la vista hacia el portal por enésima vez en esos once o trece minutos y en lugar del hueco —estaba abierto— o de algún vecino desconocido —habían salido dos durante aquel breve tiempo— me encontré con el rostro y con la mirada atónita de Luisa Téllez a poca distancia y con otro rostro y otra mirada que conocía y que me miraba desde una altura infinitamente más baja, la altura de los dos años: el niño Eugenio iba muy abrigado y llevaba un gorro de tela de gabardina acolchada con barboquejo abrochado bajo la barbilla, reminiscente de los de los pilotos antiguos aunque tenía una visera mínima y por lo tanto era gorra y no gorro. Iba cogido de la mano de Luisa y ella iba ahora mucho más descargada, en la otra mano llevaba tan sólo el bolso y una de las dos bolsas de Armani, había dejado la otra en aquella casa —el regalo de cumpleaños de Téllez, la camiseta o la falda— así como la del Vips, es decir, *Lolita* —quizá su propio regalo, poca cosa, un libro en rústica; o un raro encargo— y las cervezas y las salchichas y los helados, aquello era seguramente la cena sencilla y rápida que María Fernández Vera no había podido comprar si se había quedado parte de la mañana y también de la tarde al cuidado del niño, su cuñada se habría comprometido a llevarle unos víveres para ella y Guillermo cuando fuera a recoger al sobrino huérfano de todos ellos. Los tenía ya encima, a la tía y al niño, los tenía a dos pasos, debían de haber salido justo después de que yo mirara hacia el portal por penúltima vez y les había dado tiempo a caminar sin que yo lo advirtiera hacia donde yo leía sobre el satanismo y el fútbol en italiano: iban a doblar la esquina. O quizá era más simple y yo me había dejado ver, cansado de moverme en la sombra. Pensé si el niño iba a reconocerme, no sé cómo es la memoria de los niños pequeños o si varía según cada uno, había pasado más de un mes desde que me había visto, pero lo cierto era que me había visto durante mucho rato y en una noche para él catastrófica, el adiós a su mundo: durante toda una interminable cena en la que había ejercido de guardián de su madre y se había negado a acostarse justamente por mi presencia. Él había oído varias veces mi nombre como yo había oído el suyo ('Anda, Eugenio, amor mío', le había dicho Marta en algún momento, 'vamos a la cama o si no Víctor se va a enfadar', y no era verdad que yo fuera a enfadarme, pero estaba impacientándome), y me había vuelto a ver tras la interrupción de sus sueños simples, cuando había abierto la puerta entornada del dormitorio y se había apoyado en el quicio con su chupete y con su conejo sin que su madre se diera cuenta, me había puesto la mano en el antebrazo y yo me lo había llevado de allí ocultando el sostén o trofeo que todavía guardo e impidiendo su despedida cuando aún no sabía que sería eso, la condenación de su mundo y la última vez que él habría de verla viva. De otro modo lo habría dejado entrar, aunque ella estuviera medio desnuda.

—Ítor —dijo el niño y me señaló con el dedo, lo dijo sonriendo, recordaba mi nombre. Creo que eso me conmovió un poco.

Luisa Téllez se quedó mirándome con curiosidad y fijeza, recuperada ahora de la sorpresa. Entonces me di cuenta de lo ridículo de mi presencia y mi aspecto, con un periódico extranjero en las manos y apoyada en el suelo una bolsa que contenía el vídeo de *101 dálmatas* que no me interesaba nada y un helado que se me derretiría, seguramente ya había empezado, comprendí que aún tardaría en volver a mi casa. También tenía un zapato encharcado, sonaba el agua cada vez que daba un paso, era un sonido como de cubierta de barco.

—Pero a qué estás jugando —me dijo con lástima, y ahora me tuteó sin vacilaciones como hacen los jóvenes y como hacemos todos cuando nos dirigimos mentalmente a alguien, aunque no sea para insultarlo ni para maldecirlo ni para desearle la ruina, la vergüenza y la muerte, ni para someterlo a un encantamiento.

Me azoré, debí de ruborizarme un poco como ella al quedar envuelta en el humo frío de la nevera, pero sé que también sentí contento y descanso, el término del disimulo y el fin del secreto, al menos ante ella, una zona tenebrosa menos para Luisa la hermana.

—Dime, ¿con qué te has quedado por fin, con la falda o con la camiseta? —le pregunté yo a la vez que hacía ademán de mirarle el interior de la bolsa que aún conservaba. La tuteé también, no tuve la menor duda.

Uno nota cuándo el enfado podría convertirse en risa, uno se pasa la vida buscando eso, hacer gracia a los otros no sólo en el sentido cómico sino en el más amplio de la palabra, el que tiene que ver con esa otra expresión misteriosa 'caer en gracia' (o es misterioso lo que denomina), lograr que no se le tengan en cuenta las faltas, las tropelías y los abusos, los fallos que uno comete y la decepción en que se constituye para quienes confiaron en uno, las pequeñas traiciones y los pequeños agravios. Uno sabe siempre quién va a perdonarle, al menos durante un tiempo, quién va a hacer caso omiso o la vista gorda según la expresión coloquial cada vez más en desuso, también los giros se difuminan y desaparecen de nuestras lenguas. Luisa sería así, benevolente y ligera y práctica e incluso frívola si hacía falta, lo vi en aquel momento, no lo había visto antes durante el almuerzo, pero entonces ella no me había prestado atención apenas y la tenían un poco irritada su cuñado y su padre, el primero con sus indecisiones que la afectaban directamente y el segundo con su visión fastidiosa y pretérita de la vida, un hombre de otro tiempo que no entendía mucho ni lo procuraba, ya no estaba en edad de hacer cambios ni esfuerzos, conforme con su personaje o ser último. Y sin embargo ya entonces yo debía haber percibido algo de ese carácter risueño y facilitativo, la defensa tácita de Deán, la compasión que sentía por él aunque quizá no le tuviera mucha simpatía ni aprecio, su sentido del deber para con el niño, su disposición a ayudar y a variar sus costumbres —su vida—, sus deseos de conciliación entre las personas que le eran próximas, su silencio ante la discusión de los hombres que tan mal se caían, su necesidad de claridad y probablemente también de armonía, su capacidad para imaginar lo peor de la muerte ajena desde su entendimiento liviano ('Lo angustioso debe de ser pensarlo', había dicho; 'y saberlo'). No me había hecho caso pero durante el almuerzo yo era sólo un asalariado, un intruso, una presencia indebida que había hecho posible la despreocupación de Téllez. Ahora era en cambio alguien, no sólo mi nombre había pasado a significar muchísimo en la boca torpe del niño, sino que de pronto adquiría otro interés y, por así decirlo, otra jerarquía. Ahora yo era un elegido de su hermana mayor, Luisa no tenía por qué saber que había sido plato de segunda o tercera mesa: alguien con quien Marta había compartido en contacto tan íntimo sus últimas horas que no podía suponerse que fueran a serlo pero lo habían sido, y ese momento postrero la definía para siempre en parte, acabamos viendo toda nuestra vida a la luz de lo último o de lo más reciente, cree la madre que hubo de ser madre y la solterona célibe, el asesino asesino y la víctima víctima, y la adúltera adúltera si sabe que muere en medio de su adulterio y si esa palabra no ha caído también en desuso. Marta no lo supo, pero yo sí y yo soy el que cuenta, el que está contando y el que permitirá que otros hablen, 'cuantos hablan de mí no me conocen, y al hablar me calumnian'. Y así era también posible que Luisa hubiera contado antes su versión parcial y subjetiva y errónea o falsa de la adolescencia de ambas, ese era ahora su privilegio como este es el mío, no habría nadie para desmentirla, en eso consiste la miserable superioridad de los vivos y nuestra provisional jactancia. De haber estado Marta presente, sin duda habría negado lo que decía Luisa y la habría vuelto a llamar copiona, habría sostenido que la indecisa era Luisa y que bastaba que ella se fijara en un chico para que de inmediato surgiera el ansia de la hermana menor y el mecanismo de la usurpación se pusiera en marcha. Cualquiera de las dos cosas podía ser cierta, como puede serlo decir 'Yo no lo busqué, yo no lo quise' o 'Yo lo busqué, yo lo quise', en realidad todo es a la vez de una forma y de su contraria, nadie hace nada convencido de su injusticia y por eso no hay justicia ni prevalece nunca, como dijo el Llanero en la retahíla de sus ideas sin orden: el punto de vista de la sociedad no es el propio de nadie, es sólo del tiempo y el tiempo es resbaladizo como el sueño y la nieve compacta y siempre permite decir 'Ya no soy lo que fui', es bien fácil, mientras haya tiempo.

No hubo risa, no tanto, pero sí una media y reprimida sonrisa, supe que además de sorpresa e indignación también Luisa sentía halago, yo la había seguido y la había espiado, me había tomado interés y molestias por ella, la había observado y había opinado sobre su ropa y sus compras, un elegido de Marta que ahora le hacía a ella todo el caso, cómo me alegro de esa muerte, cómo la lamento, cómo la celebro. 'Qué fácil es seducir a cualquiera o ser seducido', pensé, 'con qué poco nos conformamos', y me sentí seguro y a salvo, desapareció mi rubor y mi azoramiento, y aún pensé más, pensé lo que sólo unos segundos antes no se me habría ocurrido por nada del mundo: 'Si Deán renunciara a vivir con su hijo y se lo quedara Luisa en su casa este niño podría acabar siendo casi mío si yo quisiera, y entonces yo no sería para él lo que he creído que era desde el principio, una sombra, nadie, una figura casi desconocida que lo observó unos instantes desde el umbral de su puerta sin que él se enterara ni fuera a saberlo nunca ni fuera por tanto a poder acordarse, los dos viajando hacia nuestra difuminación lentamente. No sería ya eso, el revés de su tiempo, la negra espalda. O sí lo sería pero no sólo eso sino también más cosas, la parcial sustitución de su mundo condenado y perdido, la secreta y compensatoria herencia de una noche funesta, la figura vicariamente paterna —el usurpador en suma—, los dos viajando hacia nuestra difuminación lo mismo, pero todavía mucho más lentamente y con más tarea para el olvido que aguarda. Y así quizá podré hablarle un día del que él fue esa noche'. Y aún pensé más, pensé también en la propia Luisa: 'Tal vez sea yo el marido brumoso que aún no ha llegado y que la ayudará a seguir mucho tiempo entre los vivos tan inconstantes, en un mundo de hombres y por tebeos y cromos y cuentos configurado (y en lo alto aviones). Más de una cosa nos une, los dos hemos atado el mismo zapato'.

—Ah, ya —dijo pensativamente y con su sonrisa oculta-da—, también estabas ahí.

—La falda te sentaba bien —le dije—. Bueno, ambas cosas, pero mejor la falda. —Y yo no oculté mi sonrisa, tenía que caer-le en gracia, volvía a estar soltero desde hacía algún tiempo.

—Ya, ¿y ahora qué? ¿Ahora qué hacemos? —dijo ella, y había recuperado la seriedad enteramente o había hecho prevalecer su enfado, pero seguía delatándose al emplear el plural, 'qué hacemos', en medio de su exasperación y severidad sinceras e insinceras al mismo tiempo.

—Vamos a algún sitio a hablar con tranquilidad —le contesté yo.

Ella me miró con desconfianza, pero fue pasajero, el recelo duró muy poco, o fue vencido por las otras preguntas que se iba haciendo, me hizo a mí alguna sin poder contenerse.

—¿Y el niño? Tengo que dejarlo en casa de Marta, iba a llevarlo allí ahora. Tú conoces bien esa casa, por dentro y por fuera, ¿verdad? Te vi junto a un taxi esperando una noche, eras tú, ¿verdad?, la noche siguiente. ¿Cómo pudiste dejar solo al niño?

Aún no era para ella la casa de Eduardo ni la de Eugenio, era aún la de Marta, uno tarda en desacostumbrarse a las frases que caerán en desuso, van cayendo muy lentamente. Fue en su última pregunta en la que hubo más acritud, más bien el tono de una regañina, los labios protuberantes, no tenía mucha capacidad para encolerizarse, más sin duda para lamentarse. El niño seguía mirándome con expresión amistosa, me había reconocido y no tenía más que decirme, no tenía por qué festejarme, son los adultos los que les hacen fiestas. Me agaché hasta su altura, le puse la mano en el hombro, él me mostró una chocolatina que tenía en la suya. Pensé que diría: 'Ate'. Se estaba poniendo perdidos dedos y boca.

—El niño puede venir con nosotros, aún no es tarde, puedes decirle a él que te entretuviste en la casa. —Y señalé hacia el portal que había vigilado tan defectuosamente. Me estaba atreviendo a sugerirle a Luisa un ocultamiento, era inconcebible. No contesté a su última pregunta, sí a la penúltima. Añadí—: También puedes dejarlo en la otra casa y yo te espero abajo. Sí, fue a mí a quien viste, supongo, si eras tú quien estaba esa noche en la alcoba de Marta.

—¿Murió sola? —preguntó rápidamente.

—No, yo estaba con ella. —Seguía agachado, contestaba sin levantar la vista.

—¿Llegó a darse cuenta? ¿Supo que se moría?

—No, no se le pasó por la cabeza en ningún momento. A mí tampoco. Fue muy repentino. —Qué sabía yo lo que se le había pasado por la cabeza, pero lo dije, era yo quien contaba.

Luisa se quedó callada. Entonces yo saqué del bolsillo de mi chaqueta el pañuelo, le quité de las manos la chocolatina al niño con habilidad y cuidado para que no se enfadara, le limpié la boca y los dedos pringosos.

—Cómo se ha puesto —comenté.

—Ya. Se la acaba de dar mi cuñada —respondió Luisa—, para el camino. Vaya idea.

El niño inició una protesta, lo último que deseaba era provocar su llanto, tenía que caerle en gracia a su tía.

—Calla, no llores, mira lo que tengo para ti —le dije, y saqué de mi bolsa el vídeo de *101 dálmatas*—. Sé que le gustan mucho los dibujos animados, tiene de Tintín, estuve con él mirándolos —le expliqué a Luisa. No podría suponer jamás que yo no había comprado intencionadamente ese vídeo, que no había pensado en modo alguno en el niño ni en nadie, un mero accidente. Me ayudaría a caerle en gracia, vería que no era un desalmado. Busqué una papelera cercana y tiré lo que quedaba de chocolatina con su envoltorio, también *La Repubblica* que me molestaba y mi bote de helado y la bolsa, empezaba a chorrearme todo, me manché un poco, aproveché aún el pañuelo para secarme, quedó hecho un asco. Lo tiré también a la papelera, ea; pensé: 'Qué suerte lo de *101 dálmatas*'.

—Se podía lavar —dijo Luisa.

—No importa.

No hablamos en el taxi que cogimos por iniciativa mía, yo volvía a tener las manos libres, abrí la puerta, el niño iba sentado en medio, un niño apacible, miraba la carátula de su vídeo una y otra vez, conocía las cintas, imaginaba lo que le aguardaba, señalaba a los dálmatas y decía:

—Erros. —Me alegró que no dijera 'guauguaus' ni nada por el estilo, como tengo entendido que hace la mayoría de los muy niños.

Me comporté bien durante el trayecto hacia Conde de la Cimera, me di cuenta de que Luisa Téllez quería cavilar y ganar tiempo y acostumbrarse a aquella asociación inesperada, seguramente estaba reconstruyendo escenas en las que había tenido parte y en las que no había estado, mi noche con Marta y la noche siguiente, cuando Deán estaba aún en Londres y ella se quedó sola probablemente en la casa con Eugenio, en el dormitorio y la cama en que había tenido lugar la muerte y no en cambio el polvo —pero eso ella no podía saberlo—, aquella desgracia, habría cambiado las sábanas y habría aireado el cuarto, para ella habría sido una noche espantosa, de tristeza y pensamientos malos e imaginaciones. Sólo me atreví a mirarle de reojo los muslos cuando notaba que ella miraba de reojo mi rostro, lo había tenido bien a la vista durante el almuerzo pero entonces no lo había mirado apenas, ahora le estaba poniendo ese rostro mío a quien había carecido de él hasta aquel instante y no había sido nadie, un desconocido de quien tampoco habría sabido el nombre —y es Víctor Francés mi nombre, así me había presentado Téllez a Luisa y no es Ruibérriz de Torres, es Víctor Francés Sanz completo aunque nunca utilizo el segundo apellido: me han llamado Mr Sanz en Inglaterra—, ahora podía figurarse a Marta conmigo, hasta podía decidir si habíamos hecho buena pareja o si se comprendía que ella hubiera ido a morir en mis brazos. Yo también quería hacerle preguntas, no muchas, tuve paciencia, no abrí la boca más que para dirigirme al niño y confirmarle:

—Sí, perros, muchos perros con pintas. —Seguro que no conocía la palabra 'pintas'.

Me despedí de él a la puerta de su casa o de la de Marta, le acaricié la gorra, era de suponer que Deán no tardaría mucho en llegar si no había llegado ya, era más o menos la hora en que él y Luisa habían quedado en encontrarse en casa, ella le había llamado a la oficina desde el piso de la cuñada para saber hasta cuándo tenía que hacerse cargo del niño, según me dijo. Deán le habría respondido esto: 'Ve yendo ya para casa si quieres, yo voy en seguida, calculo que estaré ahí sobre las siete y media'.

—Si aún no ha llegado tendré que esperarle —me dijo Luisa ante el portal conocido de Conde de la Cimera—. No hay nadie más arriba.

—Yo te espero en la cafetería de ahí atrás, lo que haga falta —dije, y señalé vagamente hacia el establecimiento de nombre rusófilo que había a la espalda del edificio exento, en los bajos, un sitio que en verano tendría terraza. También había una tintorería, creo, o quizá era una papelería, o ambas.

—¿Y si quiere que charlemos un rato? Puede que quiera desahogarse un poco conmigo después de lo de mi padre, ya has visto.

—Te esperaré lo que haga falta.

Iba a meterse ya en el portal con el niño cuando se dio media vuelta —el tacón ladeado, el suelo aún mojado— y añadió pensativa:

—Te das cuenta de que antes o después tendré que hablarle de ti.

—Pero no ahora, ¿verdad? —dije yo.

—No, no ahora. Podría querer bajar a buscarte —dijo ella—. Procuraré no tardar, le diré que tengo quehacer en casa.

—También puedes decirle la verdad, que tienes una cita a las ocho y media, pongamos. —Y miré el reloj.

Ella miró el suyo y contestó:

—Pongamos.

Esperé en aquella cafetería desde la cual no podía ver a Deán si llegaba ni él podría verme a mí esperando —estaba a la espalda— a menos que entrara a tomarse algo antes de subir o a comprar tabaco, era improbable. Esperé. Esperé, echando ahora en falta un buen artículo de demonología y fútbol que llevarme a los ojos, y a las nueve menos cuarto vi aparecer a Luisa Téllez aún con su bolsa que contenía la camiseta o la falda, la había esperado más de una hora, mucho habría charlado o Deán habría llegado tarde. En ningún momento se me había ocurrido que fuera a fallarme, tampoco que se presentara con Deán sin previo aviso: le hablaría de mí pero no ahora; yo la creía. Cuando la vi me sentí de repente cansado, la tensión perdida, dos cervezas, llevaba todo el día fuera, no había pasado por casa, no había oído mi contestador ni visto el correo, a la mañana siguiente me tendría que levantar temprano para ir a casa de Téllez y seguir escribiendo lo que Only You debería soltar pronto en público como si fuera su pensamiento en el que nadie cree. Deseé que aquella no fuera otra noche larga, para todo habría tiempo, no una noche como la de Marta Téllez ni como la de la puta Victoria y Celia, mi cabeza ha decidido retrospectivamente que no eran la misma: noches absurdas, siniestras, inacabables. Celia está a punto de casarse de nuevo y poner su vida en orden.

—Bien, ¿adónde vamos? —me preguntó Luisa. Ya era noche oscura. Me había quedado en la barra como si fuera Ruibérriz.

—¿Te parece que vayamos a mi casa? —dije yo. En aquel momento me quería cambiar de zapatos y calcetines más que nada en el mundo—. Quisiera cambiarme de zapatos. —Lo dije, y se los mostré. Les habían salido manchas blanquecinas al secarse, sobre todo al derecho, como si fueran de polvo o más bien de cal. Los suyos estaban intactos, había caminado tanto como yo, y por las mismas calles. Ante la duda en su rostro añadí—: También tengo la cinta del contestador de Marta, no sé si sería buena idea que la escucharas.

—Te llevaste tú la cinta —dijo tocándose con dos dedos los labios—. No sabía si Marta se habría deshecho de ella, no quise rebuscar en la basura la primera noche, la verdad es que la cerré y la saqué para que tampoco tuviera la tentación Eduardo cuando llegara, además ya olía. ¿Y el teléfono y sus señas, también te los llevaste tú? ¿Por qué motivo?

—Vamos a alguna parte y te contestaré a todo eso. —Pero ya le contesté a algo, porque dije también en seguida—: Las señas me las llevé sin darme cuenta, iba a copiarlas y no las copié, pensé que quizá debía llamarlo a Londres, luego no me atreví y no lo hice. Mira, aquí las tengo todavía. —Saqué la cartera y le enseñé el papel amarillo que Marta no se había echado al bolso ni había perdido en la calle, tampoco se había volado con la ventana abierta ni lo habían barrido los barrenderos del suelo. Luisa no lo miró, ya no le interesaba verlo o lo dio por bueno, sabía lo que ponía—. Anda, vamos un momento a mi casa. Luego salimos a cenar un poco si quieres.

—No, vamos a cenar primero, no quiero meterme en la casa de alguien a quien no conozco.

—Como prefieras —dije yo—. Pero recuerda que es tu propio padre quien nos ha presentado. —Ella estuvo a punto de sonreír de nuevo, se contuvo, aún tenía que ser firme y severa.

Fuimos a Nicolás, un restaurante pequeño en el que me conocen, así vería que no siempre mi comportamiento era huidizo o clandestino, allí los dueños me llaman Víctor y las camareras señor Francés, allí tengo nombres además de rostro. Y allí pude contar por fin, contesté a sus preguntas y le conté otras cosas sobre las que no me las hizo ni podía hacérmelas, seguramente era sólo eso lo que yo perseguía, salir de la penumbra y dejar de guardar un secreto y encerrar un misterio, tal vez yo tenga asimismo a veces deseos de claridad y probablemente también de armonía. Conté. Conté. Y al contar no tuve la sensación de salir de mi encantamiento del que aún no he salido ni quizá nunca salga, pero sí de empezar a mezclarlo con otro menos tenaz y más benigno. El que cuenta suele saber explicar bien las cosas y sabe explicarse, contar es lo mismo que convencer o hacerse entender o hacer ver y así todo puede ser comprendido, hasta lo más infame, todo perdonado cuando hay algo que perdonar, todo pasado por alto o asimilado y aun compadecido, esto ocurrió y hay que convivir con ello una vez que sabemos que *fue,* buscarle un lugar en nuestra conciencia y en nuestra memoria que no nos impida seguir viviendo porque sucediera y porque lo sepamos. Lo acontecido es por eso mucho menos grave siempre que los temores y las hipótesis, las conjeturas y las figuraciones y los malos sueños, que en realidad no incorporamos a nuestro conocimiento sino que descartamos tras padecerlos o considerarlos momentáneamente y por eso siguen horrorizando a diferencia de los sucesos, que se hacen más leves por su propia naturaleza, es decir, justamente por ser hechos: puesto que esto ha ocurrido y lo sé y es irreversible, nos decimos respecto a ellos, debo explicármelo y hacerlo mío o hacer que me lo explique alguien, y lo mejor sería que me lo contase precisamente quien se encargó de hacerlo, porque es él quien sabe. Pero hasta puede uno caer en gracia si cuenta, ese es el peligro. La fuerza de la representación, supongo: por eso hay acusados, por eso hay enemigos a los que se asesina o ejecuta o lincha sin dejarlos decir palabra —por eso hay amigos a los que se destierra y se dice: 'No te conozco', o no se contesta a sus cartas—, para que no se expliquen y puedan de pronto caer en gracia, al hablar me calumnian y es mejor que no hablen, aunque al callar no me defiendan. Y luego pregunté yo a mi vez, no mucho, unas cuantas cosas, curiosidad tan sólo, quién y cuándo llegó a la casa y descubrió lo que yo había silenciado en la noche, cuánto rato estuvo a solas el niño, cuándo y cómo dieron con Deán en Londres y cuánto tiempo estuvo él sin saberlo desde que el hecho ocurrió y pudo haberlo sabido, cuántos minutos permaneció equivocado, cuánto de su tiempo quedó convertido en algo extraño, flotante o ficticio como una película empezada en la televisión o en los cines de antaño, cuánto pasó a pertenecer al limbo. Y Luisa me fue contestando sin mezquindad ni recelo —para entonces ya tenía pocos, yo me había explicado y le había hecho ver, me había hecho comprender e incluso tal vez perdonar si había algo que perdonarme (dejar solo al niño, pero peor habría sido llevármelo, eso le dije: como un secuestro); y me había hecho compadecer sin duda—. El niño sólo había pasado la mañana solo, desde la hora en que se despertara hasta la llegada de la asistenta con llave que solía limpiar y prepararles algo de comida a él y a Marta y al marido cuando éste almorzaba en casa, y luego se quedaba durante las horas en que la madre iba a la facultad a sus clases —la misma en que yo estudié, matutino o vespertino su turno, según los días—. No parecía haberse dado cuenta ese niño de la muerte de Marta porque no se puede reconocer lo que no se conoce antes y él no sabía lo que era la muerte, seguía sin saberlo de hecho y habría tenido que asociar al sueño el cuerpo inmóvil e indiferente a sus llamadas y peticiones, recurrir a esa imagen dormida para explicárselo aquella mañana. Debía de haber trepado a la cama de matrimonio, debía de haber destapado a su madre en la medida de sus fuerzas contra la pesada colcha y las sábanas, la habría tocado, habrían ido sus manos a todas partes, quizá la habría pegado porque los niños pequeños pegan cuando se enfadan (a ellos no debe tenérselo en cuenta) y Marta aún seguiría pareciéndose a Marta. No se sabe si lloró o gritó furioso durante largo rato sin que nadie lo oyera o prefiriera no oírlo, lo cierto es que debió de cansarse y debió entrarle hambre, comió del plato ecléctico que yo le había improvisado y bebió del zumo, luego se puso a ver la televisión, no la del salón que yo le había dejado encendida con *Campanadas a medianoche* en el momento de irme sino la del dormitorio que no apagué tampoco cuando aún vagaban por ella MacMurray y Stanwyck hablando en subtítulos o por escrito, es de suponer que prefería estar cerca de su madre dormida, aún no abandonada la esperanza de que despertase. Así lo encontró la asistenta más tarde del mediodía, echado a los pies de la cama junto a su madre inerte y zarandeada, mirando sin sonido el programa que el azar le hubiera brindado entonces, algo infantil si hubo suerte. Esa asistenta no supo qué hacer durante unos minutos —las manos en la cabeza cubierta por el sombrero con alfiler que aún no se había quitado tras llegar de la calle, el abrigo todavía puesto, como un relámpago en su pensamiento la maldición al desorden al que tendría que poner remedio—, ella no sabía que Deán estuviera en Londres como no había recordado Marta su viaje el día anterior hasta ya muy tarde, llamó a la oficina y no pudo hablar con Ferrán sino histéricamente con su secretaria que comprendió poco o nada, luego buscó el teléfono de la hermana, de Luisa, que fue quien primero llegó jadeante a Conde de la Cimera en un taxi, diez minutos después se presentó el compañero o socio de la oficina, había venido para aclararse algo tras el mensaje inconexo de la asistenta aciaga transmitido por su secretaria.

Buscaron las señas y el número londinenses en vano, llamaron a un médico conocido y mientras éste examinaba el cadáver y avisaba para su levantamiento —no pregunté la causa porque eso sigue sin importarme y la vida es única y frágil, quién sabe, una embolia cerebral, un ictus, un infarto de miocardio, un aneurisma disecante de aorta, las cápsulas suprarrenales destruidas por meningococos, una sobredosis de algo, una hemorragia interna debida al topetazo de un coche unos días antes, cualquier mal que mata rápidamente sin paciencia y sin titubeos ni resistencia por parte de la muerta que muere en mis brazos como si fuera una niña dócil que no se opone—, Ferrán se quedó acompañándolo y Luisa se llevó al niño a la casa de su hermano Guillermo —sacarlo ya de allí cuanto antes, que empezara a olvidar y no preguntara— para luego ir a ver a su padre y comunicárselo personalmente, a la asistenta se le pidió que esperara pero que no tocara ni tirara aún nada, tenían que seguir buscando las señas de Deán en Londres —aceptó la asistenta, pero se quedó renegando del tiempo que perdía inactiva en la cocina, el traje de faena ya puesto, luego querrían que le diera al tajo con prisas cuando ya no fueran horas—. Luisa acompañó a Téllez a la casa de María Fernández Vera en cuanto el padre pudo levantarse del sillón sobre el que se desplomó o más bien se hundió puesto que ya estaba sentado —el rostro escondido en las moteadas manos buscando refugio— y en cuanto se hubo bebido el whisky que le sirvió su hija aunque aún era por la mañana como lo es en Madrid todo el tiempo hasta que se almuerza: probablemente al salir le anudó bien los cordones para que no tuviera más traspiés de los que ya presagiaban sus piernas debilitadas por la noticia, caminaría como sobre la nieve, emergiendo y hundiéndose a cada paso con sus pies tan pequeños de bailarín retirado. Mientras ella iba a casa del padre María Fernández Vera, que lagrimeaba y abrazaba sin cesar al niño desde que se lo habían traído, liberó un momento una mano para llamar a su marido al trabajo, y él y Luisa volvieron juntos a Conde de la Cimera (o Guillermo sólo fue y volvió Luisa), donde ya se había personado otro médico forense con patillas impropias que levantó acta de defunción —compensar la calvicie— y el compañero Ferrán había desaparecido: muy tocado según la asistenta, se había bajado a la cafetería rusófila a tomarse unos vermuts o unas cervezas. Luisa fue a recogerlo, y a partir de entonces se reanudó con ahínco la doble búsqueda, material del papel con el número y señas de Deán en Londres a cargo de Luisa y Guillermo y de la asistenta, telefónica a cargo del socio, que intentaba localizar a los negociantes ingleses con los que se suponía que iba a estar en contacto Deán durante su estancia. Pero Ferrán no hablaba apenas la lengua, era Deán quien se manejaba y por eso viajaba, con unos negociantes no logró dar y creyó entender que el único con el que sí pudo hablar no había recibido aún noticias de su compañero, ignoraba que se encontrara en Londres. También empezaron las otras llamadas a unas cuantas personas íntimas, había que ocultar la forma y las circunstancias al mayor número de gente posible —no la causa—, lo mejor era avisar a muy poca para limitar al máximo las preguntas. Aun así la casa se fue llenando de parientes y vecinos y amigos y algún aficionado a estas situaciones que va a abrazar a la familia, un buitre —sin duda también la joven del guante beige, pero no pregunté por ella—, apareció un juez con barba y por fin el cadáver fue trasladado hasta el tanatorio. Algunos se fueron con él, entre ellos Guillermo y luego María Fernández Vera cuando Luisa pudo volver a su casa a recoger al padre y al niño y librar a éste de los abrazos, dejó a Téllez de vuelta en la suya con un calmante, pasó por la suya propia a coger unas cuantas cosas y regresó, ya sola con Eugenio muerto de sueño, a Conde de la Cimera sobre las once de la noche por tercera vez en la jornada: fue ella a dormir allí en vez de trasladar al niño en la creencia de que es mejor que los que viven en la casa del muerto continúen durmiendo e instalados allí desde la primera noche, de lo contrario es frecuente que no quieran regresar más adelante, que no quieran volver ya nunca; y esa creencia la compartía su padre, más experimentado, al que consultó al respecto. La asistenta se había ido de muy mal humor según el portero, sin que nadie le hubiera dado ninguna orden ni le hubiera hecho caso —sólo Luisa le había pedido que le prestara su llave—, era de esperar que aun así se presentara al día siguiente a limpiar y arreglar el desbarajuste, se mostrara comprensiva. Luisa acostó al niño exhausto en su cuarto —lo único que permanecía intacto, nadie tocó los aviones aunque todos curiosearon al pasar por delante de la puerta abierta—, chupete y conejo como de costumbre, se tomó un calmante también ella. Cerró y sacó la basura o eso lo hizo más tarde, buscó ya sin esperanza y superficialmente las señas inencontrables mientras ponía un poco de orden, cambió las sábanas de la cama de Marta, nadie se había ocupado de ello, la asistenta carecía de iniciativa. Se echó y entonces se preguntó por mí cuando aún no sabía que yo era yo, recordó lo que Marta le había dicho en su contestador hacía algo más de veinticuatro horas ('He quedado con un tipo al que apenas conozco y que me resulta atractivo, lo conocí en un cocktail y quedé a tomar café otro día, está muy relacionado con todo tipo de gente, está divorciado, se dedica a escribir guiones entre otras cosas y va a venir a cenar a casa; Eduardo está en Londres, no estoy segura de lo que va a pasar pero puede que pase y estoy nerviosa'); no le había mencionado el nombre, ningún nombre, mi nombre. Pensó en su hermana, largo rato pensó en la hermana sobre la cama de ésta y en su dormitorio sin comprender lo ocurrido, su difuminación tan súbita, como si de pronto no pudiera diferenciar entre la vida y la muerte, no supiera la diferencia entre alguien a quien no se ve en el momento y alguien a quien ya no va a verse aunque se quiera (a nadie lo vemos a cada instante, sólo a nosotros mismos, y parcialmente, nuestros brazos y manos y también las piernas). 'No sé por qué yo estoy viva y ella está muerta, no sé en qué consiste lo uno y lo otro. Ahora no entiendo bien esos términos.' Eso pensó, o lo pensé yo por ella mientras me contaba. Encendió la televisión, no podría dormirse durante bastante tiempo aunque estaba agotada por el ajetreo y la calamidad y la pena, ni siquiera se molestó en intentarlo, aún era muy temprano para sus horarios, ni siquiera se molestó en desvestirse. Pasadas las doce sonó el teléfono y se alarmó al oírlo, fue entonces cuando reparó en que faltaba la cinta del contestador automático, o inmediatamente después al ver que estaba puesto y sin embargo no se activaba sino que seguía sonando; descolgó angustiada, deseando y temiendo que fuera Deán desde Londres que hacía una llamada rutinaria a su casa sin saber nada: era Ferrán, había logrado hablar con uno de sus negociantes y éste le había dicho por fin el nombre del hotel perdido, Wilbraham Hotel el nombre. Él no quería llamar, no se atrevía, habían transcurrido demasiadas horas para comunicarle lo sucedido a su amigo en frío, él estaba ya frío. 'Yo lo haré', le dijo Luisa, 'pero seguro que luego querrá él llamarte, cuando sepa que tú llegaste después de mí y viste también a Marta como la viste.' 'Bien, eso es otra cosa, si quiere hablar conmigo', respondió Ferrán, 'de lo que no me siento capaz es de darle yo la noticia ahora, así, por teléfono. ¿Vas a contarle que no estuvo sola?' 'Si puedo, esperaré a que esté aquí para decírselo, pero no creo que pueda, me interrogará, querrá saber en seguida detalles, cómo ocurrió todo y por qué ella no le llamó en cuanto se sintió indispuesta. Ya se ha dado cuenta demasiada gente para ocultárselo, tendrá que saberlo, es mejor que lo sepa.' Y llamó entonces Luisa al hotel encontrado sin esperar ya más (no le pregunté si preguntó por Mr Deán o Diin o Mr Ballesteros), de modo que él ya sabía cuando yo marqué su número alrededor de la una de la madrugada en un teléfono público y colgué sin hablar tras oír en su voz el equivalente en inglés de '¿Diga?'. Acababa de saberlo por Luisa y se lo había confirmado su socio, y unas veinte horas de su tiempo tenían que ser corregidas o anuladas o recontadas ahora, unas veinte horas de su estancia en Londres tuvieron que convertírsele en algo extraño, flotante o ficticio como lo serán para mí las imágenes que guardo de MacMurray y Stanwyck el día que vea entera su película con subtítulos, o para Only the Lonely lo será la parte que vio de *Campanadas a medianoche* en su insomnio cuando se la presten en vídeo, si la señorita Anita se ocupa de conseguírsela. O aquellas otras escenas de pilotos de Spitfires y de fantasmas y reyes que yo había visto otra noche hacía dos años y medio, aún no he vuelto a pillar ninguna de esas dos películas que se simultaneaban, aún no sé a qué pertenecen ni las comprendo, y no están por ello desmentidas ni canceladas. Esas veinte horas habrían pasado a ser para él una especie de encantamiento o sueño que debe ser suprimido de nuestro recuerdo, como si ese periodo no lo hubiéramos vivido del todo, como si tuviéramos que volver a contarnos la historia o a releer un libro; y habrían pasado a ser un tiempo intolerable que puede desesperarnos.

Luisa se echó otra vez en la cama cumplida su última obligación del día para la que prefirió incorporarse —es difícil comunicar una muerte tumbado, y consolar al viudo a distancia—, y miró la televisión largo rato hasta que le fue viniendo el inexplicable sueño, y entonces aún tuvo fuerzas para levantarse de nuevo y empezar a desnudarse sin mi ayuda ni la de nadie —cómo se puede dormir tras la muerte de un ser querido y sin embargo se acaba durmiendo siempre—. Se acercó a la ventana y allí se quitó el jersey por encima de la cabeza, se llevó las manos a los costados cruzándolas y tiró de la camiseta hacia arriba hasta sacársela en un solo movimiento —dejando adivinar sus axilas durante un instante—, de tal manera que sólo las mangas vueltas le quedaron sobre los brazos o enganchadas a las muñecas. Su silueta permaneció así unos segundos como cansada por el esfuerzo o por la jornada —el gesto de desolación de quien no puede dejar de pensar y se desviste por partes para cavilar o abismarse entre prenda y prenda, y necesita pausas—, o como si sólo tras salir del jersey que había ido a quitarse tras los visillos hubiera mirado a través de ellos y hubiera visto algo o a alguien, tal vez a mí con mi taxi a mi espalda.

—Te está buscando —añadió cuando terminó de contarme los hechos que yo ignoraba o sólo había conjeturado—, y yo tendré que decirle que te he encontrado.

—Lo sé —dije, y entonces le mencioné las frases que había oído involuntariamente a la salida del cementerio, le confesé mi presencia allí aquella mañana en que la había visto a ella por primera vez y le hablé de las frases oídas a quienes para mí eran unos desconocidos según le dije: no me sentía capaz de darle yo la noticia si no estaba al tanto, prefería que se enterase como yo, por la cinta, aunque en realidad yo lo había escuchado en directo. '¿Se ha sabido algo del tío?', había preguntado un hombre que caminaba delante de mí, eso dije; y la mujer que iba a su lado había respondido: 'Nada. Pero no han hecho sino empezar, y por lo visto Eduardo está dispuesto a encontrarlo'. No eran enteramente desconocidos, Vicente e Inés sus nombres, de él había estado a punto de ser conyacente.

No quedaba nadie más en el restaurante, yo ya había pagado, los dueños fingían amablemente estar cerrando caja y echando cuentas. Habíamos comido cuanto nos habían puesto sin apenas reparar en ello, Luisa se llevó la servilleta a los labios una última vez maquinalmente, la había dejado sobre la mesa después del postre que ya quedaba lejano, no había querido café pero sí un licor de pera.

—Ya —dijo—, supongo que se enteró todo el mundo, menos mi padre, por suerte. Confío en que él no lo sepa nunca.

—Antes de que hables con tu cuñado quisiera que oyeras la cinta —le dije—. Hay algo en ella que quizá no sepas, y que él sin duda no sabe. De hecho me la llevé por eso. ¿Te importaría que pasáramos por mi casa un momento? Luego te acerco yo en taxi. —Hice una pausa y añadí—: Ahora ya me conoces algo. —'Y mucho más vas quizá a conocerme', pensé.

Luisa me miró fijamente con el ceño fruncido como si hubiera oído mi pensamiento, parecían forcejear en ella la curiosidad y el cansancio y la desconfianza —contar cansa mucho—, las dos últimas cosas fueron más débiles. En verdad se parecía a Marta, también cuando no tenía el rostro distorsionado como en el entierro. Era más joven aunque será más vieja, quizá más guapa o menos inconforme con lo que le hubiera tocado en suerte. Dijo:

—Está bien, pero entonces vámonos ya, démonos prisa.

Yo me sabía y me sé de memoria esa cinta, para ella era la primera escucha. No quiso beber nada en casa, le pedí que aguardara en el salón un momento mientras yo me cambiaba por fin en mi alcoba de zapatos y calcetines, un alivio incomparable. Se sentó en el sillón que yo suelo ocupar para leer y para fumar cuando pienso, se sentó en el borde dejando el abrigo de cualquier manera sobre uno de sus brazos, como quien ya quiere irse nada más llegar a donde ha llegado. Estaba así sentada en el borde desde el principio, pero aún se irguió más hacia fuera —como si se erizara— cuando oyó la primera voz estable y apresurada y monótona que decía: '¿Marta? Marta, ¿estás ahí? Antes se ha cortado, ¿no? ¿Oye?'. Hubo una pausa y un chasquido de contrariedad de la lengua. '¿Oye? ¿A qué juegas? ¿No estás? Pero si acabo de llamar y has descolgado, ¿no? Cógelo, mierda'; y cuando esa voz que afeitaba y martirizaba concluyó su mensaje yo interrumpí el avance de la grabación y ella dijo, informándome pero también para sus adentros:

—Ese es Vicente Mena, un amigo; bueno, y antiguo novio de mi hermana, estuvo con él una temporada antes de conocer a Eduardo, luego han seguido siendo amigos, se ven a menudo los cuatro, él y su mujer, Inés, y Eduardo y Marta. No tenía ni idea de esto, jamás me habló Marta de esto, de que hubieran vuelto a verse de este modo, qué hombre más desagradable. —Guardó silencio un momento. Se le había escapado un presente de indicativo, 'se ven a menudo los cuatro', tardamos en acostumbrarnos a utilizar los tiempos pretéritos con los muertos cercanos, no vemos pronto la diferencia. Se frotaba la sien con un dedo, añadió pensativa—: Quién sabe si no lo interrumpieron nunca del todo, qué disparate.

—¿Qué guardia es esa, de su mujer? —le pregunté yo para satisfacer una curiosidad secundaria, quizá no podría hacerlo con las principales que me iban surgiendo—. ¿A qué se dedica ella?

—No estoy segura, yo no los conozco mucho, me parece que trabaja en un juzgado —contestó Luisa, y entonces hice avanzar la cinta con su segundo mensaje que se oía ya empezado, '... nada', decía la voz de mujer que ahora sí reconocí como la de Luisa porque ahora la había oído más, durante una velada entera y en diferentes tonos, 'mañana sin falta me llamas y me lo cuentas todo de arriba abajo', y Luisa cerró los ojos para decir—: Esa soy yo, cuando le devolví el mensaje que me había dejado aquella tarde hablándome de su inminente encuentro contigo. Cuánto tiempo ha pasado.

Interrumpí la cinta.

—¿Cómo es que en cambio te habló de eso?

—Ah, bueno, las cosas no le iban muy bien con Eduardo, tenía sus fantasías más que sus realidades, o eso creía yo hasta este momento: Vicente Mena, a estas alturas, qué disparate —repitió con incredulidad y desagrado—. Por otra parte siempre nos lo hemos contado todo, o casi todo, a lo mejor sólo me contaba las fantasías y se callaba las realidades. —'Yo soy fantasía', pensé, 'o lo era antes de llegar a Conde de la Cimera. Y quizá luego también, quizá fui un íncubo y un fantasma, y lo sigo siendo'—. Aunque eso no tiene mucho sentido, no nos juzgábamos, ni siquiera nos aconsejábamos, sólo nos escuchábamos. Hay personas que a uno siempre le parece bien lo que hacen, se está de su parte, eso es todo. —Luisa se frotaba la sien sin darse cuenta. 'Marta, dile a Eduardo que es incorrecto decir "mensaje", hay que decir "recado"', la voz del viejo que terminaba compadeciéndose con coquetería, 'povero me', decía—. Ese es mi padre, pobre de él en verdad, pobre de él —dijo Luisa—. Se llevaba muy bien con Marta, ella le hacía más caso que yo, le escuchaba los relatos de sus riñas caducas con sus colegas y de sus pequeñas intrigas y privilegios de corte. Él le habría hablado de ti en seguida, varias veces al día, para él es un acontecimiento tener a alguien trabajando en la casa durante unos días; por eso habrá querido que te conociéramos, para que luego lo imagináramos mejor en tu compañía y pudiéramos opinar cuando nos contase. Bueno, a mí, no a Eduardo. —Pero ella no se daba cuenta de que eso habría sido imposible, que Téllez le hubiera hablado de mí a Marta, porque yo nunca habría querido conocer a Téllez si Marta no hubiera muerto. 'Marta, soy Ferrán', fue lo que vino a continuación, y de este recado Luisa no dijo nada, no contenía ninguna novedad para ella, lo oyó en silencio y yo no paré la cinta y llegó el siguiente o su final tan sólo, la voz que decía: '… Así que haremos lo que tú digas, lo que tú quieras. Decide tú'. Ahora ya estaba seguro de que no era la misma de antes y por tanto no la de Luisa, aunque las voces de las mujeres se parecen más que las de los hombres. Luisa me pidió que retrocediera para oírla otra vez, y después dijo—: No sé quién es, no reconozco esa voz, creo que ni siquiera la conozco. No la he oído nunca.

—Entonces no sabes a quién le habla, si a Deán o a Marta.

—No puedo saberlo.

—Ahora vengo yo, este soy yo —me apresuré a anunciar antes de que diera comienzo aquel mensaje o recado que me avergonzaba, también incompleto: '… si te va bien podemos quedar el lunes o el martes. Si no, habría ya que dejarlo para la otra semana, desde el miércoles estoy copado'. Cómo podía haber dicho 'estoy copado' igual que un farsante, volví a pensar con descontento, todo cortejo resulta ruin si se lo ve desde fuera o se lo recuerda, yo ahora lo veía desde fuera y lo recordaba, y lo que es peor, quizá estaba cortejando de nuevo, por lo que mis palabras y mi actitud de ahora no podía verlas desde fuera ni desde dentro ni recordarlas, a veces medimos cada vocablo según nuestras intenciones desconocidas. 'Cuánto tiempo ha pasado.' No detuve la cinta, Luisa dejó pasar mi voz deferente sin comentarios, y luego vino otra vez el zumbido eléctrico: 'Eduardo, hola, soy yo. Oye, que no me esperéis para empezar a cenar', hasta que pidió que le dejaran un poco de jamón y se despidió toscamente: 'Vale pues, hasta luego', dijo.

—Ese es también Vicente Mena —dijo Luisa—, salen a menudo los cuatro, o con más gente. —Y volvió a emplear el presente de indicativo que desde hacía más de un mes era impropio.

Paré la grabación y le dije:

—Queda uno más. Escucha.

Y entonces salió ese llanto estridente y continuo e indisimulable que está reñido con la palabra y aun con el pensamiento porque los impide o excluye más que sustituirlos —los traba—, la voz aflictiva que sólo acertaba a hacer inteligible esto: '… por favor… por favor… por favor…', y lo decía no tanto como imploración verdadera que confía en causar un efecto cuanto como conjuro, como palabras rituales y supersticiosas sin significado que salvan o hacen desaparecer la amenaza, un llanto impúdico y casi maligno, no tan distinto de aquel otro más sobrio de la mujer fantasma que maldecía con sus pálidos labios como si estuviera leyendo en voz baja y por cuyas mejillas corrían lágrimas: 'Esa desdichada Ana, tu mujer, que nunca durmió una hora tranquila contigo, llena ahora tu sueño de perturbaciones'. Y fue sólo al oírlo entonces por enésima vez pero por primera vez con alguien al lado que también lo oía cuando se me ocurrió que esa voz de niño o de mujer infantilizada podía ser la de la propia Marta, quién sabe, quizá había llamado a Deán hacía tiempo siendo ella la que estaba de viaje y le había suplicado en su ausencia —o tal vez él estaba en la casa junto al teléfono oyéndola llorar y sin descolgarlo—, le había dejado en el contestador su ruego en medio del llanto, o incorporado al llanto como si fuera tan sólo una más de sus tonalidades, le había grabado su pena que ahora escuchaban su hermana y un desconocido —quizá el marido inconstante y brumoso que aún no había llegado para esa hermana—, como Celia me dejó a mí una vez tres mensajes seguidos y al final del último no podía articular ni alentar apenas.

Y no me atreví a devolvérselo entonces, era mejor que no hubiera nada.

—¿Quién es? ¿Quién es esa? —me preguntó Luisa asustada. Era una pregunta absurda, producto del desconcierto y la desolación contagiada, yo no podía saberlo aunque fuera el dueño momentáneo y accidental de la cinta (ladrón o depositario), y la hubiera escuchado tantas veces.

—Yo no puedo saberlo —contesté—, pensé que quizá tú supieras. ¿A quién implorará esa mujer, a Deán o a Marta? —Y volví a expresar mi duda.

—No lo sé. A él, seguro. A él, espero —dijo Luisa. Estaba turbada, más incluso que al oír el primer mensaje de Vicente Mena con su revelación grosera. Se frotaba la sien con más fuerza, era un gesto para aparentar la calma que no tenía, o para controlarse. Recapacitó y añadió—: Pero lo pienso sólo porque es una voz de mujer la que implora. En realidad no sé nada.

Dudé si mencionar lo que acababa de ocurrírseme en aquel instante, y antes de decidirme a hacerlo ya lo había hecho, antes de saber si era conveniente o si quería meterle en la cabeza a Luisa el modo de pensar que para mí ya es costumbre, el modo del encantamiento que es un latido incesante en el pensamiento (el tiempo no nos espera):

—¿No puede ser Marta?

—¿Marta? —Luisa se sobresaltó, para los que vivimos solos no es fácil pensar en nosotros mismos llamando a nuestro teléfono ni en los otros llamando al suyo. Pero yo no siempre he vivido solo.

—Sí, ¿no puede ser la voz de Marta? Para Deán el mensaje o mejor dicho la llamada, la verdad es que no deja ningún mensaje.

—Ponlo otra vez, por favor —me dijo. Ahora se sentó mejor en mi sillón, ya no en el borde, ya no parecía tener tanta impaciencia ni querer marcharse inmediatamente, en sus ojos pintada la noche oscura, muy abiertos, era raro ver mi sillón ocupado por otra persona, una mujer, era grato. Hice retroce-

der la grabación y volvimos a oírlo, la voz suplicante y llorosa salía tan deformada que era imposible saber de quién era si
era de alguien que conociéramos, yo o ella o ambos (sólo habíamos tenido en común a Marta y también al niño, ahora a
Deán y a Téllez), yo no habría reconocido la mía propia tan
desesperada—. No lo sé, podría ser ella, no lo creo, también
podría ser cualquiera, podría ser la mujer de antes, la que dijo
'Decide tú'.

—¿Qué vida lleva Deán, sabes algo? —pregunté, y la verdad es que preguntaba más por secundar las interrogaciones
que Luisa se estaría haciendo que por curiosidad mía. Nunca
la tuve, nunca quise saber más de Marta, estaba muerta y la
curiosidad no afecta a los muertos, no se vierte hacia ellos pese
a tantas películas y novelas y biografías que justamente indagan eso, las vidas de los que ya no viven, sólo es un pasatiempo, con los muertos no hay más trato y nada puede hacerse al
respecto. Tampoco quería saber más de Deán (quizá sí más de
Luisa, pero eso era bien posible y no presentaría ahora dificultades). En el fondo sabía que una vez averiguado lo que hubiera que averiguar (si algo había), tampoco podría reanudar
sin más mis días y mis actividades, como si el vínculo establecido entre Marta Téllez y yo no fuera a romperse nunca,
o fuera a tardar en hacerlo demasiado tiempo, todavía demasiado tiempo y yo quizá para siempre *haunted.* O tal vez sólo
quería contar lo que ya había contado una vez, esa noche a
Luisa durante la cena, contar una historia como pago de una
deuda, aunque sea simbólica o no exigida ni reclamada por
nadie, nadie puede exigir lo que no sabe que existe y a quien
no conoce, lo que ignora que ha sucedido o está sucediendo y
por tanto no puede exigir que se revele o que cese. Hacía tan
sólo unas horas Luisa Téllez no sabía de mi existencia. Es el
que cuenta quien decide hacerlo y aun imponerlo y quien se
descubre o delata y decide cuándo, suele ser cuando ya es demasiado grande la fatiga que traen el silencio y la sombra, es
lo único que impele a veces a contar los hechos sin que nadie

lo pida ni lo espere nadie, nada tiene que ver con la culpa ni la mala conciencia ni el arrepentimiento, nadie hace nada creyéndose miserable en el momento de hacerlo si siente la necesidad de hacerlo, sólo luego vienen el malestar y el miedo y no vienen mucho, es más malestar o miedo que arrepentimiento, o es más cansancio.

Luisa cruzó las piernas, sus zapatos seguían perfectos como si no hubieran caminado sobre el suelo mojado durante mucho rato.

—¿Me darías una copa ahora? —dijo—. Tengo un poco de sed. —Ya no tenía tanta prisa, ya no estaba tan incómoda en mi casa, los dos estábamos unidos por lo que escuchábamos, una cinta que contenía su voz y la mía entre muchas otras que no entendíamos del todo. También nos aproximaba nuestra fatiga y el haber contado, habernos relatado algo el uno al otro como en un intercambio, cosas que se completaban inútilmente, ella el después y yo el antes de algo que no tenía remedio ni tal vez nos interesaba mucho: en todo caso era pasado, había sucedido pero no sucedía, podía revelarse pero ya había cesado. Yo me levanté y fui al office a prepararle un whisky, ella se levantó también y me acompañó hasta allí, se quedó apoyada en el quicio familiarmente, viendo cómo yo sacaba la botella y hielo y un vaso y agua. Así siguen hablando a veces los matrimonios, un cónyuge sigue los pasos del otro a través de la casa mientras éste pone orden o prepara la cena o plancha o recoge, es un territorio común en el que las citas no se conciertan, no hace falta sentarse para hablar o decirse o contarse cosas sino que la actividad continúa en medio de las palabras o de las cuentas pedidas y las cuentas zanjadas, lo sé porque no siempre he vivido solo—. Bueno, ya te he dicho que no les iba bien desde hacía algún tiempo —respondió Luisa así apoyada en el quicio—. Supongo que él tendría algunas realidades, los hombres no aguantan las fantasías solas mucho tiempo. Pero no sé nada concreto, la verdad es que tampoco tengo constancia de nada.

Me pregunté si ahora me decía la verdad, poco antes había comentado que ella y Marta se lo contaban casi todo, quizá era la propia Marta quien no tenía constancia de nada y por eso había callado ante su hermana, más vale callar mientras aún se puede decir lo que es siempre la mejor respuesta: 'No sé, no me consta, ya veremos', la consolación de la incertidumbre que también es retrospectiva. Le di su vaso de whisky, yo me serví una grappa. No parecía mentirosa, pero podía ser discreta.

—Salud —dije, y entonces tuve el valor para pedirle algo, para hacerla mi aliada aún más de lo que la había hecho, no hay nada como pedir favores para ganarse a la gente, a casi todo el mundo le agrada prestarlos. Era una petición sensata y justificable, pero no tenía por qué concedérmela, aún Luisa Téllez no tenía por qué concederme nada—. ¿Me harías el favor de no hablarle a Deán de mí hasta que haya terminado el trabajo para tu padre? Será sólo esta semana. ¿Podrías esperar a la próxima como si no me hubieras conocido hasta entonces? Por favor. Preferiría cumplir con lo que se me ha encargado, además voy a medias con un socio, y si Deán me descubre será difícil que cumpla. Tal vez querría impedirlo, sería capaz de contárselo a tu padre, para alejarme de él, de todos, de Marta.

Luisa bebió un poco, sonaron los hielos, dio un paso adelante, apoyó la mano izquierda en la mesa del office, sonó su pulsera, en la derecha sostenía el vaso, dijo:

—¿Qué hora es?

Llevaba reloj en esa mano como una zurda, era una pregunta retórica para ganar tiempo, o quizá temía volcar el vaso si giraba la muñeca para mirarlo.

—La una, casi —contesté. Estuve a punto de derramar mi grappa.

—Es tarde. Voy a irme yendo. —'Tres veces el mismo verbo', pensé, 'cómo matizan también nuestras lenguas, como las antiguas. "Voy a irme yendo" indica que no se va todavía, va a esperar todavía un poco, por lo menos hasta que se beba la mitad de su whisky, aunque se lo beberá muy rápido, le ha vuelto a entrar prisa porque le he pedido algo y no querrá arriesgarse a que le pida más cosas. Dentro de un rato dirá "Voy a irme" y aún más tarde dirá "Me voy", y sólo entonces se irá de veras.' Volvimos al salón por iniciativa mía, yo di los pasos, ella me siguió como si fuera mi cónyuge y no una desconocida. Se quedó de pie, curioseando mis libros y vídeos mientras bebía a sorbos veloces. Se había ensombrecido, la cinta o yo mismo la habíamos ensombrecido. Me daba la espalda.

—¿Esperarás?

Se volvió, me miró de frente, había rehuido mis ojos desde que me había preguntado la hora, ahora ya pintada en los suyos la cara del otro, la mía.

—Sí, claro, puedo esperar —contestó—. Pero no tengas una idea equivocada, no creo que Eduardo quiera partirte la cara o algo por el estilo. No a nuestra edad, no a estas alturas.

—¿Ah, no? —pregunté yo ingenuamente, quizá con algo de decepción: la tensión rebajada, el recordatorio de que no éramos jóvenes—. ¿Y qué quiere entonces? ¿Por qué está tan dispuesto a encontrarme? ¿Qué quiere? ¿Saber? En ese caso podrías contárselo tú todo, lo que ya te he contado.

—Se lo contaré, se lo contaré, descuida —dijo Luisa pacientemente—, te ahorraré la repetición inicial si quieres, cuando le hable de ti el lunes si te parece, no quisiera ocultárselo durante más tiempo del imprescindible. Comprendo que para ti no es fácil. —Era comprensiva conmigo, me daba más de lo que le pedía.

—El lunes está bien. No puedo entregar mi trabajo más tarde de ese día, bueno, lo llevará tu padre, así que habré terminado seguro. Te lo agradezco mucho. Pero ¿qué quiere entonces? ¿Para qué me busca? —volví a preguntar.

—Creo que más que saber quiere contarte algo. No sé lo que es porque a mí no me lo ha contado. Pero ha repetido más de una vez que quiere encontrar al hombre que estuvo esa noche con Marta para que se entere de algunas cosas. Quiere que sepas algunas cosas, no sé cuáles. Escucha, me voy a ir, estoy cansada. Ya te dirá él lo que quiere.

'Ah', pensé, 'también él quiere contar. También él está cansado, su sombra también lo fatiga.'

—Anota mi número —dije—. Puedes dárselo a partir del lunes si quieres, así no tendrá que buscarlo ni pedírselo a tu padre. —Se lo anoté yo mismo en un papelito adhesivo de color amarillo, también yo tengo ahora cuadernillos de esos junto al teléfono, los hay en casi todas las casas.

Luisa cogió el papel y se lo guardó en un bolsillo. Ahora sí parecía en verdad abatida, le había sobrevenido la pesadumbre del día entero, debía de estar muy harta de todo, de su padre, del niño, de Deán, de mí, de su propia hermana viva y muerta. Se sentó en mi sillón de nuevo con su vaso en la mano derecha, como si le faltaran fuerzas para seguir de pie. Con la otra mano se tapó la cara como en el cementerio, aunque ahora no lloraba: como a veces hacen quienes están horrorizados o sienten vergüenza y no quieren ver o ser vistos. No pude evitar fijarme en sus labios —esos labios—, que la mano no cubría. Aún no dijo 'Me voy', aún no lo dijo.

Trabajé junto a Téllez el resto de la semana y el domingo me fui con Ruibérriz de Torres a las carreras, pensé que ahora ya podía premiarlo por sus gestiones, saldar mi deuda con él y contarle lo que me había ocurrido con una desconocida más de un mes antes, a él le divertiría la historia, meramente le divertiría, en cierto sentido la envidiaría: de ser suyo el relato lo habría proclamado a los cuatro vientos desde el principio y habría sido una narración a mitad de camino entre lo macabro y jocoso, lo bufo y lo tenebroso, la muerte horrible y la muerte ridícula, lo que al suceder no es grosero ni elevado ni gracioso ni triste puede ser cualquiera de estas cosas cuando se cuenta, el mundo depende de sus relatores y también de los que oyen el cuento y lo condicionan a veces, yo mismo no me habría atrevido a contarle el mío a Ruibérriz de manera distinta de la que empleé mientras transcurrían las dos primeras carreras de poca monta, es decir, en tono tenebroso y jocoso, interrumpiéndonos sin problemas para observar las rectas finales con nuestros prismáticos, yendo de las gradas al paddock y del paddock al bar y de allí a las apuestas y de nuevo a las gradas, nada se cuenta dos veces de la misma forma ni con las mismas palabras, ni siquiera el relator es único para todas las veces, aunque sea el mismo. Se lo conté distraídamente y también con aspaviento para que lo apreciara, se lo conté en dos patadas, a Ruibérriz no podía contarle un encantamiento. 'No jodas', decía de vez en cuando, '¿la tía se te quedó en el sitio?' Sí, para él era eso y no podía ser otra cosa, la tía se me había quedado en el sitio. 'Y encima no llegaste a mojar, hay que joderse', dijo un poco divertido por mi mala pata. Y era verdad que no había mojado, y quizá era mala pata. '¿Y era hija de Téllez Orati? No jodas', dijo también, recuerdo. Él me fue escuchando con una mezcla de hilaridad y estremecimiento, como cuando leemos en los periódicos sobre la desgracia inevitablemente risible de alguien desconocido que muere en calcetines o en la peluquería con un gran babero, en un prostíbulo o en el dentista, o comiendo pescado y atravesado por una espina como los niños cuya madre no está para meterles un dedo y salvarlos, la muerte como representación o como espectáculo del que se da noticia, así hablé yo de mi muerta caminando por el hipódromo al que tanto había acudido Téllez cuando no era tan viejo, ante las taquillas de apuestas y en el bar y en el paddock y de pie en las gradas con prismáticos ante los ojos, los caballos cada vez más envueltos en una niebla creciente, fue un mes de niebla en Madrid a casi todas horas como no había habido en el siglo, hubo más accidentes de tráfico y retrasos en el aeropuerto, los caballos corrían como si no tuvieran patas, veíamos pasar sus cuerpos y espectrales cabezas disputándose la llegada como si fueran piezas de los tiovivos de nuestra infancia, no tenían patas nuestros primeros caballos sino una barra longitudinal que los atravesaba, y a ella nos agarrábamos mientras cabalgábamos en círculo sin movernos del sitio, cada vez más de prisa como en una carrera sobre el turf o la hierba, cada vez con más vértigo hasta que se rayaba la música y nos desaceleraban. El mes recién comenzado traía nieblas, el anterior había traído tormentas. Ruibérriz llevaba una gabardina con el cinturón fuertemente anudado como las llevan los presumidos, yo llevaba la mía suelta, los dos con rígidos guantes de cuero, parecíamos dos guardaespaldas. En ningún momento él borraba el estallido de su dentadura, mostraba la parte interior de sus labios al volver el superior hacia arriba con su risa disoluta, miraba displicentemente las primeras pruebas sin importancia, oteaba a su alrededor en busca de presas o de conocidos a los que saludar o sacar algo, también mientras yo le contaba, se había echado mucha colonia. No le conté lo último, no le hablé de la hermana ni de lo que preveía, mi deuda quedaba saldada con la narración de la muerte y del polvo que no llegó a serlo. Luego le comuniqué que había terminado el discurso el día anterior, le entregué una copia, al fin y al cabo él participaría de la exigua ganancia, estaba por ver cuándo cobraríamos, yo había actuado en su nombre.

—¿Qué, cómo te ha salido? —me preguntó al tiempo que lo doblaba de mala manera y se lo guardaba en un bolsillo de la gabardina sin echarle el menor vistazo.

—Bah, igual que los de los otros, igual de aburrido e inane, nadie le hará ningún caso esta vez tampoco, cuando Only You lo suelte. Téllez me ha obligado a comportarme y a ser muy convencional, me ha atado corto, y la verdad es que tampoco ha tenido que cambiarme gran cosa, yo no me había atrevido a mucho. Ya sabes, el usufructuario del trabajo se te acaba imponiendo, o la imagen que tienes de él cuando es pública, a la hora de escribir no hay quien la mueva.

Había trabajado hasta el sábado, toda la semana con Téllez cada vez más excitado y tomándose más confianzas, visitándome, corrigiéndome, inspeccionándome, aconsejándome, pavoneándose como conocedor de la psique noble del usufructuario. Estaba indudablemente distraído esos días, tenía un proyecto entre manos, responsabilidades de Estado, un hombre más joven que venía por las mañanas y se ponía a sus órdenes. A veces me interrumpía para hablar de otras cosas, de las noticias del periódico mortuorio que examinaba con detenimiento, de la catastrófica situación del país saqueado, de las ridiculeces y vanidades de sus colegas más célebres. Se fumaba una pipa en mi compañía o me robaba unos cuantos cigarrillos, los sostenía inexpertamente entre el pulgar y el índice como si fueran un pincel o una tiza, daba chupadas medrosas, se congestionaba un poco al tragarse el humo, pero lo encajaba. Se iba un rato a moler café a la cocina y a media mañana me obligaba a hacer un alto, se servía un oporto y me ponía a mí otro, con la copita en la mano releía en voz alta nuestras páginas ya concluidas y dadas por buenas, con el vino elocuente marcaba el ritmo, añadía una coma o bien la sustituía por un punto y coma, tenía preferencia por este signo, 'ayuda a respirar', decía, 'e impide perder el hilo'. El teléfono casi nunca sonaba, nadie lo requería, nadie lo buscaba, sólo de vez en cuando le oía hablar con su hija o su nuera, pero era más bien él quien las llamaba al trabajo con pretextos varios. Su existencia era precaria. El último día, el sábado, le hice llegar estando yo allí un buen centro de flores de Bourguignon, no se habría contentado con menos. Lo envié sin tarjeta ni mensaje de ninguna clase, sabía que eso lo intrigaría durante varios días —hasta que se le marchitaran—, le ayudaría a no echarme de menos cuando concluyera mi tarea y no volviera a aparecer por la casa, ni el domingo ni el lunes ni el martes ni ningún otro día. La criada arcaizante lo introdujo en el salón con su celofán y su tiesto, lo depositó en la alfombra y Téllez se levantó en seguida para mirarlo atónito como si fuera una bestia desconocida.

—Ábralo —le dijo a la criada en el mismo tono en que los emperadores romanos le dirían a un siervo 'Pruébalo' ante un manjar quizá envenenado. Y una vez retirados celofán y criada (desapareció ésta doblando el envoltorio cuidadosamente, para su aprovechamiento) dio dos o tres vueltas alrededor del centro mirándolo con tanta expectación como desconfianza—. Flores anónimas —decía—, ¿quién demonios me mandará a mí flores? Vuelva usted a mirar, Víctor, ¿seguro que no hay tarjeta por ningún lado? Mire bien entre los tallos. De lo más extraño, de lo más extraño. —Y se rascaba el mentón con la boquilla de la pipa apagada mientras yo buscaba tirado en el suelo lo que sabía que no hallaríamos. Las señaló con el índice como yo le había visto señalar su zapato en el cementerio, el pulgar de la otra mano colgado de la axila como si fuera una fusta. Iba a decir algo, pero estaba demasiado desconcertado, estaba entusiasmado. No se acercó a las flores en ningún momento, se sentó por fin muy pesadamente con su cuerpo bamboleante, las miraba sobre la alfombra como un prodigio, avanzando el tórax, su rostro como una gárgola—. No es mi cumpleaños, no es mi santo ni el aniversario de nada que yo recuerde —dijo—. Tampoco pueden ser de la Casa, aún no hemos entregado el discurso. A ver qué opinan Marta y Luisa, quizá se les ocurra algo, voy a llamar a Marta a contárselo, a veces no tiene clase hasta por la tarde y además hoy es sábado, seguramente estará en casa. —Llegó a hacer el ademán de levantarse para ir hasta el teléfono, pero lo interrumpió en el acto, volvió a dejarse caer sobre el sillón y reclinó la nuca sobre el respaldo como si una ola enorme lo hubiera aturdido o hubiera tenido una revelación que lo dejaba exhausto. O quizá es que se le nubló la vista y tuvo que alzarla para impedirlo. Se dio cuenta en seguida y se disculpó conmigo, no hacía falta—: No crea que estoy tan loco o desmemoriado —me dijo—, es sólo que cuesta acostumbrarse, ¿verdad? Cuesta comprender que ya no exista quien ha existido. —Se paró y añadió luego—: No sé por qué yo sigo existiendo cuando se han ido tantos. —No se permitió más. Se puso en pie de nuevo apoyándose mucho en los brazos del sillón para tomar impulso y dio una vuelta más en torno al centro de flores con pasos cautos. Siempre estaba vestido perfectamente en su casa, como si fuera a salir aunque no fuera a hacerlo, con corbata y chaleco y chaqueta y sin otro calzado que sus zapatos de calle, una mañana le había oído despotricar contra los pantalones de chándal tan repugnantes. 'No comprendo cómo los políticos se dejan retratar de esta guisa', había dicho. 'Más aún: no sé cómo se atreven a ponerse de esta guisa, aunque no fuera a verlos nadie. Y en verano van sin calcetines los muy groseros, es increíble el mal gusto.' Era pulcro y galano, tenía algo de mueble antiguo bien acabado y un poco ornado. Se llevó la pipa a la boca y añadió—: En fin, estas misteriosas flores, habrá que hacer investigaciones, tengo que agradecerlas. Volvamos al trabajo o no terminaremos hoy, amigo Víctor, y no me gusta incumplir promesas. —Y cogiéndome del brazo me condujo de vuelta al estudio contiguo lleno de libros y cuadros y abigarrado y aún vivo, donde yo estaba ya a punto de cerrar mi máquina portátil abierta durante una semana. No llamó a Luisa en aquel instante, lo haría más tarde, como a otras personas con un buen pretexto. Pensé que por lo menos tenía motivo para llegar hasta el lunes, iría a Palacio a entregar nuestra obra no perdurable, suya y mía y del Único y del nombre Ruibérriz, aunque probablemente allí no lo recibirían más que Segurola y Segarra, el Solo no está disponible tan a menudo. Las existencias precarias dependen del día a día, o quizá son todas. Podría hacer conjeturas sobre las flores durante algunos más, la semana entera con suerte.

La tercera prueba tampoco tenía interés, hasta ahora no habíamos ganado nada, los boletos rasgados con saña y tirados con desdén al suelo, y eso que Ruibérriz nunca se va de vacío de ningún juego. Me estaba contando indecencias curiosas sobre la incauta donjuanizada que le satisfacía en la actualidad sus caprichos mientras mirábamos desfilar por el paddock a los caballos de esa nueva carrera —también en círculo, como en el tiovivo— cuando él se volvió al escuchar su nombre completo precedido de la palabra 'señor' (hasta entonces, de nuestros conocidos, sólo habíamos visto al almirante Almira con su apellido predestinado y a su mujer tan hermosa, ni siquiera al filósofo de barba y gafas que nunca falta, lo habría retenido la niebla o llegaría para la quinta). Se volvió, nos volvimos, él puso cara de no reconocer a la mujer de quien había partido el grito y que se acercó a mí sin vacilaciones con la mano extendida, llamándome por su nombre de manera absurda, 'señor Ruibérriz de Torres' resulta demasiado largo. Era la señorita Anita tan devota de Solus, acompañada de una amiga de su misma estatura y porte. Las dos se habían puesto sombrero como si estuvieran en Ascot, es raro ver hoy en día sombreros, quedaban

un poco chuscas, noté que a Ruibérriz no le agradaba el detalle; pero le interesan todas las féminas en principio, como a mí
más o menos, en eso no nos diferenciamos aunque sí en el tratamiento y los métodos. Yo me desintereso antes.

—Le presento a Víctor Francés —dije yo refiriéndome a
Ruibérriz—. La señorita Anita.

—Anita Pérez-Antón —dijo ella—. Esta es Lali, una amiga. —A la amiga la privó de apellido, como había hecho el Solitario con ella, en realidad ni siquiera nos había presentado,
además de tutear a todos no cuidaba sus modales.

—Espero que hoy no tenga contratiempos con sus medias
—bromeé yo en seguida para ver qué tal lo tomaba, se la veía
más risueña que en el trabajo. Se lo tomó estupendamente,
dijo:

—Oy qué corte el otro día. —Y se llevó la mano a la boca
mientras reía, y añadió explicándole a la amiga más que a Ruibérriz el verdadero—: Te puedes creer que me hice un carre-
rón tremendo y no tuve tiempo de cambiarme antes de ver a
este señor que lo recibía el jefe. El señor le iba a supervisar un
discurso. Bueno bueno bueno: la cosa fue a más durante la visita y casi acabo con las medias colgando. —E hizo un gesto
con las manos indicando caída a la altura de la falda, que de
nuevo era corta y estrecha. A Ruibérriz no le pasó inadverti-
do el gesto, debió de imaginarse algo sucio—. No veas qué
apuro, las medias hechas tiras y allí todos sin decir nada, venga de flema.

'Flema' era una palabra anticuada, pero ella trabajaba en un
lugar anticuado por naturaleza. Cada vez hay más vocablos
que ya nadie usa, cada vez se desechan más rápido. La aparté
un poco y le dije:

—Por cierto, ya lo tengo terminado, el señor Téllez se lo llevará mañana. —Ruibérriz me oyó y comprendió ya entonces,
supongo que se interesó aún más por las jóvenes, aunque no
precisaba incentivos, cuanto mayor va siendo más se afana tras
todo lo que se mueve con un poco de gracia. Pero si seguíamos

los cuatro juntos él tendría que emparejarse con Lali (quizá una expósita); de eso no había duda. Por lo demás no era probable que nos divirtiera la compañía durante más de una o dos carreras, hasta la quinta. Tampoco la nuestra a ellas. Mejor quedar una noche, los cuatro a la vez, dos o cuatro.

—¿Cómo mañana? —dijo la señorita Anita recobrando el aire profesional un momento. Aquel sombrero granate le sentaba como un tiro—. ¿Pues no les han avisado de que se ha cancelado lo de Estrasburgo? Yo misma di órdenes de que llamaran al señor Téllez para advertírselo. No me diga que no lo han hecho.

—Estuvimos trabajando hasta ayer mismo, no sabía nada —contesté al cabo de unos segundos—. Quizá al señor Téllez se le olvidó comunicármelo, es un poco mayor, claro. —Había sentido pena inicialmente por Téllez, por su lunes palaciego echado a perder ahora, luego se me ocurrió que tal vez sí estaba enterado y no me lo había dicho para retenerme unos días más haciéndole compañía en su casa. Aquel texto iría a un cajón para siempre, son textos ocasionales. La idea me sentó mal, aunque yo sólo fuera el negro o fantasma. Pensé: 'Pobre viejo, sabe apañárselas, sabe ir de día en día'.

Fuimos los cuatro juntos hacia las apuestas, yo rozaba con mi mano el codo de la señorita Anita, protectoramente, Ruibérriz iba un poco detrás, ya obligado a darle conversación a Lali, el sombrero de Lali era aún más imperdonable.

—Siento que haya trabajado en vano —dijo Anita—. Pero se le pagará, oiga, se le pagará lo mismo, usted no deje de presentar la factura. —'Igual que mis guiones que no se hacen', pensé, 'más despilfarro. Al menos se me contrata, no estoy en el paro como tantos otros.' A la señorita Anita se le cayó el programa, me agaché a recogerlo y ella se agachó también, más lenta, aproveché el movimiento de subida para darle levemente en su cabeza aún inclinada (también más lenta al alzarse, su falda un poco en peligro) y así tirarle el sombrero. Volví a agacharme para recogérselo, lo froté contra el suelo un instante a escondidas para poder lamentar que se hubiera ensuciado tanto. Ella dijo—: Mierda. —No sé si se habría atrevido a decir lo mismo en Palacio.

—Cómo lo lamento, mire cómo se ha ensuciado, este suelo está hecho un asco. No se preocupe, yo se lo guardo hasta que podamos limpiarlo con algo, va a empezar la carrera. Además, está usted más guapa con el pelo al descubierto. —Era verdad que lo estaba, tenía una cara redondeada agradable y un bonito pelo negro, pero sobre todo yo no soportaba el sombrero, para algunas cosas soy maniático.

Apostamos los cuatro, ellas cantidades de aficionado, nosotros sumas más altas, debieron de pensar que éramos ricos, en cierto sentido lo somos para los tiempos que corren, seguramente yo más que Ruibérriz, holgazaneo menos, no vivo de nadie. Él aconsejó a la desheredada, yo le di un soplo a la cortesana. Volvimos a las gradas con nuestros boletos, ellas los llevaban en la mano como si fueran algo muy valioso y temieran perderlo, nosotros nos los metimos en el bolsillo de la chaqueta donde se lleva el pañuelo, asomando un poco como es lógico, yo no llevo nunca pañuelo, Ruibérriz siempre, de colores vivos, se había desabrochado la gabardina para dejar más libres sus pectorales. Empezaba a verlo en niki, nos habíamos quitado los guantes. Ellas no se habían traído prismáticos, tuvimos que prestarles los nuestros por galantería, estaba claro que no llegaríamos en su compañía a la quinta carrera, la más importante, no queríamos tener que desentrañarla. Con la niebla y sin los binoculares no vimos ni nos enteramos de nada, Lali se confundió y gritó que había ganado el caballo que no había ganado, quería a toda costa que venciera el suyo, por el que había apostado su gran penuria. Perdimos todos, en el acto rasgamos los boletos con la adecuada mezcla de desprecio y rabia, ellas se resistieron un poco confiando en una descalificación posterior improbable que las beneficiara. Ahora tocaba ir al bar junto al paddock, una vez y otra los mismos pasos a lo largo de seis carreras, en eso consiste el encanto, en la espera de media hora antes de cada prueba, luego duran tan poco pero se recuerdan a veces.

—¿Cómo es que se ha cancelado lo de Estrasburgo? —le pregunté a Anita ya con una coca-cola en la mano. Seguía confiscándole el sombrero, era un verdadero incordio—. Tenía idea de que era importante, y supongo que el calendario de su jefe estará confeccionado desde hace tiempo y será poco menos que inamovible.

—Sí, lo es en principio, pero tiene tanto agobio el pobre que de vez en cuando no hay más remedio que suprimir algo de un puntazo. Más vale así que retrasarlo y descabalarlo todo o intentar hacer componendas, eso sí que sería un jaleo. —Supuse que había querido decir 'plumazo', aunque a lo mejor era taurina; o quizá 'puntapié', menos probable.

—Protestarán los perjudicados —dije—. Se sentirán muy damnificados, o discriminados. ¿No se producen incidentes diplomáticos por estas cosas?

Ella me miró con impaciencia y censura (frunció los labios pintados) y contestó con altanería:

—Mire, que se jodan, él ya hace más de lo que debería. Lo llaman de todas partes, en plan abuso. Que es que no hay más que uno, cojones, no se dan cuenta. —Era definitivamente malhablada, pero hoy en día lo es casi todo el mundo.

—Por eso lo llaman el Único, ¿no? —dije yo—. ¿Usted lo llama así, al referirse a él, quiero decir?

Ante esta pregunta se mostró quisquillosa, seguramente no le gustaba que los sobrenombres que empleaba el círculo de los más íntimos anduvieran de boca en boca.

—Eso, señor Ruibérriz de Torres, es mucho querer saber —dijo. El verdadero Ruibérriz, un poco más allá en la barra, no pudo evitar estirar el cuello al oír su apellido. No se estaba enterando de nada, la amiga Lali era verbosa, una máquina de soltar cháchara.

—Pero no le ha ocurrido nada malo a su jefe, espero, para la cancelación del discurso.

La señorita Anita era más reservada respecto a sus sentimientos que en lo relativo a la vida y costumbres del Llanero. A esto respondió sin problemas:

—No, nada malo, calle, toque madera. —Y manoseó los palillos de dientes que había en un vasito de porcelana sobre la barra—. Lo que pasa es que está muy agotado, no mide sus fuerzas, no le dejan en paz, quiere dar gusto a todos y duerme mal últimamente. Nunca le había sucedido antes. Y se resiente, claro, anda por los suelos, un poco piltrafa. A ver si se le pasa la racha, ha sido cosa de la última semana sobre todo. Dice que se pone a pensar al dormirse y los pensamientos le impiden conciliar el sueño. O que los sigue teniendo dormido, y entonces van y le despiertan.

—Así suele ser el insomnio —contesté yo al cabo de la calle—, cuando pesa más el pensamiento que el cansancio y el sueño, y cuando más que soñar se piensa, si uno logra dormirse pese a todo.

—Pues a mí no me ha pasado nunca —dijo Anita. En verdad era sana, no me extrañaba que a Only the Lonely le gustara tenerla a su lado.

—Pero algo tomará su jefe, hay somníferos, tendrá un batallón de médicos para recetárselos.

—Intentó con Oasín, ¿lo conoce? Oasín Relajo, debe venir de oasis. —Conocía Oasil Relax, supuse que se refería a ese tranquilizante—. Pero es muy flojo y no le hacía nada. Ahora le han traído unas gotas de Italia que le van mejor, EN o NE se llaman, no sé lo que significa, le hacen dormirse pronto pero en cambio se despierta antes de su hora. Así que no se sabe lo que le va a durar esto—. 'Antes de su hora' me pareció una expresión demasiado maternal acaso.

—Ya comentó algo, creo, el día que estuve con él —dije—. ¿Y en qué piensa? ¿Se lo ha comentado? No es que le falten preocupaciones, pero las habrá tenido siempre.

—Dice que piensa en sí mismo. Que tiene dudas. Andamos todos un poco nerviosos con eso.

—¿Dudas? ¿De qué?

La señorita Anita se impacientó de nuevo, tenía genio:

—Dudas, joder, dudas, ¿qué más dará de qué sean? ¿Le parece poco?

—No, me parece bastante, sobre todo en su caso. ¿Y qué hace durante el insomnio? ¿Aprovecha para trabajar más? Es mejor que se lo tome con calma, se lo digo porque yo lo padezco a veces, desde hace años.

—Sí hombre, encima va a trabajar a deshoras. —Esto lo dijo en el mismo tono que empleaba Only You con el pintor Segurola, Anita era víctima del mimetismo, no era sino natural que lo fuese—. No, intenta descansar aunque no duerma, se está tumbado y así descansa las piernas, lee, ve la tele, aunque no todas las cadenas emiten de madrugada; tira los dados a ver si se aburre y le viene el sueño.

—¿Los dados?

—Sí, los dados. —Y la señorita Anita hizo el gesto de agitarlos primero y soplarlos luego en la mano, como si estuviera en Las Vegas, debía de ver mucho cine, Las Vegas, Ascot—. Ande, deme el sombrero —añadió—. Voy a darle con un poco de agua, qué putada. —Si se permitió esta expresión fue seguramente porque ya había olvidado que la putada era mía.

Se lo devolví para deshacerme de él, pero no hubo lugar a que pidiera el agua:

—Se le estropeará si lo moja —dije.

—Eh, vamos ya al paddock, que los caballos han salido hace rato —dijo Ruibérriz interrumpiendo un momento la cascada incontinente de Lali.

No nos dio apenas tiempo a verlos desfilar, tuvimos que correr para hacer las apuestas, había cola en todas las ventanillas, el hipódromo ya muy lleno como todo en Madrid a todas horas, una ciudad de tumultos. Las dos mujeres miraban estupefactas las pantallas con las cotizaciones sin entender ni un número.

—Oye, Ani —le dijo su amiga—, ¿no era en la cuarta en la que tenías que hacerle la apuesta gorda?

—Ay sí, es verdad, menos mal que me lo recuerdas, esta es ya la cuarta, ¿no? —respondió Anita. Abrió el bolso con súbito apuro (sus uñas pintadas), sacó un papel con unos pocos números anotados y también un fajo de billetes considerable. Parecían billetes nuevos, recién salidos de la Casa de la Moneda, aún llevaban su faja (antes de nuestra guerra se fabricaban en Inglaterra: Bradbury, Wilkinson de Londres eran los encargados, he visto billetes de la República y eran perfectos; antes de nuestra guerra el hipódromo estaba en la Castellana, no fuera de la ciudad como ahora y desde hace decenios, es ya antiguo y noble, el de La Zarzuela). Allí habría una suma enorme, es difícil calcular a ojo cuando los billetes no han sido ni siquiera doblados. Aquella no era ya una apuesta de aficionado, sino de alguien que ha recibido un soplo de muy buena tinta y quiere arreglarse un poco el año. Me sentí ridículo con mis dos billetes previstos para mi apuesta, ahora Ruibérriz y yo parecíamos los principiantes. La dejé pasar delante, como es costumbre, además me convenía hacerlo.

—Todo esto al nueve, ganador —le dijo Anita al de la taquilla—. Y esto también al nueve, lo mismo. —Y le entregó, aparte, un grande suelto, sin duda su propia apuesta.

Miré la cotización del caballo o más bien la yegua: *Condesa de Montoro,* no figuraba entre los favoritos y aún pagaba muy alto, pero a este paso la haríamos bajar nosotros. En todo caso Anita, inexperta, debía haber hecho primero su propia apuesta. Saqué un tercer billete y aposté una gemela en la que no estaba el nueve, para no ser muy flagrante. Pero con los que tenía listos imité a la señorita sin pensármelo dos veces.

—La voy a imitar —le dije.

A Ruibérriz no se le escapó nada de esto, pese al torrente continuo en su oído. Dejó que Lali la expósita continuara la tendencia y él siguió nuestro ejemplo, cuatro billetes, me dobló la suma, la cotización ya se resentía tras nuestras inyecciones de confianza.

Estos boletos los guardaron las jóvenes con mucho cuidado en el bolso, se miraron, se rieron de ilusión tapándose un poco la boca, Anita me dijo:

—Se fía usted de mí, por lo que veo.

—Desde luego, o me fío más bien de ese amigo por quien ha hecho la apuesta, cantidades así no se arriesgan a lo tonto. ¿Qué es, un entendido?

—Muy entendido —contestó ella.

—¿Y cómo es que no viene al hipódromo?

—Es que no siempre puede. Pero a veces sí viene.

Dados solitarios, apuestas osadas, no quise poner en relación ambas cosas: si ganábamos, allí tenía que haber soplo, es decir, un gran amaño del que ni Ruibérriz estaba al tanto. Prefería no asociar al Único con prácticas fraudulentas. Pero qué billetes tan nuevos.

Volvimos a perder los prismáticos en favor de las jóvenes en cuanto pisamos las gradas. La niebla no había disminuido pero tampoco iba en aumento. La masa de espectadores se veía difuminada y parecía más masa, nadie tenía contornos, aún faltaban unos minutos para el inicio de la cuarta, los caballos iban entrando en los boxes, pude ver que el jinete de la *Condesa* era una mancha granate, también su gorra, eso me serviría para seguirle la pista, condenado como estaba a ojo limpio por la caballerosidad que no se acaba. Nos desharíamos de las mujeres para la quinta, ya estaba bien de no ver nada.

—¿Le consiguió usted el vídeo? —le pregunté de pronto a la señorita Anita.

—¿A quién? ¿Qué vídeo? —contestó ella, y su sorpresa o despiste parecieron sinceros.

—A su jefe. Aquella película de la que hablamos, ¿no se acuerda? Contó que había tenido insomnio ya una noche, un mes antes, había estado viendo en la televisión una película empezada, *Campanadas a medianoche,* fui yo quien le dije el título. Había pillado sólo la segunda parte, dijo que le gustaría verla entera algún día, estaba muy impresionado por lo que había visto, se quedó hasta el final, nos la estuvo contando.

—Ah sí —cayó Anita en la cuenta—. Pues la verdad es que no me he ocupado, hemos estado inquietos con lo de su sueño, sin cabeza para caprichos, ya sabe lo que pasa, siempre hay mil cosas que atender, y si encima él anda alicaído, pues ya se imagina usted que nadie piensa en otra cosa.—De vez en cuando utilizaba un plural que no era mayestático, sino más bien modesto y en el que ella se diluía, debía de incluir a muchas personas, sin duda a la familia y a Segurola y Segarra, quizá también a la mujer del plumero y la escoba que había atravesado el salón lentamente sobre sus paños canturreando, la vieja *banshee*—. Tampoco me la ha vuelto a reclamar, eso también es cierto —añadió como justificándose. Se quedó pensativa un momento y después dijo—: Aunque no se le debe haber olvidado, porque es curioso, ya me acuerdo: habló entonces del 'sueño parcial' por vez primera, y eso es algo que repite a menudo estos días, 'el sueño parcial tampoco me ha venido esta noche, Anita', me ha dicho un par de mañanas. ¿Cómo era la cosa en la película, usted se acuerda?

—Bueno, nada más que eso, creo. El viejo rey Enrique IV no puede dormir y recrimina al sueño que vaya a tantos lugares y no a su palacio, que se conceda a los humildes y a los malvados y hasta a los animales —yo no recordaba esto último, pero se me ocurrió incluirlos ya que estábamos en el hipódromo—, y que en cambio rehúse bendecir su cabeza coronada y enferma. Ese rey está agonizando y luego muere, atormentado por su pasado y por el futuro en el que no estará contenido. Y le dice eso al sueño: 'Oh tú, sueño parcial'. Eso es todo, si mal no recuerdo, en realidad recuerdo más lo que contó su jefe el otro día que la propia película, la vi hace muchos años.

Anita frunció de nuevo los labios, se mordisqueaba la parte interior, muy cavilosa.

—Sí, sí —dijo—, puede que por ahí vayan los tiros. A lo mejor es esa película la que tiene la culpa de su insomnio de ahora. Quizá sería bueno que le consiguiera el vídeo y la viera entera, así tendría la historia completa y dejaría de acordarse de ella, supongo.

—Puede ser, quién sabe. Pruebe usted.

—Gracias en todo caso por habérmela recordado, se me había ido completamente de la cabeza. ¿Dijo que se titulaba? —Y sacó de su bolso rápidamente el mismo papel en que tenía anotados sus números para las apuestas—. Sosténgame el sombrero, haga el favor.

—Me parece que ya lo anotó el otro día—dije recibiendo de nuevo el sombrero infame.

—Huy, pero vaya usted a saber dónde andará esa nota. Dígame.

—Mire, es *Campanadas a medianoche* —repetí una vez más—. Se rodó aquí en España, en el mismo Madrid algunas partes. No será difícil, en Televisión tendrán copia, obviamente.

—Ahí van —gritó Lali, y empezó a animar en seguida—. Dale, *Condesa de Montoro*, dale. —Era un nombre demasiado largo para jalearlo, habría que llamarla *Condesa* a secas.

La señorita Anita guardó el papel apresuradamente antes de haber podido escribir el título, cerró el bolso y se llevó mis prismáticos a sus bonitos ojos pintados. También empezó a animar a la yegua, pero ella la llamó *Montoro*, un poco impropio.

—Dale, *Montoro,* pégale fuerte —dijo. Debía de ser espectadora de catch o boxeo.

No había manera de ver nada, aun así no pude desentenderme de la carrera, no tanto por lo que había apostado cuanto por curiosidad: quería saber si el soplo del amigo era bueno, tal vez fuese un novio poco recomendable quien se lo había dado a la señorita, esta clase de jóvenes sanas se entregan con frecuencia a los tarambanas, una forma de compensar sus caracteres muy rectos o cándidos. Nos pusimos en pie los cuatro, miré de reojo a Ruibérriz y me hizo un gesto de que él tampoco se enteraba de cómo iba la cosa, sus prismáticos igualmente en manos blancas, así se las llamaba antes, cuando no ofendían, cuando ofendía algo. Al comienzo de la recta logré distinguir la mancha granate de nuestro jockey, todos los caballos iban todavía en grupo menos dos o tres que se habían descolgado, ya sin posibilidades, no era *Condesa* ninguno. Todos los espectadores exhalábamos vaho, miles de vahos, eso tampoco ayudaba a la visión tan dificultosa. De pronto hubo un enganche y una caída, dos jinetes rodaron por el suelo y se cubrieron la cabeza en cuanto pararon, las gorras de colorines salieron volando, uno de sus caballos siguió corriendo desmontado, el otro se deslizó sobre el turf con las patas delanteras estiradas y abiertas como si esquiara sobre la nieve resbaladiza y compacta, un tercero se asustó y dio dos o tres pasos vacilantes de artista antes de encabritarse y alzarse monstruoso girando sobre sí mismo, como aquella yegua de la calle Bailén dos años y medio antes, mientras yo paseaba de noche y meditaba sobre Victoria y Celia y sus comercios carnales, quizá los míos. *Mère. Mara.* Los demás aceleraron para dejar la colisión atrás cuanto antes y no verse involucrados en ella, en ese momento la carrera quedó rota, cada cabalgadura salió de allí como pudo, unas echándose hacia fuera, otras hacia dentro, la mayoría con el impulso perdido o frenado o cambiado. La que llevaba la mancha granate sobre sus lomos fue la única que se mantuvo recta sin dar bandazos, se le abrió un pasillo por el que avanzó sin obstáculos, su galope inalterado galopando galopando, el jockey ni siquiera tuvo que emplear la fusta. 'Venga, *Condesa,* vamos', me sorprendí pensando, no suelo chillar en los lugares públicos.

—Venga, *Montoro,* vamos —gritaba a voz en cuello la señorita Anita—. Ya está, ya está, ya está —repetía entusiasmada. Pensé que no habría descalificaciones, pese a las irregularidades posibles y la caída. Si aquello era un tongo, la manera de llevarlo a cabo había sido de lo más arriesgado.

Las jóvenes daban saltos de alegría, se abrazaron tres veces, vocearon '¡Viva el nueve!', a Lali se le cayeron los prismáticos de Ruibérriz, ni se dio cuenta, él los recogió compungido, un cristal roto. No dijo nada sin embargo, seguramente le podía más el contento, él nunca se va de vacío de ningún juego, hoy tampoco. Vi a lo lejos al almirante Almira que rasgaba sus boletos con patente fastidio, también el filósofo incrédulo que ya había llegado, los rasgaba casi todo el mundo. No nosotros, aquel mes se me arreglaba un poco, era probable que no cobrara el discurso.

—Bueno, adiós, nos vamos, que tenemos un poco de prisa. Encantada, ¿eh?, señor Ruibérriz de Torres, señor Francés. Y gracias por las atenciones —dijo la señorita Anita despidiéndose rápidamente de los dos a la vez. Tenían prisa por ir a cobrar, con esa cantidad le pedirían la documentación en taquilla, supongo, yo nunca he ganado tanto. Tal vez ni siquiera se quedarían ya para la quinta, el amigo o el tarambana esperándolas para celebrar la jugada. No les interesábamos. Me devolvió los prismáticos, yo le pasé el sombrero del mismo color que la vestimenta del jockey beneficioso. La vi alejarse con sus gratas piernas de muslos gordos, la falda corta permitía ver el arranque, sus medias no habían sufrido carreras en las carreras. Al final no había apuntado el título de la película, se le olvidaría de nuevo, el Solo seguiría sin verla entera y por lo tanto acordándose de ella, lo tendría muy malquistado el insomnio.

—Vaya dos —dijo Ruibérriz alzándose el cinturón de los pantalones con ambas manos y sacando pecho mientras ellas desaparecían entre la masa móvil. Y eso fue todo lo que dijo para despedirlas.

Decidimos ir a cobrar más tarde, teníamos interés verdadero en la quinta, queríamos ir pronto al paddock a ver bien de cerca a los mejores caballos, podríamos presenciar la carrera sin preocuparnos ya del balance, saldríamos con ganancias en todo caso gracias a aquellas dos, a aquellas chicas. Cogimos buen sitio en el bar, desde allí veríamos cuándo salían los participantes. El hipódromo estaba ahora abarrotado, pasara lo que pasara no se atreverían a suspender la quinta, la visibilidad no importaba.

—Te fijaste en el fajo —le dije a Ruibérriz.

—Ya lo creo, un capital, de dónde lo habrá sacado. Billetes nuevos, ¿verdad?

—Billetes intactos.

—Hay que joderse —dijo.

No sé si iba a añadir algo más, pero no hubo ocasión porque de pronto vimos cómo un tío de cara bermeja y venas protuberantes rompía una botella justo enfrente de nosotros al otro lado de la barra y la agarraba bien por el cuello, esgrimiéndola, la espuma de la cerveza saltó como si fuera orina. Nos dio tiempo a ver a otro sujeto con abrigo de piel de camello que iba hacia él con una navaja empuñada en la mano, los pasos envenenados, no habíamos oído la parte verbal de la riña, en Madrid todo el mundo habla alto, el de la navaja intentó clavársela en el vientre al de la botella, de abajo arriba el impulso, no llegó a su destino y nada se rasga, el cristal cortante hacia el cuello o la nuca no alcanzó tampoco, se frenaron el uno al otro las manos armadas con la que tenían libre, otros hombres aprovecharon el forcejeo para abalanzarse sobre sus espaldas y separarlos e inmovilizarlos (algún carterista sacaría tajada de aquel tumulto), intervinieron en seguida unos guardias, pedirían la documentación a todo bicho viviente de aquel lado de la barra, se llevaron a empellones a los rivales, les pegaron con las porras, les abrieron la cabeza, lo vimos, Ruibérriz y yo seguimos bebiendo tragos de nuestras cervezas, un trago, y otro, y otro, fue todo muy rápido y la niebla iba ahora en aumento.

Fue todo muy rápido también el lunes y el martes como lo parece todo cuando finalmente llega, entonces se tiene la sensación de que todo se ha precipitado y es corto y era escasa la espera, y de que podía haber venido aún más tarde; todo nos parece poco, todo se comprime y nos parece poco una vez que termina, entonces siempre resulta que nos faltó tiempo y no duró lo bastante (aún estábamos contemplándolo, aún dudábamos, qué pocas cartas y fotografías y recuerdos me quedan), cuando las cosas acaban ya son contables y tienen su número, aunque lo que a mí me ha pasado aún no esté concluido ni quizá vaya a estarlo hasta que yo mismo concluya y al encontrarla descanse y contribuya a salvarla como los otros siglos que ya pagaron su parte, aquella adivinanza infame del año 14. Y mientras tanto un día más, qué desventura, un día más, qué suerte. Sólo entonces dejaré de ser el hilo de la continuidad, el hilo de seda sin guía, cuando mi voluntad se retire cansada y ya no quiera querer ni quiera nada, y no sea 'aún no, aún no' sino 'no puedo más' lo que prevalezca, cuando me interrumpa y transite sólo por el revés del tiempo, o por su negra espalda donde no habrá escrúpulo ni error ni esfuerzo.

Fue todo muy rápido porque no todo el mundo es consciente de que el presente recién transcurrido se aparece al instante como pasado lejano: Deán no lo era y consideró sin duda que llevaba demasiado tiempo esperando a saber lo que supo al fin por boca de su cuñada Luisa en el día acordado o pactado, ella tuvo el miramiento de llamarme el lunes al caer la tarde —o era ya noche, siguió la niebla difuminadora esos días— para confirmarme que había hablado, acababa de hacerlo, me había desenmascarado y ante Deán me había convertido en alguien a todos los efectos posibles, es decir, alguien con rostro y nombre y con hechos confesos, o para anunciarme esa otra llamada del marido o viudo que llegaría en seguida, creía ella, aquella misma noche en cuanto nosotros colgáramos y mi línea quedara libre, o al día siguiente como tarde si Deán decidía pasar las horas del sueño asumiendo o rumiando su conocimiento alcanzado. Entendí que Luisa había marcado mi número inmediatamente después de dárselo, quizá para protegerme aún durante unos minutos, quizá para impedirle hacer uso de él al instante una vez conseguido. Había estado en Conde de la Cimera hablándole, se habían visto como casi todos los días por una u otra cuestión del niño, ahora me llamaba desde el bar rusófilo que había abajo, nada más abandonar la casa, al menos Deán no se había precipitado al teléfono mientras ella descendía en el ascensor y daba la vuelta al edificio y buscaba su tarjeta o monedas para advertirme, si quería podía mantener el contestador puesto durante la noche, si aún no estaba en condiciones de hacer frente a aquella voz, a aquello, eso me dijo protectoramente.

—¿Cómo lo ha tomado? —le pregunté.

—Creo que se ha sorprendido, pero ha disimulado bien la sorpresa. Debía de estar pensando en algún otro. Pero escucha —dijo—, no le he hablado de Vicente Mena, de pronto me pareció que era demasiado, demasiadas revelaciones inútiles, es amigo suyo, no sé, qué más da lo que hubiera si ya no puede haber nada. Te lo digo para que no se lo cuentes tú tampoco si no quieres. —Se quedó callada un segundo, luego añadió con desprendimiento—: Aunque a lo mejor te hace falta sacarlo, no sé, tú verás, tampoco importa mucho lo que ahora él piense de Marta. En realidad no sé si debería preocuparme por su buen nombre, no se sabe muy bien qué hacer con los muertos, estoy muy desconcertada.

'Antes se los veneraba o su memoria al menos, y se los iba a visitar a sus tumbas con flores y sus retratos presidían las casas', pensé; 'se guardaba luto por ellos y todo se interrumpía durante un tiempo o se disminuía, la muerte de alguien afectaba al conjunto de la vida, el muerto se llevaba en verdad algo de las otras vidas de sus seres queridos y no había por consiguiente tanta separación entre los dos estados, se relacionaban y no se daban tanto miedo. Hoy se los olvida como a apestados, si acaso se los utiliza como escudos o estercoleros para echarles las culpas y responsabilizarlos de la situación lamentable en que nos han dejado, se los execra a menudo y sólo reciben rencor y reproches de sus herederos, se fueron demasiado pronto o demasiado tarde sin prepararnos el sitio o sin dejárnoslo libre, siguen siendo nombres pero ya no son rostros, nombres a los que imputar vilezas y dejaciones y horrores, esa es más bien la tendencia, y no descansan ni siquiera en su olvido.'

—No te preocupes, no le hablaré de Vicente si así lo prefieres, confío en tu mejor criterio y no me cuesta callar eso —le dije—. Yo no sabía de su existencia cuando fui a cenar con tu hermana, podía no haber sabido tampoco al marcharme y todo habría sido lo mismo. Antes o después tiraré esa cinta, la tiraré hoy mismo, no ayuda ni beneficia a nadie. Y mira, no te preocupes por mí: la posible indignación de alguien no basta para que haya un culpable de ella, tampoco el dolor posible, nadie hace nada convencido de que esté mal hecho, es sólo que en muchos momentos uno no puede tener en cuenta a los otros, nos quedaríamos paralizados, a veces uno no puede pensar más que en sí mismo y en el momento, no en lo que viene luego. —En realidad estaba nervioso y un poco asustado. Quizá no sabía lo que estaba diciendo, hablamos sin saber muchas veces, solamente porque nos toca, impelidos por los silencios como en los diálogos del teatro, sólo que nosotros improvisamos siempre.

Hubo un silencio al otro lado del teléfono pero ya no seguí, tuve paciencia para esperar. 'Los otros', pensé. 'Los otros nunca se acaban', pensé mientras esperaba.

—Óyeme una cosa —dijo por fin Luisa—: Si te propone que os veáis esta misma noche dile que no, yo creo. Mejor que os veáis de día, y a ser posible sin el niño en la casa, si quiere que os encontréis en su casa. Mi cuñada María se lo llevará por la mañana y no lo devolverá hasta por la tarde, mañana le toca a ella. Ya te dije que lo que quiere Eduardo es sobre todo contarte algo, pero aun así creo que es mejor que la situación sea lo menos parecida posible a la que tú viviste y ahora él conoce. Le he contado lo que me contaste con bastante fidelidad, le he dado tus explicaciones. Ha escuchado sin decir casi nada, pero creo que lo que peor entiende es que no le avisaras, que no avisaras a nadie. La verdad es que no sé cómo vas a encontrártelo. —Luisa hizo una pausa y añadió—: ¿Me contarás cómo ha ido? —Sonaba un poco atemorizada, nos atemoriza haber puesto algo en marcha. Me daba consejos y se preocupaba por mí, quizá sólo porque me veía en deuda, era yo quien tendría que oír reproches y aguantar la cólera y rendir cuentas. No estaba Marta para compartirlo.

—Lo sabrás por él, supongo.

—Así sabré cómo le ha ido a él, pero no a ti. Es distinto.

Aquello era una puerta abierta a volverse a ver, a volver a hablar, a volver a llamarse, qué desventura y qué suerte, un paso lleva a otro paso inocentemente y al final se envenenan, no siempre, quizá no los que diera hacia ella o Luisa diera hacia mí, quizá esta vez no, pensamos y seguimos pensando hasta el fin de los días en que concluimos. Colgué, colgamos y me dispuse a esperar la llamada. No me quedé quieto junto al teléfono, me levanté, me moví, fui a la nevera, abrí una botella, bebí un trago, volví al salón, cogí la cinta para tirarla como le había anunciado a Luisa, no lo hice, la dejé donde estaba, sobre un estante, no hay por qué cumplir siempre lo que se anuncia o hay siempre tiempo, más adelante, no es larga ninguna espera cuando termina. A los tres minutos sonó el teléfono, dejé que el contestador contestara primero, sería ya Deán, pensé convencido. Y sin embargo oí la voz de Celia que empezaba a dejarme un mensaje. Ahora ya nos hablamos, nos vemos de tarde en tarde pero nos hablamos con relativa frecuencia, una relación telefónica una vez olvidada la convivencia, así no hay más tentaciones que las verbales. Parece que va a volver a casarse pronto, entonces dejaré de pasarle cheques legales y dinero en mano cuando nos vemos, un marido acomodado de quien seré ya connovio sin duda, el dueño de un restaurante caro que no pisaré, eso creo, ninguna necesidad sin cubrir, eso espero. Lo cogí, hablé con ella, mi línea volvía a estar ocupada y yo a salvo durante unos minutos, pocos, ella estaba a punto de salir y sólo quería decirme algo que yo ya sabía: el actor insoportable para el que trabajo a veces me había dejado cinco recados en el contestador, me andaba buscando con mucha urgencia —a mí no me apetecía que me encontrara aquel día—, todavía hay gente que intenta localizarme a través de Celia como si ella fuera aún mi mujer cuando no hay manera de dar conmigo (como Ferrán lo intentó con Marta cuando Deán estaba en Londres y no había dejado sus señas, yo fui testigo auditivo tardío). Ahora seguimos sabiendo poco el uno del otro, Celia y yo, no nos preguntamos nada, esperamos a que se nos cuente, quizá la última vez que hubo preguntas concretas fue hace dos años y medio, cuando al día siguiente de mi visita nocturna y furtiva a su casa que fue la mía me llamó pese a haberme propuesto la noche anterior que fuera yo quien la llamara por la mañana para ver si almorzábamos juntos y hablar entonces de lo que fuera, no a las tres y media de la madrugada como yo pretendía. Eso había dicho, pero en su llamada ya no mencionó ese posible encuentro y quiso hablar de una cosa tan sólo, me preguntó muy seria: 'Oye, Víctor, tú tienes aún las llaves de casa, ¿verdad?'. 'No', mentí, 'las tiré a la basura hace tiempo en un arrebato, un día de enfado. ¿Por qué?' '¿Estás seguro?', dijo ella. '¿Estás seguro de que no entraste anoche en casa con ellas?' Lo normal habría sido que pusiera el grito en el cielo y le preguntara si se había vuelto loca, una cosa era que la hubiera llamado a horas intempestivas proponiendo ir a verla inmediatamente tras un silencio de meses y otra que me hubiera presentado allí pese a su negativa sin más aviso y sin llamar al timbre, podía haberle contestado ofendido: '¿Estás loca? No es mi estilo'. Sin embargo contesté sobriamente, demasiado sobriamente para no delatarme, creo: 'No, ¿qué pasó?, yo no fui'. A veces miento y no siempre bien, aún conservo esas llaves, aunque ella seguramente cambiaría la cerradura aquel mismo día sin más tardanza. También conservo la cinta, no la he tirado, y el sostén de Marta Téllez que me llevé involuntariamente, lo huelo de vez en cuando y no huele ya a nada, y el papel amarillo que dice 'Wilbraham Hotel', es posible que me aloje allí la próxima vez que me toque ir a Londres. No me queda en cambio ese olor de Marta que quedó después de ella, los olores no duran tanto y no se recuerdan, aunque se recuerdan intensamente otras cosas a través de ellos cuando reaparecen, es difícil que se repitan los de los muertos. Celia no insistió, sólo dijo 'Ya' y colgó, como yo dije 'Ya lo sé, si te vuelve a molestar dile que no sabes nada de mí' cuando me comunicó la impaciencia del actor insoportable y después no colgué sino que colgamos ambos, nos llevamos bien ahora a distancia. Normalmente no me gusta hablar de Celia.

Bebí de mi botella, fui a encender un cigarrillo pero se me había terminado el gas del mechero, busqué cerillas en mi dormitorio y desde allí oí de nuevo el teléfono, llegué a su lado a la vez que el contestador saltaba con mi voz, que dice: 'Esto es una voz grabada. Si quiere dejar un mensaje, hágalo por favor después de oír la señal. Muchas gracias'. Eso es lo que oyó Deán antes de empezar a hablar, y dijo esto que quedó registrado: 'Soy Eduardo Deán. He hablado con Luisa y quiero hablar contigo ahora'. En seguida me di cuenta de que me tuteaba como cuando se siente superioridad de algún tipo o se es acreedor o se insulta, mentalmente sobre todo. 'Supongo que estás ahí agazapado, hace unos segundos estabas comunicando, tú verás si lo coges.' Hizo una pausa para darme tiempo a cogerlo y yo aproveché esa pausa, descolgué y dije ridículamente:

—Sí, dígame, ¿quién es?

—Acabo de decírtelo —contestó la voz excepcionalmente grave y ya algo irritada, quizá se había irritado mientras yo comunicaba y él probaba a marcar varias veces, o llevaba más tiempo, sonó como si hubiera dicho 'Acabo de decírtelo, imbécil', no importaba que hubiera omitido lo último, sin duda no fue omitido por su pensamiento. Tal vez iba a seguir tratándome como a un asalariado, como a un subalterno, su voz al teléfono tenía más profundidad y peso que la de Vicente Mena su conyacente, era como los dedos sobre el contrabajo, conservaba el aplomo, su irritación muy controlada.

—Perdone, estaba en otra habitación y no he oído lo que haya podido decir hasta ahora a la máquina. ¿Quién es? —Quizá esta vez mentí mejor, se acercaba bastante la verdad a la mentira.

—Soy Eduardo Deán. He hablado con Luisa y quiero hablar contigo ahora. —Repitió lo mismo: quizá lo había estado ensayando un rato antes de marcar mi número—. ¿Podemos vernos mañana? —En realidad no fue una pregunta, más bien un comunicado: 'Podemos vernos mañana', como quien concede algo, no lo consulta ni pide.

—Ya. ¿A qué hora? Yo tengo un rato libre a última hora de la mañana, también después de comer, otro rato.

—Imposible —contestó él—, yo tengo trabajo todo el día. Mejor pásate por mi casa sobre las once de la noche, el niño ya estará acostado a esa hora. —Aquello eran órdenes sin el menor fingimiento, no me quedaba sino negarme u obedecerlas—. Ya conoces el piso —añadió.

—Está bien —dije obediente—. Hasta mañana.

Pero ya había colgado. Era todo lo contrario de lo que me había recomendado Luisa para el encuentro, estuve tentado de llamarla más tarde para informarla de nuestro fracaso y así hacerlo también suyo efectivamente, pero era mejor que yo no diera más pasos si no estaban del todo justificados (resulta ruin todo cortejo, sólo el disimulo de lo que no es más que instinto), prefería que los injustificados los diera ella.

Despedí el taxi en Conde de la Cimera, como la primera vez que me había desplazado hasta allí y a diferencia de la segunda, siempre de noche. Había llegado con un poco de antelación, las once menos diez, miré hacia arriba y vi encendidas las luces ya bien conocidas del salón y del dormitorio, la terraza iluminada desde el interior, preferí aguardar hasta la hora en punto no fuera a ser que Deán estuviera todavía acostando a Eugenio, aunque esa noche el niño no tenía por qué remolonear ni llevar a cabo su vigilancia, ya no tendría que volver a luchar contra el sueño por ninguna mujer hasta que fuese adulto, o adolescente al menos. Encendí un cigarrillo con mis cerillas y me acerqué hasta el portal, caminé ante el portal de un lado a otro con parsimonia, llevaba una semana preparándome para aquello, o llevaba más tiempo. Me había metido una raya de cocaína al salir de casa para estar más alerta, había dormido muy mal, no suelo tomar casi nunca pero le había pedido un cuarto de gramo a Ruibérriz en las carreras, casi siempre lleva ('¿Quieres un tirito?', me dice a veces), hay que hacer algo desusado cuando uno prevé una situación insólita o la ha previsto demasiado, justamente. No duraría el efecto, no estaría tan alerta al cabo de un rato, quizá cuando la conversación se hiciera más comprometida y más lo necesitara. Fumé entre la niebla, tiré la colilla al suelo de un papirotazo, me dispuse a llamar al portero automático y en ese momento vi llegar el ascensor, salieron de él dos figuras en la penumbra, encendieron la luz del portal y vinieron en mi dirección, no llamé, esperé a que la joven de los pasos graciosamente centrífugos y el guante beige me abriera tras apretar el timbre que a mí me había costado encontrar más entrada la noche muchas noches antes, la acompañaba el mismo hombre que ya no podía más y al que ella había mandado a la mierda, las palabras son casi siempre retóricas o excesivas o metafóricas y por lo tanto inexactas, él sí podía más y ella lo sostenía y lo consentía, seguían juntos, salían juntos mientras yo entraba, esta vez al revés, debía de ser la más móvil de los vecinos siempre arriba y abajo, a estas alturas ella me debía de tomar por un inquilino más del edificio, me reconoció y me dijo con naturalidad y su sonrisa 'Hola, buenas noches' y yo respondí 'Buenas noches', el hombre guapo no saludó hoy tampoco, un antipático o un distraído, quizá estaba todavía absorto en los besos que se habrían dado en la casa y aun a la espera del ascensor con la puerta abierta aunque ninguno de los dos se quedara esta vez y no se separaran y salieran juntos. Quizá pensaba en el lecho abusado del que salía y en el suyo intacto.

Subí y llamé al timbre y Deán me abrió rápidamente como si hubiera estado ansiando mi llegada y espiando los viajes del ascensor con el ojo en la mirilla. Estaba en mangas de camisa pero con corbata —un poco aflojada—, como el marido que ha vuelto del trabajo hace poco y sólo le ha dado tiempo a despojarse de la chaqueta. Si Marta hubiera vivido tal vez habría estado en la cocina con un delantal vaciando platos, pensé (yo la vi con uno), o trajinando sin cesar por la casa, él siguiéndola de una habitación a otra mientras le contaba o discutían o le preguntaba, no siempre he vivido solo. Me hizo pasar sin saludarme aunque me ofreció su mano izquierda y me dijo 'Siéntate' señalando el sofá en el que el niño como una hormiga había mirado sus vídeos de Tintín y Haddock y se había adormilado tras su largo combate por fin perdido, me preguntó qué quería tomar, le contesté que un whisky con hielo y agua si era posible. La casa no había cambiado, eso me pareció, los hombres nunca las cambian, no quise mirar con demasiada atención por pudor —para no recordarla o rememorarla allí mismo—, sobre la mesa en la que Marta y yo habíamos cenado tan lentamente había todavía un plato de postre vacío —la cucharilla atravesada y manchada— sobre un mantelito del tamaño de una servilleta grande: Deán aún tenía energía y ánimo para comer sentado lo que le dejaran listo la asistenta quejosa o sus cuñadas solícitas, yo casi nunca almuerzo ni ceno en casa, pero si alguna vez me hago algo me lo como de pie en la cocina y a toda prisa, un signo de debilidad y desánimo, es malo para el estómago. Retiró ese plato y el mantelito antes de servirme el whisky, yo no había comido más que un McPollo en un McDonald's, tengo menos carácter o mi asistenta es vaga y no tengo cuñadas, tampoco un niño que inspire lástima y me haga partícipe de lo que inspira. Deán regresó del office y me sirvió mi whisky, se arremangó la camisa —un gesto amenazador en principio, o lo era tradicionalmente—, se sirvió otro sin agua, no se sentó aún, se quedó de pie con el codo apoyado en un estante mirándome, hice por no rehuir sus ojos, todo esto había ocurrido en silencio, el silencio resulta admisible mientras alguno de los que lo guardan está haciendo cosas, aunque sea sacar una botella y unos vasos, sostenía el suyo en la mano. Desde la entrada mis ojos se habían ido involuntariamente hacia el pasillo, hacia la puerta abierta de la habitación del niño, estaría dormido soñando ahora el peso de su padre tan sólo y quizá el de sus tías jóvenes, el de la madre para siempre joven cada vez más tenue, su imagen más nebulosa. Deán me preguntó de pronto si quería quitarme la gabardina, aún la tenía puesta arrugando los faldones, eso me hizo abandonar toda esperanza —no sería cuestión de un momento—, se la entregué junto con la bufanda, salió y las colgó en el closet donde había estado ya esa bufanda y una vez mi abrigo, entonces hacía más frío, bastaba con la gabardina en estos días de niebla. Me acordé del salacot que reposaba en ese closet, Teobaldo Disegni de Túnez, estuve a punto de preguntarle de dónde lo había sacado, años treinta, me abstuve, un comentario así sería como tentar al diablo. Volvió al salón, se apoyó en el estante de nuevo, me miraba de la misma forma en que me había observado en el restaurante cuando yo aún no era nadie y los dos guardábamos también silencio, entonces era tolerable porque hablaban los otros, Luisa y Téllez. Me miró por tanto como si no tuviera para él secretos o acaso estaba midiéndome, seguramente trataba de verme ahora con los ojos vivos de Marta, trataba de averiguar dónde estaban mi atractivo o mi encanto, de comprender la busca y querencia de su mujer una noche. De momento no había desprecio ni furia ni burla, tampoco curiosidad exactamente, más bien penetración y aprehensión, como si estuviera captando o constatando algo y haciéndose cargo desde su gran altura, yo lo veía como un contrapicado en el cine, Orson Welles fue el maestro, los ojos tártaros de color cerveza expectantes e incrédulos que obligan a seguir hablando —pero yo todavía no había empezado— y alzado su mentón partido como aguardando respuesta, bien visibles las estrías o hilos o incisiones de su piel leñosa, futura corteza de árbol o ya iba siéndolo, o iba siendo un pupitre su rostro conminatorio.

Pero cuando por fin dijo algo (y lo primero que dijo fue una pregunta) la irritación o tensión de la noche anterior al teléfono reapareció al instante, como si la hubiera mantenido encendida e intacta durante veinticuatro o más horas desde que había colgado, como si no se hubiera acostado ni hubiera ido al trabajo ni hubiera visto a nadie en el entretanto y se hubiera limitado a esperarme toda la noche y el día paseando de un lado a otro y mirando por la mirilla y dándose puñetazos contra la palma de la otra mano como un boxeador antes de su combate o como me contó un director de cine que hacía el actor Jack Palance entre toma y toma durante los rodajes para no perder la concentración y el brío, mientras otro actor famoso con el que trabajaba, George Sanders, se fumaba cigarrillos con la mano en la nuca reclinado sobre una hamaca, dos métodos muy distintos con resultados magníficos ambos, el nervioso y el indolente, Sanders acabó suicidándose en Barcelona tras dejar una nota en la que mandaba a la mierda al mundo (una muerte horrible, una muerte extranjera, 'Ahí os quedáis', decía), creo que Palance aún vive o ha vivido largos años.

—Entonces no murió sola, ¿murió sola? —dijo por fin Deán, e inmediatamente bebió un trago: fue un gesto como para taparse la boca en seguida y que pareciera que no había hablado sino que la frase venía de nadie o de la televisión, la cual sin embargo estaba apagada. La manera de hacer la pregunta no me permitió estar seguro de la respuesta que prefería.

—No, no, yo estaba con ella, ya se lo habrá dicho Luisa —contesté, y bebí a mi vez para taparme la boca sin duda y consumir mi turno muy rápidamente.

—¿Qué fue lo último que dijo, te acuerdas?

'Ay Dios, y el niño', pensé.

—Se preocupó por el niño —dije.

Deán se pasó una mano por la mejilla, como si meditara falsamente.

—Ah, el niño —dijo—, es lógico. Y entonces tú no me llamaste ni avisaste a nadie. No se te ocurrió, se entiende, ¿no? Se entiende.

Ahí estaba su comprensión infinita, o quizá estaba fingiendo, había pasado el suficiente tiempo para que pudiera hacer uso de la ironía.

—Mire, la verdad es que sí lo llamé, no sé si se lo ha dicho Luisa. —Había decidido seguir tratándolo de usted, en aquellos momentos no preveía insultarlo de palabra ni de pensamiento, y siempre podría pasar al tuteo en que él se había instalado desde el principio, si me hacía falta. Era una ayuda poder hacer referencia a Luisa—. Encontré sus señas, eso lo sabe, hablé con su hotel en Londres aunque era muy tarde, me dijeron que allí no había ningún Deán alojado, tampoco había reserva a ese nombre. Sólo más tarde se me ocurrió que quizá lo hubieran inscrito por su segundo apellido, si uno da dos en Inglaterra el que cuenta es el último. Ya sabe, el carnet, la visa. Pero ya no me atreví a intentarlo esa noche. —Podía haber mentido, podía haber dicho que ignoraba ese segundo apellido (no tenía por qué saber ni el primero) y que por tanto me habría sido imposible intentarlo de nuevo en ningún caso, de ese modo habría quedado libre de responsabilidad y nadie la habría tenido, de hecho lo estaba y no la tenía nadie, quizá dije la verdad por eso—. Qué podía decirle —añadí—. Piénselo un momento. Qué podía decirle. —No parecía importarle tanto que yo hubiera estado con Marta (era yo quien aludía), o tal vez era que para encajar aquel hecho había tenido aún más tiempo que para la comprensión o ironía y se daba por descontada su cólera, esto es, no hacía falta contarla o mostrarla, ningún aspaviento.

—Qué podías decirme —repitió—. Eso. ¿Qué me habrías dicho si mi nombre hubiera sido mi nombre y te hubieran pasado con mi habitación esa noche? Yo estaba allí, te habría escuchado. —Guardé silencio—. Todavía no lo sabes.

'No nos has salvado', pensé. 'Ni a mí ni a ella.'

—Mi llamada habría sido anónima —dije—. A lo mejor me habría limitado a decirle: 'Llame usted a su casa'. Aquí no le habrían contestado y usted se habría alarmado, habría enviado a alguien. O puede que yo hubiera colgado antes de hablar, así lo hice a la noche siguiente, entonces pregunté por Ballesteros y alguien se puso. Colgué sin decir nada.

—Lo sé, alguien se puso —repitió Deán. Volvió a pasarse la mano por la mejilla, ahora como si comprobara que no se había afeitado; pero estaba muy bien afeitado, ni siquiera a medias—. Pero entonces no importó, ya era tarde. Todo había ocurrido y yo acababa de saberlo, dos desgracias en vez de una, o en vez de lo que hasta entonces no era solamente desgracia. No una desgracia pura.

—¿Por qué no se sienta? —le dije. Me sentía disminuido ante aquel hombre de pie tan alto—. No le oigo bien. No le entiendo.

—Estoy bien así, me he pasado el día sentado —dijo. Tenía bastante vello en los brazos, se rascaba el derecho con los dedos rígidos de la mano izquierda, quizá se le estaba durmiendo, apoyado en el estante—. Claro que me oyes bien. Pero es verdad que no me entiendes, tú no sabes mi parte como yo no sabía la tuya, hasta ayer sólo hacía hipótesis. Tu parte y la mía no se complementan ni se completan, no se necesitan, sólo se cruzan involuntariamente, o más bien la tuya se cruza, no la mía, la mía sigue el curso de la ignorancia y la tuya la atraviesa, hay cosas que uno debe saber en seguida, si hubieras llamado a alguien aquella noche alguien me habría llamado a mí, te das cuenta.

'No soportamos que nuestros allegados no estén al corriente de nuestras penas', pensé, 'no soportamos que sigan creyendo lo que ya no es, ni un minuto más, que nos crean casados si nos quedamos viudos o con padres si nos quedamos huérfanos, en compañía si nos abandonan o con salud si nos ponemos enfermos. Que nos crean vivos si nos hemos muerto o nos crean muertos si seguimos vivos. Pero yo no soy un allegado.'

—No le entiendo —dije otra vez, y ahora ya no era tan cierto.

Esperó unos segundos, se pasó la mano por el pelo peinado con raya a la izquierda como el de un niño antiguo (quizá él mismo de niño), y cuando habló de nuevo su voz sonó todavía más grave, oxidada y ronca como si forcejeara con los restos del asma o saliera de un yelmo, dijo esto:

—Pero vas a entenderme. Vas a saber lo que me ha pasado mientras yo no supe de la muerte de Marta, lo que hice y no hice y estuve a punto de hacer y pasó de todas formas. No por tu culpa, ni siquiera por tu causa, no culpo a nadie. Por el entrecruzamiento. Las cosas pasan, eso es todo, lo sé, quizá es mala o es buena suerte, a veces nadie interviene y nadie busca ni quiere nada. Pero ocurre que siempre le pasan a alguien y siempre hay otro que se ha cruzado, muchas veces sin saberlo, la mayoría de las veces sin tener siquiera oportunidad de saberlo. Da lo mismo. Nadie cuenta con ello. Tú te has cruzado y no sabes cómo, no me conoces, yo te soy indiferente, ahora puedes saberlo y es mejor que lo sepas, vas a entenderme. No tardaré, descuida, no será largo, yo cuento rápido.

'Ah sí, lo fatiga mucho su sombra', pensé, 'también él quiere salir de su encantamiento, le han llegado las prisas. De qué habla, está diciendo lo que dijo Solus, nadie muere por sí solo, no solemos enterarnos de los que mueren porque nos crucemos nosotros de cerca o de lejos, normalmente seguimos todos el curso de la ignorancia, es el único, yo también he hecho hipótesis, de qué muerte habla, todo viaja incesantemente y encadenado, unas cosas arrastrando a las otras e ignorándose todas, de qué muerte habla.'

—Mejor así, no tengo demasiado tiempo —dije, y esta vez no era en absoluto cierto, al día siguiente sólo me aguardaba el actor insoportable, no podría dejar de llamarlo, me daría trabajo. Y quizá llamaría también a Luisa, un paso justificado, me lo había pedido.

Deán cogió un momento el mando a distancia de la televisión y la encendió a la vez que le suprimía el sonido. Recorrió a toda velocidad los canales y la apagó de nuevo, un gesto maquinal y nervioso, un gesto consuetudinario para el hombre solo, todos lo hacemos de vez en cuando para saber cómo va el mundo en nuestra ausencia perpetua.

—Yo no estuve solo en Londres —dijo entonces—, no es difícil imaginarlo, tampoco imaginar que sí lo estuve, pudo ser ambas cosas, nadie lo sabe. Yo he tenido una amante desde hace un año, una enfermera joven del hospital de aquí al lado, la Clínica de La Luz, ahí al lado. —Y señaló con la mano inquieta vagamente hacia el exterior, la terraza—. Nada de particular al principio, nadie, como tú lo serías para Marta esa noche primera, aún nadie y en eso quedaste por tu buena o tu mala suerte, de ahí no pasaste o ni siquiera llegaste, hasta ayer no lo supe, sólo sospechas e hipótesis. Así pues los uniformes, unas frases en un bar cercano, una cervecería, una copa pagada desde el otro extremo de la barra, unas risas comunes, las risas de sus compañeras y su gran influencia, caminar juntos un rato ('Los pasos inofensivos', pensé con el pensamiento del encantamiento, mi latido incesante), los pies que van juntos y se paran ante un semáforo y en el semáforo de pronto se juntan las caras y así otro día se la va a buscar al terminar su turno, se la lleva a cenar y se acaba en su casa ('Se le quitan las blanquecinas medias con grumos en las costuras'). Nada de particular, nada importante, escaramuzas contra la rutina diaria hasta que estúpidamente se van repitiendo esos pasos ya sin testigos ni alentados por risas e insensiblemente se crean costumbres, mínimas costumbres que no consisten en nada, en llamar hacia la misma hora cuando se llama, en beber siempre lo mismo en su compañía, en aprenderse sin querer sus horarios, hay alguien que toma esas cosas como signos siempre, como datos con significado, no hay intencionalidad ni significan nada para la otra parte, a veces nada. Pero cada uno entiende como quiere y se cuenta su propia historia, no hay dos iguales aunque sean la misma vivida por ambos ('Y además no pertenecen sólo al que asiste a ellas o al que las inventa, una vez contadas ya son de cualquiera, se repiten de boca en boca y se tergiversan y tuercen, y todos vamos contando las nuestras'). Así que uno acaba demasiadas veces en la casa de ella y las despedidas se hacen cada vez más largas, son la reiteración y la clandestinidad lo que carga las cosas de significado, no ningún gesto ni ninguna palabra, es la carne la que da confianza y entonces los hábitos se confunden con los derechos, se los llama adquiridos, ridículo, uno no ve la hora de volver a casa y al mismo tiempo regresa a los pocos días allí de donde quiso irse y lo retuvieron más de la cuenta con caricias y besos y protestas de amor y lamentaciones, supongo que gusta y alegra saberse querido ('En los ojos ya pintada la cara del otro: permanezco demasiado tiempo a tu lado, te canso').

Deán se detuvo y se acercó a la mesita baja para servirse más whisky, iba bebiendo a medida que hablaba, ahora ya no hablaba con su lentitud, era verdad que contaba rápido.

—¿Lo sabía su mujer? —me atreví a preguntarle aprovechando el ruido del hielo y el líquido. Pero no me atreví a llamarla 'Marta' en su presencia. Él volvió a su postura junto al estante.

—No —contestó—. No, no. —Siempre se contesta una pregunta intercalada—. Es decir, no lo creo, no lo sé, ella y yo nunca nos preguntábamos, esperábamos a que se nos contara lo que hubiera de contarse. Desde luego yo hice todo por que no supiera, en cuanto se instaló la costumbre no volví a andar por una calle con Eva ni la fui a buscar al terminar su turno, ni la saqué más a cenar como la primera noche, ya nada de nada, siempre en su casa, prohibido llamarme a la mía, un mismo espacio cerrado a todos, a cal y canto y sobre todo a sus compañeras, yo tenía mi vida y no podía correr riesgos, tampoco deseaba prolongar aquello, aunque se prolongaba ('Y ahora yo también tendré que recordar ese nombre' pensé. 'Eva'). No lo sé, no lo creo, en los últimos tiempos Marta lloró un par de noches contra la almohada creyendo que lloraba en silencio, yo no dije nada la primera vez, duró poco, la segunda le pregunté: '¿Qué te pasa?', y ella contestó: 'Nada, nada'. 'Pero estás llorando', dije yo. 'A veces tengo malos pensamientos por la noche, tengo miedos.' '¿Miedos de qué?', le dije. 'Miedos incontrolables', dijo, 'a que nos pase algo malo, a ti o a mí o al niño.' 'Pero qué va a pasarnos', le dije. 'Ya lo sé, ya lo sé, llevo una temporada cansada, estoy débil, ya se me pasará, cuando uno está débil lo ve todo negro, no te preocupes, de día no me sucede.' No le di más importancia, pero quién sabe, a lo mejor sí lo supo de alguna forma y tú estás aquí por eso. —Y Deán se quedó mirándome con su barbilla erguida como si me hubiera hecho una pregunta. Pero no me la había hecho.

—No lo creo —me permití decir, y fue mucho decir, yo creo—. Ella habló de usted con naturalidad en todo momento, no creo que hubiera premeditación, cuando usted llamó desde Londres y habló con ella no pensábamos todavía en nada, estoy seguro. Ya lo ha dicho usted, luego las cosas pasan.

—No te estoy preguntando, ya escuché ayer a Luisa, no quiero detalles —dijo Deán con ira instantánea, cerrando más el puño sobre su vaso, sin llegar a mostrarla del todo—. No te estoy preguntando —repitió, y aflojó la mano—. Tenlo presente, sólo te estoy contando, sólo tienes que oírme. —Podía ser violento aquel hombre, como Jack Palance.

—Lo tengo bien presente. Continúe, le escucho.

Deán pareció avergonzarse un poco de su reacción. Dio cinco o seis pasos haciendo tintinear el vaso con sus uñas cortas y rígidas, sin duda para alejar su relato del exabrupto, no contaminarlo. Crujió la madera. Luego continuó y yo seguí escuchando, sus labios se hicieron más finos, casi desaparecieron desde mi perspectiva:

—Aún estaba todo en orden esa noche cuando la llamé, dentro de lo que cabe. Tres semanas antes la enfermera me dijo que estaba embarazada, figúrate, llevábamos buen cuidado pero nunca hay seguridad absoluta, pensé que había sido deliberado el descuido, yo quería dejar ya la costumbre, mis visitas estipuladas y las despedidas eternas, no tenía ganas de que Marta llorara más o tuviera motivos para tener miedo aunque ignorara cuáles, todo era cada vez más pegajoso con Eva, yo mismo no lograba apartarme, la carne tira mucho mientras sigue tirando, un año es poco para agotarla y que ceda, yo aún no me había desprendido, no había salido del todo y me encontré con ese embarazo, ella era además enfermera y no había duda al respecto. Las mujeres trafican con sus cuerpos y los manipulan, tienen esa espantosa capacidad para transformarlos, para hacer que les brote una excrecencia de su trato con cualquier hombre, cualquiera, hasta con el más inhumano o el más abyecto, la tienen sus cuerpos, te imaginas (*'Ge·lic-gan'*, pensé: 'Fue abolido, si ese era el verbo; quizá no es fácil soportar lo que nombra, mejor no nombrarlo'), algo que no estaba ahí y que no sólo está ahora sino que se va metamorfoseando, luego acaban expulsándolo cuando ha cumplido su tarea de hacerlas madres y proporcionarles un vínculo que durará ya siempre bajo otra forma también cambiante pero visible, por tiempo indefinido al menos y que las sobrevivirá normalmente, siempre han tenido esto a mano, no es sólo su prolongación, es su agarradero al mundo, lo he visto, yo tengo un hijo y para mí no es lo mismo que para su madre ('Cree la madre que hubo de ser madre y la solterona célibe, el asesino asesino y la víctima víctima: lo creen todos desde su posición fantasma'). Le pedí que abortara y no quiso al principio, me amenazó con hablarle a Marta, yo le dije que lo negaría todo, hasta conocerla ('No te conozco, viejo, no sé quién eres ni te he visto en mi vida'), ella se rió porque hoy hay pruebas de paternidad infalibles, así que la amenacé con lo único que me quedaba, con no volverla a ver en mi vida y no quererla. No lo digo con jactancia pero ella me quería mucho, en realidad habría hecho cualquier cosa por mí, inexplicable, a veces se toman decisiones inamovibles respecto a una persona y no hay quien las cambie, habría hecho lo que fuera por mí, pero antes tenía que jugar una mano y ver lo que sacaba en el resto. —Deán se interrumpió un instante y me robó un cigarrillo con gesto precipitado, yo tenía el paquete sobre la mesa, los iba empalmando. Cogió mis cerillas y con una en la mano grande, antes de encenderla, siguió contando—: No sacó gran cosa, nos hacen débiles los sentimientos, ya sabes, nos perdemos por ellos ('O es la lealtad, las decisiones tomadas inexplicables'), así que cedió a cambio de unas cuantas promesas remotas y decidimos aprovechar un viaje mío de trabajo a Londres, siendo ella enfermera sabía bien que aún es Londres lo más seguro e higiénico para estas cosas, y así yo podría acompañarla. Suena ridículo, también pensé que allí podríamos volver a andar por las calles juntos y cenar en restaurantes, aunque me pareció prudente que nos alojáramos en hoteles distintos, le busqué uno cercano al mío, en Sloane Square nada menos, mejor que el mío de hecho, mi estancia iba a cuenta de la empresa y quizá tuviera que recibir en mi hotel a algún colega, cada uno por su lado era lo más sensato. Le di dinero para que pagara sus cuentas, la del hospital también, el viaje no le costaba un céntimo. Nadie supo que estábamos juntos, ni siquiera sus compañeras, se habrían preocupado mucho y le habrían encargado cosas. La primera noche la llevé a cenar a un restaurante indio muy divertido para distraerla lo más posible de lo que la aguardaba al día siguiente.

—La Bombay Brasserie, lo conozco —dije yo, no pude evitar decirlo.

—¿Cómo lo sabes? —dijo Deán con su capacidad de sorpresa, las aletas de la nariz dilatadas sugiriendo vehemencia, o quizá inclemencia.

—Usted se lo dijo a su mujer cuando la llamó, ella lo comentó, me preguntó si conocía ese sitio.

—Ya entiendo. Ah, y lo conoces.

'He estado un par de veces en sus salas gigantes decoradas colonialmente', pensé, 'una pianista con vestido de noche rojo a la entrada y camareros y maîtres reverenciosos, en el techo descomunales ventiladores de aspas en verano como en invierno, un lugar teatral, más bien caro para Inglaterra pero no prohibitivo, cenas de amistad o celebración o negocios más que íntimas o galantes, a no ser que se quiera impresionar a una joven inexperta o de clase baja o a la mujer o a la amante a las que casi nunca o nunca se saca fuera (la mujer en Conde de la Cimera como todas las noches aunque acompañada esta noche en su cena que sí es galante, la amante en su casa siempre pero hoy de viaje, el viaje pagado y obligada al viaje), alguien susceptible de aturdirse un poco con el escenario y emborracharse ridículamente con cocktails y cerveza india, Bombay Sunset, Bombay Skyline, Pink Camelia, Bombay Blues, alguien a quien no hace falta llevar a ningún otro sitio intermedio antes de coger un taxi con transpontines y llegarse al hotel o al apartamento, alguien con quien ya no hay que hablar más después de la cena de picantes especias, sólo coger su cabeza entre las manos y besar, desvestir, tocar, encuadrar con las manos grandes esa cabeza comprada y frágil en un gesto tan parecido al de la coronación y el estrangulamiento, todo esto lo pensé mientras miraba en sombra los aviones de la habitación del niño y Marta Téllez seguía enferma pero aún no muerta, ahí estarán todavía, ahí al lado estarán los aviones velando su sueño mientras se preparan para el cansino combate anacrónico de cada noche, la batalla diminuta, fantasmal, perezosa y pendiente de hilos, la oscilación inerte o quizá es hierática, desespera y muere mañana.'

—Sí, y me gusta mucho —le dije—. He estado allí dos o tres veces, hace ya tiempo.

—Sí, viene recomendado en las guías —dijo Deán con buena fe, como disculpándose—. Allí la llevé, bebimos y reímos bastante pese a lo que vendría a la mañana siguiente, beber no le venía mal para conciliar el sueño esa noche, a mí tampoco, yo la acompañaría hasta la entrada del hospital, la esperaría fuera por si había problemas o le entraba el pánico, un par de horas me había dicho, aunque era improbable que surgiera ningún imprevisto, ella era enfermera y había conocido de todo, se deprimen mucho las enfermeras, es lógico, claro que no es lo mismo que se lo hagan a uno. Me extrañó que no fueran a ingresarla ni después ni antes, una noche, unas horas, pero ella sabía mejor que yo, había hecho las gestiones desde su clínica de aquí, de hospital a hospital con algunas ventajas, me había dicho. En inglés se defendía, yo también me defiendo.

—Yo estudié Filología Inglesa —dije yo, y fue un comentario absurdo, pero Deán me lo pasó por alto. Me serví más whisky, él me dejó servirme, continuó como si no hubiera oído:

—Esa noche la acompañé a su hotel en un taxi después de la cena, preferimos que ninguno subiera a la habitación del otro, en su cuerpo había algo que ya no estaría al día siguiente y era mejor no prestarse a recordarlo en exceso. Ella no parecía muy afectada o disimulaba, la habrían ayudado los cocktails, incluso parecía contenta, cariñosa, quizá mis promesas la compensaban de todo el resto. Me besó a la puerta de su hotel con uno de esos besos que son de agradecer, cómo llamarlo, un beso entusiasta, me quedé convencido de que no iba a guardarme rencor por aquel mal trago. Yo me acerqué hasta mi hotel andando, cuatro pasos, y entonces llamé desde mi habitación a Marta para confirmarle que había llegado bien y saber cómo andaban las cosas, no me dijo que estuviera cenando contigo ni con nadie, la creí sola con el niño, y aun así tú crees que no hubo premeditación, tendrás cara. —Deán seguía de pie, se paró y se quedó mirándome, vi un asomo de crueldad en sus ojos rectos, rascó por fin la cerilla y encendió mi cigarrillo robado como si no quisiera desviarse por el otro camino posible de nuestra charla, lo había descartado en principio; entonces desapareció el destello—. La verdad es que no dormí bien esa noche, tuve el sueño agitado y quebrado, lo achaqué a mí mismo y a Eva, no a Marta aunque pensaba en ambas, lo que pasaba en Londres pasaba porque existía Marta, hay ciertos lugares que están ocupados en la vida de uno, por eso la gente trata como sea de hacerse un hueco o sustituye al instante a los que se marchan ('No dormiste tan mansamente en la isla, ninguna de tus dos noches en esa isla pudiste dormir mansamente', pensé. 'Pero tampoco te alcanzó el rumor de tus propias sábanas con las que no llegué a entrar en contacto, ni el ruido de tus propios platos con su solomillo irlandés y su helado ni el tintinear de tus copas con su vino tinto, tampoco las estridencias de la agonía ni el retumbar de la preocupación, los chirridos del malestar y la depresión ni el zumbido del miedo y el arrepentimiento, tampoco el canturreo de la fatigada y calumniada muerte, oías tan sólo el tráfico inverso y los autobuses rojos tan altos, la excitación nocturna y las conversaciones en varias lenguas del restaurante indio que resonaban, y el eco de otros canturreos que no sé si fueron también mortales: hablas de tu Eva en pasado'). Si yo hubiera sabido, si yo hubiera sabido esa noche lo que tú sabías ('Yo lo supe porque lo vi y lo sufrí y me quedé espantado y no pude impedirlo, imbécil, yo asistí a ello y la cogí entre mis brazos para que muriera lo mejor posible, no me tocaba estar a su lado', y volví a tutearlo como a la entrada del restaurante para insultarlo como es debido con el pensamiento, me irritó su queja que sonó a reproche, se había marchado con Eva a resolver sus asuntos sin conocimiento de Marta, qué más quería). —Deán se acercó al sillón que hacía juego con el sofá y se sentó en el brazo derecho como si hubiera perdido pie sobre la nieve resbaladiza, ya lo había visto flaquear así o más aparatosamente ante la tumba abierta, lo salpicó la tierra del sepulturero, salpicó su gabardina. Así sentado seguía estando muy alto, no cruzó las piernas, las mantuvo paralelas, lo vi más desprotegido en esa postura—. Si lo hubiera sabido todo habría sido distinto en Londres, ni siquiera le habría permitido ir al hospital a la mañana siguiente, no habría habido lugar, un hermano para Eugenio y una nueva madre, por qué no en ese caso, uno quiere las cosas y a las personas según lo que tiene o no tiene, según los huecos que van dejando, nuestras necesidades y deseos varían a medida que perdemos o nos abandonan o nos desposeen, también nuestros sentimientos, te lo he dicho, se pueden tomar decisiones inamovibles y en parte todo consiste en eso, dependen de las incompatibilidades y de lo que nos va haciendo falta. —Se estaba contradiciendo sobre los sentimientos, o era que antes hablaba por Eva y ahora hablaba por sí mismo.

—Ya le he dicho —dije—, no me atreví a llamar dos veces, se me acabó el valor tras hablar con el conserje. No había ningún Deán, tampoco nadie me aseguraba que fuera a haber un Ballesteros. En realidad no sé si ya hice mucho averiguando sus apellidos.

—¿Cómo los averiguó? —preguntó Deán.

—Había cartas por aquí encima, busqué una del banco.

—Ya, tiene usted recursos, no a todo el mundo se le habría ocurrido. —De pronto me llamaba de usted, una repentina señal de respeto, una vacilación tardía, o yo lo había contagiado. Pero sólo le duró segundos, rectificó tras algunas frases—: Pero no lo estoy culpando de nada, sólo le estoy contando lo que me pasó por no haberme enterado a tiempo, cómo pasé yo esas horas en que me mantuve en una creencia falsa, no fueron pocas. Tampoco lo acuso de haber dejado solo al niño, por ejemplo, un viudo amargado y rencoroso podría hacerlo: no le sucedió nada y sería abusivo echarle en cara lo que pudo haber sucedido si no ha sucedido, todo depende de los efectos, ¿no?, todo lo que dura aunque sea un instante en el tiempo, la misma acción no es la misma según a qué dé lugar, la misma bala ya no es la misma si no da en el blanco, el navajazo si se falla el golpe, parece que no estuviera nada en nuestra mano y en cambio nos conducimos como si fuera al contrario, siempre llenos de intenciones, me pregunto si son lo que cuenta o justamente lo que no cuenta, también es verdad que a veces ni siquiera se tienen, puede que usted no las tuviera ('Un sí y un no y un quizá y mientras tanto todo ha continuado o se ha ido, la desdicha de no saber y tener que obrar porque hay que darle un contenido al tiempo que apremia y sigue pasando sin esperarnos, vamos más lentos: decidir sin saber, actuar sin saber y por tanto previendo, la mayor y más común desgracia, previendo lo que viene luego, percibida normalmente como desgracia menor, pero percibida por todos a diario. Algo a lo que se habitúa uno, no le hacemos mucho caso'). —Deán apagó el cigarrillo sin apurarlo y al hacerlo se deslizó hasta el asiento del sillón, ahora ya estaba casi a mi altura con las mangas de su camisa en los antebrazos y su corbata aún más floja, no perdía la compostura por ello—. Pero aquí sí sucedieron cosas —siguió, yo no estaba muy seguro de querer oír el relato de aquel episodio sórdido, no tenía que ver conmigo pero aquel hombre me lo estaba contando, me había elegido para escucharlo, quizá sí tenía que ver, en algún grado—, me pregunto si habrían sucedido igual de no haber estado tú en esa alcoba con Marta. —Y con la nuca hizo un gesto hacia el pasillo que conducía al dormitorio, yo sabía el camino—. No me refiero a su muerte, sino a si ella habría llamado a alguien cuando se sintió enferma. Tal vez no a mí para que no me alarmara estando tan lejos, pero sí a su hermana o a algún amigo o vecino, a un médico, pedir ayuda. Me pregunto si no llamó porque estaba contigo, quizá confiaba en que se le pasara para reanudar la fiesta ('Estás loco, cómo voy a llamarle, me mataría', pensé, 'eso dijo Marta Téllez cuando le propuse avisar a este hombre a Londres, es posible que Deán esté en lo cierto, puede que ella hubiera llamado a alguien de no haber estado conmigo. Pero eso no la habría salvado, sólo a él de su encantamiento o su sombra, por lo que viene diciendo'). Las cosas pasan, es verdad, pero siempre le pasan a alguno y no a otros, y se lamentan los que las padecen ('Y aunque no haya nada algo nos mueve, no es posible estar quietos, no en nuestro sitio, lo único seguro sería no decir ni hacer nunca nada, y aun así: puede que la inactividad y el silencio tuvieran los mismos efectos, idénticos resultados, o quién sabe si todavía peores, como si de nuestra mera respiración emanasen rencores y deseos vacuos, tormentos que nos podríamos haber ahorrado. La única solución es que todo acabara y no hubiera nada'). Da lo mismo, nos ha tocado a ti y a mí, y sobre todo a ellas. A la mañana siguiente fui hasta el hospital con Eva, un buen hospital, todo en orden, no muy lejos de nuestros hoteles, Sloane Square, Sloane Street, más allá hacia el río, seguro que conoces la zona, todo bastante bonito y limpio. No entré con ella, no hacía falta y ella lo prefería, le dije que la esperaría en un café que había enfrente leyendo periódicos, no me movería de allí por si necesitaba algo de pronto, un par de horas a lo sumo, no es tanto, qué menos, había dejado un encuentro de trabajo para después de comer, para los otros aún tendría tiempo al día siguiente, íbamos a estar tres noches, no volvíamos hasta el viernes, cada uno con su billete, los sacamos por separado aunque para los mismos vuelos, preferimos no hacer nada juntos. Al despedirme de ella la vi pálida, la noté asustada por vez primera, quizá arrepentida pero ya era tarde. Le di un abrazo, le di un beso en la mejilla. 'Ya pasará todo esto', le dije, 'yo estaré pensando en ti todo el rato, estaré aquí, bien cerca.' La vi desaparecer con su abrigo largo y un pañuelo en la cabeza entre la multitud del vestíbulo, los hospitales mucho más llenos que los hoteles, llevaba unos zapatos bajos un poco infantiles. Compré varios periódicos españoles e ingleses y me senté en el café, hacía una mañana agradable, fría pero despejada por el momento, no duraría en Londres. Intenté no pensar en ella y en lo que estaría pasando en contra de lo que le había anunciado, pero acabé cumpliendo mi promesa a pesar mío, aquello se me imponía en el pensamiento aunque no con imágenes, no tengo una idea clara de lo que ocurre en estos casos, tampoco quisiera tenerla. La verdad es que pensaba en los parecidos, bueno, dejémoslo estar. —Deán se llevó una mano a la frente, se frotó con los dedos rígidos como si le picara, luego se los llevó a los ojos, se tocó el puente de la nariz como si se hubiera quitado unas gafas; pero no usaba gafas—. Al cabo de una hora larga no pude más, no aguantaba estar allí intentando leer una prensa que no me importaba nada. Me levanté, pagué mi consumición, crucé lentamente hasta el hospital, entré dudando en aquel vestíbulo abarrotado de gente que aguardaba o lo atravesaba y entraba y salía, un hormiguero, una clínica enorme, vi a las colegas de Eva, siempre van atareadas, ella se habría sentido como en casa con ellas. Me acerqué hasta la recepción y con mi inglés aceptable pregunté dónde podía esperar a Eva, Eva García, dije, lo deletreé, le estaban haciendo una intervención, yo no había podido llegar antes para acompañarla, mentí ('Y ahora yo también tendré que recordar ese apellido junto a ese nombre', pensé). Estaba inquieto y un poco angustiado, no quería hacer nada ni rectificar nada pero sí estar más cerca, que pudiera verme en cuanto saliera de donde saliera, era un edificio de muchas plantas. La enfermera me preguntó cuándo la habían ingresado, yo contesté que hacía una hora, ella me preguntó si era una emergencia, yo dije que no, era una intervención previamente acordada, le habían dado cita para aquella mañana. 'Eso es del todo imposible', me contestó ella mientras buscaba en un ordenador el apellido García, supongo. 'Si tenía cita para una operación hoy la habrían ingresado ayer en todo caso', dijo. 'No es una intervención de importancia', le expliqué. La enfermera alzó la vista y me preguntó lo que temía que me preguntara: '¿De qué clase de intervención se trata?' No quise mencionar la palabra, dije: 'Interrupción del embarazo', lo dije traduciendo literalmente, no sé si habrá en inglés un eufemismo más conveniente pero ella entendió, contestó: 'Eso es imposible, la habrían ingresado ayer, sin duda'. Miró más en el ordenador, pulsó sus teclas para ver la lista de ingresados el día anterior, supuse, se me ocurrió lo mismo que a ti, le dije que mirara también el apellido Valle, era su segundo. Eva García Valle. 'Ningún García y ningún Valle, ni ayer ni hoy', dijo sin asomo de duda tras consultar la pantalla, 'en el hospital no hay nadie con esos nombres.' '¿Está segura?', insistí. 'Completamente segura', me dijo, e hizo desaparecer de la pantalla las listas, no iba a comprobar, no había vuelta de hoja. Se quedó mirándome. '¿Es usted su marido?', me preguntó. No sé si fue un rasgo de humanidad o cotilleo momentáneo; puesto que Eva no estaba allí le daba igual lo que yo fuera de ella. 'Sí', dije, 'gracias', y me retiré, ella me miró con mirada neutra. Me quedé en el vestíbulo sin saber qué hacer, viendo pasar a los médicos y a las enfermeras y a los pacientes y a las visitas, me pregunté si Eva no se habría inscrito con su nombre, no era posible, le habrían pedido documentación. Vi que algunas de estas visitas desaparecían por una puerta, las seguí, vi que había una sala grande que parecía de espera, también estaba muy llena, la gente sentada en butacas gastadas. Me asomé, eché un vistazo. Estaba desconcertado. Y entonces la vi de lejos, allí estaba Eva con el abrigo y el pañuelo quitados y la vista baja, según me acerqué vi que tenía las piernas cruzadas y estaba leyendo una revista, parecía tranquila, habría habido un retraso y por eso aún no estaba registrada, pensé. Pero pensé más cosas a medida que me aproximaba. Ella leía una revista en colores, un semanario, no levantó la vista hasta que estuve a su lado rozándola con mi abrigo y le puse una mano en el hombro. '¿Qué haces aquí?', le dije; dudé si añadir '¿Todavía no te han ingresado?', pero pensé que eso sería darle más fácil salida o tentarla a contar más mentiras. Ella se sobresaltó, había transcurrido una hora larga desde que nos habíamos separado, para mí era un siglo, se azoró, me puso su mano en el antebrazo, cerró la revista al instante, intentó ponerse en pie, yo no la dejé con la mano en el hombro, me senté a su lado, la cogí de la muñeca con fuerza, repetí ahora con furia: '¿Qué haces aquí? En recepción me han dicho que no figuras como ingresada, ¿qué es todo esto?'. Ella miró hacia otro lado con la mirada de pronto vidriosa, no podía hablar, como si tragara mal, no dijo nada. '¿No hay intervención?', dije yo. Ella negó con la cabeza, se le humedecieron los ojos, las lágrimas no le saltaron. '¿No hay aborto, no hay embarazo, no hay nada?', dije yo. Cogió su pañuelo de la butaca de al lado y se echó a llorar tapándose con él la cara. Salimos de allí en seguida, atravesando el vestíbulo a toda prisa, yo la llevaba cogida de la muñeca, casi arrastrándola con mis zancadas. —Deán se interrumpió para beber un trago y taparse de nuevo un momento la boca, hacía rato que no bebía.

'Vivir en el engaño o ser engañado es fácil', pensé, 'y aún más, es nuestra condición natural: nadie está libre de ello y nadie es tonto por ello, no deberíamos oponernos mucho ni debería amargarnos.' Eso había dicho Deán, aunque había añadido: 'Sin embargo nos parece intolerable, cuando por fin sabemos'.

—El vínculo —dije.

—Sí, eso es, el vínculo —respondió Deán—, no hay menos vínculo porque deje de existir lo que pudo existir, al contrario, quizá hay más unión todavía, quizá une más la renuncia a lo que pudo ser y era común que su aceptación o su consumación o su desarrollo sin trabas, cualquier frustración, cualquier fracaso, cualquier separación o término es lo que más vincula, la pequeña cicatriz para siempre como un recordatorio del abandono o de la carencia ('O del destierro', pensé), y esa cicatriz nos va recordando: 'Yo hice esto por ti, estás en deuda'. También hay trato con lo que se pierde de vista, con lo imaginario y con lo que no acontece ('Y quizá también con los muertos'). Si yo no me hubiera inquietado, si yo no hubiera entrado en el hospital Eva habría venido al café a las dos horas con el rostro desencajado y andares débiles como una heroína que ha pasado su prueba y yo la habría consolado hasta el fin de mis días, podrás creer, podrás creer que tenía ya en el bolso un algodón con sangre para mostrármelo en algún descuido y hacerme sentir más en deuda, las mujeres sacan sangre de cualquier parte ('También yo lo vi en la basura aquí en casa de tu mujer Marta Téllez, un algodón con un poco de sangre cuando ya había muerto'). Volvimos a nuestros hoteles sin hablar una palabra, la dejé en el suyo, ni siquiera me bajé del taxi, tan sólo le abrí la puerta en silencio, echándola. Quería estar solo, salí a pasear, a comprar unos regalos para Marta y el niño ('La compensación por la espera o la embajada de una conquista o el apaciguamiento de una mala conciencia, quién sabe, llegaron demasiado tarde'), no quería volver a ver a Eva en mi vida, la vería en el avión de vuelta pero no teníamos por qué sentarnos juntos, no quería saber más de ella. Después de comer cualquier cosa regresé al hotel, hablé de negocios con el colega que tenía citado, fui incapaz de prestar atención a lo que me dijo, rumiaba lo mío, reconstruía las tres semanas en que había permanecido engañado, las discusiones, las amenazas, los preparativos, el viaje, qué tonto he sido, pensaba ('Y en realidad eso no debería dolernos tanto, es sólo un tiempo que se hace extraño, flotante o ficticio'). Eva me había llamado tres veces, no le devolví la llamada, no se me pasó por la cabeza llamar aquí, estaba demasiado alterado para hablar con Marta y prefería esperar, en mala hora, andaban ya todos buscándome, tú te habías llevado el papel con mis señas y nadie podía localizarme ('Oh, fue sin querer, involuntariamente, no se me debe tener en cuenta'). Salí de nuevo, mi agitación no cesaba o iba en aumento, me fui al centro en el metro, paseé más rato, compré más regalos, más tonterías, me metí en un cine de Leicester Square, no entiendo lo suficiente para seguir una película entera y mi cabeza estaba en otras cosas, rumiaba lo mío, me salí a la mitad, no regresé al hotel hasta las ocho y media, en el vestíbulo estaba esperándome Eva, cuánto tiempo llevaría, volvía a hojear una revista. Se puso en pie alzando un poco las manos a la altura de su pecho como para parar un golpe. 'Déjame hablar contigo', me dijo, 'por favor, por favor, déjame hablar contigo.' No había comido nada en todo el día, yo apenas tampoco, lo había pasado en su habitación encerrada, tenía los andares débiles y trazos de llanto, le dije que la escucharía pero que sería inútil, buscamos un sitio cercano en el que cenar, era algo tarde para Inglaterra, la Bombay Brasserie está abierta hasta tarde, cogimos un taxi y allá nos fuimos pero esta vez sin prosopopeya, como quien está desorientado en una ciudad nueva y regresa al único sitio que ya conoce. También hubo represalia, supongo, llevarla allí otra vez, repetir, la noche anterior yo me había desvivido, comprendes, había hecho el mayor esfuerzo. Esta vez no hicimos caso del piano ni de los camareros exóticos ni del escenario, pedimos por pedir, en realidad nos costaba probar bocado, pedimos cocktails, eso sí, bebimos, yo uno tras otro, bebí lo mío, me emborraché bien con ellos y con la cerveza india, entra rápida, no me iba a ser fácil dormir tampoco aquella noche. De haber sabido que Marta ya no vivía no habría detestado tanto a aquella enfermera, o es más, la habría perdonado seguramente. Me habría quedado tan sólo ella, comprendes, por el momento. Se tiene más comprensión con quien nos queda.

—¿De qué hablaron? ¿Qué le dijo?

Deán se levantó como movido por mis preguntas y volvió a su posición inicial, el codo apoyado en el estante, una postura decorativa, un hombre flaco, un hombre alto. Se le ensombreció aún más el gesto, el mentón enérgico pareció en fuga, se le endemoniaron los ojos de color cerveza como al irse del restaurante sin que Téllez le dejara pagar la cuenta, pero ahora no había la luz verdosa de ninguna tormenta, sólo luz eléctrica y fuera niebla, su luz es amarillenta o blanquecina o rojiza en la ciudad, depende.

—Nada, qué iba a decirme. Intentó aplacarme, me imploró, me explicó, trató de justificar lo que no era justificable, como si el amor que le tienen a uno lavara las cosas, hay quien cree que la intensidad de sus sentimientos es una garantía, los sentimientos exaltados se confunden con los procederes rectos. Tal vez yo lo habría visto así también si hubiera sabido lo que pasaba aquí, estaba atrasado de noticias.

—Ningún proceder es recto, nunca sabemos —me atreví a opinar yo, quizá impropiamente. Se me estaba pasando el efecto de la raya, no estaba ya tan alerta, al menos conmigo mismo.

—Sí, yo no puedo estar satisfecho del mío, ni tú del tuyo. —Deán me cogió otro cigarrillo y esta vez lo encendió sin demora, dio dos caladas seguidas, probablemente no era fumador y fumaba ahora por acompañar la actividad narrativa de algún gesto físico, el que cuenta no se mueve apenas. Eso pensé y así es como recuerdo su habla, tenía ideas y no sabía ordenarlas. Pero quién sabe hacerlo—. Se empeñó en explicar su proceso, el proceso de su pensamiento, no hacía falta, ya lo entendía. Veía que yo me alejaba o que lo iba intentando, no quería perderme, le entraba la desesperación sólo de imaginárselo, pensó en quedarse embarazada pero no era fácil, ya te he dicho que yo llevaba cuidado. No se fió de su propia carne para retenerme, un año es poco pero dos pueden ser suficiente para agotarla y que ceda. Dijo que se le partía el corazón cuando me veía impaciente por salir de su casa y volver a la mía, no había sido así al principio, cuando tenía que irme me lamentaba, es posible que fuera yo entonces el pegajoso, es verdad que me costaba despedirme de ella, eso era al poco de conocerla, apenas si lo recuerdo ahora ('Los besos del que se va a la puerta del que se queda, confundidos con los de anteayer y los de pasado mañana, la noche inaugural memorable fue sólo una y se perdió en seguida, engullida por las semanas y los repetitivos meses que la sustituyen'). Sé que fue así, pero no lo recuerdo. Ahora me veía distinto, irritado y seco, dijo, como si ella se hubiera convertido de pronto en una desconocida, causa perplejidad y desconsuelo que las cosas cambien tanto sin que uno cambie respecto a ellas ('No te conozco, no sé quién eres ni te he visto en mi vida, no vengas a pedirme nada ni a decirme dulzuras porque ya no soy el que fui, y tú tampoco lo eres; eso se dice siempre, después o antes'). Entonces se le ocurrió la comedia, pensó que también un aborto nos uniría, que yo admiraría su sacrificio y la tendría en mucho por su renuncia, y no era malo el razonamiento, seguramente así habría sido si yo hubiera tenido más aplomo y hubiera acabado de leer mis periódicos obedientemente sin moverme de aquel café, le había prometido que no me movería de allí por si me necesitaba y allí había estado durante más de una hora, haciendo como que leía pero pensando en ella y en la mano del médico en ella, y en los parecidos. Se me había hecho eterno y ella había estado leyendo revistas, no sé si lo entiendes.

'El que cuenta suele saber explicarse', pensé, 'contar es lo mismo que convencer o hacerse entender o hacer ver y así todo puede ser comprendido, hasta lo más infame, todo perdonado cuando hay algo que perdonar, todo pasado por alto o asimilado y aun compadecido, esto ocurrió y hay que convivir con ello una vez que sabemos que *fue*, buscarle un lugar en nuestra conciencia y en nuestra memoria que no nos impida seguir viviendo porque sucediera y porque lo sepamos.' También pensé: 'Hasta puede uno caer en gracia si cuenta'.

—Creo que entiendo lo que sintió, creo que puede entenderse —le dije.

—Cuando salimos del restaurante se desató una tormenta con viento, yo andaba vacilante por la bebida, ella por la desesperación de ver que sus explicaciones y ruegos no servían de nada ni me hacían mella, yo había contestado sólo con crueldad y sarcasmos. No me conmovieron, esa es la verdad, en aquel instante. Después... Pero no hubo tiempo. —Deán se quedó callado, no dije nada esta vez, en su pausa no había pregunta, ni siquiera implícita. Su cara fue entonces de ensimismamamiento, podía esperarse de ella cualquier transformación o cualquier distorsión, sus ojos rasgados se dirigieron a mí pero no los sentí posados, era como si me bordearan o me pasaran por alto; abatió la barbilla insumisa, una espada sin filo—. La detestaba —dijo—. La detestaba y sin embargo no habría sido lo mismo de haber sabido, es posible que hasta me hubiera enternecido con su comedia, habría sido indulgente. Pobre Eva, pobre Marta. —La distorsión o transformación anunciada fue hacia la piedad, acompañó a sus palabras—. Nos empapamos en pocos segundos, salimos al borde de la acera para coger un taxi, no había, era algo tarde para Inglaterra y en cuanto llueve desaparecen como en todas partes, el metro parecía cerrado y no nos acercamos a comprobarlo, caminamos unos pasos sin mucho sentido, tal vez alejándonos de nuestra dirección, hubo uno libre que no quiso parar al vernos, quizá nuestros andares débiles inspiraban desconfianza, yo creo que me tambaleaba en cuanto me detenía, me sentía más equilibrado andando, me protegía como podía con el cuello de mi abrigo subido, ella se cubrió la cabeza con su pañuelo inútilmente, un regalo mío, se le quedó pegado al pelo, todo mojado, por lo menos así no la despeinaba el viento. Quiso guarecerse bajo una marquesina y esperar, volví a cogerla de la muñeca y a tirar de ella, no la dejé cobijarse. La lluvia no era tan fuerte como el viento, caía sesgada, en la calle no había nadie. Se paró ante el semáforo un autobús de dos pisos rojo, iría a cerrar tras el último trayecto, su entrada sin puerta era una invitación a subir, Eva se desasió un momento y se montó en él de un salto, yo la seguí y subí también agarrándome a la barra cuando ya se ponía en marcha, no importaba mucho hacia dónde fuera, ella lo había visto como un refugio. Pagué los billetes al cobrador, un indio o un pakistaní, 'Hasta el final de la línea', le dije, era lo más sencillo, subimos al piso de arriba donde no había nadie, abajo un par de viajeros tan sólo, me pareció de reojo mientras subía por la escalera de caracol, a Eva la subí a empellones. 'Eres imbécil o qué, estás loca', le dije, 'no sabemos adónde va esto.' 'Qué más da', contestó, 'cualquier cosa mejor que estar ahí en la calle con el vendaval. Cuando veamos una zona con más tráfico nos bajamos y ya encontraremos un taxi. O cuando llueva menos, estoy calada, qué querías, que cogiéramos una pulmonía.' Se sentó a la vez que se quitaba el pañuelo y se ahuecaba y se escurría un poco el pelo mojado, sacó un kleenex del bolso y se secó como pudo la cara y las manos, me ofreció uno, no lo quise, yo no me senté a su lado sino detrás de ella, como un gamberro que va a incordiar a su víctima, el viento me había encrespado más, también a ella un poco, el viento enloquece, de pronto se había atrevido a contestarme con malos modos. Olíamos a lana mojada, los abrigos, un olor asqueroso. El autobús de dos pisos avanzaba rápido bajo la lluvia como se avanza de noche, había escaso tráfico, con sus ruidos mastodónticos en los frenazos de las paradas o los semáforos, de vez en cuando rozaba las ramas de los árboles a nuestra altura ('La fronda'), como un latigazo a veces, como un tamborileo otras, cuando eran varias las ramas seguidas agitándose como brazos furiosos por el viento a su paso ('Y yo siempre me preguntaba cómo esquivaría ella las ramas de los árboles que sobresalían desde las aceras y restallaban contra las ventanillas altas como si quisieran protestar por nuestra velocidad y penetrar y rasgarnos', pensé, 'y este pensamiento no sé si es mío o de Marta Téllez, o si es más bien un recuerdo'). Eva se escurría sus cabellos rizados delante de mí como si fueran de tela, se lo había visto hacer en albornoz muchas veces al salir de la ducha en su casa. No se volvía, me daba la espalda ('La nuca'), tuve la idea de que adoptaba una actitud ofendida, quizá un cambio de táctica, ya no imploraba, o quizá creía que lo que había hecho no era tan grave e intentaba jugar otra mano cuando lo cierto era que no quedaban. Quizá pensaba que yo me había pasado en mi represalia y que ahora le tocaría pedir cuentas a ella por mi crueldad y mis sarcasmos y mis malos tratos de todo aquel día ('Todo se arruga o se mancha o maltrata'), por eso se había permitido contestarme airada. No lo pude soportar, fue la idea, cómo se atrevía, yo había estado pensando en ella y en los parecidos ('Y lo más intolerable es que se convierta en pasado quien uno recuerda como futuro'). Estaba bebido pero no es excusa, se puede estar bebido de tantas formas como se puede estar sobrio. Fue impremeditado pero fue voluntario, algo de conciencia hubo de lo que iba a hacer porque pensé que nadie me vería desde la calle ni desde abajo, hay un espejo circular convexo en los autobuses desde el que el cobrador puede ver lo que pasa arriba, pero para ello tiene que estar mirándolo y aquel indio o pakistaní no estaría mirando nada en ese último trayecto de la jornada, estaría exhausto y no hay curiosidad en el cansancio. Ahora hay algunos que llevan instalada una cámara para vigilar ese piso de arriba en vez del espejo, pero no la tenía este autobús, el 16 o el 15, no lo sé, u otro, volví la vista para comprobarlo, no había, por eso sé que pensé en mí mismo y en el después y en las consecuencias posibles ('Pensaste en mañana'), por eso sé que sabía qué hacía cuando le puse mis manos en la cabeza y se la apreté por los lados con gran violencia ('Apretaste mis pómulos y mis sienes, mis pobres sienes'), se la sujeté y apreté impidiéndole darse la vuelta, sus rizos húmedos bajo mis manos ('Mis manos grandes con sus dedos torpes y duros, mis dedos que son como teclas'), porque ahora sí quiso volverse y ya no podía, aún creyó un instante que era exageración o broma, aún tuvo tiempo de decirme irritada: 'Ay qué haces, estate quieto', y luego tuvo que sentir que iba en serio, le hice daño, le debí hacer mucho daño con mis pulgares en un par de segundos tan sólo, podía hundirle las sienes si seguía apretando, pero para que no gritara bajé rápidamente las manos hasta su nuca y su cuello también mojados ('Su nuca decimonónica por la que corrían estrías o hilos de cabello negro y pegado, como sangre a medio secar o barro'), y apreté también sobre el cuello, la presión brusca en las sienes casi la había hecho perder el sentido, no tenía fuerzas, no noté oposición apenas de sus manos que intentaron abrir las mías sin convencimiento ('Como los niños que nunca se oponen a los males veloces y sin paciencia que se los llevan sin el menor forcejeo'), quedaría tirada sobre el asiento de un autobús de Londres que continuaría su marcha nocturna contra el viento y la lluvia y en cambio yo me bajaría, no hay puerta que me lo impida ('Una muerte extranjera, una muerte horrible, y en una isla'), no le veía la cara, no veía sus ojos, sólo su nuca y su pelo mientras se iba muriendo en muy poco tiempo ('No sólo desaparece quien soy sino quien he sido, no sólo yo sino mi memoria entera, cuanto conozco y he aprendido y también mis recuerdos y lo que he visto, las mil y una cosas que pasaron ante mis ojos y a nadie importan y a nadie sirven y se hacen inútiles si yo me muero'). No sé si fue que el autobús frenó chirriando y se paró con un resoplido y eso me hizo frenar mis dedos como si mi acción dependiera del avance y el viento que no bate tanto sobre lo que se queda quieto. O quizá fue el miedo o un arrepentimiento que apareció simultáneamente con el acto que lo provocaba ('Un sí y un no y un quizá y mientras tanto todo ha continuado o se ha ido'). Aflojé de inmediato, retiré las manos, la solté de golpe sin quitarle la vida ('Pero es aún no, aún no, y mientras sea aún no puedo seguir pensando en la batalla diaria y mirando este paisaje extranjero, y haciendo planes para el futuro, y uno se puede seguir despidiendo'), me las metí en los bolsillos del abrigo en seguida como si quisiera ocultar o borrar lo que habían estado a punto de hacer y no habían hecho, los actos no son los mismos si no duran lo bastante en el tiempo, dependen de sus efectos ('El hilo de la continuidad no interrumpido, mi hilo de seda aún intacto pero sin guía: un día más, qué desventura, un día más, qué suerte'), Eva estaba viva en vez de estar muerta ('Y no sé en qué consiste lo uno y lo otro, ahora no entiendo bien esos términos'), me levanté, di la vuelta para verla de frente, la miré desde mi estatura, el descuido le había entreabierto las piernas, alzó hacia mí su cabeza maltratada y dañada, me miró un momento y en sus ojos vi pintada mi cara y la noche oscura, la depresión y la lástima y el abatimiento más que el miedo o la resistencia ('Sin la consolación de la incertidumbre, que no puede ser retrospectiva a veces aunque el presente recién transcurrido se aparezca al instante como pasado lejano'), como si más que su posible muerte que había visto tan cerca lamentara que yo entre todos los vivos hubiera podido intentarla y quererla ('El desprecio del muerto hacia su propia muerte frente a la miserable superioridad de los vivos y nuestra provisional jactancia: permanezco demasiado tiempo a tu lado, mi dulce niño, te canso'). Y entonces salió corriendo escaleras abajo con sus tacones altos que se había puesto para ir a esperarme a mi hotel y rogarme, bajó la escalera de caracol corriendo para saltar antes de que el autobús reanudara su marcha, no sé dónde estábamos ni qué calle era, yo no la seguí, sólo abrí una ventanilla por la que entró una ráfaga con su lluvia sesgada y me asomé para verla saltar ('Y aún sigo viendo el mundo desde lo alto'), el autobús ya arrancaba y cogía impulso cuando desde la ventanilla trasera a la que me trasladé en seguida vi su abrigo y sus zapatos ya nada infantiles sobre el asfalto y la vi intentar atravesar la calle confundida y huyendo de mí que podía ir tras ella para seguir matándola, o tal vez de la pena de lo que había sentido y visto. Lo intentó sin mirar, aún tapada por mi autobús que se iba y no llegó a hacerlo, no cruzó a la otra acera porque la embistió un taxi negro con transpontines que venía lanzado del otro lado, el tráfico de Londres en sentido inverso, un taxi Austin como un rinoceronte o un elefante. Desde la ventanilla de atrás lo vi con mis propios ojos mientras me alejaba, vi el golpe tremendo, le dio tan de lleno que salió despedida no hacia arriba sino en sentido recto a la altura del morro que la atropellaba, y vi cómo el taxi no podía frenar ni siquiera después del choque y le pasaba por encima tras su inmediata caída sobre la calzada. Un golpe mortal, fulminante, del que no se enteró mi autobús o no quiso enterarse, hizo amago de frenar un instante tras el estrépito pero no se detuvo, continuó su marcha cogiendo velocidad a cada metro, quizá no lo oyeron el conductor ni el indio tan soñolientos, o quizá sí y pensaron que se les haría demasiado tarde para cerrar si se veían involucrados en un accidente que no habían visto y en el que su vehículo no había tenido parte. Lo último que vi antes de que el autobús tomara una curva y yo perdiera esa perspectiva fue al taxista y a sus pasajeros que por fin paraban y abrían sus puertas y corrían hacia el cadáver. La mujer y el hombre se protegían de la lluvia con un periódico, el taxista ya sabía que aquello era un cadáver, porque llevaba en las manos una especie de manta con la que iría a cubrirlo, también la cara, pensé que no se mojaría ya más por lo menos ('Pero empezaría en cambio el olor a metamorfosis'). Yo no hice nada, quiero decir que no me bajé en la siguiente parada o semáforo para retroceder y confirmar lo que ya sabía o acompañar a Eva muerta y ayudar en los trámites. Lo habría hecho de haber sabido, pero aún no sabía lo que había pasado aquí casi veinte horas antes. Pero no, no es verdad, tampoco me habría bajado en ese caso. Me había desentendido. Yo no la había matado en sentido estricto, había sido el taxi, pero lo había buscado y querido un minuto antes y ahora estaba ya hecho, por mi voluntad indecisa aunque no por mi mano ('No murió por sí sola', pensé, 'y el hecho de que alguien muera mientras sigue uno vivo le hace a uno sentirse como un criminal durante un instante o durante una vida, qué maldición, ahora tendré que recordar también ese nombre del que ni siquiera conozco el rostro: Eva García Valle'). O quizá fue su voluntad satisfaciendo a la mía para no estar de sobra ('La voluntad que se hace a un lado y se cansa y al retirarse nos trae la muerte, como si el mundo ya no nos soportara y tuviera prisa por expulsarnos'). En aquellos momentos mientras me alejaba y ya no vi más pensé sobre todo que nadie sabía que ella estaba conmigo. Los billetes comprados por separado, los hoteles distintos y en el hospital no la habían inscrito porque no hubo causa ('Y el asesinato o el homicidio simplemente sumado como si fuera un vínculo insignificante y superfluo —hay tantos otros— con los crímenes que ya se olvidaron y de los que no hay constancia, y con los que se preparan, de los que sí la habrá, pero sólo para dejar de haberla'). Su muerte era la de una turista del continente que una vez más no miró en la dirección adecuada en Londres tras bajar de un autobús por la izquierda e ir a cruzar una calle olvidándose del tráfico inverso ('La muerte ridícula, la muerte improbable de quien está en la ciudad solamente de paso, como a quien le aplasta o siega la cabeza el árbol que troncha un rayo en una gran avenida durante la tormenta, a veces ocurre y nos limitamos a leer sobre ello en los periódicos entre risas'). No tenía nada que ver conmigo, una desconocida, tiré su billete de autobús por la ventanilla, el pakistaní no recordaría que yo lo había pagado junto con el mío. Ni siquiera tendría por qué recordarla a ella. Y además yo no había hecho nada, nadie había hecho nada, un mero accidente, una desgracia. Allí estaba su pañuelo dejado sobre el asiento, aún empapado. Aún olía a ella, a su pelo negro ('Queda el olor de los muertos cuando nada más queda de ellos. Queda cuando aún quedan sus cuerpos y también después, una vez fuera de la vista y enterrados y desaparecidos: sea yo plomo en el interior de tu pecho, pese yo mañana sobre tu alma, sangrienta y culpable'). Me lo guardé en el bolsillo del abrigo, aún lo tengo. —Deán se quedó callado, añadió en seguida—: Eso fue lo que me pasó, no sé si me entiendes.

'Todo se contagia muy fácilmente, de todo podemos ser convencidos, la razón puede dársenos siempre y todo puede contarse si se ve acompañado de su exaltación o su excusa o su atenuante o su mera representación, contar es una forma de generosidad, todo puede suceder y todo puede enunciarse y ser aceptado, de todo se puede salir impune, o aún es más, indemne. Nadie hace nada convencido de su injusticia, no al menos en el momento de hacerlo, contar tampoco, qué extraña misión o tarea es esa, lo que sucede no sucede del todo hasta que no se descubre, hasta que no se dice y se sabe, y mientras tanto es posible la conversión de los hechos en mero pensamiento y en mero recuerdo, en nada. Pero en realidad el que cuenta siempre cuenta más tarde, lo cual le permite añadir si quiere, para alejarse: "Pero he dado la espalda a mi antiguo yo, ya no soy lo que fui ni tampoco el que fui, no me conozco ni me reconozco. Y yo no lo busqué, yo no lo quise". Y a su vez el que escucha puede escuchar hasta el fin y aun así decir la que es siempre la mejor respuesta: "No sé, no me consta, ya veremos".'

—Creo que sí. ¿Qué pasó luego? —dije—. Debo irme yendo, voy a irme yendo.

Deán no se había movido desde hacía rato. Al preguntarle yo esto se ajustó el nudo de la corbata y empezó a bajarse con lentitud las mangas de la camisa, como si se preparara para ponerse una chaqueta y fuera a ser él quien se fuese. Era yo quien tenía que irme. 'Me voy a ir', pensé, 'ya he oído y no voy a olvidarme.'

—Me bajé en un semáforo ya lejos del accidente, en una zona con más tráfico. No quedaba ningún viajero en el autobús, lo vi de reojo durante el segundo en que el piso de abajo apareció ante mi vista, entre los últimos peldaños de la escalera y mi salto a la calle. Me quedé en la acera, seguramente el cobrador no se dio ni cuenta de que todavía se apeaba alguien en lugar indebido. Encontré sin dificultad un taxi y me fui al hotel, dejó de llover durante el trayecto, también amainó el viento y a mí se me había pasado la borrachera de los cocktails indios. Subí a mi habitación, no había habido recados, encendí la televisión y la miré unos minutos alternando canales, no entendía apenas lo que decían, así que me levanté de la cama y subí la ventana y me acodé en el alféizar y miré largo rato por ella a pesar del frío, no sé cuánto rato ('Mira Deán por su ventana de guillotina invernal a través de la oscuridad ya veterana de la noche de Londres, hacia los edificios de enfrente o hacia otras habitaciones del mismo hotel, la mayoría a oscuras, hacia el cuarto abuhardillado y con luz de una criada negra que se desviste tras la jornada quitándose cofia y zapatos y medias y delantal y uniforme y luego se lava la cara y las axilas en un lavabo, también él ve a una mujer medio vestida y medio desnuda, pero a diferencia de mí él no la ha tocado ni la ha abra-

344

zado ni tiene nada que ver con ella, que antes de acostarse se lava un poco por partes británicamente en el mísero lavabo de los cuartos ingleses cuyos ocupantes deben salir al pasillo para compartir la bañera con los demás del piso. Deán no la huele desde su ventana alejada y alta pero puede conocer ya su olor, quizá se cruzó con ella por ese pasillo o en las escaleras con sus pasos ya envenenados, el día anterior o esa tarde. Oye los timbrazos del teléfono de su habitación que resuenan y sobresaltan a través de la noche a esa empleada medio vestida y medio desnuda y la hacen tomar conciencia de que puede ser vista, da unos pasos en sostén y bragas hasta su ventana y la abre y se asoma un momento como para comprobar que al menos nadie está trepando por ella, y entonces la cierra y corre las cortinas con mucho cuidado, nadie debe verla en medio de su desolación o fatiga o abatimiento, ni medio vestida ni medio desnuda ni tampoco sentada a los pies de la cama con las mangas del uniforme vueltas enganchadas en las muñecas, quizá ya fue vista así sin que ella se diera cuenta mientras se peinaba el cabello y canturreaba algo irreconocible o su lamento fúnebre como una *banshee* todavía joven, el canturreo de la fatigada y calumniada muerte haciendo un vaticinio sobre el pasado, el paso del tiempo es descabezado. Todo esto no lo sé, no me consta, ya veremos o más bien nunca sabremos, Marta muerta no sabrá nunca qué fue de su marido en Londres aquella noche mientras ella agonizaba a mi lado, cuando él regrese con sus regalos no estará ella para escucharlo ni para recibirlos, para escuchar el relato que él haya decidido contarle, tal vez ficticio y muy distinto del que yo he escuchado. La muerta que lo frecuenta y acecha y lo revisita es otra, su muerta que mora en su pensamiento como habita la mía en el mío igual que un latido incesante en la vigilia o el sueño, su desdichada mujer y su desdichada amante mezcladas y alojadas ambas en nuestras cabezas a falta de lugares más confortables, debatiéndose contra su disolución y queriendo encarnarse en lo único que les resta para conservar la vigencia y el trato, la repetición o reverberación infinita de lo que una vez hicieron o de lo que tuvo lugar un día: infinita, pero cada vez más cansada y tenue. Y su muerta, como la mía, no habita en el pasado desde hace mucho ni fue poderosa ni una enemiga, pero su grado de irrealidad va en aumento'). Hasta que sonó el teléfono —dijo Deán—, y me dio la noticia. Habían pasado unas veinte horas. Hay cosas que uno debe saber en seguida para no andar por el mundo ni un solo minuto en una idea tan equivocada que el mundo es otro por ellas ('Vivir en el engaño es fácil y nuestra condición natural', volví a pensar, 'y en realidad eso no debería dolernos tanto: seguirás oyendo la voz de Vicente que afeita, seguirás tratándolo').

—Me voy a ir. —Y ahora lo dije. Había dicho esos verbos otra vez en esa casa, pero nunca el último. Nunca dije a nadie 'Me voy', nunca lo dije.

Mientras me ponía la bufanda y la gabardina junto a la entrada miré disimuladamente hacia el pasillo y hacia la puerta abierta de la habitación a oscuras del niño, no creía que Deán fuera a quedárselo. Tendría que llamar mañana a la que ahora era hermana mayor y menor, miré el reloj, no era demasiado tarde, tal vez estaría justificado llamarla esta misma noche al regresar a casa y dar un paso todavía inocente, al fin y al cabo yo podía ser el marido brumoso que aún no había llegado y que formaría parte de su mundo de vivos tan inconstantes. Y ese niño podría venir con nosotros, no creía que Deán fuera a quedárselo. En ese caso los aviones vendrían con él aunque hubieran pertenecido a su padre en la remota infancia, yo nunca tuve tantos, qué envidia, cazas y bombarderos de la Primera y Segunda Guerra Mundial mezclados, alguno de la de Corea y también alguno de nuestra guerra que atacó o defendió Madrid hace ya siglos. Cuando las cosas acaban ya tienen su número y el mundo depende entonces de sus relatores, pero por poco tiempo y no enteramente, nunca se sale de la sombra del todo, los otros nunca se acaban y siempre hay alguien para quien se encierra un misterio. Ese niño no sabrá nunca lo que ha sucedido, se lo ocultarán su padre y su tía y se lo ocultaré yo mismo y no tiene importancia porque tantas cosas suceden sin que nadie se entere ni las recuerde, o todo se olvida y prescribe. Y cuán poco va quedando de cada individuo en el tiempo inútil como la nieve resbaladiza, de qué poco hay constancia, y de ese poco tanto se calla, y de lo que no se calla se recuerda después tan sólo una mínima parte, y durante poco tiempo: mientras viajamos hacia nuestra difuminación lentamente para transitar tan sólo por la espalda o revés de ese tiempo, donde uno no puede seguir pensando ni se puede seguir despidiendo: 'Adiós risas y adiós agravios. No os veré más, ni me veréis vosotros. Y adiós ardor, adiós recuerdos'.

Enero de 1994

Un epílogo y dos notas

Lo que no sucede y sucede[*]

Quizá no sea lo más sensato por parte de un escritor que sobre todo hace novelas confesar que cada vez le parece más raro no ya el hecho de escribirlas, sino incluso el de leerlas. Nos hemos acostumbrado a ese género híbrido y flexible desde hace por lo menos trescientos noventa años, cuando en 1605 apareció la primera parte del *Quijote* en mi ciudad natal, Madrid, y nos hemos acostumbrado tanto que consideramos enteramente normal el acto de abrir un libro y empezar a leer lo que no se nos oculta que es ficción, esto es, algo no sucedido, que no ha tenido lugar en la realidad. El filósofo rumano Cioran, muerto recientemente, explicaba que no leía novelas por eso mismo: habiendo ocurrido tanto en el mundo, cómo podía interesarse por cosas que ni siquiera habían acontecido; prefería las memorias, las autobiografías, los diarios, la correspondencia y los libros de Historia.

Si lo pensamos dos veces, tal vez a Cioran no le faltara razón y tal vez sea inexplicable que personas adultas y más o menos competentes estén dispuestas a sumergirse en una narración que desde el primer momento se les advierte que es inventada. Todavía es más raro si tenemos en cuenta que nuestros libros actuales llevan en la cubierta, bien visible, el nombre del autor,

* Discurso pronunciado en Caracas el 2 de agosto de 1995, durante la ceremonia de entrega del Premio Internacional Rómulo Gallegos.

a menudo su foto y una nota biográfica en la solapa, a veces una dedicatoria o una cita, y sabemos que todo eso es *aún* de ese autor y no del narrador. A partir de una página determinada, como si con ella se levantara el telón de un teatro, fingimos olvidar toda esa información y nos disponemos a atender a otra voz —sea en primera o tercera persona— que sin embargo sabemos que es la de ese escritor impostada o disfrazada. ¿Qué nos da esa capacidad de fingimiento? ¿Por qué seguimos leyendo novelas y apreciándolas y tomándolas en serio y hasta premiándolas, en un mundo cada vez menos ingenuo?

Parece cierto que el hombre —quizá aún más la mujer— tiene necesidad de algunas dosis de ficción, esto es, necesita lo imaginario además de lo acaecido y real. No me atrevería a emplear expresiones que encuentro trilladas o cursis, como lo sería asegurar que el ser humano necesita 'soñar' o 'evadirse' (un verbo muy mal visto este último en los años setenta, dicho sea de paso). Prefiero decir más bien que necesita conocer lo posible además de lo cierto, las conjeturas y las hipótesis y los fracasos además de los hechos, lo descartado y lo que pudo ser además de lo que fue. Cuando se habla de la vida de un hombre o de una mujer, cuando se hace recapitulación o resumen, cuando se relata su historia o su biografía, sea en un diccionario o en una enciclopedia o en una crónica o charlando entre amigos, se suele relatar lo que esa persona llevó a cabo y lo que le pasó efectivamente. Todos tenemos en el fondo la misma tendencia, es decir, a irnos viendo en las diferentes etapas de nuestra vida como el resultado y el compendio de lo que nos ha ocurrido y de lo que hemos logrado y de lo que hemos realizado, como si fuera tan sólo eso lo que conforma nuestra existencia. Y olvidamos casi siempre que las vidas de las personas no son sólo eso: cada trayectoria se compone también de nuestras pérdidas y nuestros desperdicios, de nuestras omisiones y nuestros deseos incumplidos, de lo que una vez dejamos de lado o no elegimos o no alcanzamos, de las numerosas posibilidades que en su mayoría no llegaron a realizarse —todas menos una, a la postre—, de nuestras vacilaciones y nuestras ensoñaciones, de los proyectos frustrados y los anhelos falsos o tibios, de los miedos que nos paralizaron, de lo que abandonamos o nos abandonó a nosotros. Las personas tal vez consistimos, en suma, tanto en lo que somos como en lo que no hemos sido, tanto en lo comprobable y cuantificable y recordable como en lo más incierto, indeciso y difuminado, quizá estamos hechos en igual medida de lo que fue y de lo que pudo ser.

Y me atrevo a pensar que es precisamente la ficción la que nos cuenta eso, o mejor dicho, la que nos sirve de recordatorio de esa dimensión que solemos dejar de lado a la hora de relatarnos y explicarnos a nosotros mismos y nuestra vida. Y todavía es hoy la novela la forma más elaborada de la ficción, o así lo creo.

En cierto sentido el libro que el jurado del Premio Internacional Rómulo Gallegos acaba de premiar tan aventurada y discutiblemente trata de eso. En el texto que tienen en la mano ustedes se dice que *Mañana en la batalla piensa en mí* habla, entre otras cosas, del engaño en el sentido más amplio de la palabra, y se cita una frase de la novela que dice: 'Vivir en el engaño es fácil, y aún más, es nuestra condición natural, y por eso no debería dolernos tanto'. Se recuerda que todos vivimos parcial pero permanentemente engañados o bien engañando, contando sólo parte, ocultando otra parte y nunca las mismas partes a las diferentes personas que nos rodean. Y sin embargo a eso no acabamos de acostumbrarnos, según parece. Y cuando descubrimos que algo no era como lo vivimos —un amor o una amistad, una situación política o una expectativa común y aun nacional—, se nos aparece en la vida real ese dilema que tanto puede atormentarnos y que en gran medida es el territorio de la ficción: ya no sabemos cómo fue verdaderamente lo que parecía seguro, ya no sabemos cómo vivimos lo que vivimos, si fue lo que creíamos mientras estábamos engañados o si debemos echar eso al saco sin fondo de lo imaginario y tratar de reconstruir nuestros pasos a la luz de la revelación actual y del desengaño. La más completa biografía no está hecha sino de fragmentos irregulares y descoloridos retazos, hasta la propia. Creemos poder contar nuestras vidas de manera más o menos razonada y cabal, y en cuanto empezamos nos damos cuenta de que están pobladas de zonas de sombra, de episodios inexplicados y quizá inexplicables, de opciones no tomadas, de oportunidades desaprovechadas, de elementos que ignoramos porque atañen a los otros, de los que aún es más arduo saberlo todo o saber un poco. El engaño y su descubrimiento nos hacen ver que también el pasado es inestable y movedizo, que ni siquiera lo que parece ya firme y a salvo en él es de una vez ni es para siempre, que lo que fue está también integrado por lo que no fue, y que lo que no fue aún puede ser.

El género de la novela da eso o lo subraya o lo trae a nuestra memoria y a nuestra conciencia, de ahí tal vez su perduración y que no haya muerto, en contra de lo que tantas veces se ha anunciado. De ahí que acaso no sea justo lo que he dicho al principio, a saber, que la novela relata lo que no ha sucedido. Quizá ocurra más bien que las novelas *suceden* por el hecho de existir y ser leídas, y, bien mirado, al cabo del tiempo tiene más realidad Don Quijote que ninguno de sus contemporáneos históricos de la España del siglo XVII; Sherlock Holmes ha sucedido en mayor medida que la Reina Victoria, porque además sigue sucediendo una vez y otra, como si fuera un rito; la Francia de principios de siglo más verdadera y perdurable, más 'visitable', es sin duda la que aparece en *En busca del tiempo perdido*; e imagino que para ustedes la imagen más auténtica de su país estará mezclada con las páginas inventadas de don Rómulo Gallegos. Una novela no sólo cuenta, sino que nos permite asistir a una historia o a unos acontecimientos o a un pensamiento, y al asistir comprendemos.

Saber todo esto —querer creerlo es más exacto— no resulta a veces bastante para el escritor, mientras está escribiendo. Hay momentos en los que yo levanto la vista de la máquina de escribir y me extraño del mundo del que estoy emergiendo, y me pregunto cómo, siendo adulto, puedo dedicar tantas horas y tanto esfuerzo a algo sin lo que muy bien podría pasarse el mundo, incluyéndome a mí mismo; cómo puedo ocuparme de relatar una historia que yo mismo voy averiguando a medida que la construyo, cómo puedo pasar parte de mi vida instalado en la ficción, haciendo suceder cosas que no suceden, con la extravagante y presuntuosa idea de que eso puede interesar algún día a alguien. Cómo, según definió la actividad literaria el novelista y ensayista y poeta Robert Louis Stevenson, puedo estar 'jugando en casa, como un niño, con papel'. Todo escritor es aún más lector y lo será siempre: hemos leído más obras de las que nunca podremos escribir, y sabemos que ese interés, ese apasionamiento, es posible porque lo hemos experimentado centenares de veces; y que en ocasiones comprendemos mejor el mundo o a nosotros mismos a través de esas figuras fantasmales que recorren las novelas o de esas reflexiones hechas por una voz que parece no pertenecer del todo al autor ni al narrador, es decir, no del todo a nadie. Averiguamos también que quizá escribimos porque algunas cosas sólo podemos pensarlas mientras lo hacemos, aunque cuando me preguntan eso tan reiterado, por qué escribo, prefiero contestar que para no tener jefe y para no madrugar. Además creo que es verdad, mucho más que lo que les acabo de decir aquí.

Lo cierto es que recibir un premio como el Rómulo Gallegos supone, además de un honor y una gran alegría, una especie de recordatorio benévolo para el futuro. Cuando escriba mi próxima novela, y de vez en cuando cuando haga un alto y levante la vista y me extrañe de lo imaginario que me habrá absorbido durante largo rato, podré pensar que, en contra de mis previsiones y mis aprensiones, una vez, muy lejos de mi país, hubo unos lectores generosos y atentos que no sólo comparten la lengua en la que me expreso sino que lograron interesarse por lo que yo inventé e incorporé al cúmulo interminable de lo que a la vez no sucede y sucede, o lo que es lo mismo, de lo que pudo y puede ser.

JAVIER MARÍAS

Nota para aficionados a la literatura

El título de esta novela, como el de *Corazón tan blanco,* procede de Shakespeare. Si nunca se dice a las claras a lo largo del texto es por una tácita apuesta. Fueron numerosos los críticos que al reseñar *Corazón tan blanco* —cuyo origen no se ocultaba— hablaron de la 'célebre cita de *Macbeth*' como si hubieran estado familiarizados con ella toda la vida, cuando esa cita ni siquiera es o era muy conocida, aunque sí la escena a la que pertenece.

Tuve curiosidad, así, por ver cuántos sabios reconocían la frase 'Tomorrow in the battle think on me', que se repite varias veces en la Escena III del Acto V de *Ricardo III,* y mucho más célebre que aquella otra de *Macbeth.* Y lo cierto es que nadie dijo nada en los periódicos nacionales. El crítico César Pérez Gracia, sin embargo, de *El Heraldo de Aragón* —y según parece no sin ardua pesquisa—, dio con la referencia exacta.

Mañana en la batalla piensa en mí es frase que aparece muchas veces a lo largo del libro, acompañada de otras. Esas otras son y no son estrictamente de Shakespeare, depende. En unas ocasiones son cita textual, en otras sólo paráfrasis. Y desde luego hay un adjetivo, 'herrumbrosa', aplicado a una lanza, que en modo alguno está en Shakespeare, sino en Juan Benet y aun antes en Miguel Hernández.

JAVIER MARÍAS

Nota para aficionados al cine

En la novela tienen considerable presencia dos películas que se ven por televisión. Sobre una no hay dudas: se trata de *Campanadas a medianoche*, de Orson Welles. Sobre la otra ha habido confusión entre algunos lectores cinéfilos: al mencionarse en el texto que los protagonistas eran Barbara Stanwyck y Fred MacMurray, han tendido a pensar que se trataba de la muy famosa *Double Indemnity* o *Perdición*, de Billy Wilder, e incluso me han 'informado' de ello. Dado que esos dos actores trabajaron juntos también en *The Moonlighter* y en *There's Always Tomorrow*, tal vez otros hayan creído que se trataba de una de estas películas, menos célebres. Aprovecho esta edición para sacarlos de su error o su duda: la película en cuestión, con los mismos protagonistas, sería una comedia de Mitchell Leisen titulada *Remember the Night*, que significa 'Recuerda la noche' y que es justamente lo que el narrador Víctor Francés se viene a decir a sí mismo —y a los lectores— a lo largo de la novela entera.

JAVIER MARÍAS

Índice